LA SANGRE DE COLÓN

LA SANGRE DE COLÓN

MIGUEL RUIZ MONTAÑEZ

Editado por HarperCollins Ibérica, S.A.
Núñez de Balboa, 56
28001 Madrid

La sangre de Colón
© Miguel Ruiz Montañez, 2020
© 2020, para esta edición HarperCollins Ibérica, S.A.

Diseño de cubierta: CalderónStudio
Imágenes de cubierta: Shutterstock

ISBN: 978-84-9139-480-8
Depósito legal: M-8154-2020

A Toñi

No sé de dónde he venío
ni sé para dónde voy.

Soy gajo de árbol caído
que no sé dónde cayó.

¿Dónde estarán mis raíces?
¿De qué árbol soy rama yo?

Canciones populares de Colombia

PRÓLOGO

12 de octubre de 2020

Hoy ha estallado la estatua de la plaza Columbus Circle de Nueva York. La explosión ha proyectado miles de pedazos en todas direcciones. Llevaba ahí una eternidad, desde 1892, y, como todo en esta ciudad, los cambios a su alrededor han ido transcurriendo sin parar.

Ese monumento representaba a un Cristóbal Colón sobre una columna de mármol. Subido a un pedestal, había visto cómo tiempo atrás se construyó un teatro frente a él, y edificios notables, que más tarde se derribaron para levantar otros aún más grandes, gigantes de acero y cristal.

En las inmediaciones de esa rotonda se sitúan muchos puntos de interés, desde el Time Warner Center hasta el museo de Arte y Diseño, o el Jazz Lincoln, un auditorio con un gran muro de cristal tras el escenario, donde se puede asistir a una representación de ópera o un concierto. Ahora los cristales que formaban ese impresionante lienzo transparente se han hecho añicos con la detonación, hay gente gritando por todas partes.

Desde mi posición veo personas heridas, trozos de mármol, escombros, humo y desolación. Suenan las ambulancias y la policía está desviando a los viandantes hacia el parque, porque siguen cayendo cristalitos del cielo.

Aunque Columbus Circle es una plaza pequeña, es mucho más en realidad. Es el punto de encuentro de la calle 59, la Octava Avenida, Broadway y Central Park West, uno de los lugares predilectos de los neoyorquinos.

Para celebrar el cuarto centenario del desembarco en América, la ciudad quiso erigir un monumento. Finalmente, este fue el sitio elegido para situar la efigie.

Desde ahí arriba, Colón vio crecer los árboles de Central Park. En primavera, cuando todo está verde, y en otoño, cuando los árboles se tiñen de tonos ocre y rezuman romanticismo, o en invierno, cuando la gente pasea por sus caminos blancos y observa sus lagos helados, allí siempre estaba el Almirante, sin perder detalle.

Sí, sin duda, Columbus Circle es uno de los puntos más destacados de Nueva York, el lugar a partir del que se calculan las distancias.

Esa es la primera idea que piensa la policía.

Hay sitios excepcionales para atraer la atención, y este es uno de ellos. Si alguien quiere hacer una trastada de dimensiones descomunales, nada mejor que esta plaza.

Porque aquí está la sede de la CNN. Y, por si eso fuera poco, al otro lado de la acera se eleva el hotel del presidente Trump.

Son muchos, por tanto, los signos aparentes.

Y entonces, ¿por qué alguien ha hecho volar esa estatua?

Me pregunto qué está cambiando, si Cristóbal Colón tiene la culpa de algo.

O más bien la culpa de todo.

Pero ahora no tengo tiempo de pensar en eso.

Porque yo soy parte de este desastre.

1

MIL PALACIOS

«…

—¿A qué se dedica usted?

—Llevo años tratando de desentrañar el misterio del origen de Cristóbal Colón.

—¿Y no tiene mejores cosas que hacer?

—Supongo que sí, pero hay tanto que hablar sobre esto que he hecho de ello una especie de cruzada personal.

—Chorradas. Colón era genovés, todo el mundo lo sabe. ¿O cree que era español?

—Desde luego que no. En Castilla siempre fue considerado un extranjero. Era unánime esa consideración en torno a su persona.

—¿Y por qué no investiga con relación a sus hechos? Me parece mucho más interesante.

—¿A qué se refiere?

—La sangre que circulaba por sus venas no me importa mucho. Sin embargo, la sangre que se ha derramado en América en estos quinientos años me apasiona. ¿Por qué no investiga usted eso?

…»

Sevilla
Un tiempo atrás

Adoro los días pares, una extraña manía que no consigo erradicar. La fecha de mi nacimiento es par, conocí a mi gran amor un día par, comencé a estudiar en la universidad en día par, y eso me hizo graduarme con buenas notas. Incluso me doctoré en Historia de América, ese continente que fue descubierto en día par, por cierto.

Ningún hecho significativo ha conseguido que yo, Álvaro Deza, cambie de opinión y, mientras eso siga así, seguiré encomendado a los días pares. La vida siempre me ha sonreído en esos días y, la verdad, son tantos los signos que ya no puedo confiar en otra cosa.

Odio tanto los días impares como que me digan que soy supersticioso, o que me llamen señorito andaluz, porque no lo soy. Es bien simple: estoy convencido de las virtudes de los días pares.

Pero no puedo evitar que me insulten con ese calificativo, porque estoy casado con una noble, la marquesa de Montesinos, y por tanto soy parte de la nobleza, pero no un señorito.

El destino me premió con el amor de Sonsoles. Hemos vivido desde nuestra boda un romance permanente. Yo no tengo la culpa de estar instalado en ese grupo de personas que acaparan las revistas del corazón y los programas de televisión de tinte rosa.

Sevilla es una ciudad grande, pero también pequeña para muchas cosas, y los famosos no pasan inadvertidos ni con el disfraz más oportuno. En mi caso, la gente me detiene en la calle al grito de:

«¡Es el marido de la marquesa!». Firmo autógrafos, asisto a eventos sociales y, algo curioso, no me cobran la cuenta en los mejores restaurantes cuando me siento a comer. Sí, lo reconozco, pertenezco a la flor y nata sevillana, no necesito trabajar doce horas al día para vivir como un marajá, pero no soy un señorito andaluz.

¿Cómo puede un ser normal entrar en ese reducido círculo de la aristocracia? Ya lo he dicho, el amor y el matrimonio me encumbraron con rapidez a la capa más alta de la sociedad. Pero eso no quiere decir que nunca haya dado golpe. De hecho, me he pasado media vida estudiando. Conseguí un puesto en la Universidad, alcancé una cierta reputación como investigador, y completé una decena de libros y publicaciones, todas ellas en el ámbito de mi pasión: el Descubrimiento de América.

Fue precisamente en el transcurso de uno de esos días pares cuando conocí a la mujer más seductora que un hombre puede soñar. Me topé con ella en una fiesta. Era una persona atractiva, que intimidaba con el hechizo de su perfección. En el mismo momento en que le estreché la mano supe que acababa de germinar algo en mi interior.

No hay razones objetivas que expliquen por qué nos enamoramos de alguien, esas cosas simplemente suceden, porque es indudable que el azar gobierna el mundo. Por más claro que lo tengas, no tienes más remedio que someterte a esa fuerza dominadora, la del capricho de tus deseos.

Y resultó que Sonsoles, además de bella, era la marquesa de Montesinos.

Tras el influjo de la primera mirada, me sentí transportado a un mundo diferente, porque ella me eligió, tiró de mi mano y me besó aquella noche en que nos conocimos. Para mí, todo lo ocurrido en ese primer encuentro en los jardines de un palacio de Sevilla carece de explicación. Yo entonces era profesor, había escrito libros, pero ella no había leído ninguno de ellos. A decir verdad, leía poco.

Eso no quiere decir que Sonsoles no fuera inteligente. En aquella primera conversación formuló preguntas sobre mis trabajos, y eso sirvió para meterme en escena, me hizo sentirme alguien importante al poder explicarle el trasfondo de mis investigaciones. Ella asintió a todas las disertaciones que le iba dando, y cuanto más me hablaba, más tenía claro que no descansaría hasta tocar aquellos cabellos, conquistar el derecho a hacerla mía y acariciar su piel desnuda.

En este mundo acelerado en el que vivimos, en el que imperan las redes sociales, la inmediatez estúpida de los mensajes cortos, la falta de reflexión y la carencia abrumadora de ideas, hay mucha gente dispuesta a hacer tonterías para ganar la fama.

Y yo conseguí ser famoso sin tan siquiera buscarlo.

Al final los cuerpos cuentan. Mucho más de lo que creemos, y Sonsoles y yo, un simple mortal, nos anudamos en aquella cálida noche sevillana. Tenía los ojos negros moteados de puntitos ámbar, el pelo castaño y una nariz preciosa. La glamurosa y pizpireta marquesa me había elegido entre las decenas de pretendientes que la rondaban.

De la noche a la mañana me convertí en el marqués de Montesinos.

Entré por la puerta grande en la *jet set*.

En realidad, no todo había sido tan fortuito como pensaba. Antes de enamorarse, ella me había conocido por medio de una foto que había aparecido en los telediarios. Un profesor había sido condecorado por la CHF, la Columbus Heritage Foundation de Nueva York, por unas investigaciones realizadas en los archivos colombinos de Sevilla, y esa noticia apareció en medio mundo, la CNN incluida, y resultó que la señorita marquesa pretendía mejorar su inglés, así que prestó mucha atención a la noticia y dedujo que un compatriota suyo, de su misma ciudad, estaba recibiendo un premio.

Y ese tipo era yo.

Había escrito unos artículos en los que desmontaba algunas

teorías absurdas sobre supuestas nacionalidades del Descubridor. Ni de aquí ni de allá, solo había que rascar un poco para poner las cosas en su sitio, y medio mundo me aplaudió. Ya estaba bien de decir que Colón nació en cualquier lugar. No era francés, ni portugués, ni inglés y, por supuesto, tampoco castellano.

El galardón me lo había entregado en mano —en un día par, por supuesto— mi amigo el presidente de la CHF, Federico Sforza, alguien que se definía a sí mismo como italomexicano, aunque en realidad era neoyorquino. Su padre también había nacido en la ciudad de los rascacielos, pero su madre era una auténtica mexicana, de Cuernavaca.

Mi relación con Federico era bien larga. Mantuvimos durante años cientos de conversaciones, e intercambiamos miles de correos.

En realidad, Federico me vio crecer, estudiar la carrera, y me concedió una suculenta beca para que terminase mi posgrado en la Universidad de Columbia. En el entramado de mis mejores recuerdos, Federico Sforza siempre aparecía en un lugar preferente. Nadie me conocía tan bien, nadie marcó mi adolescencia como él, y nadie me hizo ser mejor persona. Entre nosotros había un vínculo sólido, y si él no hubiese estado allí para animarme, nunca hubiese encontrado el valor para seguir mis investigaciones.

Cuando unos meses más tarde Sonsoles propuso que nos casáramos por lo civil, yo no puse ninguna objeción. Bueno, solo una: la fecha la elegí yo.

Mi cabeza se había llenado de sueños respecto a las cosas que podría hacer desde esa nueva posición. Siempre tuve la ilusión de deslumbrar al mundo con mi talento, trabajar con tranquilidad y conseguir culminar mi cruzada personal: desnudar al hombre que descubrió América.

Federico fue el primero en felicitarme por el enlace matrimonial con la marquesa, y asistió a mi boda.

Pronto comprendí que Sonsoles y yo teníamos mucho en común, más de lo que había imaginado.

Ella buscaba ser feliz a diario, y lo hacía con denodado esfuerzo. Jamás escatimaba en celebraciones. Esa fue tal vez la mejor parte de nuestro matrimonio, una época en la que ella solo quería divertirse, y no ponía reparos en aflojar la pasta en mi beneficio.

Pasamos días rodeados de lujos, durmiendo en sábanas bordadas y almohadas de plumas. Vivimos entre sirvientes, asistidos por nuestros mayordomos. Mis piernas descansaron en sofás de lujo, practiqué la cacería en cotos cerrados, disfruté en fincas con toros bravos y veraneé en yates atracados en puertos de ensueño.

Estuvimos amartelados cinco años.

Y luego, de repente, la cosa cambió.

En un trágico día impar.

2

DESCENSO

«...

—Dime una cosa, Sonsoles, no entiendo por qué siempre andas atendiendo a esos periodistas del corazón. Además, permites que los *paparazzi* nos saquen fotos cuando salimos juntos, allá por donde vamos. ¿Por qué tanta atención a esa gente?

—Tenemos que comportarnos conforme a nuestra posición. Te diría que incluso forma parte de mi trabajo dentro de la sociedad.

—Me parece una pérdida de tiempo.

—¡Ay!, Álvaro, no sabes nada. No tienes ni idea de cómo funciona esto.

...»

Mi descenso a los infiernos se produjo con alarmante rapidez. Como si de un macabro juego se tratara, recibí una carta de los abogados de la marquesa indicándome que hacían uso de las cláusulas establecidas en nuestro contrato prematrimonial y que, en consecuencia, debía abandonar el palacio en el plazo de quince días.

Ni que decir tiene que traté desesperadamente de conocer las razones, pero me fue imposible hablar con ella. Se había largado de Sevilla con rumbo desconocido. Por más que yo quisiera, ella tenía todas las cartas de la baraja, y solo me quedaba obedecer.

El día uno del mes siguiente, la fecha acordada, abandoné el palacio de los Montesinos. Justo cuando me marchaba, desde la escalera de mármol, una maleta atrajo en ese momento mis pensamientos. Era la más preciada de mis posesiones, una pieza excepcional, la hermana pequeña de la tríada que me acompañaba, una Louis Vuitton Sirius 55 Damero con herrajes dorados, ribetes de cuero, doble cremallera y un asa de piel marrón que apetecía acariciar.

En el bolsillo interior portaba una carta: la que mi mujer me había escrito exigiéndome el divorcio. Por eso mi mirada quedó cautiva de aquel equipaje, porque, en el fondo, eso era yo, un maleta, un mal torero, un tipo torpe y poco habilidoso al que acababan de expulsar de esa mansión que tenía a las espaldas.

—Don Álvaro, ¿quiere usted que le acompañe con el equipaje?

Me preguntó mi exchófer, con una mano puesta en la puerta de mi exvehículo, embutido en un eterno traje negro, corbata oscura,

23

camisa blanca y guantes también blancos. El hombre me caía muy bien, tal vez porque en el fondo no era muy distinto a mí.

—José, es usted lo mejor que dejo atrás.

Además de las maletas, yo cargaba con un fardo enorme de miedo y desesperación.

—Quiero que sepa que yo realmente le aprecio —me aseguró José—. Creo que usted es buena persona. Si me lo permite, señorito, le diré que no se merece esto.

Un buen matrimonio es capaz de soportar duras presiones, y un mal matrimonio se resquebraja. El mío explotó sin detonante alguno. Cuando no eres culpable de nada, cuando no has cometido ningún desliz ni has osado tan siquiera mirar a otra mujer, lo único que se te ocurre es que hay otro hombre rondando por ahí. Al principio no fue más que una disparatada intuición, un salto al vacío, pero desgraciadamente real.

A las dos semanas, la cama de Sonsoles la había ocupado otro tipo, un mexicano llamado Fidelio Pardo.

Ella jamás estuvo ávida de vínculos afectivos, esos que la mayoría de la gente parece necesitar, y por no echarle toda la culpa a ella, he de decir que tal vez el único problema fuese que ambos habíamos dejado que la apatía se extendiese por nuestros cuerpos como una enfermedad mortal.

Solo cuando me dejó me di cuenta de que habíamos llevado vidas independientes. Incluso llegué a pensar que me había casado con una extraña, alguien a quien la pasión le queda fuera de la órbita de sus capacidades. Yo había satisfecho sus deseos más soterrados, sus necesidades más perentorias, pero todo aquello se acabó; por alguna razón, mi capacidad de satisfacer a una mujer tan compleja se había agotado. Amarla fue sencillo, aunque aquella época dorada estuviese cargada de ambigüedad. En la superficie todo parecía funcionar, pero mentiría si no dijese que yo sabía que había estado dentro de una caldera a presión, en aguas continuamente hirviendo.

Cuando entré en el coche, el disparo de un *flash* me alcanzó de lleno. Un *paparazzi* sonreía mientras disfrutaba con la seguridad de que esa foto se iba a pagar bien.

—No es nada personal, ya sabe —me dijo—. Es mi trabajo.

Mi relación con la prensa rosa había sido intensa. Durante años fui objeto de comentarios más o menos malintencionados: chico sin recursos llega a lo más alto de la nobleza sevillana, braguetazo histórico, el capricho de la señorita marquesa. Pero había podido con eso, rodeado de oropel y suntuosidad.

Y luego vino el envite más duro, el de esos mismos periodistas, que plasmaron en papel cuché el sentimiento contra alguien que consideraron un *outsider* en los reducidos territorios de la aristocracia, un tipejo denostado, un calzonazos. En definitiva: un mantenido.

Desde entonces soy un hombre con mil engranajes girando dentro de mi cabeza.

Me introduje en el Mercedes Benz y le pedí a José que arrancase. Puso rumbo a la propiedad que me había correspondido en el acuerdo de divorcio, un antiguo palacete muy deteriorado en el centro de la ciudad. Yo estaba convencido de que se trataba de la menos valiosa de todas las propiedades urbanas de los Montesinos, pero los abogados me convencieron de que ese caserón era una mina, una auténtica reliquia, pues tenía una antigüedad contrastada de más de quinientos años. Y, a pesar de eso, el estado de conservación era óptimo, me aseguraron los tres leguleyos que me habían forzado a firmar los documentos. Uno de ellos, a modo de sorna, incluso llegó a asegurar que era la casa donde Colón se hospedaba en Sevilla.

—¿Qué va a hacer ahora, señor Deza?

—Encontrarme a mí mismo —le respondí al chófer mientras miraba por la ventanilla trasera.

El sol de Sevilla estaba encapotado, como mi alma, y aunque no me apetecía contestar, aquel hombre merecía mi respeto.

—Al casarme con Sonsoles renuncié a mis viejas ambiciones —le expliqué, tratando de creerme mis palabras—. Como usted sabe, no vengo de una familia rica, pero sí culta. Aunque quedé huérfano con once años, tuve la gran suerte de que mis padres adoptivos fueran grandes personas, catedráticos ni más ni menos. Y mis antepasados han sido individuos relevantes. La herencia familiar que me dejaron está compuesta de ideas, teorías y muchos libros. En fin, un legado que no sirve para nada.

José percibió el cinismo en mis palabras.

—A lo mejor usted es mejor persona que esas otras que deja atrás.

—Se lo agradezco, pero eso no me libra de esta penitencia.

—Busque en esos libros que le dejaron sus abuelos, sus padres, usted me ha relatado varias veces su trabajo, siempre me ha parecido una labor encomiable. No desperdicie su talento.

—También en eso soy un bluf. No se crea nada de mí. No sirvo para mucho.

En realidad, me había presentado ante la sociedad como un estudioso de la historia de Sevilla, de su pasado memorable, de aquel periodo desde el siglo XVI cuando el oro y la plata de América comenzaron a entrar a raudales por el río Guadalquivir. Mis antepasados habían elaborado varias teorías, que habían consistido en un conjunto de absurdas hipótesis sobre el pasado de nuestra ciudad y los orígenes del colonialismo. Cierto era que yo había estudiado en la Universidad, mis títulos eran académicos, pero nada de eso me valía para recuperar mi vida, y mucho menos a Sonsoles.

—Dime una cosa, José, ¿tú sabías que ese tipo, Fidelio, rondaba la alcoba de mi mujer?

—No se enfade, pero media ciudad estaba al tanto desde hace meses. Creo que todo comenzó cuando la familia de ese hombre, dicen que una de las mayores fortunas de México, compró una de las empresas de los Montesinos.

Allí, sentado en el asiento trasero de una de las berlinas de lujo más confortables que existen, me prometí a mí mismo que el daño que Sonsoles me había hecho tendría una respuesta a la misma altura.

Si los reporteros gráficos querían una foto mía saliendo a patadas del palacio, si la marquesa me humillaba de esa forma, aquello sería el principio de una guerra.

Cuando llegamos al palacete ya tenía la decisión tomada.

Esa batalla habría de librarse en los programas de televisión y en la prensa rosa.

En definitiva, en el cuadrilátero mediático del corazón.

Si ella me había abandonado, el mundo entero tenía que conocer los secretos maritales que yo me había guardado.

Estas cosas funcionan así.

El despechado mantenido contra la poderosa señora de sangre azul.

La guerra había comenzado.

3

EL ARTE DE LA GUERRA

«...

—Dígame, Álvaro, ¿por qué eligió usted a Colón como centro de sus investigaciones?

—Su gesta está ahí... unió dos mundos. ¿Puede negar que hizo algo grande?

—Ya, ya. Pero se le discute mucho el saqueo de las riquezas nativas.

—Vamos, Federico, por Dios, no diga esas cosas. Es frívolo reducir el hecho hispanoamericano a un mero saqueo de recursos. Es mucho más complejo. No olvide que, cuando Colón llegó al otro lado del océano, España estaba aún saliendo de la Edad Media.

—Sí, pero el reino de Castilla se amplió con nuevas tierras y se benefició con sus tesoros. Hubo muertos.

—¿Qué proceso de conquista no va acompañado de guerras?

—Pero este fue distinto.

—Está usted equivocado. Fue exactamente igual a los procesos que los españoles sufrimos durante siglos. La península ibérica fue invadida y conquistada antes por fenicios, cartaginenses, romanos, suevos, vándalos, alanos, visigodos, musulmanes... ¿quiere que siga?

...»

José comenzó a conducir por antiguas callejuelas del casco histórico de la ciudad. El día continuaba nublado, hacía un calor sofocante, pero dentro del vehículo no se percibía el rigor del clima estival sevillano. Tras una veintena de giros cerrados y circulación lenta, acabó metiéndose en una calle en la que no se veía a nadie por las aceras, tampoco coches aparcados, tan solo una furgoneta roja al fondo. Se detuvo entonces delante de un edificio desvencijado.

—En esto han tenido mala idea los Montesinos —me dijo, dirigiendo la mirada hacia los asientos posteriores—. Podían haberle entregado un apartamento de lujo en Los Remedios. Sé que la señora marquesa tiene varios.

Bajé la ventanilla, me quité las gafas de sol y contemplé la fachada.

Se alzaba ante mí un palacete de piedra que languidecía en una calle antigua. La planta baja presentaba dos pequeños ventanales con verjas herrumbrosas. El portón de madera estaba sellado con cadenas y candados picados de óxido. Sobre la planta superior brotaba un único torreón algo destartalado, como si no casara con el conjunto.

—Tengo las llaves. —José me mostró un manojo que parecía de dos siglos atrás—. Por aquí hace tiempo que no viene nadie, será necesario limpiar a fondo.

Sonsoles jamás me había comentado que esa propiedad figurase entre sus posesiones y, de repente, al negociar los términos del divorcio, me vendió la idea de que había sido reconstruido. Era lo que yo necesitaba para seguir con mi vida. Según los abogados, no estaba tan mal como parecía, un inmueble viejo, sin duda, levantado sobre un palacio anterior del siglo XV, pero restaurado con pasión. En

31

esos momentos de zozobra me quedé pensando qué querían decir con eso. Mi entonces ya exmujer afirmó que podría encontrar el fantasma del mismísimo Almirante, una broma innecesaria. Aquello me pareció una crueldad, se estaban riendo de mí, y ella les seguía el juego, pero no era momento para despellejarnos.

Miré al fondo de la calle. Me percaté de la presencia de un hombre mayor de baja estatura, pelo rizado y barba cana, junto a la furgoneta roja. Vestía una chaqueta antigua a cuadros y pantalón tejano. Me levantó la mano, a modo de saludo. Me enfadó que los *paparazzi* estuviesen ya apostados junto a mi nueva casa, ese no era el comienzo que yo esperaba, así que me lancé en su busca, ofuscado. El tipo me vio lanzarme sobre él a cierta velocidad. Se metió en su vehículo, pero no cerró la puerta. Me acerqué y pude comprobar que no era lo que parecía. Ese pobre fulano vivía allí dentro. Había una colchoneta desplegada en la parte trasera, útiles de cocina, platos, vasos, ropa colgada en una barra y un sinfín de libros por todas partes. El anciano se había asustado, y se acuclilló en un rincón de aquella inmunda vivienda portátil.

—Lo siento, no era mi intención atemorizarlo.

—En esta calle apenas vive gente, y solo quería saludarle. Si no le importa, voy a estar aparcado un tiempo aquí.

—¿Cómo puede usted vivir ahí dentro?

—Me las arreglo.

Me agradeció que yo no fuese un obstáculo para que siguiese aparcado allí, y se despidió con una tímida sonrisa. Regresé entonces a la puerta de mi nueva morada.

Con arduo esfuerzo, José trataba aún de echar abajo los candados. Cuando lo consiguió, entró primero y le seguí. Al traspasar el portón, el palacete exhaló un aliento pútrido. Nos adentramos en un vestíbulo que daba paso a un patio interior enlosado con baldosas de piedra, repleto de macetas con geranios secos. Me pidió que mirase hacia arriba. Elevé la vista. La claraboya estaba obstruida con cagadas de paloma que apenas dejaban pasar la luz del sol.

—Con un poco de mantenimiento, se verán las estrellas desde aquí.

Accedimos a un salón de mobiliario carcomido y paredes que rezumaban humedad. Recorrimos la estancia andando en círculos. Luego, él se decidió a descorrer las cortinas. A través de la nube de polvo suspendida, me soltó otra frase inspiradora.

—Seguro que con este ambiente escribe usted algo, un libro.

¿A qué podía dedicarme? Los textos antiguos heredados de mi padre era lo único que poseía, junto al pequeño apartamento donde nací. Y, ahora, fruto del divorcio, una modesta pensión y esa finca antigua.

Se abrían ante mí dos opciones. La primera era la evidente: continuar la absurda labor de mis antepasados, seis o siete generaciones de fracasados que no habían conseguido nada más que buscar entre legajos y perder el tiempo. La segunda, un poco más arriesgada pero tal vez más emocionante, conseguir un nuevo resurgimiento de mi figura en la sociedad sevillana gracias a mis apariciones en televisión.

Ni que decir tiene que yo ya había decidido la segunda. Había muchas cosas que contar. Esos tertulianos ya podían frotarse las manos con la cantidad de exclusivas que les iba a proporcionar, auténtica gasolina para incendiar los platós. En mi repertorio contaba con cientos de chismorreos, escándalos de la nobleza que ahora saldrían a flote.

—Una última cosa, señorito. No me malinterprete, pero como le aprecio… permítame que le recomiende que no se acerque al nuevo marqués, ese tal Fidelio Pardo.

—¿Es tal vez un tipo peligroso?

—He escuchado conversaciones que no me gustan.

—José, las infidelidades se perdonan, pero no se olvidan jamás.

—No diga eso.

—Es una frase de *madame* de Sévigné.

No le dediqué un ápice de mi tiempo a los comentarios de José.

Tenía una labor que hacer y, cuanto antes comenzara, mejor. Continué aventurándome por los recovecos de aquel palacio en el que querían enterrarme. Desde el patio, a pesar de la penumbra, podía ver varios pasillos sembrados de telarañas.

Había un antiguo aparato de televisión en el salón. Si funcionaba, cumpliría su cometido. En cuanto pudiese lo encendería y me tragaría sin parar todos y cada uno de los programas del corazón. Aprendería con las técnicas de los entrevistadores, e incluso elaboraría un listado de asuntos que aquella gente, los tertulianos, solían abordar. En el fondo siempre eran los mismos temas, a los que daban vueltas una y otra vez. Siempre me había parecido que las preguntas y respuestas eran muy limitadas, previsibles.

En aquellos primeros instantes mi cabeza funcionaba con todos sus resortes a pleno rendimiento. Sobre la marcha, a cada paso que daba dentro del caserón, yo iba ideando un conjunto de primicias que de seguro interesarían a los televidentes.

Así, cuando vi el dormitorio principal, un cuartucho de tres por tres metros con una cama de apariencia medieval y colchón hundido por el centro, papel pintado desprendido a pedazos y lámpara de cristal mugrienta, decidí que el primer titular versaría sobre la pobre vida marital de la marquesa de Montesinos. En ese asunto había mucho que rascar, un filón inagotable. A pesar de la insistencia de algunos, yo jamás penetré en ese terreno de las exclusivas vendidas. Y menos aún en lo relativo a los secretos de alcoba. Eran tantas las cuestiones, tantos los detalles jugosos, que ahora había llegado el momento de sacarlos a la luz.

Luego, al ver el cuarto de baño, un asqueroso cuchitril con una bañera metálica de patas oxidadas y retrete amarillo, me armé de valor y concluí que, tras el primer ataque, el siguiente sería contar los trapos sucios de las cuentas de la señora, sus miserias al escatimar salarios a los empleados y la usura al manejar sus negocios. La gente rica lo es por muchas razones, y el patrimonio de los Montesinos estaba labrado con el sudor de otros. De eso no tenía duda alguna.

Repasé una a una las habitaciones, no había ninguna en mejor estado que el dormitorio principal o el baño, pero había tantos asuntos que tratar, tantas primicias que destapar, que me vine arriba.

Incluso al llegar a la cocina, donde observé que los electrodomésticos no eran de la misma época que la cama, pero sí de mediados del siglo pasado, todos inservibles, me convencí de que nada podría detenerme. Allí mismo supe que el tercer relato versaría sobre la inutilidad de Sonsoles para cualquier cosa, una señora incapaz de realizar la más mínima gestión por pequeña que fuese. Demostraría que, gracias a su condición de marquesa, la vida le había servido unas riquezas que jamás hubiese conseguido por otro camino.

El palacio era suficientemente grande para mí, viejo, pero suficiente. No visité ni el torreón ni el sótano, porque no quería agudizar más mi depresión.

Finalicé el recorrido con una sonrisa en los labios.

Me había venido a la cabeza un chascarrillo que habría de presidir todas mis intervenciones. De seguro, aquello iba a funcionar cuando me presentase ante los periodistas del corazón: ¿cómo puede un tipo que se llama Fidelio quitarte a tu mujer? Lo repetiría como un mantra, haría de esa frase mi escudo protector, el arma con la cual mostrarme ante la sociedad. Las falsedades de la nobleza sevillana iban a dar mucho de qué hablar, y yo me presentaría ante todos los seres terrenales como un pobre hombre hundido por culpa de la avaricia de los nobles ricos.

Eso siempre funciona.

Comenzaron a llegar los empleados de la empresa de mudanzas. Observé cómo iban dejando cajas de cartón en medio del salón, junto al sofá de estampado de flores. Contenían mis libros, volúmenes antiguos. No era nada raro que al pasar una página de cualquiera de ellos me la quedase en la mano. Me di cuenta entonces de que, en los cinco años que estuve junto a Sonsoles, yo no había abierto ninguna de esas cajas. No había tocado ni un solo libro.

Me había embrutecido al entrar en la nobleza, otra historia que contar.

Terminaron de acumular bultos abajo y arriba en el dormitorio.

Los operarios acabaron por marcharse, y también José.

—Señorito, insisto, estoy aquí para ayudarle. Cuente conmigo cuando lo necesite.

Me dio un abrazo, algo inusual en su profesión. Eso acabó por convencerme de que aquel hombre hablaba con sinceridad.

***

Los días siguientes fueron muy duros para mí. Apenas me moví del sofá, que cubrí con una sábana limpia, a sabiendas de que debajo habría toda una flora del Cuaternario esperándome.

El televisor era espantoso, de imagen inestable y colores desvaídos, pero era lo único que conseguía distraerme. Veía el primer telediario de la mañana y luego las tertulias de actualidad. No comía nada, y tras el noticiero de mediodía, me sentaba expectante ante el aparato, momento en el cual recuperaba la verticalidad.

Mi estrategia exigía una buena planificación. Yo había leído *El arte de la guerra*, ese libro breve, joya antigua de Sun Tzu. En él se dice que la guerra hay que valorarla en términos de cinco factores fundamentales y hacer comparaciones entre diversas condiciones del bando rival, con vistas a determinar el resultado. El primero de estos factores es la doctrina; el segundo, el tiempo; el tercero, el terreno; el cuarto, el mando; y el quinto, la disciplina.

Como buen estratega, me armé de un arsenal de cuadernos de escritura, lápices de colores y, sobre todo, blocs de notitas amarillas, donde escribía todas y cada una de las ocurrencias que los periodistas del corazón iban lanzando a velocidades meteóricas. Mi formación como profesor de universidad, investigador y otros asuntos en el ámbito científico me hicieron ver que lo primero era aprender las normas de conducta de esos programas mediáticos, para poder actuar en ese medio como pez en el agua.

Nada de aquello arreglaba mi situación, pero al menos me alegraba tener un plan. Esa felicidad me hizo ponerme unas zapatillas y ropa de deporte. Salí por primera vez. Respiré aire limpio y, como no se veía a nadie por la calle, decidí ver si el anciano de la furgoneta seguía por allí.

En realidad, me intrigaba ese hombre. ¿Cómo puede alguien vivir así? ¿Qué historia hay detrás de un tipo que subsiste confinado en una furgoneta?

La puerta trasera del vehículo estaba cerrada, no se oía nada. Toqué con los nudillos y no tardó en abrirse. Me brindó una sonrisa jovial. Estaba sentado en la colchoneta.

—Entre usted, por favor.

—Solo quería saber cómo se encuentra —le dije.

Sin cortarme, repasé con la mirada el lugar donde habitaba ese hombre.

—Permítame una pregunta, ¿cómo hace usted para asearse?

Podía parecer un poco impertinente, pero mi idea era invitarlo a mi casa para tomar una ducha, o lo que necesitase.

—¡Oh! Me dejan entrar en un gimnasio cercano. Todo el mundo me quiere en esta ciudad. Estoy realmente encantado.

Hablaba pronunciando cada palabra con extremo cuidado. Su acento era raro. Por más que quise ubicar su procedencia, no conseguí adivinar de dónde venía, y no me atreví a preguntárselo, tal vez porque me divertía descubrirlo por mí mismo. Le invité a salir de aquel reducto para tomar un café, y aceptó. Caminamos juntos hasta una cafetería cercana, y allí nos sentamos a una mesa frente a la barra. Él pidió una infusión de hierbas, y yo un café cortado. Hablamos de diversos asuntos. Ese tipo tenía más cultura de la que jamás hubiese imaginado. Me aseguró que conocía muchos países, y que no se cansaría jamás de ir de un lado para otro. Según me afirmó, eso le daba la vida. Entonces se quedó mirando a través de la ventana, abstraído, como si de pronto algo hubiese llamado su atención. Tardé poco en entender que se trataba de un señor muy despistado.

En un momento dado comenté que necesitaba alguien para limpiar la casa. Eso atrajo su atención. Saltó de su silla y me dijo que tenía a la persona adecuada. Por un momento sospeché que se estaba ofreciendo, pero me equivoqué.

—Hay una chica llamada Candela. Es la persona que usted necesita.

—¿De qué la conoce?

—Hablo con mucha gente en esta zona. Esa señorita me trae comida, viene a hablar conmigo, incluso me ha regalado una manta. Si puede usted contratarla, le aseguro que no se va a equivocar.

—De acuerdo. Pero solo dígame una cosa. —Me rendí, si no se lo preguntaba, jamás lo sabría—. ¿De dónde es usted?

—Mis antepasados son de aquí mismo.

No oculté mi sorpresa.

—No tiene acento sevillano precisamente...

—Es una larga historia. Otro día se la cuento.

Se levantó y se marchó sin despedirse, dando saltitos y mirando hacia todos lados, como si fuese un hombre perseguido, alguien a quien han puesto precio a su cabeza.

***

Candela hizo sonar la aldaba de la puerta al atardecer. Comprendí que el anciano se había largado a toda prisa en su búsqueda. Me pareció que todo el palacete vibró con sus embestidas. Abrí y me encontré a una jovencita delgada de piel morena y cabello oscuro recogido en una cola. Entró y se entretuvo en observar la enorme misión para la cual yo pretendía contratarla. Sin mediar palabra, se metió en la cocina, luego regresó al salón, y cuando ya imaginaba que se disponía a salir corriendo, me ofreció unas palabras que no esperaba.

—Si quiere usted que sea yo la persona que le limpie este lugar, tiene que concederme varios caprichos. No me pierdo ningún programa de los famosos. Me gusta el cotilleo, lo reconozco, y si usted me permite que yo me relaje con una siestecita tras el almuerzo, le recompensaré dejándole esta chabola como un palacio.

Con su contratación podía cumplir un doble propósito.

—¿De dónde eres?

—De Triana.

—Eres muy joven, ¿qué edad tienes?

—Dieciocho. ¿Le vale?

—Sí, sí.

Me pregunté si ella estaría al tanto de la llegada a Sevilla de un millonario mexicano llamado Fidelio Pardo, pero fui incapaz de abordar ese tema tan pronto.

—¿Qué necesitas para comenzar?

—Que usted me diga cuánto me va a pagar. Y luego acordar que me permita ver todos los días *Sálvame*.

—Eres un ángel salvador.

Candela no entendió esa apreciación.

—No se emocione, yo solo voy a salvarle de esta mierda que tiene usted a su alrededor. ¿Me comprende?

Le dije que sí, y le subí un veinte por ciento el salario que pensaba pagar. Aceptó, y quedó en venir al día siguiente.

Consideré aquello como un golpe de suerte.

El arte de la guerra explicaba que un maestro experto deshace los planes de los enemigos, estropea sus alianzas, le bloquea el camino, venciendo mediante estas tácticas sin necesidad de luchar. Esta es la ley del asedio estratégico. Así pues, la regla de la utilización de la fuerza es la siguiente: si las tuyas son diez veces superiores a las del adversario —este no era mi caso—, rodéalo; si son cinco veces superiores —tampoco—, atácalo; si son dos veces superiores, divídelo. Si son iguales en número, lucha si te es posible. Si son inferiores —este sí—, mantente en guardia, pues el más pequeño fallo te acarrearía las peores consecuencias. Continuaba Sun Tzu explicándome que hay que mantenerse al abrigo y evitar en lo posible un enfrentamiento abierto. La prudencia y la firmeza de una sola persona puede llegar a dominar incluso a un ejército.

Aquel fue mi mejor día desde el divorcio.

Miré entonces el calendario. Era par, un nuevo augurio de que todo estaba en vías de mejorar.

***

Candela llegó temprano al día siguiente, pertrechada de un ejército de trapos y escobas. La chica se lo había tomado en serio. Había adivinado que conmigo tenía un filón, no de riqueza, sino de basura y desechos que limpiar.

Armada de paciencia y sentido, comenzó por la planta superior. Afirmó que la suciedad era mejor limpiarla desde arriba hacia abajo, y aunque me hubiese gustado preguntarle por qué, ella se lanzó con tal determinación a su cometido que me dejó allí plantado.

Mientras la escuchaba trajinar arriba, me dediqué a ordenar los libros. Saqué parte del contenido de las cajas de cartón, y luego coloqué de la mejor forma posible los legajos que iban apareciendo. Era sorprendente la cantidad de textos que coleccioné en mi juventud y aún más extraordinario la calidad de los documentos que atesoraba, fruto de la herencia.

Fui hijo único, mis padres solo me tuvieron a mí, tal vez por lo ocupados que siempre estaban, pero me querían con locura, al menos tanto como a su profesión. Viajaban con frecuencia, siempre buscando huellas del pasado, aprovechando los periodos en que no daban clases en la Universidad para hacer las maletas y salir pitando.

De uno de esos numerosos viajes, nunca más regresaron. Era principios de septiembre, yo aún no había regresado al colegio, de hecho, me encontraba fuera de Sevilla, porque estaba terminando una estancia internacional para aprender inglés. Mi vida cambió de la noche a la mañana. Tras darme la noticia, me hicieron regresar con urgencia a España, y mi vida nunca volvió a ser la misma.

Pero al menos me quedaban aquellos papeles para recordarlos.

Al abordar un paquete que contenía libros, extraje un antiquísimo ejemplar, un tomo encuadernado en auténtica piel marrón deteriorada por el paso del tiempo. En la portada se encontraba grabado el título: *Vida y Obra de Diego de Deza*. Desconocía la fecha de impresión, sin duda se trataba de la más preciada de mis pertenencias. Jamás heredé fortuna, salvo joyas como esa y un pequeño apartamento donde residí hasta casarme con Sonsoles. Ese fraile se encontraba en la línea genética de mis antepasados, compartíamos el mismo apellido.

Diego de Deza nació en el siglo XV, de familia gallega, y tuvo tres hermanos, Antonio, Ana y Álvaro. Alcanzó gran protagonismo en la vida de los mismísimos Reyes Católicos. Confiaron tanto en él que le encomendaron la educación del príncipe Juan, y cuando murió, los monarcas siguieron contando con sus servicios para funciones de Estado.

Dejé el libro sobre la mesita frente al sofá estampado y me senté. Recordé que su tumba sigue dentro de la catedral hispalense, y aunque sus huesos no estuviesen ya allí, compartía edificio sepulcral con Cristóbal Colón, mismo templo, misma ciudad.

Las relaciones Colón-Deza han sido y serán por siempre estudiadas en profundidad. Mi antepasado, al parecer, había intentado persuadir a los reyes para que aceptasen ante los maestros de astrología y cosmología la empresa descubridora. En los conventos se hacían las juntas y conferencias de los sabios, y allí proponía Colón sus conclusiones y las defendía. Y con el favor de los religiosos consiguió triunfar.

El propio Almirante envió cinco cartas a su hijo desde Sevilla, y en todas le habla de su protector y siempre amigo Deza. Estas cartas eran un testimonio de primera mano y, aunque las ignorasen en su tiempo los cronistas, avalan un testimonio indudable.

Para mi familia nunca ha habido duda alguna: su intervención en el Descubrimiento de las Indias fue su mayor gloria, y yo llevo su apellido.

Siempre me pareció irónico que un antecesor de mi familia hubiese encumbrado al navegante y luego, siglos más tarde, sus descendientes tratásemos de desentrañar quién era realmente ese hombre que tantas sombras acumula.

Absorto en mis pensamientos, en aquel primer día, Candela bajó para comer.

—A lo mejor usted esperaba que yo también cocinara, pero no he tenido tregua.

No quise hablarle de los libros que tenía delante. Dirigí mis pensamientos hacia otro.

—¿Has leído a Sun Tzu?

—¿Le pasa algo en la lengua?

—Discúlpame. Vamos a aprender algo de la guerra de los famosos mientras comemos.

Saqué tres cosas del frigorífico. El único detalle de mi exmujer había sido ordenar que la nevera y la despensa estuviesen llenas a mi llegada.

La invité a ver la televisión desde el sofá. Ella aceptó, y ambos nos dedicamos a picar un poco de embutido y el contenido de unas latas de conservas, que abrí mientras observábamos aquel programa estúpido.

Periodistas, o más bien, personas sin formación alguna pero capaces de destripar a otros, procedieron sin piedad a despellejar a todo el que se movía por el plató.

A mí me aburrió un poco, pero Candela se dedicó a celebrar cada uno de los exabruptos que mascullaban por doquier.

No soporté más de diez minutos de aquel circo mediático, así que continué ojeando los papeles que había desplegado frente a mí.

Sevilla, la gran Sevilla, ha asombrado a la humanidad desde hace siglos. El Descubrimiento de América hizo grande a esta ciudad y la catapultó hacia su máximo esplendor. Mis ascendentes habían estado allí para contemplarlo, incluso participaron en las misiones, en la puesta en marcha de la Casa de la Contratación, ese lugar que se creó para regular el comercio con los territorios de ultramar. En realidad, se convirtió en el primer monopolio del Nuevo Mundo, un lugar por el que llegaron a entrar miles de kilos de oro y plata al año. El Imperio español había nacido para entonces. Perduró durante siglos, a través de una ciudad llena de florentinos, genoveses, portugueses, alemanes, todos atraídos por los tesoros.

Y ahora, había otra clase de fuente de ingresos en Sevilla: los programas de televisión con famosos, el nuevo negocio del siglo.

Como por ensalmo, fue en ese momento cuando me llegó al ordenador un mensaje de correo. Se trataba de una oferta para participar en uno de ellos.

La cantidad me pareció insultante, no por baja, sino por todo lo contrario.

Yo tenía una carrera, había leído miles de libros, pero nada de eso valía. Aquella productora me pagaría por cada encuentro —y serían cinco en total— la misma cantidad que correspondía al sueldo anual de un profesor universitario. Solo por contar mis aventuras en palacio.

Una fortuna.

Eso me insufló nuevas energías, desde ese mismo momento me puse a preparar mi flamante debut en el mundo rosa y olvidé los libros, dispuesto a producir pura adrenalina para el corazón de los televidentes.

Por supuesto, estaba nervioso. Yo no manejaba esas lides y, *a priori*, me preocupaban algunos aspectos relacionados con la intimidad de pareja, pero... ¿cómo resistirme a hacerle daño a ese mexicano? Era lo que más ansiaba, y ahora lo tenía al alcance de mi mano.

En ese instante no se lo dije a Candela, preferí esperar a conocernos mejor, pero al terminar la primera semana, la hice partícipe de mis intenciones.

Al conocer la noticia, ella me ofreció una sonrisa inmensa.

—Va usted a ser mi ídolo. ¿Puedo decirles a mis amigas que mi señorito sale en mi programa favorito?

—No me llames señorito.

—Usted vive en un palacio. ¿Qué es si no?

Era pronto para abrirme a esa chica, apenas acababa de empezar, y ya me disponía a reclutarla para mi proyecto. Tal vez fuera la alegría que me había provocado la invitación al programa rosa, pero el caso es que no me pude resistir.

Le relaté mis vivencias en el marquesado de los Montesinos, me vacié en una larga charla en la que no escatimé en adjetivos hacia Sonsoles. Ella vio tan interesantes mis explicaciones, que decidió apagar el televisor y concentrarse en esos otros cotilleos que yo le estaba ofreciendo.

—Esto es mejor que la tele. Un directo, como dice esa gente.

Me escuchó sin rechistar. Yo necesitaba vaciarme, y por eso abundé en detalles y apreciaciones con relación a mi vida anterior. Incluso me permití comentar aspectos íntimos de mi relación sentimental.

—No quiero que me malinterpretes… Había tantos obstáculos en esa relación, son tantos los problemas que he padecido, que no me queda otra solución más que hacer esto.

Poco antes de terminar mi historia, me percaté de mis ojos húmedos. A decir verdad, estaba a punto de llorar.

—Fin del relato —le dije—. Ahora ve a limpiar.

Obedeció y se marchó sin rechistar hacia la primera planta.

Los días siguientes transcurrieron con absoluta normalidad. Ella limpiaba y yo veía la televisión. Siempre, tras la sobremesa, nos sentábamos juntos en el sofá a comer, tomar café y ver los cotilleos.

—¿Cuándo le toca a usted?

—El mío será un programa especial, versión de *luxe*. El próximo sábado por la noche.

—No me lo pierdo.

Antes de dejarla subir, la interrogué sobre las materias que más le gustaban de esos folletines y sonsaqué información que apunté convenientemente. Mi objetivo final era ganar esa guerra, derrotar al tal Fidelio y echarlo del país. No era nada desdeñable la cantidad de dinero que me iban a pagar, así que tenía que dosificar bien las balas, procurar hacer un buen papel y conseguir extraer todo el oro posible.

Aquella tarde salí a pasear. Por la calle me miraban. Fue la constatación del interés que yo despertaba en la sociedad, aquello auguraba un éxito rotundo. Por supuesto, era consciente de que la cadena de televisión ya había comenzado a emitir anuncios relativos a mi aparición estelar.

No podía sentarme en ninguna terraza, porque la primera vez que lo hice en el barrio de Santa Cruz se me acercaba la gente y me miraba como si de un mono de feria se tratase. Así que decidí vagabundear por los jardines de Murillo, mis preferidos, aunque también me dediqué a contemplar los vergeles de la Cartuja y más adelante me pareció que el mejor lugar para pasar desapercibido era el parque de los Príncipes.

En el camino de regreso al palacete, al girar en la calle, vi desde lejos que el tipo de la furgoneta estaba hablando con Candela. Cuando la chica me vio, se dirigió corriendo a su trabajo, y él se metió dentro y cerró la puerta.

Entré en el caserón y escuché ruidos en una de las habitaciones. Al subir a mi habitación a cambiarme de ropa me di cuenta de lo limpio que estaba quedando todo. El olor a humedad no había desaparecido, pero ahora se encontraba mitigado por los productos de limpieza.

Fue ese día cuando subí por primera vez al torreón.

La escalera empinada de oscuros escalones no me gustaba nada, pero me atraía la curiosidad. En el fondo, aquello era parte de mis posesiones.

Encontré una única estancia, con ventanales cerrados. Encendí la luz y vi que estaba repleta de muebles antiguos, inservibles en su mayoría. Se notaba que Candela había hecho todo lo posible por ordenar aquel espacio, una tarea inútil. Le pedí entonces que subiera.

—Vamos a tirar todo esto —le aseguré.

—Tengo unos primos que se lo retiran gratis, si usted les deja que lo vendan.

—Que se lleven todo menos la mesa y ese sillón. Tampoco los cuadros. Esos no se tocan, quiero verlos bien.

—Entendido.

—Y que quiten las maderas que cubren los ventanales. Vamos a darle luz a este sitio.

Cuando se marchaba, le hice la pregunta:

—¿De qué hablabas con ese tipo? El de la furgoneta.

—De nada en especial, solo me da consejos.

—¿Por ejemplo?

—Dice que dentro del palacio hay algo que puede ayudarle mucho a usted, pero no sabe exactamente lo que es.

Definitivamente ese viejo estaba chiflado. La dejé que se marchase. Me apetecía hacer de aquel lugar mi cuartel general. Con luz, sobre esa mesa y reclinado en el sillón de piel marrón, lo mismo se me ocurría sentarme allí a escribir ese libro que la gente me pedía. Nada relacionado con mi tema de investigación, sino otro muy distinto: unas memorias, las antologías picantes de un caballero en la corte.

Mientras yo aún pensaba en esa idea, Candela ya estaba hablando por teléfono con sus primos.

A última hora de la tarde escuché un camión acercarse a la entrada. Ella les abrió y subieron tres tipos. Se llevaron uno a uno todo lo acordado. Les di las gracias e intenté pagarles, cosa que no aceptaron.

Se marcharon todos juntos y yo me quedé solo.

***

El día siguiente era la víspera de mi flamante debut en televisión. Yo estaba muy nervioso. Veía cómo la cadena seguía emitiendo —uno tras otro— recordatorios de mi participación en el programa, anunciado como el acontecimiento del siglo.

Candela se había esmerado en limpiar el torreón.

Sin maderas que tapasen los cristales y con todo el espacio despejado, me animé a subir libros y papeles y, por supuesto, mi ordenador personal.

Se trataba de un espacio de unos cincuenta metros cuadrados, con amplias ventanas en los cuatro costados. Las vistas eran hermosas: casas señoriales y palacetes sevillanos en los alrededores, y al fondo una bonita perspectiva de la parte alta de la Giralda.

—No hay paredes en este sitio para colgar esos cuadros—le dije.

—Pues los colgaremos abajo, donde usted me diga. Mire, este sí que es extraño.

Se refería a un lienzo de apenas sesenta centímetros de alto por cincuenta de ancho.

Parecía representar a un animal, algo semejante a un ser con la cara de jabalí, o tal vez podía ser de cerdo, o cualquier otra bestia hecha persona, una sabandija con forma humana, en cualquier caso. La obra era muy oscura, con tonos marrones y verdosos, incluso rojo burdeos a trozos. En conjunto, a duras penas se podía adivinar qué habían querido retratar allí.

—Es horroroso —le dije.

—Da miedo. Este ni lo tocaré.

—No, no, límpialo bien, parece un cuadro extraño. Me gustaría ver qué representa.

—Usted manda. Cualquiera se opone a una estrella de la televisión.

Se fue con el cuadro en brazos. Yo me quedé mirando las luces de Sevilla, que comenzaban a encenderse en el horizonte.

Al poco tiempo escuché gritos desde abajo.

Descendí con cuidado las escaleras y vi a Candela de rodillas, con un trapo en la mano y un bote de limpiador en la otra. Observaba el cuadro como si el diablo hubiese salido de dentro.

—Me he pasado con este producto. Pero yo no tengo la culpa.

Pasé por alto ese comentario y contemplé la obra. Había perdido una notable capa de pintura por los bordes, junto al marco.

Ahora, los colores oscuros aparecían por esa zona algo más claros, y en algún otro punto parecía como si algo rojo intenso quisiera salir a la luz.

—Me lo he cargado. Lo siento.

—No te preocupes —le dije—. Hasta hace un rato ni sabía que era el propietario.

Lo elevé y comprobé que la pintura se estaba decapando.

Con mis dedos, yo mismo retiré un poco de la parte superior, y observé cómo iban apareciendo nuevos detalles de debajo.

—Déjalo arriba en el torreón, lo veremos mejor mañana con buena luz.

—Me da miedo. Parece que alguien se aseguró de que nadie lo tocase. Guarda algo malo, se lo digo yo.

No le hice caso.

Solo quería acostarme y esperar a que llegase el sábado.

Se me hacía eterna esa espera.

Esa noche soñé con la bestia del cuadro.

4

UN HOMBRE SIN ROSTRO

«...

—Sonsoles, con esta decisión me estás matando. Te ruego que no me eches así. No lo merezco.

—Tienes mucho futuro, sigue con tus investigaciones. Estás tan enamorado de Colón como de mí.

—Eso no es verdad. Llevo años sin tocar un libro.

—Pues vuelve a hacerlo. Eres una persona que se enamora con facilidad.

—Eso es un golpe bajo. Insisto en que me estás aplastando.

—Cuídate. Dedícate a tus estudios a partir de ahora, no intentes acercarte a mí, aléjate y acepta que todo ha cambiado. No hagas ninguna tontería.

—¿Por qué dices eso?

—Te lo advierto. Llegan tiempos difíciles. Y no solo para ti. También para mí.

...»

El programa se emitió en directo desde Sevilla para todo el país. Me aseguraron que la exclusiva también la habían comprado en varios países de América Latina. La compañía que producía el evento fue a buscarme en un vehículo con conductor. Yo hice esperar un buen rato al chófer, y luego acudí a la puerta de mi palacete bien trajeado, como correspondía a mi condición. Esperaba que los vecinos —si es que había alguno—, me viesen salir.

Desde la puerta pude ver que el tipo de la furgoneta había situado una silla plegable en la acera y leía un libro aprovechando los últimos rayos de sol. Me saludó con la mano, y yo le correspondí. Si alguien más me espiaba desde alguna ventana, debía estar haciéndolo con discreción. Saqué una conclusión: aquella calle llena de edificios antiguos atesoraba los palacetes más destartalados y deshabitados de la ciudad antigua.

En los estudios de televisión me recibieron en la entrada, me abrieron la puerta con una reverencia —buen signo—, y luego me acompañaron a la sala de maquillaje. Había fotógrafos por todas partes. Mentiría si dijese que no me sentí reconfortado. Estaba tan convencido de la necesidad de dejar las cosas claras, de contarle al mundo lo ocurrido, que aquellos primeros momentos fueron para mí un auténtico oasis de paz y confort. A cada brochazo cosmético que daban a mi cara, yo me sentía mejor, más contento conmigo mismo, como el sabio que va a impartir una clase magistral para sorprender al auditorio con su perfección.

Una vez maquillado, respiré profundo y fui a sentarme en la parte del plató que me indicaron, frente a cinco sillas vacías. Allí a solas hice un repaso de mis estrategias, de los límites que no debía traspasar. El mundo seguiría rodando al día siguiente, sin que nada de lo que sucediese en esa entrevista lo impidiese. Por lo tanto, debía estar tranquilo.

Poco a poco comenzaron a sentarse frente a mí los mismos tertulianos a los que había visto en esos programas, auténticas estrellas del mundo del corazón. Esa galería de personajes que ahora desfilaban por el escenario había tratado cientos de tórridos asuntos, escándalos notorios, tragedias sentimentales, nada importante en realidad.

Vistos desde el lado de la pantalla desde el cual yo siempre los vi, esos profesionales hacían bien su trabajo y recibían sueldos elevados porque entretenían tarde a tarde, noche a noche, a una pléyade de televidentes.

Pero desde este lado, frente a ellos, jamás hubiese imaginado tanta maldad como la que emplearon conmigo.

El primer puñal llegó rápido.

—¿Hacía usted feliz a la marquesa en la cama?

—Hummmm.

Esa pregunta me pareció fuera de lugar, al menos para comenzar. Por supuesto que imaginaba algo así, pero no tan directo.

Respondí con evasivas, dando por sentado que fuimos muy felices, intentando que todos los aspectos negativos de nuestra relación pareciesen el resultado de leyendas tejidas al amparo de los *paparazzi*, pero nada de lo que dije me pareció que convenciese a esa gente.

Luego siguieron cuestiones impertinentes, con un ritmo que me pareció orquestado.

—¿Por qué cree que Fidelio la hace más feliz que usted?

Esos tipos eran especialistas en desplegar campos de minas delante de los invitados, para luego provocar que salieses corriendo, tropezaras y, con suerte para ellos, explotaras. Disfrutaban con cada dardo envenenado que me disparaban.

Yo intenté ser coherente en cada una de las respuestas, pero la lógica no servía de nada. Esas personas sentadas frente a mí habían elaborado sus preguntas a conciencia, artillería prefabricada dispuesta a taladrarme las entrañas.

—¿Cuánto dinero recibía usted al mes?

Me quemaban los ojos de indignación.

—No recuerdo —respondí—. Las cifras que se han publicado están fuera de toda racionalidad. Yo solo me limité a estar a la altura de lo que se pedía de mí. Imagínese los trajes que tuve que comprar. Un marqués debe asistir a decenas de actos ¿Me comprende?

Ninguno de ellos asintió.

—¿Se siente un capricho de la nobleza?

Suspiré con disgusto.

—Yo estaba enamorado. Mi relación con Sonsoles ha sido sincera.

Hice un amago por sembrar una posición lastimera. Expresé con toda franqueza que la había querido, que estuve locamente prendado de ella.

Tampoco nadie movió un músculo por mí.

—Ya sabe usted que en Sevilla no se hablaba de otra cosa cuando usted conquistó a la marquesa. Permítame que le haga la pregunta a la cual el país entero espera una respuesta. Ha sido el chascarrillo nacional, el secreto inconfesable que todo el mundo quiere conocer.

—Adelante, pregúnteme, estoy aquí para responder.

—De acuerdo, la pregunta es… ¿está usted bien dotado?

—Pues no sabría qué contestarle…

Me fueron acorralando sin piedad. Pregunta tras pregunta, golpe tras golpe, mi cabeza se fue convirtiendo en una máquina de vapor. Si no quería que explotase, estaba obligado a enfriarla.

Pero no fue la cuestión relativa a mis atributos la que colmó mi paciencia, sino otra.

—¿Cree usted que Sonsoles Montesinos es capaz de amar?

Primero ofrecí mi mejor sonrisa. Pero luego aquella pregunta acabó por desconcertarme, me noqueó, y ya no pude reaccionar.

Me encontraba hundido en el cuadrilátero, incapaz de recibir ningún golpe más.

Esas palabras provocaron en mí un intenso silencio.

La razón era bien sencilla: acababa de descubrir que, si contestaba, jamás volvería a tenerla entre mis brazos.

Sí, yo la amaba.

Continuaba amándola. Nunca dejé de amarla. La necesitaba. Aquello fue para mí una revelación muy dolorosa. Había estado intentando olvidarla, y ahora me daba cuenta de que, con lo que estaba haciendo allí, la estaba perdiendo para siempre.

Aturdido, me quité el micrófono y salí corriendo.

Millones de personas vieron mi espantada.

En directo.

***

Pasé el fin de semana sin encender el televisor ni atender el teléfono, que sonó mil veces. Alguien golpeó con insistencia la aldaba de hierro con forma de mano de la puerta del palacete, y tampoco acudí a abrir.

El lunes por la mañana llegó Candela sosteniendo una bandeja de dulces en las manos.

—Un pecadillo hipercalórico.

Hubiese querido evitar que me viese en ese estado, pero ya era tarde. La dejé pasar y le di las gracias. Volví al dormitorio y me eché de nuevo. Tenía el propósito de pasar la mayor parte del día tumbado, pero me parecía una descortesía no acompañar a la muchacha con un café y probar alguno de esos pasteles. Ella lo agradeció con un gesto, y como intuía que era mi intención salvar ese duelo en solitario, se marchó con elegancia.

—Si le parece, señorito Álvaro, yo me voy a limpiar arriba, y usted sigue endulzando su vida.

Asentí con un golpe de cabeza, y me quedé solo en la cocina.

Tomé un pequeño pastel de chocolate, y con él en la mano me dirigí al cuarto de baño. Me detuve para observarme en un espejo. Tenía ojeras. Mis ojos claros, de común vivos y chispeantes, parecían los de un condenado a muerte. El pelo castaño que normalmente tiraba a rubio se me había oscurecido y pegado al cuero cabelludo.

Aquel espejo estaba averiado, sin duda.

La escuché cambiarse, para luego subir al torreón cargada de productos de limpieza, escobas y fregonas.

No habían pasado ni dos minutos cuando me llamó con desesperación.

—¡Señorito! Venga, venga corriendo.

Temí algún desastre arriba, otro problema más.

Subí los peldaños de las escaleras de dos en dos, y la encontré de rodillas frente al cuadro del rostro del jabalí, que aún descansaba en el suelo, inclinado sobre la pared.

Pude ver que la obra se había decapado aún más.

Como por ensalmo, el lienzo había escupido la pintura.

Restos de material seco se acumulaba a los pies del marco.

El cuadro era aún más extraño ahora.

—¿Qué es eso?

—Si usted no lo sabe, que tiene carrera, imagínese yo.

Me vino a la cabeza un pensamiento absurdo. ¿Por qué quería Sonsoles que yo viviese allí? ¿Por qué tanta insistencia?

La forma original seguía intacta, sin duda, pero ya no parecía la misma. El retrato había sufrido una transmutación. Los colores eran un poco más claros que la última vez que los vi. Había tonos de azul y magenta que antes, o bien no estaban, o no me percaté de que estuviesen.

Ahora, más bien, parecía un rostro casi humano, al menos más humano que antes. La forma de animal comenzaba a desdibujarse, algo extraordinario, un ser sobrenatural.

—Qué susto —dijo Candela—. ¿Sabe qué es esto, señorito?

—No lo sé, pero lo vamos a adivinar.

Le pedí su teléfono para llamar a un amigo. No tenía ninguna intención de encender el mío. Llamé a Sebastián, un compañero de universidad, dueño de un taller de restauración de arte muy reputado en Sevilla. Cuando escuchó mi voz, lo primero que hizo fue darme el pésame, como si se me hubiese muerto algún pariente cercano.

Le relaté lo sucedido. Pidió que lo llevase al taller, algo a lo que me opuse, y que él comprendió sin más explicaciones.

Me aseguró que sería lo primero que haría después de comer, y que traería consigo a su mejor experto en la materia. Mientras llegaban, le sugerí a la chica que se alejara de ese engendro.

Eran las cuatro en punto cuando la aldaba sonó con fuerza.

Sebastián, embutido en un traje de buen corte, apareció acompañado de un señor con uniforme de faena azul marino. Portaba un maletín de aluminio de grandes proporciones. Nos saludamos, y le rogué que no me hablase del asunto. Él ya sabía.

Subimos al torreón. Los visitantes se quedaron tan perplejos como nosotros.

—¿Qué es eso? —preguntó Sebastián—. ¿Te has encontrado esto aquí?

—En realidad lo ha encontrado ella —señalé a Candela.

El experto le pidió permiso a su jefe para sentarse en el suelo, frente al cuadro.

—Es muy antiguo —dijo con aire circunspecto—. El marco es original, sin duda, yo diría que de aquí de Sevilla, de algún taller de mediados del siglo xv, o tal vez principios del xvi.

—¡Qué ojo! —resopló la chica.

Yo le indiqué con un dedo en mis labios que callara.

El hombre abrió el maletín y mostró sus herramientas.

Primero sacó un pincel y lo pasó por algunas partes de la obra. Luego lo dejó y se hizo con unas pinzas metálicas. Más tarde, con otro artilugio, sin pensarlo mucho, raspó con cuidado una parte de la esquina superior derecha del cuadro y comprobó que la pintura seca se desprendía.

Con aire circunspecto se dirigió a nosotros.

—Hay algo pintado debajo de esta capa. Quien hiciera esto, quería ocultar lo que haya detrás, sin dañarlo.

—¿Cómo lo sabe? —pregunté yo.

—La obra de abajo es más antigua. Han tapado el original. No es la primera vez que veo algo parecido, pero nunca con un cuadro de esta época.

—¿Y qué me aconseja?

—Si me autoriza, voy a ver si está firmado. Parece que podría haber algo por aquí.

Señaló la parte inferior derecha.

Sebastián me miró.

—Adelante —dije.

El experto sacó un bote que contenía algún fluido y lo aplicó sobre un bastoncito terminado en un algodón.

Con gran pericia, ese tipo logró descubrir un garabato.

—Dios mío, es un cuadro de Alejo Fernández.

—No puede ser —le respondió su jefe—. ¿Estás seguro?

—Absolutamente. Es su firma.

Recordé quién era Alejo Fernández. Pintor de incierto origen alemán, que residió casi toda su vida en Andalucía, primero en Córdoba, y luego en Sevilla, uno de los destacados miembros de la escuela sevillana de pintura.

Ese hombre había nacido en 1475, y creía recordar que falleció en 1545.

—Tienes un tesoro aquí escondido —dijo Sebastián.

—¿Puede usted seguir limpiando la obra?

—Por supuesto, yo no me levanto de aquí hasta ver qué hay debajo. La pintura superficial está muy deteriorada, es de muy mala calidad. Parece como si quien hubiese hecho esto tuviese claro que lo bueno está debajo. Denme un par de horas.

Le dejamos allí trabajar.

Invité a Sebastián a un café y dulces.

Mis ánimos no estaban para hablar de Sonsoles, pero Sebastián insistía en ello. Por supuesto, yo sabía que él era un gran amigo de la marquesa, que figuraba entre sus principales clientes. Nos sentamos en el salón, con la bandeja de pasteles frente a nosotros.

—He tenido la oportunidad de conocer a Fidelio Pardo —me dijo sin yo preguntarle por el asunto—. Es un empresario de éxito, tiene muchas empresas, tierras en varios estados, pero, sobre todo, una compañía de telecomunicaciones enorme. Creo que se llama Americo Tel. Da servicio a millones de teléfonos en México y otros países de Centroamérica, y hace unos meses ha abierto en los Estados Unidos, con notables resultados. El tipo está forrado, sin duda, y tiene la suerte de que todo lo que toca lo mejora. Consigue beneficios allá por donde va.

—¿Y va en serio con Sonsoles? ¿Qué busca en ella?

—Es difícil contestar. A ella la veo seria, no sé si él la hace más feliz que tú —era evidente que había visto el programa de cotilleo—, pero ambos acuden a todas las fiestas, están en los eventos de la ciudad. No se han separado desde que saliste del palacio. Se habla de negocios conjuntos, de una revitalización de las fincas, al parecer hay planes. Los dos estuvieron en la tienda que tengo en el centro, y te mentiría si no te dijese que compraron muebles y antigüedades por un capital, al menos hace un año que no hacía una caja así.

—¿Pero ese hombre va en serio? —insistí.

—Es muy reservado, altivo, habla lo justo. No he observado ningún gesto de cariño, pero imagino que será su forma de ser.

Tras decir eso, un incómodo silencio se instaló entre nosotros. Luego se decidió a soltar algo más.

—Me susurró algo extraño, un comentario que no comprendí.

—Dímelo.

—Cuando se disponía a pagarme, le dije que iba a engrandecer el patrimonio cultural del marquesado con la compra que acababa de hacer, y me dijo que todo lo que pertenece a los Montesinos era de él desde hace siglos.

—¿A qué te refieres?

—No tengo ni idea. Es textual lo que te he contado. ¿Tú puedes hilvanar algo al respecto? Tú conoces mejor a la familia de la marquesa. ¿Te suena algo así?

Negué repetidas veces.

—Fue la única vez que lo vi sonreír —añadió Sebastián—. Ese tipo es muy frío, tanto como una cerveza Corona cuando la sacas del congelador.

***

Candela se ocupaba de cambiar bombillas, arreglar ventanas, sacudir alfombras y otras interminables tareas. Sobre las seis de la tarde, se acercó a nosotros para decirnos que el señor de arriba requería nuestra presencia. Ascendimos con premura, a decir verdad, a mí me apetecía dejar de hablar con Sebastián.

Al entrar en el torreón, aún con luz del día, lo que vimos nos dejó asombrados.

Lo primero que me vino a la cabeza fueron las palabras que escribieron de forma casi idéntica dos personajes históricos: «era de gentil presencia, de bien formada y más que mediana estatura, las mejillas un poco altas, sin declinar a gordo o macilento; la nariz aguileña, los ojos garzos, la tez blanca de rojo encendido, y los cabellos rubios».

Era exactamente lo que tenía ante mis ojos.

El experto había limpiado el cuadro y ahora se podía ver la cara precisa de esa persona descrita siglos atrás.

Lucía un collar de cuentas de ámbar, y lejos de llevar el hábito terciario franciscano con el que algunos pintores le representaron mucho tiempo después, llevaba el típico gorro de forma cónica, carmesí. Era una prenda que distinguía a los lobos de mar de otros oficios, en una época en la que todavía no habían sido inventados los uniformes.

—Es un retrato auténtico de...

—De Cristóbal Colón —completé yo.

—¿Cómo lo sabe usted? —me preguntó el hombre mientras se ponía en pie.

—Es tal y como su hijo Hernando Colón y también Bartolomé de las Casas lo describieron. Las dos personas que mejor y más de cerca le conocieron en vida hicieron la misma descripción en momentos y lugares distintos.

—Pues sí —dijo Sebastián.

Nos quedamos admirando la obra. El experto había hecho un trabajo excepcional en muy poco tiempo. Aún rumiaba la idea de llevarlo al taller y hacerle una reparación a fondo.

—¿Y cómo sabe usted que es una obra original? —le pregunté yo.

—Está fechada, Alejo Fernández, en 1487. Ha aparecido la fecha junto a la firma, y los trazos, el estilo, la forma y el diseño son los de este artista.

Su jefe añadió otra información.

—Justo el año anterior al que nació su hijo Hernando, en Córdoba. Eran los tiempos en los que el futuro descubridor de América, ya viudo, cortejaba a su segunda mujer, su compañera, su amante realmente, Beatriz Enríquez de Arana. Nunca se casaron.

Tras un breve silencio, Candela nos sorprendió a todos desde atrás.

—¿Por qué es tan importante este cuadro? No sé, es antiguo, pero ustedes parecen atontados al verlo.

Los tres hombres la miramos. Yo contesté.

—Porque es el único retrato de Cristóbal Colón que existe en el mundo. Jamás se dejó retratar en vida. Todos, absolutamente todos los cuadros que conocemos son muy posteriores a su muerte.

Es decir, estamos viendo el auténtico rostro de la persona que descubrió América. Una primicia.

Yo mismo repetí mis palabras de nuevo.

—¿Te das cuenta de lo que tienes aquí? —me preguntó Sebastián.

—Claro que sí.

—La verdadera cara de Cristóbal Colón. Es uno de los misterios que se llevó a la tumba. Nunca se dejó pintar. Los cuadros de su supuesto rostro repartidos por el mundo se realizaron tras su muerte y siempre a partir de descripciones —dijo Sebastián, sin perder de vista el cuadro—. Piense usted, señorita, en la disparidad de apariencias que se aprecian entre sus retratos más conocidos. ¿Se da cuenta?

Ella asintió, como si supiera esa verdad incuestionable.

—Candela —fui en su rescate—, los dibujos, las imágenes, todo lo que se ha pintado de Colón está basado en recuerdos. Que se sepa, nadie consiguió retratar al Descubridor cuando aún vivía.

—¿Y ese cuadro que se ve en los libros, con un gorrito?

—Un momento. —Bajé al piso inferior a buscar algo.

Revolví entre mis cajas de cartón y extraje un libro que me regaló mi abuelo, otra de las reliquias entre mis posesiones. Regresé al torreón cargando con el pesado tomo. Abrí una página que tenía marcada y se la mostré a Candela.

—Este es el cuadro más antiguo, el primero de ellos —apunté hacia la imagen de un hombre de cabello claro que sostiene un pergamino en su mano derecha mientras la izquierda descansa sobre un montón de libros—, fue dibujado por Lorenzo de Lotto, en 1512. Hoy día el original está en poder de la familia de James Ellsworth, de Chicago.

—Pues es muy antiguo.

—Así es —le respondí—, pero no lo necesario para retratar al personaje. Cristóbal Colón murió en 1506. Nuestro Almirante ya llevaba mucho tiempo muerto.

Silencio.

—El siguiente es el de Sebastiano del Piombo, de 1519. —Señalé entonces a alguien originalmente pintado en un óleo, un señor con la mano izquierda sobre el pecho, con sombrero de puntas hacia arriba, jubón de buen porte y fondo difuminado—. Esta es una de las imágenes que más se ha usado para representar a Colón, en libros, publicaciones, exposiciones, etcétera. ¿Te refieres a este hombre con gorrito?

Ella asintió.

—El original de ese cuadro está en el museo Metropolitano de Arte de Nueva York —explicó Sebastián—. Representa a un hombre joven y, cuando se pintó, Colón ya llevaba trece años muerto. Además, Del Piombo jamás conoció al Descubridor.

—Y aquí tenemos una copia del retrato de Colón de Ridolfo Ghirlandaio, pintado en 1520. —Era otra de las pinturas más conocidas, representaba a un almirante de rostro un poco más regordete que los anteriores, pelo rubio cubierto por un birrete negro y jubón oscuro—. También pintado en fecha posterior al fallecimiento. Este autor nunca estuvo en España y no conoció al Almirante.

—¿¡Y cuál es su conclusión!? —explotó la chica.

Me tomé unos segundos antes de responder.

—¿Es que aún no te has dado cuenta? —pregunté—. Si Cristóbal Colón murió en 1506, ninguna de esas pinturas se hizo cuando aún vivía. Cualquier otro cuadro que te muestre de este libro, o de cualquier otro, no va a tener tal cosa. No existe en el mundo entero un retrato del Almirante. Y este cuadro que tú has encontrado está fechado en 1487.

—O sea —reflexionó Candela—, que esa es su verdadera cara.

Yo debía estar pensando lo mismo que ellos.

¿Por qué no se dejó retratar en vida? Era realmente extraño que un hombre que se vanagloriaba de su gesta, que quería pertenecer a la nobleza, no dejara que un pintor de la corte le hiciera un simple retrato.

—Te puedo mostrar otros cuadros, de siglos posteriores, así que no tienen interés —solté entonces el libraco.

Sebastián asintió, parecía pensativo.

—Álvaro, dime una cosa, ¿cuánto quieres por este cuadro? Ponle una cifra. Te lo compro ahora mismo.

—Tengo otros planes —le respondí.

No quería ser descortés, pero el dinero no era lo que yo ansiaba en esos momentos.

—Aquí hay algo más —dijo el experto.

Nos acercamos a él.

Le había dado la vuelta al cuadro, y nos señalaba una inscripción en el reverso del lienzo. Levantó la obra y nos la mostró de cerca.

mea facies nullo cognoscenda est

«Nadie debe conocer mi rostro».

Era la letra del Almirante, sin duda. Me había pasado media vida leyendo documentos originales de Colón. No había en el mundo ningún texto escrito por ese hombre que yo no hubiese tenido entre mis manos. Incluso las notas que escribía en los márgenes de los libros las conocía a la perfección.

—Tu eres el especialista en esto —dijo Sebastián.

—La escritura que desarrolló Colón es la denominada humanística, que se expandió por Europa. Y mirad, esta frase utiliza la humanística cursiva, la preferida por el Almirante. Tiene tres o cuatro cosas que siempre respetaba y, sobre todo, letras angulosas, uno de los más claros signos de su caligrafía.

—¿Por qué en latín? —quiso saber el hombre.

—Colón gustaba de usar esa lengua. Nada raro en él —expliqué—. La utilizaba escribiendo cartas, notas, misivas.

—De acuerdo —aceptó Sebastián—. ¿Y qué diablos significa?

—Es exactamente su letra. Cualquier perito dará fe de su autenticidad.

—Lo que quiero es saber tu interpretación.

—Mi abuelo se pasó años tratando de demostrar que Colón ocultaba asuntos importantes. Y luego mi padre se dejó la vida buscando el origen del Almirante. ¿Y me preguntas eso?

—Demasiadas cuestiones. Solo dime tu opinión.

—Nadie sabe por qué ese hombre, que se sentía tan orgulloso de su gesta, jamás se dejó pintar en la corte, ni antes ni despúes del Descubrimiento. Lo normal es que hubiese decenas de cuadros de él. Pero no se dejó retratar, esa es la realidad. Eso es un hecho. Todos los cuadros que existen son posteriores a su muerte.

Sebastián entendió que se le había complicado su intención.

—Ahora sí que no vas a querer venderme esta joya.

—Llevo toda mi vida esperando algo así —dije—. Esto es lo más importante que ha ocurrido en mi carrera.

Candela se acercó.

—¿Por qué es tan gordo eso de ahí si ni tan siquiera se sabe qué pone?

—Pone algo muy relevante, niña —le respondió Sebastián con acritud.

—Pues me lo explican.

—Una prueba más de que este hombre quería ocultar su identidad —añadió Sebastián—. Esto va a calentar bien el enigma.

—Recuerda las palabras de su hijo Hernando al referirse a su padre: «cuan apta fue su persona, dotada de todo aquello que cosa grande convenía, tanto más quiso que su patria y su origen fuesen menos ciertos y conocidos».

Sin duda, su hijo conocía la respuesta al misterio, pero sabiendo el deseo de su padre, sembró dudas. Por razones de índole social, religiosa, o lo que fuese, no quería que se conociera su origen.

¿Por qué?

***

Podía haber comenzado a llamar a los medios de comunicación, hacer un comunicado, no habría ningún problema en salir en los telediarios y resarcir mi deteriorada imagen pública, pero nada de eso hice. Esa tarde me limité a llamar a una persona. Mi mentor, Federico Sforza, tenía que conocer aquel hallazgo.

En Nueva York ya era mediodía.

Su teléfono no respondía, tal vez estuviese almorzando, así que llamé a la oficina del presidente de la Columbus Heritage Foundation. Su secretaria me informó de que estaba en la sala de reuniones tomando algo rápido con unos señores, pero que con toda seguridad a mí me atendería

—¡Álvaro! Mi príncipe.

Sforza siempre me había llamado así.

—Federico, ahora ya no soy ni tan siquiera marqués.

—Lo sé, lo sé. Estoy al tanto de todo.

Preferí no entrar en ese asunto.

Le relaté los entresijos del cuadro. Le expliqué con detalles lo ocurrido en el palacete, y la forma en que encontré la obra. Se tomó su tiempo, meditó lo que iba a decir, y luego me felicitó. Estaba orgulloso de mí, me aseguró que nunca había conocido a nadie con más talento.

—Nuestras conversaciones han servido de mucho —le dije.

—He volcado tanta pasión en esos correos y en esas llamadas, y están pasando tantas cosas ahora, que ya no sé si usted tiene razón en sus planteamientos.

No entendí muy bien sus palabras. ¿A qué se refería con que estaban pasando cosas?

Tener a una persona tan influyente como Sforza al otro lado del aparato me hizo recobrar el ánimo y, desde luego, no era momento para más preocupaciones. Le había conocido muchos años

65

atrás, en el transcurso de un acto celebrado con ocasión de una exposición relacionada con el Descubrimiento. Yo entonces era un estudiante recién graduado al que le tocó la lotería al conocerle. Aquel viaje supuso para mí el despegue de mi trayectoria profesional. Ese hombre tuvo mucho que ver con ello. Desde el primer momento, él se había sorprendido de mis teorías acerca del origen de Colón, descabelladas a todas luces en su criterio. Yo nunca entendí su encendida pasión por el colonialismo, por las consecuencias que la conquista de aquel continente había tenido en los indios autóctonos. Federico Sforza no solo era el clásico italoamericano rico que patrocina actos benéficos en su ciudad, era mucho más.

—Aún recuerdo a sus padres —me dijo, y yo no supe qué contestar.

Federico había estado en mi casa de Sevilla cuando yo era un joven sin recursos, y había convencido a mis padres adoptivos de que la beca en Nueva York iba a suponer mi despegue.

Ahora, esta nueva línea de investigación catapultaba mis aspiraciones.

—Me alegro de sus logros —afirmó Sforza—. ¿Y ahora qué?

—Esto me aporta renovadas energías —le aseguré—. Tengo ciertos objetivos que alcanzar.

***

Nada más colgar, fruto de lo ocurrido, me envalentoné y me decidí a hablar con Sonsoles. Necesitaba volver a oír su voz, saber si había cambiado de opinión, y tal vez, con suerte, podría despertarme de aquel mal sueño y volver a mi vida. No porque me entusiasmara morar en un palacio de los buenos, sino porque, de verdad, yo la amaba.

Tuve la osadía de llamar a José, el chófer. Sabía que no me fallaría y así fue.

—Señorito, le ruego que sea discreto, la señora marquesa asiste esta noche a una fiesta en el palacio de la condesa de Lebrija.

—José, te lo agradezco. ¿Cómo va el romance de la marquesa?

—Prefiero no decirlo.

Se negó a darme explicaciones, y eso fue lo que me lanzó de forma irreflexiva a hacer lo que hice.

Esa noche me acicalé y elegí un elegante traje de gala. Pedí un taxi y le indiqué al chófer que me llevara a las cercanías de la calle Cuna. Pagué y me bajé en Laraña. No quería que me viesen llegar en un vehículo de servicio público. Bien pensado, era mejor que ni me viesen llegar. Caminé unos metros hacia el palacio y desde lejos vi la portada de mármol y su balcón superior iluminados. Efectivamente, allí había una fiesta esa noche. Me adentré sin dar explicaciones, me conocían de sobra. Nadie se paró a pensar que la aristocracia sevillana me había dado una patada en el culo unos meses antes. Caminé a través de un zaguán con techumbre de madera separado por unas rejas de hierro dorado, y subí a la primera planta, pues sabía que desde allí podría observar el patio inferior, lo había hecho cientos de veces, había admirado los mosaicos romanos que pavimentan la planta baja. Aquella mansión era un auténtico museo de mármoles y azulejos. Opté por el ventanal apropiado para espiar a la gente que comenzaba a llegar.

Allí agazapado, mientras contemplaba el mosaico del siglo II, en cuyo medallón central se representaba al dios Pan con flauta, enamorado de Galatea, dedicándole sus cantos, y las ocho piezas con representaciones de las aventuras amorosas de Zeus, reviví mis años pasados, mi amor por el arte, por la historia.

Fue entonces cuando me dio un vuelco el estómago al ver aparecer a Sonsoles del brazo de Fidelio Pardo. Ella lucía un vestido color maquillaje muy apropiado para el verano sevillano, pero demasiado ceñido para mi gusto. Estaba bronceada, el pelo castaño suelto.

El tipo, más alto de lo que yo esperaba, se había ataviado con una americana blanca de lino. Tenía la piel aceitunada, un bigotito fino y el pelo engominado peinado hacia atrás. Yo no podía hacer gran cosa, sino esperar que se separasen para tratar de hablar con ella. Se situaron debajo de un arco de traza árabe con adornos platerescos. A ambos les sirvieron una copa de champán y no les vi reír en ningún momento. Es más, no les vi hablar, incluso me pareció ver una expresión contrariada en la cara de mi exmujer, y eso me animó aún más a seguir adelante.

Formaban una extraña pareja, parecían existir en reinos mutuamente excluyentes.

Mi suerte cambió al cabo de media hora. Sonsoles comenzó a subir las escaleras, sola. Se dirigió a uno de los baños de la primera planta. Yo la esperé en el interior de la biblioteca y, observado solo por miles de libros, esperé a que pasase frente a mí.

Cuando eso ocurrió, la agarré de un brazo y la atraje con determinación. Luego cerré la puerta e intenté besarla. Ella me rechazó.

—¿Estás loco? —me dijo mientras me miraba de arriba abajo.

La elegancia de esa mujer intimidaba. Siempre me pareció que le otorgaba una especie de cualidad amurallada que desalentaba a los desconocidos. Incluso después de tantos años, mirarla me hacía sentir azorado.

—Te quiero. Ha sido un error separarme de ti —le dije.

Noté por momentos que su aire de autosuficiencia desaparecía.

—Tienes que prometerme que te vas a ir lejos. Es la única manera.

Se acercó a mí, me tocó la cara con una dulzura extrema, y me dio la impresión de que quería besarme. Pero se limitó a acariciarme las dos manos mientras me hacía un ruego.

—¡Júramelo!

Yo no dije nada, solo me limité a asentir.

—No entiendes nada, Álvaro, no entiendes nada. Hay tantas cosas por medio, son tantos los asuntos… Aléjate, vete lejos, te lo ruego.

Luego puso su dedo índice sobre mis labios y se marchó corriendo, con toda la velocidad que su ajustada vestimenta le permitía.

Yo comencé a sumergirme en mi propia confusión, en la espesura del pantano en el que andaba atrapado. Los minutos que pasé allí fueron perturbadores y me costó recobrar la serenidad.

Todo había sido distinto a como yo lo esperaba, pero no era momento para ponerme a especular. Si de aquello saqué alguna conclusión, fue que debía seguir intentándolo.

Inicié entonces mi retirada.

Cuando comencé a bajar las escaleras, le vi.

El mexicano me esperaba abajo.

Se había percatado de mi encuentro con ella. Esperó a que yo llegara a la parte inferior de la escalera para taladrarme con la mirada. Yo no le respondí, me limité a darle la espalda, abordar la salida del palacio y luego caminar tranquilamente por una calle muy transitada.

Mentiría si no dijese que me encontraba contrariado, realmente estaba hundido en las arenas movedizas del remordimiento. Fue toda una niñería ir a esa fiesta sin invitación, porque había roto el trato de no acercarme a ella.

En esos minutos que estuvimos cerca, todas mis certezas acerca de nuestra relación se habían trastocado, pero la quería, la necesitaba, me juré a mí mismo no descansar hasta tenerla de nuevo.

Anduve cabizbajo un buen rato, deambulando por el centro de la ciudad. Al cabo de unas horas me percaté de que había atravesado una buena parte de la Sevilla más antigua, y que estaba perdido en estrechas callejuelas.

No fue hasta ese momento cuando escuché pasos tras de mí.

Fue todo tan rápido que en aquellos momentos no sentí la intensidad de la paliza. Eran tres tíos, eso seguro. En la oscuridad, uno de ellos me lanzó con todas sus fuerzas contra la fachada de una casa. Me llevé un golpe tremendo en la espalda, contra una cancela de hierro. Había perdido el equilibrio. Me desplomé como un saco de huesos. En el suelo, me ovillé al notar que me estaban pegando patadas. Me propinaron puntapiés en la cara, en los costados, y luego comenzaron a escupirme. Aquello me pareció innecesario, ya me tenían a su merced. No vi sus caras, pero reconocí el acento de aquellos matones al instante.

—Pendejo, aléjate de ella.

—¡Pinche mugrero!

—¡Es la mujer de otro, güey!

Luego escuché pasos rápidos —se alejaban corriendo—, y voces de gente que se acercaba, habían debido ver la paliza, la razón por la que dejaron de machacarme. Me rodearon un par de parejas, trataron de ayudarme, de levantarme. Les expliqué que me encontraba bien, algo falso a todas luces. Entre agradecimientos, con la mandíbula dolorida de tanto apretar los dientes, les rogué que se marcharan.

No quería que vieran mi cara. Tenía que evitar el titular: *Exmarqués apaleado por el hombre que le puso los cuernos antes de echarle de palacio.*

Llegó el momento de caminar a ciegas. Mis párpados se negaban a abrirse. Solo un tenue resplandor de farolas a lo lejos me orientó. Con la manos palpando la fachada avancé lentamente, los músculos agarrotados por la tensión, mi estómago era un nudo vacío y mi corazón latía desbocado. Me costaba pensar y la oscuridad, lejos de ofrecerme cobijo, me intimidaba.

Eran mexicanos, esa gente no te amenaza, te mata.

La violencia que habían empleado era excesiva, sin duda, pero cuando recordé sus palabras, me convencí de que se trataba de una advertencia.

En esta ocasión, nadie había ordenado que me matasen.

Al menos por el momento.

Pensé en ello.

Pero eso no me distrajo ni por un instante.

Sabía que no iba a dejar de intentarlo, que Sonsoles volvería a ser mía a toda costa.

Incluso si eso me costaba la vida.

5

REENCUENTRO

«...

—¿Se siente satisfecho con su nueva vida? Imagino que esa marquesa le estará proporcionando todo lo que un hombre necesita para estar contento.

—Sonsoles me hace muy feliz, señor Sforza. No puedo pedir más. Entienda usted que, en su caso, su familia ha nadado en la abundancia desde hace generaciones. No sé si lo dice por eso. Tal vez usted no perciba que hay un mundo mejor. Cuando lo vives, te das cuenta de ello.

—O sea, que usted es de esos que piensa que el dinero da la felicidad.

—Ha sido mi caso.

—¿Antes no lo era?

Silencio.

—Mire, Álvaro, el dinero es el asunto más relativo de este mundo. Es usted joven, ya aprenderá.

...»

Los ojos me punzaban aquella mañana. Varios días después del incidente, aún no había asumido lo ocurrido. Por supuesto, cancelé el segundo programa de televisión y todos los siguientes. Debía replantearme algunas cosas y lo único que deseaba era tranquilidad.

Me molestaba la luz del sol. Aun así estuve horas contemplando el cuadro con mis ojos hinchados. Incluso estudié libros antiguos con obras del mismo pintor.

Me habían dado una paliza, la primera seria de mi vida, al menos la más intensa, pero eso no me quitaba el sueño. No paraba de darle vueltas a esa idea. Cuando a uno no le importa que le maten, ¿cuál es el camino a seguir? La vida se me había torcido. Volver a intentar estar junto a Sonsoles era una locura, pero ¿qué otra opción me quedaba?

Escuché entonces aporrear el portón.

No esperaba a nadie, era domingo, no era día de visitas. Candela no trabajaba, me había dicho que se iba con sus primos y un casi novio a la playa, a más de cien kilómetros de allí.

El hombre que estaba al otro lado era la última persona que hubiese imaginado.

Federico Sforza, mi viejo amigo, mi mentor, había viajado desde Nueva York para verme.

Le abrí inmediatamente y ambos nos fundimos en un abrazo.

Apenas nos sentamos me dijo que conocía la historia de mi divorcio. Se desvivió en elogios hacia mi persona, hablamos de los viejos tiempos, y no tardó mucho en explicarme el motivo que le había impulsado a cruzar el océano.

—Dígame, ¿se ha peleado usted con el gato?

—Tuve un pequeño incidente, nada grave —mentí—. ¿Qué le ha traído por la vieja Sevilla?

—Le necesito. Usted ha encontrado algo grande.

El hombre que tenía frente a mí, con su tupido pelo blanco, su bigote pulcramente recortado, su mentón prominente, su traje impecable y sus gestos de galán de cine, me necesitaba.

Le llevé ante el cuadro. Quedó impresionado.

—La fundación ha perseguido este objetivo durante decenios.

Me estaba hablando el presidente de la Columbus Heritage Foundation. No pude evitar sonreír. La CHF, esa prestigiosa organización sin ánimo de lucro creada con el objetivo de perpetuar la herencia italoamericana en los Estados Unidos, contribuía todos los años a causas benéficas y otorgaba becas a jóvenes estudiantes con talento, como fue mi caso tiempo atrás. Pero también desplegaba una gran influencia en la ciudad de los rascacielos: políticos y personas influyentes estaban en su órbita. A su manera, nada era incompatible en ese gran mundo controlado por la CHF. A través de décadas, con gran determinación y dedicación, había alcanzado prestigio social. Pero si por algo era conocida esa fundación, era por el patrocinio del día de Colón, el desfile anual cada 12 de octubre, uno de los eventos más esperados en la ciudad, seguido por miles de personas en la Quinta Avenida, con gran impacto en los medios de comunicación de todo el país.

—Voy a ir directo al grano. —Me miró directamente a los ojos y mantuvo la mirada firme—. Quiero que usted presente ese cuadro en Nueva York.

La noticia me dejó sin palabras.

—Solo así la proyección de su descubrimiento será de escala mundial.

Yo le miraba, impasible. Ese poderoso hombre me estaba proponiendo embarcarme en una aventura de incalculable resultado. Mi familia había dedicado generaciones enteras a desentrañar partes del Descubrimiento que habían quedado atrapadas en el tiempo. Y, ahora, la CHF me ofrecía que yo participase en un asunto global.

Luz a la oscuridad de siglos de enigmas no resueltos.

Apetecible, pero no en el mejor momento de mi vida.

Sforza era locuaz, me conocía bien, y no dudó en tratar de convencerme utilizando sus mejores argumentos.

—Usted ha encontrado la respuesta a un asunto que interesa a la humanidad.

—Tiene razón, pero...

Me detuve. La propuesta tenía sus cosas buenas. Bien pensado, el impacto de un acto de esas características elevaría mi reputación, me haría regresar a las alturas. Por otro lado, desaparecer de Sevilla no me venía nada mal.

Además, a esas alturas ya tenía claro que aquel hombre no iba a dejar que me escapara. Nunca lo hacía.

—Usted siempre ha querido deslumbrar al mundo con su talento. Es un investigador descollante. Ha estudiado con intensidad, ha buscado sin cesar... Se merece este reconocimiento. Y en ningún lugar del mundo, ni en ningún otro momento, va a conseguir ese impacto que la noticia merece. Porque de ese retrato van a poder sacarse muchas conclusiones.

Federico siempre había presupuesto en mí una gran inteligencia, me confería una dignidad e importancia de las que yo carecía. Se le daba bien convertir hechos en metáforas, y dado que era un hombre experimentado, podía bombardearme con un inagotable surtido de halagos. Siempre me había sorprendido de él la pureza de sus ambiciones, las energías con las que acometía todos los hechos colombinos y, solo por eso, su propuesta merecía mi respeto.

Sus palabras flotaban en el aire y, en el espacio de una conversación, los cimientos de mi mundo ya se habían fortalecido. La esperanza de que podría renacer de mi fracaso y presentarme ante la sociedad como un ganador, un producto del éxito personal, me dio energías.

De la ciénaga de dolor y confusión en la que me encontraba hundido, mi amigo Federico Sforza me estaba sacando gracias a un proyecto irrebatible.

Nadie me había desarmado como lo hizo Sforza aquella mañana.

Nada de andarse por las ramas, nada de absurdas disquisiciones. Directo a lo que yo más necesitaba escuchar.

Y a pesar de todo eso le puse mil reparos, le traté de convencer de que debía permanecer en Sevilla por razones personales.

—Acabo de llegar —explicó Sforza, mirando la deteriorada alfombra—. Pregunté en el hotel por usted, porque sabía que todos le conocen en esta ciudad. Y he visto los resultados de sus últimas acciones.

Desvié la mirada. Me avergonzaba oír de sus labios la lamentable situación en la que me encontraba.

—Soy mayor que usted. Solo le diré dos cosas: la primera, que si sigue así se le puede empezar a secar el alma.

—¿Y la segunda?

—La estrella que usted quiere ser... solo puede serlo si viene a Nueva York.

Le miré a los ojos.

Y acepté la propuesta, porque aquel hombre tenía razón. Tras mi expulsión del olimpo de la nobleza no podía seguir eternamente segregando veneno en mi interior.

—Soy su hombre, señor Sforza.

—Me alegro. No se equivoca. Usted y yo siempre hemos congeniado. No tengo necesidad alguna de explicar lo que voy a decirle, pero estoy decidido a hacerlo. Hemos hablado cientos de veces, y siempre he tenido claro que usted es un talento desperdiciado. Se ha dejado llevar por los sentimientos, por el lujo tal vez, por el aura que envuelve a esta sociedad, por el buen vivir, y se ha dejado atrapar en esa tela de araña.

Dejó pasar unos segundos antes de proseguir.

—Es la decisión adecuada. No miento. Son muchas las cosas que pueden ocurrir a partir de ahora, pero debe intentarlo. Va a revolucionar usted el mundo.

No entendí muy bien el trasfondo de sus palabras, pero ya nada me parecía mal, porque en realidad ese hombre hablaba de mí con la seguridad de un artista que sabe que ha creado su mejor obra, y yo era la pincelada perfecta.

Nos dimos un tremendo apretón de manos.

Presentaría mi cuadro en la Gran Manzana.

***

Todo sucedió con tal rapidez que en menos de cuarenta y ocho horas ya estaba embarcado en un avión rumbo a Nueva York.

Había tenido poco tiempo para pertrecharme de la ropa adecuada y esas fruslerías —aún tenía mi vestimenta empaquetada en cajas de cartón—, pero ya tendría tiempo de comprar un par de trajes allí.

Acordé con Candela una serie de mejoras en el palacete mientras yo me encontraba fuera, obras de reforma necesarias que podrían acometer sus primos. Ella cuidaría de mis posesiones.

El cuadro fue convenientemente embalado para el viaje por el ayudante de Sebastián, que seguía insistiendo en comprar la reliquia. Ni tan siquiera le permití hacer foto alguna, la primicia estaba comprometida para el Columbus Day en los Estados Unidos.

Con esas expectativas, yo había abordado el avión. La ilusión por mostrar al mundo mi hallazgo me embargaba.

Federico me había enviado un billete de primera clase. Aquello fue como volver a mi antigua condición, la que yo merecía, de la que nunca debí ser expulsado.

Solicité una copa de cava y un periódico a la azafata y me puse a leer con los pies elevados, mientras el avión rodaba hacia la pista de despegue.

Apenas había pasado una veintena de páginas cuando leí un titular en la sección de cultura:

EL EMPRESARIO MEXICANO FIDELIO PARDO FI-NANCIA LA PRESENTACIÓN EN NUEVA YORK DEL ROSTRO ORIGINAL DE COLÓN

Los gastos correrían por cuenta del magnate mexicano, o de su familia, o de alguna de sus empresas. La noticia no quedaba clara, pero lo cierto era que, de una forma directa o indirecta, ese mismo tipo que me había robado a mi mujer, ahora me daba una patada alejándome de allí.

Me la habían jugado.

Me habían empaquetado hacia un destino incierto.

Para ese tipo mafioso, alejarme de Sonsoles fue más fácil de lo que yo imaginaba.

Una tempestad se desató en mi interior, un aleteo en el estómago que me provocó un torbellino de sentimientos.

Tuve la osadía de pedir a gritos que pararan el avión, que ya había comenzado a rodar por la pista a gran velocidad.

Me juré a mí mismo dos cosas.

La primera, que a partir de ese momento la guerra entraría en una fase mucho más dura. No cabía otra postura más que endurecer mis posiciones.

La segunda, que jamás volvería a volar en día impar. Ese 11 de octubre no debí subir a ese avión.

Miles de palabras ahogadas estuvieron en ebullición dentro de mí en las nueve horas que duró el vuelo.

6

LA CONJURA CONTRA AMÉRICA

«...

—Ya es hora de que hablemos de mi tema —pidió Sforza—. ¿Cuándo me concederá el honor de reflexionar a fondo sobre las consecuencias?

—¿...?

—Del final, no del origen, le he repetido mil veces que no me interesan nada sus investigaciones acerca de la sangre de Colón.

—Hablemos de lo que prefiera.

—Le voy a hacer una pregunta.

—Adelante.

—¿Considera usted que a América Latina le hundieron los dientes en la garganta en el mismo momento del Descubrimiento, o, por el contrario, fue mucho después?

—No sé qué contestarle.

—América Latina siempre ha trabajado de sirvienta de los países desarrollados, ¿es que no se ha dado cuenta?

...»

Columbus Day. La gran celebración del Descubrimiento, el desfile por la Quinta Avenida, la ciudad engalanada por los italoamericanos, el Empire State luciendo los colores patrios: verde, blanco y rojo. Miles de ciudadanos en plena celebración en ese día festivo, orgullosos de su navegante.

Si se me hubiese ocurrido pronunciar una sola palabra sobre el origen del Almirante, me habrían sacado de allí a patadas. Había aterrizado en el aeropuerto JFK cuando el día aún no había despuntado.

Una limusina venía a buscarme. Me acerqué a un tipo uniformado que portaba un letrero con mi nombre.

—¿Álvaro Deza? Bienvenido a Nueva York. Soy Héctor, el asistente personal del señor Sforza. Bueno, en realidad soy su chófer y guardaespaldas al mismo tiempo. Le ruego que me siga.

Venía rodeado de dos operarios con mono azul. Les dio instrucciones para recoger el cuadro y custodiarlo. Había viajado embalado en una robusta caja de madera de pino. Me costó alejarme de él, pero no me quedaba otra.

Aventuré que el hombre de confianza del presidente de la fundación procedía de Honduras, Nicaragua o tal vez Costa Rica, pero me equivoqué.

—Nací en Guatemala. Llevo aquí muchos años.

El hombre presentaba un aspecto profesional, vestido con traje oscuro, camisa blanca y corbata azul marino. Junto a él, me vi desaliñado.

—El acto de presentación será en una sala muy especial, llamada The Appel Room, un espacio de increíbles vistas que se utiliza sobre todo como local de *jazz*, a las 11:00 a. m. —me explicó—. Luego, una hora más tarde, comenzará el desfile.

Héctor agarró mi equipaje y se dirigió al exterior de la terminal. Al llegar al vehículo, me abrió la puerta y esperó a que me sentase. Una vez dentro, me ofreció toda clase de cuidadas indicaciones sobre dónde se encontraba el control de temperatura, los botones para reclinar los asientos traseros y la manera de acceder al minibar, un auténtico colmado de botellitas de licores.

Yo solo quería saber dónde estaba Federico Sforza. Tenía una importante conversación pendiente con él.

En solo unos minutos estábamos circulando a buena velocidad. Un cristal opaco nos separaba. El guatemalteco lo bajó para ofrecerme más indicaciones.

—Está usted alojado en el hotel Mandarin Oriental. ¿Lo conoce?

—Jamás he estado en él.

—Se encuentra en el interior del Time Warner Center, en una de las dos torres gemelas de cristal, en la famosa plaza Columbus Circle, ya sabe, en la esquina suroeste de Central Park. Dentro también se encuentra The Appel Room, el lugar de celebración del acto inaugural. No tendrá usted que salir del complejo para acudir al evento. La fundación lo tiene todo pensado. El señor Sforza y su hija Valentina disponen de una *suite* permanente en el mismo hotel. Viven lejos, a una hora y media de aquí, y la utilizan a modo de apartamento cuando algún miembro de la familia tiene asuntos que resolver en la ciudad.

Cuando pronunció el nombre de Valentina algo se removió en mi interior. Me recordó tiempos pasados. Al recibir la beca comencé a realizar mi doctorado en la Universidad de Columbia, y fue allí donde la vi por primera vez. Por aquel entonces ella iniciaba una carrera de letras. En nuestro primer encuentro, por muchas razones, me pareció una chica increíblemente *sexy*. En la facultad, llamaba a los maestros de la literatura por sus nombres de pila, y siempre tenía a un grupo de gente encandilada a su alrededor.

Como tuve un contacto frecuente con la familia Sforza, me cruzaba con ella continuamente. Asistí a muchas de las fiestas que organizaban, en las que pasé grandes momentos junto a la única hija de Federico. Ella, aunque menor que yo, era una persona de una madurez y sensatez cautivadoras, muy religiosa, herencia italiana de la madre, al parecer.

Nos enamoramos a los seis meses de conocernos y mantuvimos un intenso romance. Un día, sin venir a cuento, me echó los brazos al cuello y se aventuró a ver cómo besaba, y descubrió complacida —confesó— que lo hacía muy bien. Por supuesto, antes de eso, no pasó un día sin que al verla me imaginase cómo sería sin ropa. Fue ella la que decidió que fuese yo su primer amante. Cuando estuvo lista, me lo hico saber, y lo hicimos. En sus ojos vi esa mirada de mujer enamorada de verdad, que no puede ni disimular ni fingir. Ojalá pudiese revivir aquellos momentos, la sensación de asombro estremecido que transmitía. La hermosura de esa chica se quedó grabada en mis retinas para siempre y me sumió en una oleada de felicidad. Si algo recuerdo de aquellos días es la imagen de dos cuerpos unidos, dos figuras que se aman y se desean sin importar el tiempo. Éramos jóvenes y teníamos una visión compartida del futuro. A la luz del amanecer de mi pequeño apartamento de una sola ventana en Brooklyn, tumbados en un colchón depositado en el suelo, aún conservo la visión de aquel placer sublime, infinito y sincero.

Ella se hizo mujer en mis brazos, pero la vida te lleva por senderos que nunca esperas. Los últimos meses de mi estancia en Nueva York, primavera, yo aún disponía de posibilidades laborales para instalarme en los Estados Unidos y continuar allí mi carrera.

Fue entonces cuando volví a mi tierra, mes de abril. La feria de Sevilla no perdona. Aromas de azahar, la fiesta llenando las calles y Sonsoles llamando a mi corazón. Yo no esperaba nada parecido, mi intención era despedirme de mis padres adoptivos, regresar al otro lado del océano e iniciar una nueva vida. Pero nada de eso ocurrió. Fue tan fuerte el impacto que la marquesa causó en mí, tan desconcertante, que me olvidé de Valentina en el transcurso del primer verano que pasé en palacio.

La desconexión fue tan brusca que ni tan siquiera la volví a llamar para brindarle alguna explicación. Me sentí tan azorado, tan culpable, que no tuve la valentía para dejar mensaje alguno.

Sencillamente, la distancia construyó una pira de madera entre nosotros, y yo tiré una cerilla y dejé que esa relación fuese pasto de las llamas.

La mujer de Federico, una italiana llamada Alessandra, había muerto hacía ya tres años. Me avisaron de su fallecimiento, pero mis obligaciones en el marquesado no me permitieron viajar al entierro. Llamé a Federico para expresarle mis condolencias, pero, por diversas razones, no había llamado a su hija para lamentar la muerte de su madre.

Pero bueno, todo eso era el pasado. Ahora debía afrontar el reencuentro, porque de seguro ella estaría en la presentación del cuadro, en ese 12 de octubre.

Yo había asistido a esa celebración del Columbus Day al menos dos veces. Siempre me pareció un desfile plagado de devaneos políticos, alcaldes, gobernadores, nadie se resistía al encanto de aquel tributo colectivo al Descubridor. Me resultaba jocoso pensar que, sin saberlo, Colón había contribuido a crear una gran nación, todo un continente en realidad. Por todo eso, cientos de prominentes hombres y mujeres de herencia italiana habían decidido mucho tiempo atrás crear la CHF: empresarios, médicos, profesores, artistas, un gran elenco de personalidades de gran reputación.

Me recliné en el asiento de piel, lo recorrí con el dorso de mi mano, percibiendo poro a poro su suavidad. Cerré los ojos mientras el ruido del aeropuerto quedaba cada vez más lejos. Aproveché entonces para ordenar mis pensamientos.

Tenía tantas ganas de obtener respuestas de Sforza, tantas preguntas no resueltas, que llegué a pensar que todo era producto de mi disparatada intuición.

La limusina alcanzó Columbus Circle avanzando a buena velocidad por el perímetro sur de Central Park. El chófer procedió entonces a dar la vuelta a la plaza, y se vio momentáneamente retenido frente a la columna de granito y mármol de más de veinte metros en cuya parte superior posaba el hombre que descubrió América. No perdí oportunidad de observar el conjunto, el joven ángel en la base, los relieves de bronce, y la imagen de tres naves: la Pinta, la Niña y la Santa María. Algo me impulsó a retreparme en el asiento.

El vehículo se mantuvo atrapado por el tráfico y eso me permitió leer el texto de la placa:

A
Cristóbal Colón
los italianos residentes en América

Objeto de burla.
Durante el viaje, amenazado;
después, encadenado;
tan generoso como angustiado,
al mundo, le entregó un mundo

Recordé que aquel monumento había sido realizado por Gaetano Russo en 1892, y donado a la ciudad de Nueva York con ocasión del cuarto centenario del Descubrimiento, como la gran mayoría de las representaciones del Almirante que plagan medio mundo.

Me despedí de Héctor y caminé rápido hacia mi habitación en el hotel Mandarin Oriental. La hora del acto al que me habían invitado se acercaba. Me acomodé, tomé una ducha rápida y apenas me pude recrear con las fabulosas vistas desde la misma cama. Reservé ese placer para más tarde. Elegí una camisa blanca, no traía muchas más conmigo, y tampoco estaba muy limpia. Me puse la única chaqueta disponible, y me di cuenta de que no tenía ningún complemento más a mi alcance, ni una simple corbata. Era consciente de que la gente comprendería que venía directamente de un viaje, o mejor aún, muchos de los invitados entenderían que un recién divorciado como yo aún mantendría todas sus pertenencias en cajas de cartón.

Abandoné la habitación y pregunté a los empleados de la recepción del hotel cómo acceder a The Appel Room. Aquello era un laberinto de zonas comerciales y de negocio, plantas arriba y abajo. Me ayudó ver a los lejos cómo una larga fila de personas se adentraba en un *hall*. Yo hice lo mismo y encontré el auditorio.

Me quedé consternado por la elegancia de los presentes: los hombres con traje y corbata, y las mujeres distinguidamente vestidas.

Solo, inmerso en un murmullo incesante de voces, me acomodé en una esquina y me dispuse a analizar a las personas. Calculé que en la sala habría alrededor de doscientos invitados. Ceñudo, anduve entre la multitud. Había tanta gente allí que me vi obligado a caminar como un caballo en un tablero de ajedrez, aunque me hubiese gustado hacerlo como un alfil para llegar a la esquina opuesta. Me movía la firme intención de encontrar a Sforza.

Entre tanta gente, al menos vi a alguien que tampoco llevaba corbata. De hecho, ese tipo iba tan extrañamente vestido que incluso yo me vi elegante. Rapado, con una americana gris brillante, camisa negra y un cinturón ancho, con hebilla dorada, era sin duda el invitado más peculiar. Tal vez eran sus botas de piel de serpiente lo más sorprendente en él, rematadas en las punteras con sendos reptiles de plata.

Noté entonces que alguien me tocaba en el hombro.

Me giré y encontré a Valentina.

La hallé distinta. Había madurado bien. La jovencita que una vez dejé atrás, ahora era una mujer preciosa, una rubia de ajustado traje rojo y piel de un suave tono miel. Llevaba los labios pintados de un color exactamente igual al del vestido.

—¡Valentina! Dios mío, cómo has cambiado.

Nos dimos un beso. Había pensado qué decir en ese reencuentro, y como no existían excusas para mi comportamiento pasado, tenía claro que lo mejor era dejar los protocolos aparte y decir la verdad. Ella se había transformado, ahora era la viva imagen de su madre Alessandra, una mujer que siempre dejaba rastro por donde pasaba, de esas que nadie resistía mirar con detenimiento.

—Tenemos mucho de lo que hablar —pronunció lentamente, con esa voz aterciopelada que siempre me fascinó—. Pero el acto va a comenzar ahora mismo. Sígueme, por favor.

Al darse la vuelta, me mostró sus hombros y espalda desnudos. Yo la seguí. Ocupé el asiento que me indicaron dentro de la Appel Room y examiné el escenario que tenía ante mí, un anfiteatro de diseño moderno, con un gran muro de cristal al fondo.

A cualquiera de los presentes le costaba trabajo separar la vista del glamuroso escaparate, de casi treinta metros de ancho y más de quince de alto, a través del cual se veía un soleado Central Park y la calle 59, colmada de una hilera de coches hacia Columbus Circle. Era la primera vez que yo gozaba de aquella vista, y la sola visión de aquella pared translúcida, con el parque al fondo y, sobre todo, la estatua del Almirante, me producían un efecto plácido que se mezclaba con el agotamiento del viaje.

La ingeniosa estructura de la sala Appel permitía transformarla para distintos actos, desde representaciones teatrales, conciertos de *jazz*, hasta banquetes. Incluso podía acoger un cabaré a petición de los clientes, pero aquel día se había dispuesto a modo de sencillo salón de actos. Justo delante del lienzo de cristal, el escenario se había adaptado para la ocasión. Una tarima de madera clara contenía un atril con micrófono y una pantalla con una imagen de Cristóbal Colón y la fecha del Descubrimiento, que anunciaba también el desfile por las calles de la ciudad.

Sentí algo en mi interior cuando vi el cuadro situado en un caballete, tapado por una bandera italiana. Mi descubrimiento aún no había sido desvelado a la opinión pública, y Sforza iba a utilizar ese escenario del Columbus Day para darlo a conocer al mundo entero. Conté decenas de cámaras de televisión, y divisé un coro muy amplio de periodistas internacionales.

Hacia el fondo, filas de asientos dispuestas en varios niveles iban acogiendo progresivamente a los invitados.

Fue entonces cuando me percaté de que el tipo extraño no me perdía de vista. Juraría que incluso me miraba con descaro. Intuí, de alguna forma, que me estaba amenazando. Se giró y observé que iba armado. Ocultaba una enorme pistola bajo la chaqueta gris. No debía tener más de veintitantos años, tal vez treinta. Sus ojos negros me seguían a cada paso que daba, y no se molestaba en ocultarlo.

Valentina cruzó el escenario, parecía inquieta, observó a los asistentes y luego miró su reloj. Abandonó el salón con cierto agobio. Siendo la hija del presidente de la fundación que organizaba todo aquello, me pregunté qué diablos podría estar ocurriendo y, sobre todo, dónde se había metido Sforza.

Luego vino hacia mí, tiró de mi brazo y me llevó con ella. Cruzamos el *hall* de entrada a la sala y, tras recorrer pasillos y usar varios ascensores, llegamos a un apartamento con la puerta abierta.

Allí me esperaba Federico.

Me dio un abrazo y me invitó a sentarme. Valentina se marchó.

Yo tenía un objetivo claro: aclarar su implicación con los negocios de Fidelio Pardo.

Hablamos largo y tendido durante un tiempo de quince minutos. Nada era lo que parecía.

Por razones que no puedo explicar aquí, Sforza me convenció, desarboló cada uno de mis argumentos y, como el tiempo apremiaba, tuvimos que salir corriendo hacia la sala Appel.

***

Ocupé mi asiento. Federico se situó delante del atril y probó el micrófono con sendos golpecitos de su dedo índice.

A continuación, las luces del auditorio se apagaron, y eso permitió ver aún mejor el fondo, una imagen sorprendente de Nueva York presidida por la figura del Almirante, alzado en su pedestal de mármol.

«Buena elección de este salón para la presentación», pensé.

Cuando comenzó a hablar, un foco solitario alumbró a Federico Sforza, una luz cenital que le confirió un cierto aire teatral al acto.

—Hace más de quinientos años se produjo un hecho sin precedentes. Un marino genovés, un compatriota mío, tuvo la visión de idear una nueva ruta hacia oriente. Lejos de seguir el camino convencional, plasmó un proyecto descubridor que trató de vender a los monarcas europeos más pudientes. Portugal, Inglaterra, Francia... pero fue la España de los Reyes Católicos quien decidió patrocinar la aventura.

Carraspeó, y luego se atusó el pelo, como si algún mechón de ese cabello tan espeso se hubiese descarriado.

—Este hombre que tengo detrás de mí —se volvió y señaló la estatua de Cristóbal Colón tras el muro de cristal—, arriesgó su vida, dirigió una flota hacia lo desconocido y hoy, tanto tiempo después, todos los que estamos de este lado del océano le debemos mucho, porque no solo encontró una nueva ruta. El Almirante ensanchó el mundo conocido, es el verdadero artífice de la globalización. Tras su gesta la Tierra adquirió una nueva dimensión y, por eso, el mundo es otro desde que puso un pie en este continente.

Volvió a repasar sus cabellos.

—Este año, para conmemorar esta fecha tan señalada, hemos querido presentar en nuestra ciudad un gran hallazgo.

Se dirigió al cuadro, y esperó a que los murmullos terminasen antes de continuar.

—El rostro de este hombre ha estado sumido en espesas brumas. Hoy, cinco siglos después, quiero anunciarles que lo hemos vuelto a ver.

Los aplausos no le dejaron continuar. Esperó agradecido a que arreciase la lluvia de reconocimientos.

—Hemos dedicado muchos esfuerzos a este logro. La CHF, junto a varios patrocinadores de distintas nacionalidades latinoamericanas, y con la ayuda de un equipo de investigadores españoles, lo ha hecho posible. Hoy tenemos la suerte de tener entre nosotros a la persona que ha encontrado esta reliquia: Álvaro Deza.

Me levanté, realicé un pequeño saludo al ponente y luego a la sala, tras lo cual me decidí a sentarme de nuevo, sin más.

—Señor Deza, hágame el honor de presentar ante toda esta gente su hallazgo. Acérquese, por favor.

Caminé hacia el estrado y le ofrecí mi mano al italoamericano, que prefirió atraerme hacia él y propinarme un efusivo abrazo.

Me separé de ese hombre.

Sforza se dirigió al estrado y quitó la bandera que tapaba el lienzo.

Allí apareció mi cuadro.

Visto así, en ese lugar tan especial, con tanta gente aplaudiendo, me pregunté si Sonsoles estaría viendo la CNN. Igual que un día se fijó en mí, ojalá ahora renovase su interés y volviese a amarme.

—Señoras y señores, tienen ante ustedes el auténtico rostro del hombre más importante de la historia.

La gente aplaudía de forma incansable. De frente, yo observaba el auditorio, y me percaté de que el tipo de las botas de serpiente con punteras plateadas se había levantado y se disponía a abandonar la sala. Lo hacía a toda prisa.

—Los análisis no dejan lugar a duda —prosiguió Sforza—, se trata de un cuadro anterior a la primera expedición a América, datado en 1487. Además, tienen ustedes que conocer esto que les voy a explicar a continuación. Se han encontrado unas inscripciones hechas en la parte posterior. Véanlo.

mea facies nullo cognoscenda est

Los murmullos se intensificaron, la gente comentaba la frase que una pantalla mostraba, les debía estar produciendo la misma sorpresa que a mí la primera vez que leí aquel rotundo mensaje.

Pero jamás hubiese imaginado lo que ocurrió a continuación.

La estatua de Columbus Circle explotó.

Pude ver cómo una enorme bola de fuego invadía el lugar que siempre había ocupado la columna de mármol en la plaza.

Los trozos de piedra volaron por todos lados, a mí me pareció ver la cabeza disparada en dirección hacia nosotros, aunque pudo ser cualquier otra parte de la estatua.

Luego, lo único que pude ver fueron dos cosas. Primero, la nube de humo que se formó. Y lo segundo, la lluvia de cristal que se produjo al romperse la enorme vidriera de la sala Appel, cristalitos que comenzaban a caer sobre nosotros.

Y como Federico Sforza era quien más cerca del fondo se encontraba, se llevó la peor parte.

En ese momento no temí por mi vida, pero sí por la suya.

Desde el suelo, golpeado por la onda expansiva y sin poder respirar bien, traté de socorrer a mi amigo en aquel caos.

7

UN CONTINENTE DESCONCERTADO

«…

—No entiendo cómo siendo usted el presidente de una fundación que se dedica a los asuntos colombinos tiene una idea tan enrevesada de los resultados de la hazaña del Descubrimiento. Estamos ante un hecho que cambió el mundo, tal y como lo conocíamos antes.

—Algún día se lo contaré.

—Fíjese solo en una cosa. Al regresar del primer viaje, una vez encontrada la ruta, el Almirante escribió una carta en la que narraba el gran acontecimiento, el hallazgo de nuevas tierras. Se convirtió en el primer noticiario impreso de la historia de América.

—¿Qué quiere decir con eso?

—Ese escrito era mucho más que un anuncio. Fue una llamada a la cristiandad para celebrar con alegría y grandes fiestas el acto portentoso que acababa de cumplirse, con la esperanza de que no solo España, sino toda la humanidad se encontrase con ese Nuevo Mundo. Conmocionó a las clases intelectuales y cambió la cosmovisión europea.

—Y fíjese lo que ha pasado. Han desaparecido civilizaciones, razas, lenguas…

—Eso es una simplificación absurda. Lo que ocurrió después es fruto del encuentro de culturas muy diferentes. No olvide que allí había indios antropófagos, guerreros despiadados, gente que esclavizaba a su propio pueblo... ¿Le vamos a echar la culpa de todo eso a Colón?

...»

Me encontré rodeado de miles de diminutos trozos de cristal. La gente gritaba. Presumí que las lesiones serían principalmente por cortes más que por la onda expansiva de la bomba.

Me sentía algo mareado, tal vez fruto del viaje, pero eran ya tantas las vicisitudes de los últimos días que me hallé aún más perdido en aquel mar de vidrios rotos.

Cuando conseguí ver algo, Federico Sforza no estaba en el escenario. En su lugar solo había una mancha de sangre en la tarima.

Busqué a Valentina. La encontré tendida en el suelo, con magulladuras y pequeñas heridas en los brazos.

—¿Estás bien?

Parecía volver en sí.

—¿Mi padre?

—No le veo, salgamos de aquí.

Antes de abandonar la sala Appel aún tuve tiempo de ver la cara de Colón. El cuadro continuaba en su lugar y el Almirante me observaba con ojos impasibles.

La antesala era ahora un lugar desierto, la gente había huido en estampida.

Vi que Héctor se acercaba a nosotros, preguntándonos cómo nos encontrábamos.

Le grité que bien.

—¿Dónde está el señor Sforza?

Nos encogimos de hombros.

—Usted ocúpese del cuadro —le rogué—. Llévelo a un lugar seguro. Nosotros vamos a buscar a Federico.

Asintió y agarró el cuadro, que envolvió en la bandera italiana.

Corrimos a buscarlo a la *suite* del hotel. Primero utilizamos los ascensores y luego atravesamos los largos pasillos. Al llegar, ella se situó frente a la puerta de la habitación.

—Está abierta. —Me mostró su cara de sorpresa.

Nos adentramos a través de un recibidor en penumbras. En la sala principal las cortinas impedían que apenas entrase luz. Sin embargo, de un cuarto adyacente procedía la escasa iluminación que nos llegaba. Decidí descorrerlas y la luz del sol bañó la estancia.

—¿Cuántas habitaciones tiene el apartamento? —le pregunté.

—Dos, además del salón principal, y varios baños.

Me dirigí a la primera puerta que vi. Allí no había nada. Todo estaba en orden.

—Su habitación es la otra. —La señaló.

Cuando accedimos al interior mi estómago dio un vuelco. Todo estaba desordenado, una silla volcada, la cama deshecha, un cuadro en el suelo, y lo que más me sorprendió: delante del televisor, un inmenso charco de sangre.

Había tanta sangre allí que temí lo peor.

Ella se puso a chillar y luego se sentó en la cama.

La abracé por la espalda y me la llevé al salón. La senté y llamé a recepción. Rogué que viniesen urgentemente.

***

Todo lo que sucedió a continuación fue confuso. Comenzó a llegar gente en cuestión de minutos. Primero, el subdirector del hotel acompañado de varios empleados. Y casi detrás, la policía de Nueva York.

Nos sentaron a los dos en el sofá del salón.

Cuando aún no habíamos terminado de relatar a aquellos tipos uniformados lo ocurrido, observé que otros dos agentes entraban.

Yo nunca había hablado con el FBI, pero había tantos rasgos en esos hombres que no me equivoqué: trajes ligeros azul oscuro, camisas blancas y zapatones macizos.

Pidieron que se marchara todo el mundo, y a Valentina la metieron en una habitación. A mí me interrogaron en el salón. Me preguntaron quién era yo, de dónde venía, y qué papel había tenido en todo lo ocurrido. Hicieron tantas preguntas que, sumado al viaje y a la tensión por la explosión, me estaban desconcentrando por completo. No entendí por qué me acosaban, por qué mostraban ese aire tan amenazador en sus miradas.

A pesar de que mi colaboración fue intensa, esos tipos me presionaban como si hubiese sido yo el responsable de la voladura de Columbus Circle. Solo me tranquilicé cuando una idea me vino a la cabeza: estaban entrenados para hacerte sentir incómodo, para sacarle a cualquiera una confesión a tiempo.

Los dos tenían más o menos mi edad, habían pasado los treinta, pero no mucho más. El más alto se llamaba Ian, y no parecía el jefe. El otro se había presentado como Rick, y llevó el peso de la investigación.

—Vuelva a relatarme lo ocurrido hoy aquí —inquirió Rick.

—Tres veces son muchas, agente —le respondí.

—Puede haber olvidado algo importante.

Pensé entonces en hablarles del misterioso tipo de las botas de punteras de plata, pero me pareció absurdo.

Me retuvieron un buen rato, trataron de intimidarme, y yo no paraba de preguntarme qué razón había para ello.

Solo la última pregunta que me hicieron entraba en un terreno razonable.

—¿Cree usted que lo ocurrido tiene algo que ver con el cuadro?

—Hay que iniciar una investigación rigurosa antes de lanzar conjeturas. Ya saben ustedes el lío que existe con el origen de Colón. No hay unanimidad absoluta entre los historiadores sobre este tema, el debate es intenso, pero, desde luego, no como para ir por ahí haciendo explotar estatuas.

—Pero ha sido usted quien ha traído este retrato. De una forma directa o indirecta, tiene que estar relacionado.

—Agente, no veo relación alguna.

—¿Por qué entonces alguien se tomaría la molestia de hacer estallar el monumento de Colón en Nueva York? Debe de haber tres o cuatro efigies como esta en los Estados Unidos.

—Se equivoca, su país tiene al menos un centenar de estatuas de ese hombre: Baltimore, Boston, Chicago, Detroit, Filadelfia, Atlantic City, Richmond, Phoenix, Saint Louis, San Francisco... ¡Ah!, y se me olvidaba la capital, Washington D. C., allí tienen ustedes otro Columbus Circle, frente a Union Station. Esa es muy bonita en realidad, una de mis preferidas.

Terminaron de apuntar mis palabras, y luego alguien los llamó desde atrás. En el dormitorio de Sforza habían acabado los análisis. Dos hombres de mono blanco se desprendieron de ese atuendo y con sus maletines en mano abandonaron la *suite*. Antes hablaron con los agentes en un tono de voz muy bajo. Hicieron venir a Valentina, y le comunicaron una mala noticia.

—Señorita, es imposible que una persona haya sobrevivido a esta situación —le soltó el agente Ian—. Creemos que en esa habitación hay más sangre de la que un hombre puede perder y seguir con vida. Lo lamento.

Ella comenzó a llorar. A mí me pareció muy brusco que le dijese algo así. Lo achaqué a la falta de tacto de ese tipo.

Antes de que se marcharan, me atreví a hacerles una pregunta.

—Agente Rick, ¿tienen alguna pista, algo que los mueva a investigar en alguna dirección concreta?

Se tomó unos segundos, y luego me respondió.

—¿No se ha dado cuenta de que las dos torres en las que nos encontramos son gemelas?

Intenté digerir esas palabras. Al principio no entendí a qué se podía referir, pero en cuestión de segundos lo capté. Desde luego, a mí no me parecía una teoría consistente. Que en Nueva York hubiese otras dos torres gemelas no era un motivo convincente para pensar que se trataba de un atentado terrorista.

***

Cuando los agentes del FBI se habían marchado, cambiamos impresiones y, por sus palabras, deduje que a ella no la habían tratado de la misma forma que a mí. Nada de preguntas irritantes, nada de presiones.

—No han detenido el desfile—afirmó Valentina—, por motivos de seguridad. No ha habido ningún muerto en la explosión, solo heridos, parece que la detonación estaba muy controlada. Quien lo hiciera, lo único que pretendía era eso, parece que no había intención de matar a nadie. Así que han decidido dejar continuar los festejos, porque hay treinta mil personas desfilando, más de cien grupos y bandas de música. Como discurre por la Quinta Avenida, y Columbus Circle está en la Octava, no afecta al recorrido. Lo único que ha exigido la policía es que las distintas personalidades que iban a participar no lo hagan. Así que van a estar todos en la sede de la fundación. Me esperan allí. ¿Me acompañas?

—Por supuesto.

—Tal y como están las cosas, tendremos que ir caminando. La CHF está cerca. Hay que atravesar el desfile.

—Valentina, yo he estado allí muchas veces contigo y con tu padre. Sé perfectamente cómo llegar.

Me dirigió una mirada que sabía a reproche. Se calzó unos zapatos cómodos, y abandonamos el hotel. Al salir a la calle ambos nos detuvimos unos segundos para contemplar la plaza destrozada. Habían cortado la circulación de vehículos en la rotonda. Salvo los cristales rotos de los edificios próximos, solo Colón había sufrido un daño irreversible. Todo lo demás continuaba más o menos como yo lo recordaba.

Abordamos la calle 59 rodeando Central Park.

Desde la esquina, justo en la entrada al parque, tres hombres nos observaban. Su atuendo era extraño, no vestían mal, pero algo en ellos me llamaba la atención, tal vez por sus sombreros. El más alto me lanzó una sonrisa descarada, y luego hizo un tímido gesto con la mano. ¿Me conocían?

Eso atrajo aún más mi interés. Fue Valentina la que me aclaró quiénes eran.

—Son indios autóctonos. Desconozco de qué raza, pero son indios americanos.

Hice un amago de ir hacia ellos, pero me detuvo agarrándome del brazo.

—Tenemos prisa.

Asentí. En el trayecto hacia la Quinta Avenida me permití preguntarle por algunos aspectos de su padre que me inquietaban.

—No quiero ser imprudente, pero me gustaría saber más sobre Federico.

—Me lo imagino. Te refieres a las vidas paralelas de mi padre.

Callé. No me esperaba algo así.

—Mi madre —prosiguió— siempre conoció sus aventuras fuera del matrimonio. Era italiana, ya lo sabes, una de esas mujeres fuertes capaces de hacer cualquier cosa para que la familia permanezca unida. Así que consintió muchos deslices, muchísimos. Pero le puso una condición a mi padre: jamás debía mezclar las cosas. Unos aquí, y otros allá.

Presumí que la frontera que su madre había situado estaría localizada en un lugar similar a la que separa a los Estados Unidos de México. No quise preguntarle, pero tenía asumido que la otra familia de Sforza residía en el país vecino.

Terminamos de cruzar la Séptima, y luego la Sexta, y a lo lejos ya veíamos el desfile del Columbus Day. Hacía calor, ambos sudábamos y opté por quitarme la chaqueta. Teníamos a la izquierda Central Park. Me hubiese apetecido tumbarme en el césped, refrescarme y olvidarme de dónde estaba.

Al alcanzar la Quinta Avenida nos topamos con diez filas de militares vestidos de azul, espadas al hombro. Tuvimos que esperar para pasar al otro lado de la acera y, al intentar cruzar, casi nos atropella una chica con patines que portaba la bandera italiana a toda velocidad. Desde allí comprobé que la comitiva era realmente impresionante: se perdía de mi vista por ambos extremos. A lo lejos vislumbraba carrozas, muñecos inflables gigantes, bandas de música, niños con pancartas alusivas a la herencia italiana y banderitas de ambos países.

Aprovechamos el paso de un camión que tiraba de una plataforma móvil. Sobre ella había personas cantando. Se detuvo un momento. Conseguimos por fin sobrepasar la avenida y dejamos atrás el parque. Anduvimos entonces unos quinientos metros y llegamos hasta un escenario decorado con telas rojas, blancas y verdes, donde cinco músicos, una banda de *blues*, tocaba.

Fue entonces cuando vi al tipo de botas estrafalarias. Tomé a Valentina de la mano y la frené en seco. Señalé hacia el hombre calvo y de chaqueta gris brillante.

—¿Le conoces?

—Sí, le conozco.

La miré, extrañado.

—Es mi hermanastro. El del otro lado.

Evité referirme a su extraño aspecto. Solo le relaté que me había observado de forma compulsiva durante el acto, y que le noté inquieto.

—Puede que sepa algo de tu padre.

—Vamos a preguntarle.

Ella tiró de mí, y cuando el tipo vio que queríamos alcanzarlo, comenzó a caminar rápido. Nosotros aceleramos el paso. Él también lo hizo. Parecía correr en la misma dirección que nosotros, a la sede de la Columbus Heritage Fundación.

—¿Cómo se llama?

—Emiliano, como Zapata.

La vi sonreír maliciosamente.

El hombre inició una carrera suave al vernos tras él y, al llegar a la CHF, pasó de largo en dirección norte. Hice un intento por correr más, pero ella me tiró de la manga.

—No merece la pena.

A nuestras espaldas el desfile avanzaba. Nos adentramos en la calle y fuimos directos a la fundación, un edificio de tres plantas pintado de gris y con un toldo verde que cubría la escalinata de la entrada. Allí la recibieron una decena de personas, y la asaltaron a preguntas. La gente hablaba en italiano, muy rápido. Se interesaban por el estado del monumento a Colón, y solo alguno que otro, discretamente, le daba a Valentina una palmadita en la espalda animándola a seguir adelante. Presumí que tal vez conocían la información de la policía.

Había estado en ese edificio muchas veces, en sus salones había tenido larguísimas charlas con Sforza, y fue precisamente allí donde había trabado una verdadera amistad con él. El inmueble estaba lujosamente decorado: techos altos, lámparas de araña de gran porte, pesados cortinajes, cuadros de los fundadores y, a pesar de todo ello, resultaba acogedor. Nos llevaron a una sala con varios sofás repartidos por la estancia y nos ofrecieron un refrigerio. Yo solo tomé un poco de agua.

—Señor Deza, soy Ezio Barabino, el director ejecutivo de la CHF.

Me apretó la mano con una fuerza impresionante. Era un hombre de piel muy blanca, cara rojiza y alargada, ojos claros y pelo escaso. Conocí a algunos directores anteriores, pero mi ocupada agenda de marqués consorte no me permitió visitar aquella institución en los últimos tiempos. Al parecer, Barabino llevaba en el cargo un par de años.

—Permítame presentarle al *grand marshal*, Aldo Embriaco.

Apareció un hombre regordete, con una banda amarilla cruzándole el pecho. Me propinó un soberano abrazo. Teniendo en cuenta

102

que no le conocía de nada, apenas se lo devolví, aunque tampoco rechacé ese especial saludo.

Nos sentamos en los cómodos sofás, yo junto a Valentina, y ellos frente a nosotros. Los felicité por el excelente desfile, y el *grand marshal* me lo agradeció con un movimiento de cabeza, lamentando no haber desfilado él mismo. Estaba ansioso por conocer lo ocurrido en la sala Appel. Pronto comenzaron a aparecer las mujeres de ambos y otras personas a las que tampoco conocía. Les sirvieron unas bebidas, hubiese jurado que era *whisky* con hielo, y tras un intercambio de opiniones, y una vez agotado el relato de la explosión, comenzó el bombardeo de preguntas.

—¿Cuál es su versión sobre la inscripción del cuadro? Quiero que sepa que hemos contratado un estudio independiente —me anunció el *grand marshal*—. Las interpretaciones que circulan por ahí son inaceptables.

—No apabullemos a nuestro invitado —propuso Ezio Barabino—. ¿Tiene usted idea de qué es todo esto?

Antes de contestar, me pregunté si Sforza me fue a buscar a Sevilla para apartarme de mi exmujer o realmente me quería tener cerca para otros propósitos. Fue la primera vez que esa teoría comenzó a rodar por mi cerebro.

—Me hubiese gustado que Federico estuviese en esta habitación para mantener esta conversación —dije—. Aquí mismo, en estos mismos sillones, él y yo hemos debatido decenas de veces sobre el origen del Almirante.

—Pero no está —dijo el *grand marshal*, y miró a Valentina—. Tal vez le veamos en un rato corriendo por aquí. ¿Qué ha sido de él?

Ella rompió a llorar. Era incapaz de pronunciar palabra alguna, así que yo le pregunté al oído si me permitía explicar las conjeturas de la policía. Con un movimiento de la cabeza me autorizó, y solo entonces ofrecí las mejores explicaciones de las que disponía.

—Nadie sabe dónde se encuentra, pero la policía está convencida de que es imposible que haya sobrevivido.

Esperé que terminase el murmullo de comentarios y fue Valentina la que quiso traer cordura a la situación.

—Todo esto no tiene ni pies ni cabeza. La policía cree que lo han matado. Y que se han llevado su cuerpo.

Barabino aplacó los murmullos.

—Si murió allí... ¿quién querría secuestrar un cadáver? Es absurdo. Estoy convencido de que tiene que haber una explicación más razonable a todo esto. Y lo vamos a descubrir, ya verán. Valentina, nuestro presidente estará en estos mismos salones pronto.

Ezio Barabino dio un sorbo a su vaso, luego saboreó el líquido ámbar y, en un ataque de diplomacia, devolvió la conversación a derroteros más razonables.

—Ha explotado la estatua que hace más de un siglo nuestra comunidad regaló a esta ciudad. ¿Alguien es capaz de aventurar qué está pasando?

—Hay locos por todas partes —dijo el *grand marshal*—. Cualquiera podría haber puesto esa bomba. El mundo está lleno de terroristas. Hay bombas explotando por medio mundo. Si hay o no relación, ya lo descubrirá el FBI. Señor Deza, ¿por qué está usted tan seguro de que esa frase es de Colón?

—Durante muchas generaciones, mi familia ha estado ligada a la Institución Colombina de Sevilla —expliqué—. He sostenido en mis manos cientos de veces las cartas originales del Almirante, eso jamás se olvida. Una vez que las lees, las tocas, las hueles y sabes que las compuso letra a letra el hombre que descubrió América, una vez que has hecho eso, quedas atrapado en sus misterios. A mí particularmente me emocionan sus libros, los que siempre llevaba consigo, esos de los que nunca se separaba. Embarcaba, navegaba y desembarcaba con ellos. Y durante la travesía, escribía continuamente en los márgenes y las contrasolapas cientos de notas. El hijo de Colón, Hernando, quedó impresionado por esos libros. Los guardó y muchos de ellos han estado siempre en Sevilla. Si no hubiese sido así, esas obras se habrían perdido para siempre. Fueron el germen de una colección excepcional. El *Imago mundi*, el Libro de Marco Polo, la *Historia rerum* y, sobre todo, ese irrepetible *Libro de las profecías*, han hecho de mí un ser distinto. De pequeño, recuerdo que mi padre buscaba secretos perdidos entre los renglones manuscritos, en esas anotaciones inverosímiles, las repasaba tantas veces que me inoculó la pasión por resolver sus misterios, y eso forma parte de mi vida. Esas notas en los márgenes fueron escritas en diferentes momentos de la vida del Almirante, en situaciones diversas. Cuando las he estudiado, siempre me he preguntado por qué las anotó, las causas por la que esas ideas le vinieron a la cabeza. Y, claro, conozco su letra bastante bien. Signo a signo, raya a raya, vírgula a vírgula. Sin ir más lejos, mi último trabajo consistió en investigar por qué dibujó una pequeña cruz en el encabezamiento de algunas cartas. En unas sí, en otras no.

—¿Y cuál es su conclusión? —preguntaron casi al unísono.

—Abandoné la investigación por diversos motivos.

—¿Y a qué se ha dedicado en los últimos años? —preguntó una de las mujeres, que permanecía de pie, con una copa en la mano.

Yo lo consideré un golpe bajo. No tenía ninguna duda de que todos allí me conocían. Muchas de mis publicaciones estaban en ese mismo edificio, y algunas incluso habían sido financiadas por la CHF. Con toda seguridad me consideraban un tipo frívolo, un estúpido noble español.

—Retomé recientemente mis investigaciones —dije—, y encontré el cuadro. Sforza vino hasta Sevilla para convencerme.

—Bueno, dejemos de dar vueltas —dijo el *grand marshal* con tono solemne—. ¿Qué es eso del rostro de Colón?

—Pues ya saben ustedes. Viene a dar en el clavo en un asunto muy discutido en la historia. ¿Quién era realmente? ¿Qué sabemos con certeza de ese hombre?

—Todo —se apresuró a decir el *grand marshal*—. Genovés, hijo de un tejedor de lanas, un hombre sencillo. Precisamente por eso hay alguna confusión en su origen: porque quiso ocultar su pasado humilde, pero al mismo tiempo quiso aparentar un linaje glorioso para entrar en la nobleza. ¿Le suena eso de algo?

Encajé este otro golpe con deportividad. Sobre todo, porque tenía razón. Era más que notorio que el Almirante trató de aparentar una posición más elevada de la que realmente procedía. Siempre han sido unánimes los signos en torno a esa idea. Primero, cuando se casó con una mujer de familia acomodada en Portugal. Y luego, cuando enviudó, no quiso hacer lo mismo con su amante cordobesa, a pesar de que con ella tuvo a su segundo hijo. Más tarde dejó los niños a cargo de la corte, rodeados de nobles. ¿Cómo podría el hijo de un tejedor de lanas llegar a todo eso?

—Cierto —respondí—, su origen humilde está más que demostrado, pero no así su lugar exacto de nacimiento. Existe un solo documento, uno solo, donde se dice que nació en Génova. La única prueba de eso, el famoso título de institución del mayorazgo. Pero, como ustedes saben, se trata de un documento que tiene muchas sombras, porque hablamos de un documento cuyo original se perdió, solo existe una copia, y hay constancia de que se presentó repentinamente como prueba de un proceso en los pleitos colombinos, muchos años después de su muerte. Por tanto, hay irregularidades en ese texto. En teoría era un documento notarial, pero jamás apareció cosido a un libro de actas.

Hubo un silencio sostenido, que solo yo quise romper.

—Miren, jamás he dicho que Colón no fuese italiano —pronuncié de forma solemne—. Desde luego que no era de Castilla, eso seguro, todo el mundo lo consideraba un extranjero en la corte. Admitan al menos que intentó a toda costa evitar decir de dónde era. La realidad incuestionable es que, de una forma meditada, contribuyó a crear en torno a su figura un halo de misterio. Incluso se permitió dejar sombras sobre su pasado, tanto, que sus propios hijos quedaron confundidos para siempre.

Valentina me cogió de la mano. Me pedía por señas que atemperara mis explicaciones.

—Hace decenios que los italianos clarificamos este asunto —dijo ella dirigiéndose a mí—. La *Raccolta Colombiana* ha dejado constancia de eso. ¿Por qué volver una y otra vez a remover el pasado?

—Valentina, hemos encontrado el verdadero rostro del Almirante. ¡Indaguemos! No debemos dejar pasar la oportunidad de analizar quién era en realidad. Esa frase escrita en latín puede ayudarnos. Colón escribía mucho. Y claro, ¿por qué jamás escribió en italiano? No hay ni una sola carta en ese idioma, ni siquiera cuando escribía a italianos. Tampoco escribía sus mensajes personales en ese idioma, siempre lo hacía en castellano o en latín.

—Sus comentarios son respetables —dijo Barabino—. ¿Cuál es su teoría sobre el asunto?

Pensé cómo explicar de una forma gráfica las teorías que me rondaban en la cabeza.

—Creo que tienen ustedes aquí una sala con todos los cuadros que se han realizado de Colón. ¿Es así? —pregunté.

—Está justo a dos salas de aquí —me contestó Barabino.

Todos nos levantamos y nos adentramos en ella. Se trataba de una colección de copias de los cuadros en los que aparecía el Almirante. Observé tanto los retratos realizados tras su muerte como otras obras conocidas: ante los Reyes Católicos, tomando posesión de la primera isla en el Nuevo Mundo, escenas del desembarco, un sinfín de imágenes.

—La gesta del Descubridor es innegable —dije—. La humanidad quería conocer lo sucedido. Se trataba de un hecho sin precedentes. Cristóbal Colón firmó en Granada un contrato con los Reyes Católicos, las Capitulaciones de Santa Fe. Fue nombrado virrey y gobernador general de todos los territorios que encontrase. Obtuvo un diez por ciento de lo que generasen esas nuevas tierras. Y lo más importante, se le nombró almirante de la mar Océana, el mismo rango que el otro almirante del reino de Castilla, don Alfonso Enríquez, tío carnal del rey Fernando y primo de la reina Isabel. Díganme una cosa... Tras haber conseguido una gesta tan grandiosa,

¿no querría alguien tan famoso hacerse retratar inmediatamente por los pintores de la corte?

Se produjo un incómodo silencio.

—Pues no, no lo hizo —añadí—. Hoy día, alguien que consigue un logro, por pequeño que sea, lo primero que hace es fotografiarse y anunciarlo al mundo en las redes sociales. Con las diferencias del tiempo, hace siglos era exactamente lo mismo.

Murmuraron algo, pero no me respondieron.

—Y luego, tras el primer viaje, nada más regresar a la península ibérica, Colón escribe una carta en la que narra su hazaña —proseguí—. Ya ha descubierto la ruta hacia el otro lado del océano, nuevas tierras, riquezas, asuntos para impresionar a la humanidad. Esa carta asombra a toda Europa. Se imprime en Barcelona, en castellano, en primera edición. Poco después se traduce al latín, y alcanza rápidamente al menos nueve ediciones. El siguiente idioma es el italiano, del que se conocen cinco ediciones. Luego vendrían nuevas publicaciones en alemán, francés e inglés. Se hizo famoso muy rápidamente. ¿Qué autor de *best sellers* no quiere que el mundo le conozca? ¿Se hizo un retrato entonces? Pues no, de nuevo, ni entonces ni más tarde, cuando ya había regresado de su cuarto y último viaje, se dejó retratar por los pintores de la corte.

Esperé que procesasen todo aquello.

—Díganme por qué.

8

MILES DE ESTATUAS

«…

—¿Sabe usted cuántos monumentos, estatuas y representaciones del Almirante de la mar Océana hay repartidas por el mundo?

—Ignoro el número exacto, pero supongo que hay decenas.

—Se equivoca, son miles.

—¿Está usted seguro?

—Las tengo todas contadas. Hay miles, se lo garantizo.

—Es un dato sorprendente.

—Tras Jesucristo y Buda, el tercer motivo más relevante que los seres humanos han elegido para levantar esculturas y monumentos, a lo largo y ancho de este planeta, ha sido Cristóbal Colón.

…»

Washington D. C. La siguiente explosión se produjo en menos de veinticuatro horas. El monumento construido frente a la principal estación de tren de la capital de los Estados Unidos, Union Station —a un kilómetro del Capitolio—, estalló por los aires a las 7 a. m. Se trataba de un conjunto construido en mármol de Georgia, una fuente semicircular de más de veinte metros con un pilar central coronado por un globo del mundo apoyado sobre cuatro águilas. El Almirante miraba directamente al centro del poder de los Estados Unidos y, delante de él, un ser alado soportado por la proa de un barco representaba la democracia. Flanqueándolo, otras dos figuras alegóricas: una de ellas la del Viejo Mundo, un patriarca barbudo, descansando sobre sus armas, y al otro lado, el Nuevo Mundo, un indio precolombino, ambos con las piernas flexionadas. En la parte de atrás, un doble medallón con los Reyes Católicos, y tres mástiles con sus correspondientes banderas americanas, por cada una de las naves que descubrieron el nuevo continente.

Transcurrieron solo quince minutos entre esa nueva detonación y los porrazos que daban en la puerta de mi habitación del hotel.

Me había acostado la noche anterior tras cenar algo ligero. Antes me había despedido de Valentina, que se había marchado hacia su casa en las afueras de la ciudad.

Si esos tipos no me hubiesen molestado, yo habría seguido durmiendo a pierna suelta entre sábanas de un algodón excepcional. Abrí y me encontré a los mismos agentes del FBI que me habían interrogado la tarde anterior. Estaban realmente ofuscados, y nada más abrir me obligaron a sentarme en la cama mientras uno de ellos acercaba una silla, la situaba frente a mí y luego se encaraba conmigo. El otro se mantuvo de pie mientras leía algunos mensajes en su teléfono.

—Relate con todo lujo de detalles lo que hizo la tarde y noche de ayer —me espetó Rick.

Le expliqué que había estado con el *grand marshal* y con el director de la CHF en la sede de la fundación, y que luego había llegado al hotel al caer la noche.

—¿Qué ha ocurrido para que se presenten en mi habitación tan temprano?

—Las preguntas las hacemos nosotros.

—¿Me están culpando de algo? ¿Me están investigando?

Se miraron entre ellos y, cuando vieron que había dormido allí —imaginé que habrían comprobado las cámaras de vigilancia del hotel—, se decidieron a relatarme los hechos.

—Han volado otra estatua. En Washington D. C.

Tragué saliva.

—¿Y por qué acuden a mí con tanta premura?

Otra vez volvieron a lanzarse miradas de complicidad entre ellos.

—Usted habló ayer de la existencia de esa otra plaza, y ese otro monumento —lanzó Rick—. De entre toda la larga lista que nos proporcionó, recalcó el de Washington, puso un especial hincapié en ese. Explíqueme por qué lo hizo.

—¿No pensarán que tengo algo que ver?

—Es mucha casualidad. Demasiada.

Me levanté y me puse los pantalones. Luego elegí una sudadera de la dos que traía, una gris con capucha y dibujo de un pájaro tropical en el pecho, un tucán. La había comprado durante una de mis estancias en las Bahamas con Sonsoles. Me introduje en ella lentamente.

—Están ustedes locos, ¿lo saben?

Ellos no respondieron a mi provocación. Ian continuó leyendo mensajes en la pantalla de su teléfono, y Rick no me quitaba un ojo de encima. Por alguna razón, le atraía especialmente el pajarraco tropical de la prenda con la que me había vestido.

—Salgan de mi habitación —dije—. No tengo nada más que añadir.

—Vamos a estar muy cerca de usted —soltó Rick—. Quiero que lo sepa.

Antes de abandonar la estancia, les pregunté si habían dado con el cuerpo de Federico Sforza y me respondieron que no. Cuando se marcharon, esperé unos minutos.

Luego bajé a la recepción del hotel. Pregunté dónde podía consultar algo en Internet. Me indicaron una sala que tenían habilitada al respecto. Impaciente, repasé los diarios digitales del día, todos abrían con la noticia de Washington D. C., pero no proporcionaban muchas pistas sobre lo ocurrido. Consulté cómo era exactamente el monumento que había explotado, sus componentes, y busqué la inscripción en esa fuente frente a la estación central de la ciudad.

En memoria de Cristóbal Colón
Su gran fe
e indomable coraje
dieron a la humanidad
un Nuevo Mundo

Nacido MCDXXXVI
Muerto MDIV

Salía de la sala de Internet cuando me encontré con Héctor, el guardaespaldas de Sforza. Me agarró de un brazo y me volvió a introducir en la misma habitación, completamente vacía a esas horas de la mañana. Le miré a la cara y me pareció muy afectado. Imaginé que estaba sufriendo por la muerte de su jefe, al que seguramente apreciaba.

—Llevo desde ayer buscando al señor Sforza —me dijo—, pero parece que se ha evaporado como un fantasma.

—Imagino que el FBI ha revisado las cámaras —le dije.

—Eso precisamente le quería decir, señor Deza. Hay policías vigilándole en el *hall*, y la cosa se le ha puesto muy fea.

—¿A qué se refiere?

—Están preparando la orden de un juez para detenerle. Tienen la sospecha de que usted está detrás de todo.

—Pero no tienen ni una sola pista. ¡No pueden tenerla en mi contra!

—Se equivoca, sígame.

Dimos un rodeo para llegar a un sótano lúgubre. Bajamos unas escaleras mal iluminadas y luego atravesamos un largo pasillo. Al fondo se veía la luz que salía de una estancia con la puerta entreabierta. Se trataba del cuarto de control de seguridad, con decenas de pantallas de vigilancia.

—Un primo mío trabaja aquí —afirmó Héctor—. Me ha mostrado las imágenes que van a utilizar para inculparle.

El primo se le parecía bastante, tal vez más joven. Iba uniformado con un traje azul marino y el distintivo de una empresa de seguridad.

El hombre me dio la mano, y luego le regañó a Héctor, por los posibles problemas que aquello le podría ocasionar. Ambos discutieron unos minutos, pero acabó convenciéndolo para que me mostrase las imágenes.

Lo que pude contemplar en aquella pantalla me sobresaltó.

—Dígame que no es usted —pidió.

La grabación no dejaba lugar a dudas: un hombre de mi misma estatura y complexión y, sobre todo, con una sudadera gris con un pajarraco tropical en el pecho, exactamente igual a la que yo había

114

adquirido en Bahamas, idéntica a la que llevaba puesta en ese momento, había dejado el hotel a las diez de la noche. Le esperaban en un coche en la entrada del hotel. Y luego, en otra secuencia posterior, se mostraba cómo había regresado al amanecer. Tanto al salir como al volver a entrar llevaba la capucha puesta.

—Ese no soy yo —afirmé—. He dormido toda la noche en mi habitación. Estaba agotado. En ningún momento he dejado la cama.

Los dos hombres me miraron de arriba abajo. El vigilante incluso llegó a señalar mi sudadera.

—El FBI no piensa igual —me aseguró Héctor—. Va usted a tener que dar muchas explicaciones. ¿Por qué no me cuenta qué ha estado haciendo? Puedo ayudarle.

—Por Dios. Esta sudadera —pasé mi mano sobre el tucán— se vende en todo el Caribe por diez dólares. ¡Debe haber más de cien mil como esta circulando por este país!

Me tendió sus dos manos en un gesto que me pareció sincero. Sentí entonces que me bloqueaba. Era absurdo lo que estaba pasando. La desaparición de Sforza, las explosiones, y ahora esto.

Me senté en una silla frente a los monitores de televisión. Los primos me debieron ver abatido, porque soltaron una perorata, algo así como que los problemas pasan, que todo el mundo los tiene, y que cuando tú crees que el tuyo es el más grande de todos, te das cuenta de que no, que no es así, porque hay gente pasándolo peor que tú. Me pusieron el ejemplo de la frontera, ese muro del presidente Trump, y el tratamiento que los hispanoamericanos estaban soportando. Eso sí que era un problema, y no el mío, dijo el vigilante.

Siguieron hablando, ambos pasaron un buen rato intercambiando comentarios entre ellos, asuntos relacionados con la gravedad de los hechos de la inmigración. ¿Qué era más peligroso, que alguien te quiera matar cuando atraviesas México, o que alguien te quiera matar cuando intentas pasar la frontera con los Estados Unidos? Al menos hubo unanimidad, ambos determinaron que el recorrido de los guatemaltecos por el interior de México era, sin lugar a duda, de lejos, mucho más peligroso y mortal que cruzar el muro. Aquí te detenían, pero no te mataban, a menos que desobedecieras las instrucciones de la Patrulla Fronteriza, la U. S. Border Patrol, que es una de las ramas más grandes y complejas del Departamento de Seguridad Nacional, añadió Héctor, con la misión prioritaria de mantener a terroristas y sus armas fuera de los Estados Unidos. Sí, corroboró su primo, pero también dan leña a los inmigrantes, con la excusa de que tienen la responsabilidad de la seguridad y todas esas chorradas.

Yo pensé que ahí acababa la conversación, y me empecé a levantar con intención de marcharme.

Héctor me detuvo, puso un brazo delante de mí y me miró con gravedad.

—Una cosa más, ¿qué hacemos con el cuadro?

—¿Cómo?

Ese hombre debió creer que no me quedaba otra solución más que salir corriendo del país antes de que me detuviesen los federales.

Señaló entonces hacia el fondo de la sala, una esquina oscura llena de cacharros, sillas rotas y mesas destartaladas.

—Tras la explosión lo traje aquí. Mire, me hizo una gran ilusión rescatar al mismísimo señor Colón, el hombre gracias al cual yo existo. ¿Se imagina?

Héctor fue a por él, lo levantó y lo trajo hacia mí con delicadeza. Lo había sujetado por la parte delantera, y me mostraba la trasera, la inscripción en latín.

—¿Qué has dicho?

—Que todos los hispanos somos hijos del mismísimo Colón. ¿Tal vez no es verdad?

Levanté la mano y le pedí que se callase.

Frente a mí, yo aún sentado, tenía la trasera del cuadro pegada a mis narices.

Vi cosas nuevas, había trazos grabados que, o bien antes no estaban, o no los vimos.

—¡Dios bendito! —dije.

Mi sorpresa fue mayúscula.

Le rogué que pusiera la obra sobre una mesa, que prendiese las luces de la sala y que me dejase ver con tranquilidad aquello. Como no había mucha intensidad lumínica, me facilitó una linterna de mano.

La orienté hacia la obra, y casi me caí de espaldas cuando observé el pictograma.

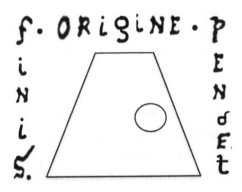

«El final depende del origen».

Porque sin duda era eso, o más bien un jeroglífico, un conjunto de letras, signos y figuras. La disposición tan armoniosa del conjunto me hizo sospechar de algún mensaje oculto. Desde luego, de nuevo, la letra era colombina, de eso no me cabía duda alguna. Esa letra «S» terminando la palabra latina «*finis*» era exactamente la que utilizaba Colón en sus escritos cuando era la última. Y esa «G», tan característica, o la «P» iniciando la palabra «*pendet*».

—Héctor, dime una cosa… ¿ha estado el cuadro vigilado en todo momento tras la explosión?

—Por supuesto. El FBI ha estado aquí, me pidieron ver el cuadro. Los tipos esos que recogen huellas estuvieron haciendo su trabajo por lo menos una hora, pero el cuadro no salió de este recinto, se lo prometo. Luego se marcharon.

—¿Y desde entonces el cuadro ha estado vigilado? ¿Ha entrado alguien que no conozcáis?

—¡Nadie! —respondió el primo indignado—. ¿Cree usted que no sabemos hacer nuestro trabajo?

Pedí disculpas, no había sido esa mi intención.

Mi cabeza iba en otra dirección.

¿Se trataba de un mensaje que había dejado alguien en el cuadro tras la explosión?

O más bien… ¿Podía haber estado siempre ahí esa inscripción y, por alguna razón, solo ahora era visible?

Hubiese dado cualquier cosa por tener cerca al experto de Sebastián.

A simple vista, me decantaba por la primera opción.

Como no la vimos en su momento, lo lógico era que alguien la hubiera realizado la tarde anterior con mucha pericia.

Por otro lado, vista la extraordinaria coincidencia con la caligrafía de Colón, la hipótesis razonable no podía ser otra que —por razones a falta de concretar— habían aflorado nuevas inscripciones.

Saqué mi teléfono e hice varias fotos al jeroglífico.

—Héctor, ¿puedes hacer una cosa más por mí?

—De acuerdo.

—Almacena este cuadro en una caja fuerte, en el embalaje original que traía desde Sevilla. ¿Podrás hacerlo?

—Cuente con ello. Jamás le he fallado al señor Sforza, y tampoco le fallaré a usted.

Le agradecí la seguridad que me ofreció y salí de allí corriendo.

Me dirigí a mi habitación. Hice la maleta lo más rápido que pude, apenas diez o doce cosas, y me dispuse a abandonar el hotel. Pensaba regresar a Sevilla. Me apetecía volver a buscar cosas ocultas en el palacete. Allí podría investigar con tranquilidad esta nueva y misteriosa inscripción, mientras continuaba con mi cruzada para reconquistar a Sonsoles.

En ese preciso momento sonó el teléfono de la habitación.

Era Valentina. En su voz noté mucho nerviosismo, estaba acelerada, y pronunciaba frases que no entendía bien. Hablaba tan atropelladamente que le pedí que se calmase.

—Me ha llamado la otra.

—¿A qué te refieres?

—La mujer con la que mi padre ha tenido otro hijo. La mexicana.

—¿Y qué quería?

—Quiere que vaya a verla a Cuernavaca. Y quiere que me acompañes tú. Le he dicho que está loca, que bajo ningún concepto iré allí. Y que tú tampoco.

—Claro —le dije convencido—. ¿Por qué habrías de romper ese pacto que establecisteis ambas familias? Unos aquí, los otros allá. Ha funcionado por lo que veo.

—Me asegura que tiene respuestas a lo que está pasando.

—Y no te lo puede explicar por teléfono...

—Te lo ruego —me suplicó Valentina—. Acompáñame.

Intenté decirle que me volvía a España, pero la idea de aclarar todo aquello, en México o donde fuese, me pareció más interesante. En realidad, yo no estaba en condiciones de pensar demasiado, necesitaba dejar los Estados Unidos cuanto antes y, bien mirado, volar hacia el país vecino no era una mala opción.

—De acuerdo. ¿Qué compañía vuela hacia Cuernavaca?

—Déjate de tonterías —soltó Valentina—. Tengo el avión de mi padre dispuesto para partir en una hora. Voy a llamar a Héctor para que te recoja en tu hotel.

—¡No! —exclamé—. Iré al aeropuerto que me digas ahora mismo. Es más rápido tomar un taxi. Créeme.

No encontré ningún argumento a favor de explicarle lo que me había ocurrido. A esas alturas, no me fiaba de nadie.

Acordamos vernos en una hora. Me puse a preparar un plan para esquivar al tipo que debía estar vigilándome en la recepción. Por supuesto, no avisaría que dejaba la habitación, los gastos de ese viaje corrían por cuenta de la CHF. Cerré la puerta con sigilo y luego me dirigí a las escaleras de servicio. Iban a ser muchos pisos, lo sabía, pero era la única opción para sortear la entrada del hotel Mandarin Oriental, dentro del entramado comercial y de negocios de las torres Time Warner.

Cuando abandoné el edificio me dirigí sin pestañear a la calle 60 Este. Pensaba atravesar las avenidas transversales hasta alcanzar la Décima, Amsterdam Avenue, en dirección norte, y allí tomaría un taxi hacia el aeropuerto donde me esperaba el avión.

Todo eso me pareció demasiado fácil.

A mi espalda estaban Rick e Ian, ambos con sus trajes impecables y sus zapatones abrillantados.

Nada más verme comenzaron a correr.

Hice lo mismo.

No podía esperar que cualquier diálogo con ellos diese resultado.

Yo llevaba puesta una camisa de tono claro y una chaqueta ligera. Juzgué que era suficiente para emprender el viaje, no necesitaba más, así que arrojé mi maleta sobre un parterre de flores amarillas y aligeré el paso. Sin pensarlo demasiado, tomé la determinación de rodear la manzana del hotel y, con toda la prisa que mis piernas me proporcionaban, me afané en poner metros entre esos agentes del FBI y yo.

Luego alcancé Broadway. Sabía que esa dirección descendente no me convenía, pero no era momento para elucubraciones. Continué corriendo sin mirar atrás, y solo al alcanzar el cruce con la calle 57 me lo permití y giré la cabeza.

A los lejos, divisé a los dos agentes. No tiraban la toalla. Ian había ganado terreno a Rick. Yo les había sacado a ambos una manzana de distancia, ellos aún corrían por la 58.

En ese momento tuve la osadía de levantar la mano y parar un taxi. Era temprano, había algo de tráfico, pero no demasiado. Sabía que si conseguía emprender la marcha a bordo del coche amarillo pondría aún más distancia entre esos agentes y yo.

El taxista me pidió saber adónde ir, y yo le dije que continuase hacia abajo por Broadway. Luego, antes llegar a la calle 52, le pedí que la tomara, y con la suerte de no pillar ningún semáforo en rojo, le solté veinte dólares y no le pedí el cambio. Salté del vehículo cuando aún rodaba, el chófer me gritó en algún dialecto de la India, pero no me detuve en explicaciones, tomé hacia el norte de Madison Avenue y allí solicité otro taxi con solo levantar mi brazo.

Mirando en todas direcciones, no logré ver a nadie persiguiéndome.

∗∗∗

Despegamos en menos de dos horas desde que recibí la llamada. Pasé el control de pasaportes de un pequeño aeropuerto bastante nervioso. Temía que hubiesen dado la orden de detenerme, pero eso no ocurrió, al menos con la suficiente celeridad como para impedirme subir al aparato. Incluso para la administración norteamericana, las cosas llevaban su tiempo.

Valentina me notó inquieto, y me preguntó si no me gustaba volar. Preferí no darle explicaciones. Nos sirvieron un café en pleno vuelo, nada más despegar, y a continuación el piloto anunció que la ruta hacia el aeropuerto Mariano Matamoros, en Morelos, llevaría un tiempo de viaje aproximado de cinco horas. Íbamos a atravesar el país hacia el sur, dejando el territorio de los Estados Unidos sobrevolando la ciudad de Nueva Orleans.

El avión era un *jet* privado fabricado por Gulfstream, con un acabado interior lujoso. Estimé que aquel aparato no debía costar menos de veinte millones de dólares. Conocía algunas de las empresas de Federico Sforza, era notorio su éxito en los negocios, y me alegré de que, a pesar de sus líos de faldas y a la necesidad de mantener dos familias en dos países, las cosas le fuesen tan bien.

Valentina y yo volábamos en cómodos sillones de piel marrón, uno junto a otro. El avión disponía de una docena de plazas, pero solo nosotros ocupábamos el pasaje. Imaginé que el interior había sido modificado a capricho del propietario y, de hecho, se veían detalles de las banderas americana, italiana y mexicana en el interior.

Desvié la mirada hacia ella para ver si dormía. Tenía los ojos bien abiertos.

—No he traído nada de ropa —mentí—. Pensé que el vuelo era de ida y vuelta.

—Vamos a ver lo que nos encontramos.

Era mediodía cuando la tripulación nos ofreció un almuerzo. Como no había desayunado, lo acepté gustoso. Comenzaron sirviendo una copa de champán. Me la bebí de un trago, y en unos instantes la tenía llena de nuevo. Ella me imitó, y tal vez eso nos impulsó a ambos a hablar.

—Emiliano estará en Cuernavaca —anunció Valentina—. Para mí todo esto es difícil de asumir. Es la primera vez que ambas familias nos encontramos. Una locura.

—Tranquila, no podías hacer otra cosa.

—Al llegar anoche a mi casa deseé encontrar a mi padre allí, pero no estaba. Por la noche me llamó el FBI. Las pruebas son concluyentes. Lo dan por muerto.

—¿Y el cadáver?

—Me temo lo peor —susurró—. Creo que esa es la sorpresa que nos van a dar en el destino al que nos dirigimos. Esa gente es así. No me extrañaría que lo encontrasen muerto y lo hayan trasladado a México.

—¿Con tanta velocidad? ¡Hace justo veinticuatro horas de la explosión!

—Parece mentira que siendo español no conozcas lo importante que es la muerte para los mexicanos. Si mi hermanastro encontró el cadáver, no te quepa la menor duda de que se lo ha llevado a enterrarlo de ese lado. Hemos sido dos familias luchando por un mismo padre desde hace lustros.

—Ya, pero la mexicana te dijo que te explicaría todo lo ocurrido. Y además te pidió que acudiese yo, ¿por qué querría algo así?

Ella se encogió de hombros.

Terminamos el almuerzo y nos retiraron los platos. Pensaba que habíamos alcanzado ya el golfo de México, pero me equivoqué. El piloto abandonó la cabina y pidió hablar a solas con Valentina. Ella accedió, se levantó y ambos cuchichearon algo frente a la puerta de la cabina. Luego parecieron discutir, ambos gesticulaban en exceso, y al cabo de varios minutos pareció acabar la discusión.

Cuando regresó al sillón, estaba lívida.

—Le exigen al piloto que cambie el rumbo y dé la vuelta.

—¿Por qué?

—¿Y tú me lo preguntas?

Medité lo que debía decirle. A esas alturas me parecía absurdo ocultarle que me seguía el FBI, incluso que pensaban que yo estaba detrás de las explosiones. Así que le narré con absoluta precisión todo lo que había acontecido desde que me había levantado, incluyendo la conversación con Héctor.

—No tengo nada que ver con este lío, de lo único que soy responsable es de haber hallado un cuadro. ¡Ni tan siquiera sé fabricar una bomba!

Valentina meditó un momento, mientras miraba por la ventanilla.

—Mi padre confiaba en ti —dijo—. Y yo voy a hacer lo mismo. No sé por qué, pero confiaré en ti.

—¿Y qué vamos a hacer con el vuelo? ¿Tenemos que regresar?

—Le he pedido al piloto que se invente algo. Él es mexicano, y en estos momentos ya estamos sobrevolando México.

Tenía lágrimas en los ojos.

Me acerqué a ella y le sostuve suavemente el mentón para que no desviase la mirada. Le aparté un mechón de pelo rubio de la cara. Los ojos azules habían tomado un cierto tinte verdoso con los sollozos. Me pareció una mujer muy bonita. Ya no era la chica jovencita que cayó en mis brazos. Ambos habíamos cambiado, evolucionado, y nuestras vidas volvían a coincidir. Verla así, tan delicada y desvalida, me animó a atraerla hacia mí y abrazarla.

—No puedo afrontar esto sola —susurró a mi oído.

Esa voz podía conmigo. Terciopelo puro.

—Llevo años pensando en ello —continuó—. Mi padre pintó una raya, y mil veces dejó claro que nadie debía traspasarla. Pero en todo este tiempo he sido consciente de que tarde o temprano tendría que hacerlo. Y ahora me doy cuenta de que no estoy preparada. No sé lo que me voy a encontrar.

—Estaré junto a ti —le aseguré—. Quiera o no quiera, estoy condenado a saber qué está ocurriendo.

Ella me correspondió con una rutilante sonrisa.

Ambos apretamos nuestras manos.

9

MÉXICO DIVERSO

«...

—Unos países se especializan en ganar, y es duro digerirlo, pero otros se especializan en perder —afirmó Sforza.

—El progreso de las naciones depende de ellas mismas.

—No sea inocente. América Latina lleva perdiendo el partido desde el minuto primero, desde el mismo momento en que Cristóbal Colón y sus hombres pusieron un pie de este lado.

—Federico, usted es fruto de varias culturas. ¿Cómo puede decir eso?

—Mi mamá era mexicana. Yo me siento americano, pero americano de verdad.

—Explíquese.

—Los hispanos perdimos el derecho de llamarnos americanos. Ese es un privilegio que también se reservaron los vencedores. En República Dominicana, en Cuba, en México, en Venezuela, en muchos lugares, ya había auténticos americanos dos siglos antes de que el Mayflower llegara a las costas de Plymouth. Pero, ahora, América es sinónimo de Estados Unidos. ¿Cómo se han podido apropiar incluso del nombre del continente?

...»

Cuernavaca. Esa misma mañana había estallado la segunda bomba en los Estados Unidos y yo había huido a México sin más. A media tarde aterrizamos en un aeropuerto pequeño, tras atravesar nubes negras. Al bajar del avión llovía. El piloto acompañó a Valentina con un paraguas, y yo los seguí hasta la terminal. La única chaqueta que llevaba conmigo estaba empapada cuando alcancé el edificio. En la puerta de acceso hablaron con un policía. Con solo un gesto, el agente nos dejó pasar. Nadie nos pidió los pasaportes. Imaginé que Federico había volado a ese mismo destino cientos de veces, y que el mismo hombre que pilotaba su *jet* privado se encargaba de otros muchos menesteres. Continuamos avanzando hacia la salida, donde nos esperaba una limusina con los cristales tintados. Subimos al vehículo, que salió disparado hacia el interior de la ciudad. El chófer condujo por estrechas callejuelas, parecía como si alguien le persiguiera, pero era más lógico pensar que sencillamente había acordado una hora determinada para llegar a su destino. Fueron veinte minutos de rápidos giros y frenazos mientras lanzaba improperios a cualquiera que se cruzase en su camino, ya fuese otro vehículo o bien un burro tirando de una carreta. A partir de un determinado momento, dejó atrás la ciudad y comenzó a circular por una carretera desierta con campos de cultivo a ambos lados.

Desde lo alto de una colina, el coche comenzó a descender hacia una hacienda inmensa. Observé unas cuadras, y a alguien que montaba a caballo en un picadero cercado por vallas de postes de madera. El lugar era realmente encantador, presidido por una mansión de estilo colonial. En la fachada había macetones con plantas de gran porte.

En la puerta nos esperaba una señora de unos sesenta años, pelo negro recogido en una trenza y grandes ojos oscuros. Estaba de pie con los brazos cruzados. Desde allí oteaba la propiedad con la cabeza bien erguida, como el señor feudal que avizora sus dominios.

—Es doña Teresa —dijo Valentina—. La otra.

Antes de que el chófer se detuviese frente a la casa, la mujer hizo señas al jinete que, cabalgando sobre una yegua blanca, alcanzó el porche antes que nosotros.

Era Emiliano.

Al bajarnos del auto, ambos bandos nos concedimos un frío saludo.

—Entren, por favor —invitó doña Teresa.

El chófer se largó. Nosotros la seguimos. Aún había luz en el exterior. La mujer nos indicó que pasáramos a un salón decorado con exquisito gusto, un estilo que me pareció propio de un italiano adinerado. Los muebles no casaban con una hacienda en el campo: sofás de piel blanca y patas metalizadas, alfombras de diseño moderno, estanterías de cristal y acero inoxidable.

—Les agradezco que hayan venido hasta aquí —dijo la anfitriona—. Soy consciente de lo difícil que es esto, pero creo que merece la pena que hablemos.

Se dirigía a Valentina, que asintió con un gesto discreto. Imaginé la incomodidad por la que estaría pasando. No quitaba ojo a los cuadros, las fotos enmarcadas, los cientos de detalles que conforman un hogar. Pronto comprendí que tanto ella como su madre Alessandra habrían tratado mil veces de adivinar cómo era esa otra morada de Federico.

Años de enfrentamiento, y ahora se encontraba sentada en el nido del enemigo.

—Son muchas las cosas que debemos compartir hoy —añadió doña Teresa—. Y creo que la situación amerita que nos entendamos. Un poco tarde, lo sé, pero hay que actuar rápido. No podemos permitirnos seguir ni un minuto más odiándonos unos a otros.

Hizo señas a una de las criadas. Trajo limonada para todos.

—Esto es difícil. Si me lo permiten ustedes, quisiera comenzar hablando de mí. Conocí a tu padre cuando aún era una niña. Los Sforza tenían negocios en este estado de Morelos. A decir verdad, estas tierras pertenecían a esa familia gringa, bueno, italoamericana, como le gusta decir a mi esposo.

Valentina cambió de posición en el sofá. Yo le puse un vaso de limonada en las manos y le sugerí que bebiese mientras escuchaba el relato de esa mujer.

—El padre de Federico pasó buena parte de su juventud montado a caballo, trotando de hacienda en hacienda, con amigos mexicanos en buena parte del país. Era muy feliz aquí, encontró en esta nación alicientes que los poderosos Estados Unidos jamás le proporcionaron. Y eso fue antes de que se enamorase. Cuando eso ocurrió, su suerte estaba echada para siempre. Ocurrió en Tlayacapan, frente al baile del brinco del chinelo. La magia de la sierra y un cielo tachonado de estrellas crearon el ambiente necesario para que una noche un yanqui rico se enamorara de una mesera pobre. ¿Sabe usted qué son los chinelos, señor Deza?

—No, lo siento.

—En Morelos, es una de nuestras diversiones favoritas. Son personas disfrazadas, danzantes que amenizan los carnavales con su baile y sus vestimentas. Esto viene de muy antiguo, cuando un grupo de jóvenes cansados de ser excluidos de las fiestas, ya que para eso debían respetar el ayuno y bailar bien, y así comer, en Cuaresma, organizaron una cuadrilla y se disfrazaron con ropajes viejos, la cara tapada, y comenzaron a chiflar y brincar por las calles. Se burlaban de los españoles. Y el primer personaje que tomó forma fue *huehuetzin*, una palabra náhuatl que significa persona que se viste con ropas viejas. Y, año tras año, se fue haciendo más popular, la fiesta llegó a ser un ritual, y como es normal, ha evolucionado. Pero, sí, ustedes los españoles estaban en el centro de la fiesta. Para representarlos, nuestros muchachos le añadieron barbas a las máscaras, y la verdad, es muy divertido. En las tardes, los chinelos brincan por todo el pueblo al ritmo de la tambora y de los platillos.

Hizo un receso, tomó un sorbo de su limonada y prosiguió:

—Se casaron, y el gringo se la llevó a Nueva York. El cuento de *Cenicienta* en versión mexicana. ¿Conociste a tu abuelo, Valentina?

—Claro, y a mi abuela también.

—No quiero incomodarte, niña, pero debemos hablar de esto. ¿Y qué sabes de mí?

—Nada.

—Así es. Para ti soy como un fantasma. Sabes que pululo por ahí, pero nunca me has visto. Permítame presentarme. Teresa Varela. Mexicana de Cuernavaca, como tu abuela. Mesera de profesión, como tu abuela. Mujer que también se enamoró de un gringo, como tu abuela. Y que se quedó embarazada de un medio gringo. Pero a diferencia de tu abuela, conmigo no se casó el príncipe. Regresó, eso sí, pero jamás me llevó allá. Yo me quedé aquí. La historia no se repitió. Tu padre venía con frecuencia cuando era niño, acompañaba a su madre, que jamás cortó los lazos con esta tierra. Y, cosas del destino, fue precisamente tu abuela quien nos presentó. Ella conocía a mi familia. Desde muchas generaciones atrás habíamos regentado un bar. Y nos conocía bien, porque ella trabajaba allí cuando su esposo la conoció. Mi madre y ella eran amigas y, por supuesto, yo había jugado en sus faldas de niña. El caso es que tu padre me cortejó sin pudor, como lo hace un italiano, pero con la hombría de un mexicano, y nuestro romance llegó rápido. Caí en su red, y aún hoy sigo enamorada de él.

—¿Y qué ocurrió? —me atreví a preguntar, y aunque era evidente que todos conocían la respuesta, me parecía oportuno plantear eso entonces.

—Valentina y mi hijo Emiliano tienen prácticamente la misma edad. Federico dejó preñadas a dos mujeres en muy corto espacio de tiempo. Y claro, la italiana vivía allí, en Nueva York, y yo aquí, en una Cuernavaca de la que nadie sabría nada si no se menciona.

Todos permanecimos en silencio. Valentina miraba afuera, llovía con fuerza. Para romper el silencio, Teresa hizo una pregunta.

—¿Conoce usted de dónde procede el nombre de nuestra ciudad? —De nuevo la anfitriona se dirigía a mí—. El nombre de Cuernavaca no proviene de donde la gente cree.

—Sería un placer que me lo contase.

—El nombre de nuestra ciudad procede de otra palabra náhuatl, exactamente Cuauhnáhuac. El vocablo derivó en Cuernavaca, porque ustedes los españoles lo pronunciaban mal. Hernán Cortés corrompió muchas cosas de este pueblo, y también esa palabra. La pronunciaba Coadnabaced, y luego Bernal Díaz, otro cronista, la llamó Coadalbaca, y más tarde Solís vuelve a cambiarnos la pronunciación y se refiere a este trozo de México como Cuautlavaca, y, así, hemos terminado como Cuernavaca. Por supuesto, no vamos a cambiarlo a estas alturas. Fíjese cómo ha cambiado el sentido de esta ciudad: la primera palabra aborigen significaba ciudad junto a los árboles, y de eso hemos pasado a los cuernos de una res.

—No lo sabía —confesé.

—A usted le apasionan los asuntos de nuestro pasado común, ¿no es verdad?

—Así es —afirmé—. Tendría usted que explicarnos qué cosas corrompió Cortés.

Se sorprendió, de la misma manera que yo estaba sorprendido de la cultura de aquella mujer, mesera de profesión, pero que ahora dirigía esa hacienda.

—Cuando se habla de Descubrimiento de América, se ignora que aquí ya habitaban millones de personas. ¿Éramos tan tontos que no nos habíamos descubierto a nosotros mismos? Cinco siglos después, no se puede ignorar el exterminio indígena.

Sonrió al terminar de hablar. Me dio la impresión de que no quería entablar conmigo una conversación de esa naturaleza, tal vez porque esperaba a tocar el tema principal: la desaparición de su esposo. Yo me limité a asentir, y ella agradeció que no le presentase batalla.

—No quiero ser inoportuna ante esta conversación tan interesante, pero… ¿sabe usted dónde está el cuerpo de mi padre? —preguntó Valentina—. Me ha hecho venir hasta aquí para algo.

Teresa se incomodó ante una pregunta tan directa.

—Yo no te dije que supiera eso —respondió doña Teresa—. Conozco alguno de los entresijos de lo que está pasando. Hablé con mi hijo Emiliano y acordamos que sería bueno ponerlo en conocimiento de ustedes. Lamento haberte dado la impresión de que sabía dónde está Federico, porque no lo sé. Estoy al tanto de las investigaciones de la policía. A estas alturas nadie se preocupa de buscarlo, todos creen que existe una conjura contra América, y que por eso están volando las estatuas. He leído la prensa norteamericana. Todo es absurdo.

—Estamos aquí para sincerarnos —habló por primera vez Emiliano—. Álvaro, deberías ponernos al tanto de las cosas que sabes.

Le miré extrañado.

Y luego todos me miraron a mí.

—Ya he explicado que no tengo ni idea de qué ha ocurrido. Yo solo encontré un cuadro con una extraña inscripción. Todo lo demás me es ajeno.

—No deberías mentir.

Ese tipo me estaba acusando.

—¿A qué te refieres?

—Ayer te vi hablando con mi padre. Antes de la presentación, tú le acompañaste a su *suite*, y platicaron.

Carraspeé. Me hubiese gustado que la tierra me tragase en ese preciso momento.

—Yo los escuché. Estaba allí. Con la puerta entreabierta, grabé con mi teléfono la conversación. Ustedes estaban hablando de bombas. ¿Quieres escuchar tu voz, Álvaro?

***

Valentina se separó de mí. Me miraba como si fuera un monstruo.

Doña Teresa no daba crédito.

No me quedaba otra que confesar.

—Sí, la policía me busca. Vieron a un hombre salir del hotel. Pero no era yo. No estuve en Washington, hace años que no voy por allí. Yo no he puesto bombas.

—Pero has colaborado —juzgó Emiliano.

—Permítanme que les explique.

Sí, era verdad. Momentos antes de la presentación del cuadro en la sala Appel, Federico me pidió que le acompañase. Yo le seguí, estuvimos en su apartamento. Estaba muy alterado. Me contó que las cosas no le iban bien. Había asuntos difíciles de explicar, y que le llevaban a hacer lo que iba a hacer. Pidió mi aprobación. Yo le dije que siempre le ayudaría, que le debía mucho. Eso me dispuso a escucharle y tratar de apoyarle. ¿Cómo podía negarle auxilio al hombre que proyectó mi carrera? Sin él, jamás hubiese avanzado como lo hice. Gracias a la beca que me concedió y al sostén posterior, alcancé las mayores posiciones que jamás soñé. Federico siempre estuvo allí para impulsarme. Yo no podía fallarle. Así que le dije que, para cualquier cosa que necesitase, podía contar conmigo.

Fue entonces cuando me aseguró que la estatua de Colón en la plaza iba a volar por los aires. Añadió que no me preocupase. Al principio no le entendí, pero luego fue dándome toda clase de extrañas explicaciones. Fueron momentos muy intensos, y aunque quise comprender la situación, no lo conseguía. Él estaba fuera de sí, algo muy grave estaba ocurriendo en su círculo más cercano, y parecía como si la explosión del monumento fuese una consecuencia de algo irremediable. Como teníamos poco tiempo, yo le dije que no entendía nada, que era una locura lo que me estaba relatando. Me rogó una y mil veces que le perdonase, y como buen empresario y comunicador que era, trató de convencerme de que las consecuencias del estallido de una bomba controlada era algo que no debía suponer ninguna preocupación para mí. Cuando le pregunté por qué, me pidió que pensase las consecuencias de ese acto. Sería una noticia de alcance mundial. Explota una bomba en Columbus Circle justo cuando están presentando el verdadero rostro del hombre que hizo que todos estuviésemos allí. Mi trayectoria profesional sería conocida en cualquier rincón del planeta y, bueno, Federico sabía perfectamente que eso no me vendría mal.

—Luego conocías el plan —añadió Emiliano—. Eso no te disculpa para nada.

—Federico acabó convenciéndome de que los que iban a provocar la explosión lo tenían todo bajo control. Si aquella estatua fue regalada por los italianos residentes en la ciudad un siglo atrás, ahora sería aún mejor el nuevo monumento que se colocaría en la plaza. Eso fue lo que acabó por convencerme.

Conseguí que tanto doña Teresa como Valentina callasen. Cada una, a su manera, debían de estar evaluando el papel de Federico.

—Esta es la verdad —concluí.

Fuera, la noche se había tragado el paisaje. A lo lejos se veían algunos farolillos de la verja exterior. La lluvia no cesaba y de vez en cuando algún relámpago inundaba de luz el porche.

—Estáis aquí los que tenéis que estar —dijo doña Teresa con voz grave—. Mi hijo Emiliano, porque es mi sangre. Valentina, porque es su hermanastra. Y usted, Álvaro, porque es la persona en la que más confiaba mi esposo. Voy a decirles algo que nunca he contado, pero que ustedes deben conocer.

Emiliano se acercó a su madre. Valentina se puso en alerta. Yo mismo me pregunté qué diantres iba a decir aquella mujer.

—Federico Sforza tenía algo importante que contar a la humanidad, atesoraba un gran secreto —explicó con un tono solemne—. Me consta que él no estaba solo en su custodia. Ese secreto lo conocían él y los presidentes anteriores de la fundación. Se trata de un asunto de hace más de quinientos años. Me habló de ello mil veces. Aunque no me dijo en qué consistía, me aseguró que guardaba algo muy importante, de gran trascendencia, que para él suponía una enorme losa con la que cargar. Nunca se sintió cómodo con ello. Era el principal tema que le preocupaba y del que sabía nunca descansaría. Creo que ese misterio oculto es el que ha provocado todo esto, el motivo por el que ha desaparecido.

El silencio lo rompió Valentina.

—¿Y qué quieren de mí?

—Quédense en la hacienda —pidió doña Teresa—. Es una oportunidad para resolver el entuerto. Por eso los llamé. Quiero conocer la verdad.

10

MESTIZAJE

«...

—Federico, ¿por qué cree usted que no valoran los países latinoamericanos el mestizaje que se produjo tras el Descubrimiento? ¿Por qué se empeña todo el mundo en decir que los españoles éramos unos genocidas?

—Las cosas se podían haber hecho de otro modo.

—Fue un mestizaje sincero, créame, hay muchos datos que lo avalan. En el primer siglo de encuentro, de un total de cincuenta mil colonos españoles, más de diez mil eran mujeres. Y hay constancia de que la mezcla de sangre fue total y absoluta: españolas con hijos de indios, e indias con hijos de españoles. ¿Hay muchos otros casos de imperios que puedan decir eso?

—Bueno, compárelo con el caso de la colonización británica de Estados Unidos.

—No me haga reír. Aún estoy sorprendido por el caso de Elizabeth Warren, la senadora a la que el presidente Trump llamó Pocahontas.

—¿Por qué? ¿Aún le sorprenden las cosas que dice ese hombre?

—No, me sorprende otra cosa. Que una candidata a la presidencia, una senadora demócrata, presuma de tener raíces indias. Es tan raro, tan extraordinario, que ha tenido que demostrarlo. Y solo por una razón.

—Le entiendo. Es un caso único.

—Así es. En Norteamérica no hubo mestizaje, esa es la realidad. Pero a nosotros, a los españoles, nos acusan de ser crueles, cuando la realidad fue la contraria.

—No se apure. La historia se escribe así.

—Si alguien pidiese que levantaran la mano los políticos mexicanos, alcaldes, congresistas, que son indios o mestizos, veríamos un océano de brazos alzados.

...»

A mí no se me ocurrió rechazar la invitación. Por muchas razones, me apetecía ver esa otra casa de Federico Sforza. Además, no podía volver así como así a los Estados Unidos. Valentina no dijo nada, imaginé que no sería plato de gusto para ella pasar allí la noche, pero consintió.

Emiliano me ofreció tomar prestada la ropa que quisiera. Yo no me veía a mí mismo calzando botas de piel de serpiente, pero no me quedaba otra opción más que echar un vistazo a su armario.

Nos instalamos en habitaciones contiguas, y acordamos descansar un rato y vernos para cenar. Fuera volvía a llover a mares. Necesitaba reflexionar, así que decidí tomar un baño. Me sumergí en agua templada y me dispuse a pensar en lo ocurrido. Habían pasado tantas cosas en tan poco tiempo que todo parecía una absurda locura. No encontraba respuestas a ninguno de los extraños incidentes y, para colmo, mi situación personal era preocupante.

Tendido en la bañera, me acordé de Sonsoles. ¿Qué estaría ocurriendo en Sevilla? ¿Se conocería mi implicación en el suceso? De eso no me cabía duda alguna. De hecho, imaginaba mi cara abriendo los telediarios, presentado como el vil exmarqués en busca de la fama por el método más expeditivo posible.

Cada vez se me antojaba más difícil recuperarla.

A las nueve de la noche, hora acordada, nos presentamos todos en el salón.

Jamás hubiese pensado que alguna vez iba a vestir camisa gris perla con pantalón tejano. Los zapatos, por supuesto, los míos. Ni de lejos se me pasó por la cabeza tocar nada de lo que Emiliano entendía por calzado.

Valentina lucía un traje negro, discreto, pero que hacía destacar su melena rubia. Emiliano llevaba una camisa exactamente igual a la mía, parecíamos gemelos. Su madre se había arreglado como si acudiese a un acto solemne. Pronto supe por qué.

A la cena estábamos invitados no solo nosotros. Al menos otras diez personas se encontraban de pie en el salón tomando bebidas. Me faltó escuchar algo de música para tener claro que aquello era una fiesta.

El gobernador de Morelos, el jefe de la policía, incluso el obispo de la diócesis de Cuernavaca compartían cena con nosotros aquella noche. Uno a uno, la anfitriona me los fue presentando, y yo fui repartiendo saludos a diestro y siniestro. Los empleados habían modificado la disposición de los muebles del salón. Ahora parecía mucho más grande, con una mesa central elegantemente decorada. La vajilla, la cubertería, todo me pareció bien elegido. Parecía la noche perfecta. Incluso la lluvia había cesado. En otras condiciones, aquello habría sido para mí uno más de los muchos banquetes a los que asistí en mi etapa de noble.

Me ofrecieron una bebida. Pedí un tequila reposado. Ese fue el primero de los errores de la larga cadena que cometí esa noche.

—Señor Deza —se dirigía a mí el jefe de la policía—, ¿cuándo llegó a Morelos?

Con toda seguridad, ese hombre sabía la hora exacta de mi aterrizaje en Cuernavaca. Obviamente, era necesario contemporizar. Le observé bien. Su aspecto imponía, sus rasgos eran duros, ojos negros, piel tostada, su cabello semejaba pelaje animal.

—Apenas cinco horas —respondí—. Estoy encantado de estar en esta bella tierra.

Me reencontré con mi pasado, buscando frases bonitas y elegantes, en consonancia con la diplomacia y el rigor que exigían las fiestas de alcurnia. Eso sí, me vi mal vestido, echaba de menos una camisa blanca de algodón y una chaqueta de buen corte. Cuando aún no me había dado cuenta, mi vaso estaba de nuevo lleno de ese tequila delicioso.

—He tenido la oportunidad de preguntar por sus investigaciones —me dijo el gobernador, un hombre delgado, educado, de pelo negro engominado y bigote bien cuidado—. Es usted una eminencia en asuntos iberoamericanos. Enhorabuena. Dígame una cosa. ¿Qué opina de México? ¿Vamos por buen camino?

—Dios me libre de opinar de política. Ustedes son un gran país, una democracia consolidada. Su presidente, López Obrador, está siguiendo una hoja de ruta determinada. Ojalá el presidente yanqui cese ese intento de blindar los territorios. Me parece absurdo levantar más barreras entre ambos países.

Observé que había despertado el interés de Emiliano. Saltó como un resorte y se pegó a mí abandonando otra conversación. Por sorpresa, me preguntó:

—¿Cuál es tu criterio al respecto?

—Los Estados Unidos deben entenderse con los únicos vecinos que tienen al sur. Ambos países se necesitan mutuamente. Es absurdo construir un muro, una barbaridad —argüí.

Le vi sonreír.

Luego miró mi camisa con agrado, y acabó haciendo una seña a su madre para invitarnos a todos a iniciar la cena. Yo había imaginado que aquello iba a ser un velatorio, pero acabó siendo todo lo contrario.

Valentina se sentó a mi lado. La noté diferente, probablemente, de nuevo, ya no se fiaba de mí. No la culpé por ello. Doña Teresa me blindó por el otro costado. Me anunció que nuestra conversación de esa misma tarde no había terminado. Lo que no imaginé es que apenas había comenzado.

—¿Es usted religioso? —me preguntaba el obispo de Morelos, sentado a la mesa frente a mí.

Reflexioné antes de contestar.

—La Iglesia está muy presente en mi país. Sí, lo soy.

Recordé las mil veces que Sonsoles se vistió de mantilla, esa tela de encaje negro que le cubría la cabeza y los hombros. Anduve tras ella en veladas de difuntos, en fiestas sagradas y en los pasos de la Semana Santa sevillana. ¿Me sentí reconfortado en todas aquellas tardes y noches? Preferí no pensar en ello, simplemente se trataba de tareas inherentes a mi posición. Jamás recibí ni un solo agradecimiento de mi mujer. Yo lo equiparaba a las cargas externas que tiene cualquier negocio. Para ser sinceros, cuando bailábamos en una carísima discoteca de Ibiza, tampoco me dolían prendas.

—Hoy hemos mantenido una conversación interesante sobre el pasado de Cuernavaca —dijo doña Teresa—. El señor Álvaro Deza es muy crítico con algunos pensamientos de nuestro país. ¿Conquista? ¿Mestizaje? ¿Genocidio?

Por alguna razón, a mí no me habían servido vino. Yo seguía enganchado a ese néctar dorado llamado tequila.

Por alusiones, me vi obligado a contestar.

—Hummm. Somos parte de la misma historia. Ustedes y yo compartimos muchas cosas. Miren, hablamos el mismo idioma —resolví.

—Sin duda —me contestó el gobernador—. El oro que había en estas tierras fue perfectamente compartido. Ustedes se lo llevaron, y nosotros recibimos a cambio espejitos y juguetitos.

—¿Cómo se llama usted? —pregunté.

El gobernador mostró cara de extrañeza.

—Le pregunto cuáles son sus apellidos. Tiene que disculparme. Creo que este es mi cuarto tequila.

—Sánchez, mi nombre completo es Abel Sánchez Pastrana.

—Entonces no hay duda de que usted es descendiente de uno de esos españoles que vinieron acá hace quinientos años. ¿No es así?

Asintió.

—¿Por qué pinta usted una barrera entre su país y el mío? No somos dos culturas extrañas, somos parte de la misma realidad. Usted es descendiente de aquel Sánchez español que se jugó la vida, que cruzó el océano en un barco pequeño y peligroso, y que, al llegar aquí, probablemente mantuvo relaciones honestas con una bella mujer nativa. O tal vez fruto de la emigración de parejas españolas, o incluso de mujeres emigrantes. El mestizaje fue intenso desde el primer momento. No olvide una cosa importante, no se puede juzgar el comportamiento de aquellos hombres y mujeres con el criterio actual. A finales del siglo XV, cuando el primer español puso sus pies de este lado, Europa aún estaba saliendo de la Edad Media.

—En eso estamos de acuerdo —doña Teresa se metió de lleno en la conversación—. ¿Pero no le parece a usted violento y execrable que se matara a tantos indios? Eso se llama genocidio.

—¡Es absolutamente falso! —Sentía que el alcohol estaba obstruyéndome las neuronas—. No se puede hablar de genocidio, porque, sencillamente, no hubo intención de exterminar a una raza. Hubo guerra, por supuesto, estarán ustedes conmigo en que algunos pueblos de aquí no eran muy amigables. Sacrificios, matanzas, cruel esclavización...; en la escala de barbarie, los nativos habían alcanzado cotas muy altas. La mayoría de los investigadores del mundo están de acuerdo en que el sacrificio humano era más normal entre ellos de lo que ha trascendido, incluso entre los mayas. Tanto en las tallas en piedra como en las pinturas murales, se han encontrado similitudes entre los aztecas y los mayas, incluida una ceremonia maya en que un sacerdote grotescamente ataviado le saca las entrañas a una víctima aparentemente viva durante un sacrificio. Y tampoco duda ya nadie de que también se sacrificaban niños.

—Eso no era motivo para acabar con todos ellos —añadió la mujer.

Valentina permanecía callada. Imaginé que debía de estar pensando que yo no estaba lidiando mal aquel toro. Al menos eso quería pensar.

—Hoy día hay más de medio centenar de grupos étnicos en México. Conservan su lengua y algunas de sus costumbres. Pero mire, doña Teresa, de nuevo le digo que nunca he comprendido por qué comparten esa idea de la España cruel y perversa. Ustedes son una nación independiente desde 1821. Desde entonces han pasado dos siglos, ¿han cambiado las cosas? Perdone que le diga, pero los gobiernos mexicanos únicamente han atendido las necesidades, aspiraciones y anhelos del grupo de la población con antecedentes europeos. Jamás se ha tenido en cuenta a los grupos indígenas autóctonos. Por el contrario, se los ha forzado a existir conforme a principios y reglas extraños a ellos. Ha habido un abismal desequilibro económico entre la oligarquía y los sectores menos favorecidos, situación propiciada por el orden político imperante en los últimos dos siglos. De eso creo que no tengo yo, como español, culpa alguna.

No me gustó mucho el silencio tras mis declaraciones.

Valentina salió en mi rescate.

—México tuvo el primer presidente de origen indígena zapoteca, Benito Juárez, en 1858. Nosotros, en los Estados Unidos, hemos tenido el primer presidente mestizo en el año 2009. Una gran diferencia.

No pude menos que dedicarle una mirada cómplice.

—Por favor, no hablen de genocidio —rogué—. Eso es absolutamente falso. El mestizaje fue sincero y profundo. Fíjense en Malinche, esa mujer de raza náhuatl, que fue vendida como esclava por su pueblo, que sufrió entre indios mayas, olmecas y otros, y que aprendió muchas lenguas en esos años. Cuando conoció a Hernán Cortés, fue su asesora, su consejera y su compañera. Tuvieron un hijo, Martín Cortés, el primer mestizo del que tenemos constancia. Fue fruto de un amor verdadero. Su padre le hizo hijo legítimo mediante bula papal. Viajó a España con su padre, fue nombrado caballero de la Orden de Santiago y paje del rey Felipe II. El hijo de una india náhuatl llegó a todo eso. ¿Cree usted que alguien quería exterminar a los indios?

—Bueno, bueno —tomó la palabra el obispo—. Mi antecesor, el fraile Bartolomé de las Casas, escribió que, tras la llegada de Colón, los indios fueron diezmados.

—Es evidente que hubo una hecatombe —continué—. El encuentro de dos mundos supuso la llegada de la viruela y otras enfermedades. Y también acabó con el modo de vida de los indígenas. Pero no pueden ustedes culpar de eso a Colón o a Cortés, es injusto. No se puede juzgar el pasado con los ojos de hoy. Si evaluamos con los criterios morales actuales a personajes del pasado, apenas se salvarían algunos. Además, no entiendo su pregunta, señor obispo. La conquista de América, si lo quiere llamar así, tuvo su base en la religión católica. El objetivo era extender la moral cristiana al Nuevo Mundo. ¿Acaso debemos olvidar eso?

—Estamos asistiendo a un revisionismo histórico sin precedentes —retomó la conversación Valentina—. Es una tendencia en alza por parte de organizaciones indigenistas, que ha calado incluso en el discurso político estadounidense. Pero en esa revisión de la historia no debemos olvidar el enorme avance mundial que se produjo.

—Así es, el Descubrimiento de América supuso el principio de la mayor revolución científica habida jamás —añadí—. El deseo de conquistas obligó a los europeos, no solo a los españoles, a buscar nuevos conocimientos a una velocidad de vértigo. Los viejos libros dejaron de valer, se abrió una nueva etapa, los eruditos comenzaron a trazar mapas con espacios vacíos, y admitieron que una buena parte de las teorías admitidas hasta ese momento no eran correctas, y que había que investigar. Sí, así fue, ese ánimo de los europeos por conquistar territorios inició una carrera competitiva que llevó a la creación de grandes imperios.

—No intentará decirnos que los imperios son buenos —hablaba el gobernador.

—Mire, usted puede repudiar el legado del Imperio español, está en su derecho, pero quiero que piense en una cosa. Si lo que quiere en realidad es salvaguardar y reconstruir la cultura anterior, la de los aztecas, que controlaban grandes extensiones de Centroamérica y dominaban y sometían cruelmente a otros pueblos, no va a encontrar otra cosa más que la herencia de otro imperio más antiguo, pero mucho más brutal. No, señor, esta tierra antes de la llegada de los españoles no era una Arcadia feliz.

En ese momento una de las sirvientas de doña Teresa, mientras recogía la mesa, perdió el control de los platos que portaba. Acabaron hechos añicos contra el suelo, con gran estruendo.

La otra muchacha, que debía ser su jefa, profirió gritos hacia la joven, en un idioma que yo desconocía.

—¿Alguno de ustedes entiende lo que ha dicho? —pregunté.

Todos negaron conocer esa lengua.

—Ella habla zapoteca —explicó doña Teresa.

—Han tenido ustedes muchos siglos para aprenderla.

Mis palabras provocaron un tenso silencio.

—¡Por el amor de Dios! —añadí—. ¿Es que no se dan cuenta de que si no hubiese sido por España, por este idioma en que nos comunicamos ahora mismo, en el que nos entendemos perfectamente, estarían luchando aún unas tribus contra otras? Reconozcan al menos la complejidad del dilema, y no traten de resolver el pasado buscando buenos y malos, porque eso no conduce a nada. Todos somos parte de la misma realidad.

Observé que una de las chicas del servicio me guiñaba un ojo.

Al menos había conseguido convencer a alguien.

Eso sí, a costa de ganar unos pocos enemigos en la región.

***

Al terminar la cena los invitados fueron marchándose no sin antes despedirse cortésmente de doña Teresa. La influencia de esa mujer en el estado de Morelos era innegable. Los datos que aportó en el transcurso de la velada en cuanto a número de cabezas de ganado, extensión de las fincas y producción de estas me dejaron sorprendido. Ninguna de las tierras del marquesado de los Montesinos en Andalucía presentaba esas cifras.

Me alejé de los invitados, e inicié un paseo a solas. No veía a Valentina por ningún lado. Estirar las piernas y pensar un poco era la mejor opción. Escuché relinchos a lo lejos. Los caballos siempre habían sido mi debilidad. Al casarme con Sonsoles, lo primero que hice fue comprarme un pura raza, un precioso semental color castaño al que bauticé como Pinzón. A ese animal le tuve una pasión desmedida, con él recorrí las fincas de Andalucía en atardeceres que jamás olvidaría.

Las cuadras eran inmensas. Me adentré en uno de los boxes, pisé la paja y palmeé el cuello de una bonita yegua. Era la que Emiliano montaba cuando llegamos.

Desde atrás, me sorprendió. No le había visto acercarse a mí.

—Nadie te será más fiel que ella.

Al principio no entendí. Luego me di cuenta de que me hablaba de su montura.

—Estoy de acuerdo.

Continué palpando el cuello del animal, que parecía conformarse con mis caricias.

—Mañana podemos ir a montar —me ofreció Emiliano—. Será un placer mostrarte estas tierras.

—Encantado. Cuenta con ello. Dime una cosa. ¿Tú crees que fui yo quien puso esas bombas?

—Ahorita lo estaba pensado, güey. No lo sé, pero si fuiste tú, aplaudo tu hombría. Tienes un par de huevos no más.

—¿Y tu padre? ¿Pudo ser tu padre?

—No mames. El viejo es un mandilón. Hace muchos años que tenía que haber dado un golpe en esa pinche fundación. No tengo ni idea.

—¿Qué sabes de la CHF?

—El que lleva aquello, el tal Barabino, es un pendejo. Le da muchos problemas a mi padre. No sé por qué, pero se llevan mal, muy mal. La semana pasada me dijo que iba a quitarlo de en medio.

Le miré sorprendido.

—Güey, ¡no de esa forma! Mi padre no es un matón. Escuché una conversación, le oí decir que ese morro tenía que salir de allí. Luego le pregunté qué ocurría, y estuvo a punto de contestarme. Pero se lo pensó mejor y acabó gritando «¡A la chingada!».

Me hubiese gustado terminar esa conversación, pero venía hacia nosotros Valentina. Se frenó al verme junto a su hermanastro.

—Mañana salimos a montar —concluyó Emiliano.

Corrí hacia ella. Era necesario volver a ganarme su confianza. Yo era consciente de que me había ayudado en el debate con los amigos de doña Teresa, pero había tantas cosas que aclarar, eran tantos los asuntos entre nosotros, que no me resistí a reconquistar su amistad.

La agarré por la cintura y retornamos a la casa. Noté que el tequila aún circulaba por mis venas.

—Me ha invitado a montar. Mañana saldremos juntos.

—No sé muy bien qué hacer. Me apetece regresar.

—Creo que somos más útiles aquí. Veamos cómo va el día de mañana.

Ella asintió.

La vi hundida. No podía achacarlo solo a la desaparición de su padre. El encuentro con esa otra vida de Federico la había trastocado. Quise decirle que años atrás me porté como un tonto, que me dejé seducir por el brillo de lo fácil. Nosotros teníamos pendiente una conversación de fondo. Uno no se puede ir y dejar las cosas a medias. Pero no fui capaz de decirle nada de eso. Me limité a acompañarla a su habitación y nos despedimos.

No habían pasado ni cinco minutos cuando llamaban a mi puerta. Era ella.

—Se puede ir por un camino recto o por uno torcido —me dijo—. Lamento que hayas elegido mentirme una vez más. Quiero que no lo olvides.

Intenté hablar.

Ella alzó su mano en seco.

—Solo he venido a decirte que eres un imbécil.

***

Apenas había salido el sol y ya estaban aporreando mi puerta. Era la criada, una de las chicas mestizas vestida de uniforme blanco.

—Le esperan en las cuadras.

No había tenido en cuenta la ropa que debía usar. Ahora sí que me tocó tomar prestadas unas botas. Elegí algún que otro atuendo del armario de Emiliano, una camiseta de algodón gris —ese tipo amaba ese color—, y me dirigí en su busca. Me esperaban tres tipos más, todos ataviados con sombreros. Al verme, me lanzaron uno.

—Tu piel blanquita se quemaría en minutos. Este es el sol de México.

Me adjudicaron una yegua negra, una preciosidad de animal que no ofreció resistencia alguna al montarla. Ellos salieron en estampida, y yo los seguí al mismo ritmo. Quise decirles que esperaba pasarlo bien. Para mí aquello era un día de recreo, pero ellos preferían una cabalgada rápida. Ascendieron hacia la colina por la que habíamos entrado a la finca el día anterior. Luego mantuvieron un rumbo paralelo a la carretera durante unos kilómetros. Antes de llegar a un núcleo urbano, se separaron de la calzada y eligieron una senda rural. Nos adentramos entonces en un bosquecillo, entre árboles de gran porte. Al salir de allí, observé un prado precioso, una extensión plana de la que no se veían límites. Yo los seguía a una distancia prudencial, unos cincuenta metros por detrás. Desde esa posición pude comprobar que todos llevaban pistolas.

Al cabo de una hora, Emiliano dejó atrás a sus amigos para cabalgar junto a mí.

—Eres un tipo duro —bromeó—. Pensábamos que el marqués no aguantaría ni media hora.

—¿Y eso lo pensaban tus amigos, o más bien tú?

—Piensan que eres un chingón —me dijo—. Un tipo que ha volado estatuas en la capital del imperio yanqui solo puede ser un ídolo.

Me quedé perplejo. Debía defenderme de esa acusación infundada cuanto antes, pero él no iba a consentir que dejase de ser una estrella tan pronto.

—Nos vamos de peda esta noche.

Emiliano llamó a sus compadres. Se acercaron a nosotros. Descabalgamos y nos juntamos cerca de unos árboles. Uno de ellos sacó cuatro cervezas de una mochila. Me abrieron una y brindamos. Me los presentó uno a uno. Juan, José Luis y Manuel Jesús. Todos tenían más o menos veintitantos años, tal vez treinta. Era evidente que procedían de clases acomodadas. La ropa de montar de marca y los relojes de lujo los delataban.

Cambiamos unas primeras palabras, cosas relativas a los pastos que habíamos atravesado, propiedad de Federico Sforza, y a la necesidad de dar de beber cuanto antes a los caballos. Yo no perdí la oportunidad de meter en la conversación el asunto de las bombas, las noticias de los últimos días. Cuando negué que tuviera nada que ver, me percaté del trabajo previo que había hecho Emiliano. Ninguno me creía, pero tampoco pareció que les importara demasiado.

Manuel Jesús, el más alto y delgado, parecía llevar la voz cantante. Cuando hablaba, todos los demás escuchaban con atención.

—Te vimos en la televisión. Luego vino la primera explosión, y la segunda. Hacía tiempo que no veíamos algo tan chido en yanquiland. Hablé con Emiliano, me dijo que estabas por aquí, y le pedí que te trajese. Placer conocerte.

Levantó su cerveza y luego hizo un gesto dirigiéndola hacia mí en señal de saludo, aunque también podía ser de admiración.

—Tiene huevos —dijo Emiliano—. Tan grandes como un toro.

Juan y José Luis miraron a Manuel Jesús. Este sonrió, y los demás le imitaron.

—Te vamos a mostrar una cosa —dijo Manuel Jesús—. Eres el único, aparte de nosotros, que lo va a conocer. Te lo mereces, güey.

Emiliano mostró una enorme sonrisa, parecía que estaba deseoso de que algo así ocurriese, como si yo fuese el fruto de su mejor hazaña.

Retomamos la marcha y cabalgamos a ritmo rápido. Aquella gente tenía prisa por llegar. Tras diez minutos de trotes, vi un galpón metálico a lo lejos. Era bastante grande. Por los aperos de labranza que había en la entrada, supuse que era la típica instalación de apoyo a las labores agrícolas.

Pero me equivoqué.

Vaya si me equivoqué.

11

UN MÉXICO NUEVO

«...

—Federico, ¿ha leído usted las declaraciones del presidente de México?

—¿Se refiere a las cartas enviadas por López Obrador al rey de España y al papa Francisco?

—Así es.

—Pues sí, las he leído, y sepa que estoy de acuerdo. Pide que se disculpen por la invasión que supuso la conquista de América y las matanzas, las arbitrariedades que se cometieron hace quinientos años con la espada y con la cruz.

—La respuesta del Gobierno español ha sido de rechazo frontal. Es absurdo.

—Explíqueme por qué.

—Los ancestros del presidente, españoles, crearon un México nuevo, tal y como ahora lo conocemos. Olvida que cuando ha dicho eso, ha utilizado no solo el idioma de esos conquistadores, sino también las ideologías que le legaron y que ahora utiliza para juzgar a España. Gracias a la llegada de los españoles, México pasó a formar parte de la cultura occidental y a ser heredera de Grecia, Roma y el Renacimiento.

—No siga…

—La mayoría de las cosas que hacen sentirse orgullosos a los mexicanos proceden de esa herencia, desde la poesía del premio Nobel Octavio Paz, hasta los Óscar del director de cine Alfonso Cuarón. No hay razones para avergonzarse de lo que representa la palabra «hispanidad».

—¿Ha terminado?

—Aún no. Esperaré con paciencia a que el señor López Obrador concluya su mandato. Ojalá sea capaz de mejorar las condiciones de vida de esas mismas razas indígenas para las que ahora pide disculpas.

…»

Esa gente estaba exultante. Daban grititos y lanzaban los sombreros al aire como si su país hubiese ganado la copa del mundo. Me costaba entender qué hazaña celebraban. Dieron de beber a los caballos y luego uno de ellos, creo que fue Juan, me echó el brazo por encima.

—Vamos a aventar un cohete. O varios, ya veremos.

No le entendí. No conocía ese verbo, pero la frase no me gustaba nada.

Emiliano tenía la llave. Abrió la puerta metálica. Antes de permitirme pasar volvió a gritar de júbilo.

—¡Yehaaaaaa!

Los demás le imitaron.

Pasamos al interior y estaba muy oscuro. Había un olor raro, fuerte, a productos químicos que no pude identificar.

—Uno, dos, tres.

Manuel Jesús le dio al interruptor de la luz.

Misiles.

Muchos misiles.

Esos tipos habían concentrado un arsenal en aquel lugar.

—¿A qué huele? —pregunté.

—Luego te explicamos —contestó Emiliano.

—¿Qué te parece? —Juan quería conocer mi opinión.

—Estáis locos. Esto es una temeridad. ¿Qué pretendéis con esto?

—Vamos a plantarles cara a los yanquis —dijo Manuel Jesús.

Antes me había preocupado, pero ahora estaba realmente asustado.

—¿Cuántos misiles hay?

—Unos veinticinco proyectiles —afirmó Emiliano—. Llevamos años reuniendo este material. Hemos podido traer cosas muy buenas, otros son cacharros, engendros y pruebas de cohetes fabricados por nosotros mismos. Pero una docena de lo que puedes ver aquí es de primera calidad, lo mejor del mercado.

—¿¡Qué mercado!? —Aquella gente me estaba mareando.

El miedo comenzó a taladrar mi entendimiento.

Emiliano y sus amigos me invitaron a sentarme para explicarme cómo habían llegado hasta allí. Al parecer todo comenzó cuando el presidente Trump llegó al poder e insultó al pueblo mexicano, que si vagos, maleantes, violadores, solo había palabras malas para los vecinos del sur. Desde ese mismo momento y durante los meses de debate y desesperación que siguieron —con la consiguiente agitación de la opinión pública mexicana—, ellos estuvieron pensando. Era necesario un buen plan de acción para detener a ese tipo, cualquier cosa menos quedarse quietos y lloriquear como hacían los inútiles políticos. La primera idea que se les vino a la cabeza fue ir a manifestarse a la puerta de la embajada. Pero pronto llegaron al consenso de que eso era una pendejada, la misma idea a la que habría llegado cualquier grupo de niñitas en el patio de un colegio. Por eso surgió el asunto de los drones, máquinas voladoras de última generación cargadas de explosivos. Con ese plan en la cabeza estuvieron trabajando un tiempo, compraron los modelos más apropiados, los cargaron con TNT, no parecía un mal proyecto, incluso consiguieron hacer explotar algún viejo galpón a unos pocos cientos de metros.

Y ese era precisamente el problema: la distancia.

Fue entonces cuando conocieron a Hassan, un palestino que había batallado durante años en la franja de Gaza, y que adquirió los conocimientos necesarios para lanzar bien lejos cohetes cargados de explosivos. Les demostró que conocía la historia de los primeros misiles Qassam 1, que en puridad no eran misiles, sino cilindros de metal llenos de bombas. La yihad palestina llegó a desarrollar cuatro versiones, y ese tipo conocía los rudimentarios conjuntos de técnicas. La fabricación de los tubos era bien sencilla. Al parecer habían adiestrado a varios herreros de la zona, con bastante buen resultado.

—Se ha hablado del Qassam como un misil, pero en realidad no usa ningún sistema de guiado —dijo Juan—. Por eso son solo cohetes con explosivos.

—Con este diseño, copia del Qassam 4 —Manuel Jesús puso su mano derecha sobre un tubo metálico rematado en la parte superior por un capuchón cónico y en la inferior por cuatro alerones burdamente soldados—, podemos alcanzar un objetivo a quince kilómetros. Reconozco que es un poco rústico, pero efectivo. Lo hemos probado con éxito.

—Nosotros vamos a dar un paso más —añadió Emiliano—. Vamos a añadirle un cierto grado de teledirección, no mucha, porque en realidad no la necesitamos.

—¿Y de dónde vais a obtener esa tecnología?

—Comprarla es solo cuestión de dinero. —Volvió a tomar la palabra Manuel Jesús—. Se puede adquirir aquí, en México, pero lo mejor es traer aparatos de los yanquis.

—¿Y cómo se puede salvar la frontera?

—No seas pendejo —dijo Emiliano—. Pasar en un camión desde México hacia los Estados Unidos es algo complicado, los controles son tremendos. Pero traer cualquier cosa desde allí hasta acá es fácil. Nadie revisa los transportes que vienen en esta dirección. Mira esto.

Me llevó a un cuarto que parecía un laboratorio electrónico. Había cientos de aparatos, medidores, cables por todas partes. Los equipos informáticos eran de última generación. Acabé convencido de que aquello no era ningún juego.

—Sistema de navegación inercial —dijo José Luis—. Usa un computador, sensores de movimiento, acelerómetros, y sensores de rotación giroscópicos para calcular la posición, orientación y velocidad de un proyectil en movimiento sin necesidad de referencias externas. Si usamos GPS o cualquier otra cosa banal, nos pueden chafar el impacto.

El más calladito era el más preparado.

—Esto es absurdo —afirmé, mientras observaba el arsenal—. La tecnología de los yanquis es tan sofisticada que en cuanto el proyectil sobrevuele la frontera, ellos lo harán explotar en el aire. No vais a conseguir nada.

—Exacto. Tienes razón. Estos cacharros no sobrevolarían ni varias millas el cielo yanqui —dijo Manuel Jesús—, pero es que no van a tener que hacerlo.

—¿Es que aún no te has dado cuenta? —me preguntó Emiliano sorprendido.

—No. ¿Cuál es el objetivo?

—El muro, güey —exclamó Emiliano—. ¡El pinche muro!

—¡Está cabrón! —gritaron al unísono.

—Cuando ustedes los españoles nos invadieron —dijo Juan—, no pudimos defendernos. Éramos muy inferiores.

—Ya estamos otra vez.

—De acuerdo, esta batalla es muy desigual —dijo Manuel Jesús—. Ellos son el país más avanzado del mundo, pero David ganó a Goliat.

Me ofrecieron toda clase de extrañas disquisiciones. Querían reventar el muro, eso era lo principal. Pero, sobre todo, querían estar preparados para cuando Trump avanzara en el proceso de construcción, detenerlo. Desde varios puntos del norte de México, ellos irían detonando los cohetes, en múltiples tramos.

«Estratégicos, por supuesto, tramos estratégicos», apuntilló Juan.

No tenían intención de ganar una guerra a los Estados Unidos, sino dejar claro que no iban a consentir que se terminara de levantar esa barrera.

Afirmaron que llevaban años soñando con algo así, y yo, no sin cierta ingenuidad, les dije que, cuando uno sueña demasiado, puede ocurrir que llegue un momento en que se le instalen semillas venenosas en la cabeza.

—Me parece una distribución de fuerzas muy desigual —argüí—. Esos yanquis son poderosos, tienen un ejército imperial. Y vosotros, ¿qué tenéis?

—Pues ustedes los españoles hicieron algo parecido cuando los invadió Francia —dijo Emiliano—. Ganaron la batalla echando aceite hirviendo a los franceses desde los balcones, ¿no es así?

***

Cuando me subí al caballo, no tenía muy claro si esta gente eran unos pardillos inocentones o verdaderos terroristas. Desde luego, seguían confiando en que era yo quien estaba detrás de las explosiones de estatuas, y mientras eso siguiera así, era uno de ellos. Me lo dejaron claro. Yo había entrado de lleno en su secreto, por la puerta grande. Ahora era parte de su reducido círculo, y aunque según ellos mis razones para usar bombas eran otras, estábamos más cerca de lo que pensábamos. Éramos caras de la misma moneda.

La vuelta se me hizo más rápida que la ida. Llegué a la mansión de doña Teresa con mil ideas entrecruzadas en mi cabeza.

Me esperaban para comer. Emiliano y sus amigos se fueron de peda, o sea, a emborracharse.

Almorzamos los tres solos. Valentina no levantaba la mirada del plato, y doña Teresa no paraba de hablar.

Nos explicó que había pasado la mañana intercambiando impresiones con la policía mexicana, que estaba trabajando en estrecha colaboración con la estadounidense. Ni rastro del cuerpo de Federico.

—¿Y no han descubierto absolutamente nada? —pregunté—. ¿Quién puede estar detrás de las explosiones?

La prensa y la televisión americanas habían desarrollado toda clase de teorías, desde indígenas descontentos con la situación de los nativos americanos, hasta otras que pasaban por el integrismo islámico. Según esta última, los árabes querrían recuperar Alándalus, y Colón era el mayor representante del auge que tomó el Imperio español tras el Descubrimiento de América. El asunto de las torres gemelas de Columbus Circle, y luego Washington, la capital del imperio, eran claros signos de interés para los islamistas.

—Los programas de televisión tienen que llenar demasiadas horas de programación —dijo doña Teresa—. Creo que usted sabe mucho de eso, ¿no es así, don Álvaro?

La miré, y luego a Valentina.

Esa hostilidad estaba injustificada. Me dejó claro que Federico la había puesto al tanto de todo. Conocía mi salida del marquesado de los Montesinos, la separación de Sonsoles, y mi error al intentar airear los trapos sucios. Pero, sobre todo, también conocía mi relación pasada con Valentina. ¿Qué estaría tramando?

—¿Usted nunca ha cometido deslices?

—Siempre he sido una mujer constante. He perseguido con ahínco mis ideales, y jamás me he separado del rumbo marcado.

Valentina pegó un puñetazo en la mesa.

—¡Basta ya!

Tanto doña Teresa como yo dimos un respingo. No esperábamos algo así.

De común tranquila, la hija de Sforza había despertado del letargo.

—Estoy harta de tantas indirectas.

Desconocía si se dirigía a mí o más bien a la amante de su padre. Pero pronto me quedó claro.

—Usted, doña Teresa, presume de marido, de modelo de vida, de todo en realidad. Es una mujer altiva, cree que cualquier cosa que haya hecho en su vida es perfecta, porque se cree usted perfecta. No ha cometido errores. Vale. Pues déjeme que le diga que acostarse con el marido de otra mujer es pecado, y si no es religiosa, pues entonces permítame que le diga que eso es cuando menos una putada para la otra persona, para la mujer que sí se casó con él. Y si además tiene un hijo con ese hombre, pues entonces la cosa es peor. Mucho peor. ¿Puede imaginar las noches de amargura que pasó mi madre cuando se enteró de que usted estaba embarazada de un varón? Déjeme que se lo diga. Eso mató a mi madre. No de pronto, no de una forma fulminante, sino en el transcurso de los años. Porque no ha pasado cumpleaños de Emiliano del que ella no tuviese conocimiento. Incluso cuando lo tuvieron que operar de urgencia al cumplir doce años fue una tragedia en mi casa, lo vivimos como si le hubiese ocurrido a uno de nosotros. Mi madre nunca lloró por esa situación, jamás se derrumbó, pero llevó dentro una gran tristeza y dolor. Y yo sabía que ese dolor era apabullante para ella, y temí que la hiciese pedazos, porque ella se mantuvo siempre firme ante ese dolor, se lo tragó mil veces, y lo encerró en su corazón. Hasta que le falló.

Doña Teresa se derrumbó. Se tapó la cara con las dos manos y se puso a llorar desconsoladamente, no como alguien que recibe una mala e inesperada noticia, sino como alguien que, de repente, alcanza a comprender una parte de su vida, y lo que descubre no le gusta. Probablemente no esperaba un ataque de sinceridad tan brutal.

Yo nunca hubiera esperado una reacción de esa mujer como la que vi. Doña Teresa era fuerte, intensa, con las ideas claras, acostumbrada a vivir en solitario y padecer en la sombra. Pero aquello, por alguna razón, la había afectado.

Se tomó su tiempo antes de contestar.

—Niña, yo también te he visto crecer. También he estado al tanto de tus enfermedades y de tus problemas. —Me miró entonces.

Yo agaché la cabeza.

—Cuando este hombre —me señaló directamente con el dedo índice de su mano derecha— te abandonó, te dejó maltrecha y te rompió el corazón, cuando estuviste unos meses ingresada en una clínica porque no comías nada, yo llamaba a Federico a diario. No ha pasado ni una sola vez que tu padre haya dormido en esta casa y yo no le haya preguntado por ti, por tus anhelos, por tu felicidad. Para mí siempre has sido otra hija, o más bien mi única hija.

Se limpió las lágrimas con un pañuelo antes de proseguir.

—Yo entendí perfectamente a tu madre, Alessandra, fui capaz de ponerme muchas veces en su lugar, de entender qué estaría pasando por la cabeza de una señora de clase alta neoyorquina de la que todo el mundo sospecha, o más bien sabe, que su esposo tiene otra familia en México. Pero a diferencia de ella, yo jamás he mantenido un rencor pertinaz, muy al contrario, sentí compasión, y sufrí con su enfermedad y, me creas o no, también con su muerte.

Valentina no fue capaz de levantar la mirada.

Me veía forzado a intentar arreglar las cosas entre ellas, terminar con una conversación tan cargada de emociones. Pero, bien pensado, yo era el menos indicado para entrar en ese terreno pantanoso.

Fue entonces cuando doña Teresa nos lanzó un cable al que agarrarnos.

—Todos tenemos que olvidar. Y perdonarnos. La verdadera razón por la que os he hecho venir es por mi hijo, tu hermanastro Emiliano. Tenéis que ayudarlo.

—¿Qué le ocurre? —pregunté yo.

—Creo que se ha vuelto loco. Está queriendo hacer algo grave, y no sé lo que es. Estoy muy preocupada. No sabía a quién acudir. Mi esposo lo hubiese arreglado si hubiese estado aquí. Solo me quedáis vosotros. Valentina, te guste o no te guste, sois familia. Y en México, la familia es lo único en lo que te puedes apoyar cuando tienes problemas graves, de los de verdad. ¡Necesito ayuda!

Tragué saliva.

Me vi incapaz de mediar en un asunto tan delicado. Esa gente me había hecho partícipe de un secreto inconfesable, uno de esos temas que es mejor no conocer, de los que conviene estar apartados. Sí, de acuerdo, no querían matar a nadie, no era ese el objetivo. Pero eso no los libraba de la pena. Ir por ahí con cohetes explosivos es un acto de terrorismo, se mire como se mire, una forma de lucha política violenta. Ellos perseguían la destrucción del orden establecido o, más bien, la creación de un clima de inseguridad susceptible de intimidar a los yanquis, de hacerlos retroceder en la idea de continuar con el muro.

Todo eso me daba igual. En el fondo, lo que a mí me importaba era otra cosa distinta. Si yo decía algo, si abría la boca, los amigos de Emiliano me matarían. No me cabía la menor duda. Tal vez no lo harían ellos mismos, contratarían a un sicario, algo común en México, asequible para cualquiera con dinero, y lo que es peor, lo harían con violencia, con mucha violencia, esa que medio mundo no entiende de dónde procede, porque no es normal la brutalidad, la enorme brutalidad que emplean en los asesinatos.

Pero los problemas van y vienen y, en mi caso, se acumulaban con una velocidad asombrosa.

Fue en ese momento cuando la criada gritó cerca de nosotros. Llamaba a su señora.

—¡Doña Teresa! ¡Doña Teresa! Tienen que venir a ver esto. ¡Rápido!

Acudimos al salón.

El televisor mostraba los restos de una explosión.

Las imágenes apenas dejaban ver algo, más allá de una plaza destrozada, envuelta en una espesa nube de humo negro.

Pero a mí no me costó demasiado reconocer el entorno.

El monumento a Cristóbal Colón de la Ciudad de México había explotado.

Ahora solo era otra columna humeante.

12

REFORMA

«…

—Dime, Álvaro, ¿dejaste en Nueva York alguna amante?

—He tenido amigas, por supuesto, pero nada serio.

—Hummmm. No te creo.

—Sonsoles, siempre he tenido claro que mi vida estaba aquí, en Sevilla, porque sueño con echar raíces, darle estabilidad a mi futuro, en mi tierra.

—Hablaba de mujeres, y te has ido por las ramas.

—Tienes razón. No te he respondido. Pues sí, tenía una novia, su nombre es Valentina, pero ya es agua pasada.

—¿Qué ocurrió? ¿Te peleaste y por eso estás aquí?

—Te conocí a ti. Es tan sencillo como eso.

…»

Conocía bien ese monumento ubicado en la glorieta localizada en la intersección del paseo de la Reforma con la avenida Morelos. De hecho, me gustaba, era uno de mis preferidos. Había sido diseñado más de un siglo atrás por un francés. Con sus más y sus menos, resultaba estiloso en su conjunto. La figura del Almirante señalaba al horizonte, hacia el centro de la imponente ciudad capital. Al igual que en Nueva York, ese bloque austero se encontraba rodeado de edificios de cristal.

Recordé que el 12 de octubre de 1992 esa estatua había sufrido desperfectos provocados por grupos defensores de los indígenas, pero nada de eso me parecía ahora relevante.

Lo más importante: bajo los pies del Descubridor y a los lados de su pedestal de cantera, se encontraban las estatuas de fray Pedro de Gante, fray Bartolomé de las Casas, fray Juan Pérez de Marchena y, sobre todo, fray Diego Deza, mi antepasado.

Dios mío, ¿cómo iba yo a volar esa estatua?

Al menos había una cosa buena en todo aquello. Ahora Valentina no sospecharía de mí, ya no dudaría de que yo nada tenía que ver con esas voladuras. Había estado toda la primera parte del día junto a Emiliano.

Disponía de la coartada perfecta.

Y, aun así, mi reflexión duró poco.

—¿Dónde has estado toda la mañana? —me preguntó sin quitar ojo de la pantalla del televisor.

—Pues montando a caballo con tu hermanastro y tres amigos más.

—¿Has salido del estado de Morelos?

—¿Qué es esto? ¿Un interrogatorio?

Continuó observando las ruinas humeantes sin contestarme. Me iba a costar deshacerme de esa imagen de extremista peligroso que va reventando estatuas por ahí.

Media vida pegado a Colón, desnudándolo, soñando con cada signo, cada palabra que escribió, y resulta que ahora era el mayor sospechoso de eliminar su legado histórico.

Indignado, pensé que sería bueno conocer qué decía la inscripción de ese conjunto que aún seguía ardiendo. Realicé la consulta en mi teléfono.

CHRISTOFORO COLUMBO, HOC ÆTERNÆ
ADMIRATIONIS TESTIMONIUM EREGI URBIS
MEXICANÆ OFFERERI VOLUIT.
ANTONIUS ESCANDON.
MDCCCLXXV

Antonio Escandón.

El monumento había sido donado por ese hombre, cuyo nombre completo era Antonio de Escandón y Garmendia, un industrial que participó en la historia del ferrocarril.

Inició su prolífica trayectoria vendiendo bienes, para luego convertirse en banquero. Llegó a amasar la mayor fortuna del país. En realidad, fue un visionario que apostó por las inversiones ferroviarias. Obtuvo concesiones importantes en varios estados, y también en los tranvías que en aquel tiempo circulaban por la capital. Se implicó en las luchas políticas. De hecho, fue miembro del grupo que en Miramar ofreció la corona a Maximiliano. Y luego se comprometió con el segundo Imperio mexicano, siendo condecorado. Pero cuando llegaron los juaristas, se exilió en París. Escandón encargó la estatua del Almirante al escultor francés Charles Cordier y se la regaló a México en 1875, creía recordar.

Valentina estaba impresionada por la explosión. Debía de estar pensando que yo era el principal sospechoso, mientras alguien no demostrase lo contrario.

Me acerqué a ella. Traté de explicarle que su hermanastro podría corroborar mi coartada. Había estado acompañado de cuatro personas toda la mañana, y como los cuatro tenían demasiadas cosas que ocultar, no me cabía la más mínima duda de que me respaldarían.

Fue entonces cuando lo vi.

Fidelio Pardo estaba allí.

Había acudido al lugar del desastre.

La retransmisión en directo no dejaba lugar a dudas. El tipo del bigotito y el pelo engominado se había interesado por el siniestro.

No daba crédito. A decir verdad, me hervía la sangre.

Doña Teresa captó mi nerviosismo.

—¿Le ocurre algo?

Valentina también se fijó en mí.

—Nada, nada.

El canal sintonizado en el televisor, la cadena mexicana TV Azteca, comenzaba a poner rótulos a la noticia.

Y entre ellos, en letra bien grande, pude leer un esclarecedor titular:

FIDELIO PARDO, DESCENDIENTE DE ESCANDÓN, VISITA EL LUGAR DE LA EXPLOSIÓN

¿No estaba en Sevilla? ¿Qué hacía ahí ese necio?

Le pedí el mando a distancia a doña Teresa y lo subí hasta unos niveles de audio muy altos. Eso debió de acrecentar una idea en la mente de los que me rodeaban: con toda probabilidad yo me había vuelto chiflado.

—Insisto, ¿se encuentra bien? —me repitió la dueña de la casa.

—Ese tipo... —señalé a la pantalla.

—Es Fidelio, el socio de mi esposo. Uno de sus mejores amigos. ¿De verdad que no le ocurre algo?

El avispero que se había formado en mi cerebro entorpecía el funcionamiento de mis neuronas. Fue como si de pronto dos galaxias en un mismo universo chocasen.

Estaba mi mundo sevillano, con la expulsión del marquesado a la cabeza, la salida del palacio de los Montesinos, la reclusión en el desvencijado palacete, la ridícula aparición en el programa de televisión, y finalmente el hallazgo del cuadro.

Y, por otro lado, mi vida en los últimos días, el reencuentro con Valentina, las explosiones de estatuas, la muerte de Federico Sforza, mi huida de los Estados Unidos, la otra mujer de mi amigo, los misiles de su hijo…

Y ahora esto.

La criada me puso en las manos una infusión.

—Es una hierba parecida a la tila. Bébasela.

Me senté en el sofá e intenté dar una impresión de tranquilidad acorde a mi persona. Habían sido tantos los acontecimientos que el desborde de mis sentimientos no era algo extraño. Me sentía aturdido y hueco.

Tragué aquel brebaje y dejé el tazón sobre la mesa.

—Doña Teresa, ruego me disculpe. Valentina, perdóname.

Se sentaron junto a mí.

Nuestra anfitriona apagó el televisor.

—¿Puede usted decirme quien es exactamente ese hombre? —le rogué.

Ella cruzó las manos sobre su regazo y se dispuso a explicarme las relaciones con su familia.

—Fidelio Pardo ha estado en esta casa cientos de veces. En este mismo sofá. Aquí se han alcanzado acuerdos de negocios en los que Federico y él se han dado la mano. Con eso siempre ha bastado. Son dos personas que confían la una en la otra.

—¿Qué negocios han puesto en marcha ambos?

—Yo no le puedo decir. Jamás me he metido en los asuntos de mi esposo. Nuestro acuerdo consiste en que yo dirijo este rancho, las ganaderías, los cultivos, compro y vendo a los precios que considero buenos. Nunca ha puesto un reparo a mis tratos. De la misma forma, yo tampoco le he preguntado qué negocios hacía, ni con quién.

A mí esa respuesta me dejó muy pensativo.

Valentina tuvo tiempo de hacerme la pregunta que incluso doña Teresa esperaba.

—¿Por qué es tan importante ese hombre para ti?

—Me ha quitado a mi mujer.

Era absurdo que yo le diera más vueltas a lo que estaba ocurriendo. Decidí atacar el problema desde la base, ser transparente. Además, ella lo merecía.

—Hace unos meses me echaron de casa. Sonsoles decidió divorciarse, y desde entonces vivo solo.

La mirada de Valentina me dejó claro que no lo sabía. La observé unos instantes. Juraría que la noticia la dejó algo absorta.

Sin embargo, doña Teresa estaba al tanto de todo, de eso no me cabía la menor duda.

—Fidelio Pardo es el hombre que ahora ocupa mi lugar —afirmé—. Se ha hecho dueño de mi posición, y anda por Sevilla de fiesta en fiesta. Me he sorprendido al verlo aquí. Simplemente no me lo esperaba.

—No me parece motivo para una reacción tan drástica.

Las palabras de doña Teresa tenían sentido. Yo era un hombre adulto. Tras la separación, ya había tenido tiempo de digerir la situación. Obviamente no era así.

Para disimular mi reacción y recomponer el terreno andado, decidí cambiar de tercio.

—Y tampoco sabía que era descendiente de la familia de Antonio Escandón. Tengo tantas ganas de conocer quién está detrás de las explosiones que ver a ese tipo a pie del siniestro me ha contrariado. Pido disculpas.

—Pues asunto aclarado —resolvió doña Teresa—. Vamos a ver si ya tienen alguna noticia más al respecto.

Encendió el aparato. El cruce del paseo de la Reforma con la avenida Morelos seguía mostrando una imagen humeante. Había vehículos de bomberos próximos a la rotonda y policías acordonando la zona.

—Veamos en otro canal —decidió la mexicana.

Conectó con CNN en español, y aunque la imagen solo difería en el ángulo de visión, sí que contenía otro aspecto muy distinto.

Estaban entrevistando a Fidelio.

—Ahí lo tienes. Todo tuyo —soltó Valentina, no sin cierta ironía.

—Escuchémoslo —pidió doña Teresa.

Había al menos una docena de micrófonos pendientes de las declaraciones del magnate.

—Este monumento fue donado por mi antepasado, don Antonio Escandón, a quien la historia de nuestro país recuerda con respeto y admiración. Es una pena que haya bárbaros por ahí poniendo bombas en las huellas de nuestro pasado. Sea quien sea quien lo ha hecho, no está atentando contra el pobre Colón, lo está haciendo contra los mexicanos. Y debe pagar por ello.

—¿Le ha dicho la policía algo en relación con los posibles sospechosos? ¿Tiene usted alguna información?

—Me consta que las autoridades de los Estados Unidos están buscando a un español que ha huido. Por distintas fuentes, tengo constancia de que se encuentra precisamente en México. Quiero hacer un llamado a nuestras fuerzas del orden para que lo detengan lo antes posible.

—¿Puede usted identificarle?

—No quiero entrar en problemas de índole legal. La policía federal debe actuar, tiene que hacer su trabajo. Saben que hay un sospechoso buscado por el FBI, implicado en las explosiones de Nueva

York y Washington, y ahora ocurre que explota la estatua de México. Es evidente que ese perturbado está aquí. Si no lo detenemos, va a seguir con su senda de destrucción.

—¿Pero usted le conoce?

—Tengo noticias a través de una persona que convivió con él, y que está convencida de que ese hombre está muy desequilibrado. Padece una extraña obsesión por Colón, y por eso hace volar las estatuas. Es un fracasado que ha desarrollado una enfermedad mental que le lleva a hacer esto.

Señaló la columna de humo.

—¡Búsquenlo y métanlo en la cárcel! Es todo lo que pido.

Luego dio la espalda a los periodistas para largarse de allí.

Y al hacerlo, la vi.

Sonsoles le acompañaba.

Llevaba puesto un sombrero con una banda marrón a juego con un vestido beis. Fidelio la agarró por la cintura y se la llevó hacia un vehículo negro de cristales tintados aparcado en las inmediaciones.

Cuando partió, algo me puso la piel de gallina: la policía los escoltaba.

Ese tipo tenía tanto poder en México como para que un batallón de agentes les abriese camino.

Mis horas estaban contadas.

***

Me retiré a la habitación sin despedirme de nadie. Lo primero que hice fue apagar el teléfono. Con toda seguridad ya me estarían buscando. Rastrear la señal de mi aparato era algo en lo que la policía confiaría para pescarme. Era evidente que aquel ya no era un lugar seguro para mí. El mismísimo jefe de policía de Morelos sabía que yo me encontraba hospedado en la hacienda de doña Teresa. ¿Qué tardaría en hablar con Fidelio y dar instrucciones?

173

Rebusqué entre las pertenencias de Emiliano y encontré una mochila negra. Metí en ella un par de camisas y unos pantalones. También me hice con una gorra.

A falta de mejores ideas, la única posibilidad que tenía de alejarme de allí de una forma discreta y segura era a caballo.

Le dejé una nota a Emiliano en el escritorio de su dormitorio.

Te pido disculpas por esta despedida tan precipitada, pero debo resolver unos asuntos inesperados. Te tomo prestada la misma yegua que monté esta mañana. La dejaré atada a los árboles que se encuentran en el punto donde la senda que recorrimos juntos se separa de la carretera. Envía a alguien a buscarla cuanto antes. También me llevo prestadas algunas cosas. Estoy en deuda contigo.

Partí sin dilación y dejé atrás el rancho.

13

CONFUSIÓN

«...

—Me desconcierta que se case usted con una noble. Su vida social va a pegar un salto considerable. ¿Era eso lo que buscaba?

—Federico, me caso por amor. La amo de verdad. Estoy muy enamorado.

—Lo entiendo. Pero yo creía que usted estaba enamorado de otra.

—Lo dice por su hija Valentina.

—Ya sé que es un asunto que solo les incumbe a ustedes, pero dígame una cosa, ¿cómo sabe que está realmente enamorado de esa otra?, ¿cómo sabe usted eso?

—Federico, está entrando en un terreno muy personal.

—Es mi hija, entienda que estoy legitimado a interesarme por el asunto. La ha dejado destrozada, ¿qué padre no indagaría en lo ocurrido?

—Ya veo. Permítame una pregunta, ¿me guardará usted rencor por haberla abandonado?, ¿será capaz de perdonarme? Porque jamás soportaría tenerle en mi contra.

...»

Galopé sin descanso hasta llegar al punto en que debía dejar bien atada la yegua. Me despedí de ella con unas palmaditas de agradecimiento en el lomo. Luego, con la mochila a cuestas, caminé en dirección a Cuernavaca. Tenía muy claro que una ciudad de ese tamaño no era el lugar adecuado para esconderme. Además, tras la cena con el jefe de policía, el gobernador y hasta el obispo, a esas alturas, yo era un tipo muy conocido y fácil de identificar.

Caminé por los arcenes de las carreteras de la comarca y cambié de dirección varias veces. En un momento dado, después de recorrer cuatro o cinco kilómetros, tomé una vía pequeña, hasta encontrar una gasolinera. Allí trataría de poner en marcha mi plan. Detrás de los surtidores de combustible había un pequeño edificio con un único empleado encargado de cobrar.

Aceptaba el cambio de dólares por pesos mexicanos, con una comisión abusiva, pero transigí. El dependiente era un tipo joven, de pelo rubio alborotado y piel clara. Le mentí explicándole que mi carro se había averiado unos kilómetros atrás, y que tenía prisa por llegar a D. F. Pagaría bien a quien pudiera llevarme.

Él mismo se ofreció para tal fin, su turno terminaba en veinte minutos, así que si le esperaba en la cafetería, en menos de hora y media estaríamos en la capital. La distancia era de unos noventa kilómetros. No me pareció mal el plan. Previo pago de seis mil pesos, la cosa estaba resuelta.

La cafetería, una construcción de forma rectangular y fachada de cristal, estaba adosada a la estación de servicio. Comenzaba a oscurecer, y como sabía que me quedaba una noche larga, me senté a esperar y me bebí un café negro. Había un televisor emitiendo una telenovela con un volumen de audio muy elevado. Dos muchachas sentadas frente al aparato no quitaban ojo. Una tercera fregaba el suelo.

Me hubiese gustado estar más días en la finca de doña Teresa, pasear a caballo y hablar con Valentina, explicarle muchas cosas, asuntos que llevaba tiempo queriendo decirle. Los acontecimientos me hicieron ver el devenir de mi vida con otra perspectiva, como el pintor que ve su obra con el paso de los años y ya no visualiza en ella lo que en su momento dibujó.

Una de las protagonistas de la teleserie dijo: «La vida está a veces cargada de hechos enigmáticos, acontecimientos que parecen pequeños, pero que luego no lo son, porque resulta que son tan grandes, tan inmensos, que, vistos a través del prisma del tiempo, no pueden producirnos más que asombro, o incluso espanto».

Le daba vueltas a esa idea cuando por la puerta de la cafetería entró Emiliano.

Era verdad que yo no estaba lejos del lugar donde había atado el caballo, pero tampoco estaba cerca, había cambiado de carretera varias veces. Ya había pasado más de una hora desde que dejé la nota.

Sí, sin duda, los hechos enigmáticos estaban ahí, y el asombro posterior también, porque no tenía ni idea de lo que aquel hecho podría suponer en mi vida.

—Güey, no has debido salir así de rápido.

—No tenía muchas opciones.

—¿Y qué haces aquí?

—Esperar.

Fueron unos momentos de gran incertidumbre. Podía pegarle un buen puñetazo, tirarle la mesa encima, tratar de que esas muchachas me ayudasen a reducirlo, y finalmente salir corriendo.

Pero nada de eso hice.

Me limité a observarlo, a tratar de entender sus propósitos, y tal vez actuar en consecuencia.

Emiliano debió percibir mi actitud, porque pidió dos tequilas reposados.

—¿Cuál es tu secreto? —me preguntó.

—Me lo llevaré a la tumba.

—A la tumba no hay que llevarse nada, hermano.

Había comenzado a llover. La luz de las farolas rielaba en el pavimento mojado.

A mi mente acudieron pensamientos aviesos, desde agarrar su pistola en un descuido y matarlo, hasta lo más simple, dejarme llevar por los acontecimientos. Pero no era difícil elegir. En el fondo, jamás tendría agallas para disparar un arma sobre ese hombre.

—¿Adónde vas?

Se tragó su tequila y pidió otros dos. No le contesté.

—Me desconciertas —dijo—. Quiero ayudarte y no te dejas. Desconfías de mí, mano, y eso que te he abierto mis puertas. Todas.

Yo no tenía intención de entrar en la conversación.

—Te he llevado con mis amigos, te he introducido en mi círculo más cercano, ¿y tú qué haces? ¿Así me pagas? Tenías una deuda conmigo. Y no hay nada más despreciable que una deuda mal pagada.

Permanecí callado. Yo estaba sentado pegado a la cristalera. Miré a la izquierda, a la barra de la cafetería. El tipo que debía llevarme a la capital se había quitado de en medio. Luego, a mi derecha, me percaté de que una tormenta eléctrica se dirigía hacia nosotros. Terminé por dirigir mis ojos directamente a Emiliano, sentado frente a mí.

No me quedaba otro remedio. Tenía que volver al mundo.

—Voy a creer en ti —le dije—. He pensado desde el principio que tú estás detrás de todo, de las explosiones, incluso de la desaparición de tu padre. Pero voy a pensar que me hablas con sinceridad, que estamos en el mismo bando.

Cuando terminé de pronunciar esas palabras, me vi a mí mismo como el adolescente nervioso que recita su lección ante un tribunal inexistente.

Sin arredrarse, Emiliano tardó un ratito en responder, y en realidad no lo hizo.

Se limitó a reír a mandíbula batiente, reía como si le hubiese contado el mejor chiste de su vida.

Las dos muchachas que permanecían enganchadas a la telenovela decidieron apagar el aparato y marcharse. Tal vez lo que veían allí no les gustaba.

Los rayos caían como una maldición divina.

—Mis amigos piensan que eres un chingón. A mí me has venido pareciendo cada vez más misterioso y enigmático. Trato de conocerte, pero no te dejas. Me vales madre, que lo sepas, pero mi papá me hizo prometerle que te cuidaría. Y lo haré. Porque mi papá era lo más sagrado que hay en esta pinche tierra. ¿Me entiendes?

Asentí.

—Pues vamos. Tengo el carro en la puerta. Te voy a dar ride hasta un apartamento de mi propiedad en D. F. Nadie lo conoce. Ni tan siquiera mi madre. Allí estarás seguro. Descansa esta noche y luego haz lo que tengas que hacer. ¿Estás de acuerdo?

Continuaba confundido. No era desde luego la mejor de las situaciones.

A lo lejos vi que el dependiente rubio se largaba en una furgoneta verde, con mis seis mil pesos en el bolsillo.

Asentí.

Sabía que me estaba hundiendo aún más en el fango.

Y, aun así, me autoconvencí de que esa era la mejor de mis opciones.

Abandoné la gasolinera convertido en aliado de un tipo que planeaba lanzar misiles contra el todopoderoso imperio americano.

Y que probablemente andaba por ahí haciendo explotar estatuas. Un terrorista.

***

Emiliano conducía un Porsche Cayman que manejaba a velocidades de vértigo hacia la capital. En el trayecto apenas habló. Me miraba de vez en cuando, y parecía no saber cómo retomar una conversación razonable.

Primero abordamos una carretera a cuyos lados crecían unos pinos inmensos. Pensé que con la luz del día aquel paisaje sería precioso. Luego, cuando se le ocurrió algo coherente que decir, el piloto de aquel bólido habló.

—Esta curva en la que vamos a entrar se llama La Pera, es la más conocida y peligrosa de todo el país, pero mira cómo la aborda este coche.

Dio un par de golpecitos en el volante, como animando a la máquina a conseguir la hazaña.

Aceleró y se introdujo en ella a una velocidad excesiva. Me sentí pegado al asiento, para luego verme impulsado hacia un lado. El motor rugió, y le entregó exactamente lo que pedía. Adelantamos a una decena de vehículos, y solo cuando abandonó el giro y entró en una larga recta, aminoró para observarme. No pude hacer otra cosa más que darle la razón, no era el mejor momento para llamarle loco.

Unos kilómetros más adelante entramos en la Ciudad de México a través de un elevado.

Más tarde, tras circular entre altos edificios de cristal, se limitó a decirme que nos dirigíamos al barrio de Polanco a través del anillo periférico. En un momento dado dio un giro brusco y salió de la autopista. Se adentró en un conjunto de casas elegantes. Al poco tiempo estábamos circulando por una calle repleta de *boutiques* de famosas firmas y restaurantes internacionales.

—Esta es la avenida Presidente Masaryk —me dijo.

En las vías colindantes pude ver mansiones de estilo neocolonial español y casas de lujo.

—Mi apartamento está un poco más al norte.

Al parecer, esa zona se denominaba Nuevo Polanco —me explicó—, y albergaba edificios de arquitectura avanzada.

Pulsó un mando a distancia e introdujo el vehículo en el aparcamiento subterráneo de un edificio de viviendas. No pude ver bien el inmueble, pero me pareció un lugar excelente para pasar la noche. Descendimos hacia su plaza y dejamos aparcado el Porsche. Tomamos un ascensor. Me fue explicando lo que tenía que hacer para desenvolverme por mí mismo. Me lanzó unas llaves. Tenía a mi disposición un pequeño coche junto al lugar que habíamos ocupado abajo.

Nos adentramos en el apartamento. No era muy grande, pero sí acogedor y funcional. Y bien decorado. De nuevo, allí se veía la mano y el gusto de Federico Sforza. Las vistas desde el salón eran impresionantes.

—Aquí nos separamos —me dijo y se largó.

**

Dormí más de la cuenta. Cuando me desperté, ya había salido el sol hacía un buen rato. Desde allí, los gallos de doña Teresa no se oían.

Preparé un café y revisé el apartamento más a fondo. El armario estaba lleno. Incluso había zapatos elegantes. Observé que también tenía a mi disposición un teléfono fijo, un equipo informático e impresora en buen estado. Los encendí y pude acceder sin problemas. El descuidado de Emiliano no le había puesto ninguna clave de acceso. Desde el balcón, oteé la silueta de la ciudad.

Con la taza en la mano repasé mi situación y me hice las preguntas de rigor. ¿Qué estaría haciendo en esos momentos Sonsoles? ¿Dónde residía Fidelio? Me reconfortó saber que estaba cerca de ella, en un área donde habitan más de veinte millones de personas, pero cerca de ella al fin.

Tomé una ducha relajante y luego me vestí. Elegí un pantalón cómodo y una camisa clara.

Abandoné el apartamento y salí a ver el entorno. Caminé por la avenida de las tiendas, y luego continué hacia el sur. Deambulé un buen rato entre casas, bloques de viviendas y zonas comerciales.

Al cabo de una hora me topé con el museo Nacional de Antropología. Sabía de su existencia, pero nunca había estado allí. Me adentré en las instalaciones y busqué la cafetería para tomar otro café. Compré varios periódicos y me senté a leerlos mientras me servían un desayuno completo. La noticia del día era la explosión del monumento de Colón en la plaza. Era el titular principal, y en las primeras portadas había abundantes fotos del desastre. Avancé en la lectura. En la cuarta página de uno de los diarios encontré lo que buscaba. Fidelio Pardo visitando el lugar de los hechos. Y junto a él, una mujer de la que no se hablaba. Desconocía si ese tipo la había presentado en la ciudad como su esposa, su compañera, pareja o como quisiera llamarla. Nada, ni una palabra de Sonsoles. Recorté las páginas en las que aparecía y me las metí en un bolsillo del pantalón. Luego busqué cualquier información sobre las acusaciones que ese tiparraco había vertido sobre mí. Apenas las recogían. Se hablaba de un sospechoso, sí, de un español para más señas, pero ningún detalle acerca del exmarqués de Montesinos. ¿Acaso Fidelio no había comunicado en su país que tenía una relación con una noble? ¿Qué buscaba ese hombre? Terminé de revisar los diarios y no encontré nada revelador, algo que me pudiese orientar en la dirección correcta. Desde luego, mi intención era conocer el paradero de ese fulano, debía localizarlo y decirle algunas cosas. Había asuntos pendientes entre nosotros, ahora más que nunca. Dejé todas las hojas sueltas en la mesa de la cafetería y me dispuse a recorrer las instalaciones.

Me apetecía visitar la exposición. Aunque lo que me urgía eran otras cosas, no me vendría mal pensar un poco. Adquirí un boleto para entrar al museo. Pasaría el día pensando, tranquilo, incluso decidí que cuando terminara la visita me haría con algo para comer y me iría al apartamento a descansar.

Este museo es reconocido como uno de los recintos más emblemáticos para la salvaguarda del legado indígena de México. Es un símbolo de identidad y un mentor para las generaciones que buscan sus raíces culturales.

Comenzaba bien el recorrido. Aquel lugar era precioso. Los espacios abiertos estaban muy bien conservados. Al entrar me encontré con una gran alberca con juncos en un lateral y una figura maya al fondo. Luego me produjo una grata sensación un monolito con relieves, sobre el cual una gran losa a modo de techo plano dejaba caer una lluvia fina. El resultado era prodigioso, porque creaba un ambiente místico, imaginé que precisamente lo que su autor quería transmitir.

Luego avancé entre salas repletas de historia, exposiciones, paneles explicativos, un lujo para mis ojos. Así estuve al menos una hora, asumiendo los textos presentados e interpretando la difícil lectura de los signos de esa cultura.

Terminé el recorrido y decidí pensar un poco. Me senté en el borde de la alberca, en la zona más cercana a la puerta de entrada. Los autores habían decidido llamar a esa obra el espejo de agua. A lo lejos, hacia el otro extremo de la balsa, la figura maya se situaba sobre una forma que me resultó familiar.

Era muy parecida a la que encontré en el cuadro de Colón.

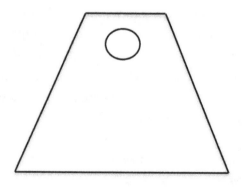

Pero aquí el objeto estaba situado en la parte superior y no en un lugar descentrado. ¿Qué querría decir la persona que trazó aquel dibujo en la parte trasera de un retrato oculto del Almirante? ¿Qué secreto guardaba?

Entonces tuve una ocurrencia, no podía llamarlo de otro modo.

Eché en falta un lápiz y papel para anotar mis indagaciones. Me dirigí a la tienda de *souvenirs*. Compré una preciosa libreta decorada con símbolos mayas y un lápiz labrado con los mismos detalles. Pagué los pesos que me pedían y regresé al lugar.

Desde la parte inferior del espejo del agua dibuje en mi cuaderno recién adquirido lo que estaba observando.

Por alguna razón me recordaba a la trasera del lienzo. La única diferencia era la localización del objeto dentro del trapecio, o la pirámide truncada, si lo quería ver en tres dimensiones. Ese fue uno de los detalles que más me había desconcertado cuando lo vi por primera vez

¿Qué hacía ese círculo ahí? ¿Qué sentido tenía?

Dibujé la posición tal y como la recordaba.

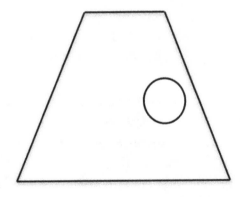

Me hubiese gustado estar en presencia de mis papeles, cerca del fruto de mis investigaciones. Había tanto material en las cajas que dejé en el palacete de Sevilla como para pensar que este extraño dibujo tendría alguna solución lógica. Pero no era momento para miramientos. La situación era la que era, y probablemente me había metido en ella yo solo.

Y fue entonces cuando se me ocurrió una idea. Había algo en ese dibujo que me resultaba familiar, una extraña coincidencia con grafismos colombinos que recordaba. Debía regresar al apartamento cuanto antes.

Cuando ya abandonaba el museo, vi de nuevo a indios observándome.

Me recordaron a los tres hombres de Nueva York, aborígenes, aunque, en este caso, ni se trataba de la misma raza ni iban vestidos igual.

Fui directamente hacia ellos. Se encontraban al otro lado de la balsa. Me miraban con tal descaro, y me señalaban de tal forma, que me pareció improcedente. Caminé rápido, rodeé un grupo de turistas norteamericanos y cuando llegué ya se habían esfumado.

Busqué por todas partes, di mil vueltas, pero encontrarlos era tarea imposible.

Por supuesto yo estaba al tanto de algunos hechos. En los Estados Unidos, en México, en Bolivia, en Perú, en muchos países de Latinoamérica, las razas autóctonas han reivindicado una y otra vez su pasado.

¿Sería eso motivo para hacer explotar las estatuas de Colón?

Cuando menos, me parecía sospechoso que tras estallar el monumento de Reforma se encontrasen precisamente allí, espiándome.

Regresé al apartamento. Por el camino compré un par de sándwiches y dos latas de refresco. Coloqué las cosas en la mesa del salón y me dispuse a llamar a Candela. Hacía solo unos días que la había dejado al cuidado de la casa y, la verdad, echaba en falta sus comentarios graciosos y su alegría. Ella se comprometió a cuidarlo todo, y me aseguró que a mi vuelta el antiguo palacio luciría como los chorros del oro.

Utilicé el teléfono del apartamento. Si se me hubiese ocurrido encender el mío, en cuestión de minutos tendría varios satélites apuntando a mi cabeza.

—Se ha hecho usted aún más famoso, señorito. No sé cómo lo consigue, pero el caso es que ya no sabe qué hacer para salir en la televisión.

—¿Qué se dice de mí en España?

—Que su cuadro, o probablemente usted, están detrás de las explosiones. Dicen que huyó de los yanquis y que le buscan en los Estados Unidos. Le hacen por México, pero no es seguro. Y como ha estallado otra estatua de esas, pues eso. Ya sabe.

—¿Qué debo saber?

—Que es usted el señorito andaluz más buscado a ambos lados del océano. Dígame una cosa, ¿es el culpable? Le prometo no contárselo a nadie.

—No, no lo soy. Y no me vuelvas a llamar señorito, si lo haces, estás despedida. Deberías confiar en mí. Además, tú tienes parte de culpa de lo que está pasando.

—Dios me libre. Soy inocente.

—Encontraste el cuadro. Sin ti, nada de esto estaría ocurriendo.

Se quedó callada.

—Quiero confesarle una cosa. ¿Es buen momento? ¿Le va a costar mucho esta conferencia?

—Dime.

—Le eché productos de limpieza al cuadro de la bestia porque me lo dijo el anciano de la furgoneta.

Silencio.

—¿Sigue por allí ese hombre?

—Se marchó. Se despidió de mí. Me dio un gran abrazo, pero no solo eso. No se lo va a creer usted. Me dejó mucho dinero, más de diez mil euros. Me dijo que ya no necesitaba ese dinero, que se iba lejos, muy lejos. Y que no pensaba volver.

—Pues sí que es raro. ¿Y por qué vivía hacinado en un vehículo?

—Eso mismo le pregunté yo, podría haber alquilado un apartamento, o incluso un hotel de lujo. Pero me contestó algo extraño.

—Ese hombre no estaba bien de la cabeza. ¿Qué te dijo?

—Que ha sido el hombre más feliz del mundo dentro de esa furgoneta roja.

Intenté procesar esa información, pero como no me aportaba nada fui al grano.

—Bueno, ahora necesito que busques algo entre mis papeles.

Le di precisas instrucciones acerca de la caja exacta que debía abrir y las carpetas que tenía que localizar. Permanecí atento al otro lado del aparato. No le llevó más de tres minutos volver y darme buenas noticias.

—Aquí tengo los papelajos que me ha pedido. ¿Qué hago ahora?

—¿Sabes escanear?

—Dígame antes una cosa, ¿si ahora usted mata a alguien, yo también seré cómplice? ¿Como con el cuadro?

—Lo que te dije antes era solo una broma. No eres culpable de nada.

—Pues entonces sí que sé escanear.

Le di una cuenta de correo electrónico que acababa de crear. No me fiaba. Estaba convencido de que también me tendrían controlado por esa vía.

Antes de que pasaran cinco minutos me llegó la información.

Me disponía a abrir los archivos cuando alguien aporreó la puerta.

14

LA FIRMA

«…

—¿Qué información guardan ustedes en la CHF acerca de la firma de Colón?

—Ese enigma es indescifrable. Si el Almirante quiso dejar algo encriptado para la eternidad, se lo llevó a la tumba.

—O sea, que no tienen ni idea.

—Nadie tiene ni idea. Ha habido muchas conjeturas, pero nada demostrable. Incluso los investigadores más avezados han pinchado al estudiar la firma.

—Prométame que eso es cierto, que no tienen ustedes por ahí un documento oculto que desvele el misterio.

—Se lo juro. Jamás hemos encontrado nada al respecto. Esa pirámide de letras y signos es el enigma más extraño de todos los que nos legó el genovés, y mire que hay unos cuantos…

…»

Valentina estaba al otro lado de la puerta. Venía con cara de pocos amigos. Me hizo un gesto al ver que no la dejaba pasar. Le indiqué con el brazo que era bien recibida.

Dejó el bolso en el sofá y miró a través del ventanal.

—Pensé que estábamos juntos en esto —me dijo sin apartar la mirada del cielo de la ciudad.

—Tuve que salir corriendo.

—Siempre sales corriendo.

Cuando lo creyó conveniente se volvió hacia mí.

—Incluso tú crees que soy culpable —dije—. ¿Qué podía hacer sino salir de allí a buscar respuestas?

Se tomó unos segundos. No me quitó los ojos de encima mientras pensaba en algo.

Por alguna razón, midió cada palabra.

—Voy a regresar hoy mismo a casa. Están preparando el avión. Solo venía a despedirme.

—Creo que he encontrado algo.

—¿A qué te refieres?

—Al misterio del cuadro. A las explosiones. Al lío en el que estoy metido.

Se sentó y me pidió que le hiciera un café.

Mientras se lo preparaba me explicó que no le había costado mucho sonsacarle a su hermanastro dónde me encontraba.

—Le tienes impresionado. Está convencido de que eres el hombre bomba.

—Y lo primero que hace es ir por ahí diciendo dónde estoy escondido.

—Yo no soy cualquier persona. Él sabe que puedes confiar en mí. De hecho, fui yo quien te trajo a México.

Tenía razón. Tal vez estaba desconfiando demasiado de todo el mundo. O tal vez me estaba volviendo loco. Cuando terminó el café, me preguntó abiertamente.

—¿Y qué es eso que has encontrado?

—No lo sé exactamente. Es solo una teoría.

Señalé el equipo informático. Me senté frente a la pantalla y abrí el correo. Allí estaba lo que quería. Candela había realizado el trabajo a plena satisfacción.

Ella se acercó y lo que vio la dejó extrañada.

—¿Para qué tienes ahí la firma de Colón?

—La firma del mismísimo Almirante. Veo que la recuerdas.

—¿Y qué descubrimiento se supone que es? Esa es la firma original, pero nadie sabe qué significa, sin duda su secreto mejor guardado.

—En el hotel de Nueva York vi algo extraño, unas inscripciones que antes no estaban, o que han aparecido luego. Estoy convencido de que son originales, podría asegurarlo.

Abrí un programa.

Dibujé lo que vi en el lienzo.

—Sí que es raro —me dijo ella.

Luego inserté la firma de Cristóbal Colón.

El resultado nos llamó la atención a ambos.

Calzaba perfectamente.

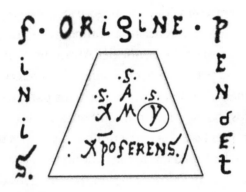

—Ahora lo ves más claro, ¿verdad?

—Veo una pirámide con letras dentro.

—No es una pirámide, es un prisma. Lo importante es que el círculo coincide con la letra «Y». Eso es lo relevante.

—¿Qué es relevante?

—El mensaje que hace cinco siglos alguien quiso dejar. La razón por la que Colón tapó su rostro del único retrato que le hicieron en vida. Y lo más importante, el motivo por el cual tanto él como sus herederos ocultaron su lugar de nacimiento.

***

Le ofrecí que compartiésemos los sándwiches. Aceptó. Nos sentamos a la mesa del salón. Mientras comíamos, no paró de hacerme preguntas.

Le expliqué que desde que encontré el cuadro no había dejado de darle vueltas a una idea. Esa obra perteneció en algún momento a Cristóbal Colón. La vida del Almirante estuvo estrechamente relacionada con Andalucía. Al menos cuatro ciudades del sur de la península ibérica le vieron pasear por sus calles y residir en algunas de sus casas. Sevilla, Córdoba, Granada y Huelva. En el caso de la primera, era conocido que llegó a pasar tiempo allí. En la segunda, incluso llegó a tener una compañera y un descendiente. Precisamente fue este hijo menor del Almirante quien fijaría más tarde su residencia permanente en Sevilla. En la tercera, Colón tuvo que estar irremediablemente largos periodos para negociar con los Reyes Católicos, hasta que firmó, en Santa Fe, las capitulaciones. Por último, en Huelva transcurrieron ciertas etapas de su vida, en el monasterio de La Rábida, y, lo más importante, partió hacia América desde el puerto de Palos. Si Colón, por motivos desconocidos, ocultó su origen a la humanidad, lo hizo con el apoyo de sus hijos y hermanos.

Tras su muerte los herederos entablaron una larga batalla judicial contra el reino, entre 1506 y 1536, los llamados pleitos colombinos.

—¿Conoces la historia? —pregunté a Valentina.

—Ligeramente.

Colón había muerto en 1506. Su hijo Diego heredaba, por tanto, el cargo de almirante de las Indias. Su padre había obtenido el privilegio de ostentar esa posición con carácter vitalicio para todos sus descendientes, así como un diez por ciento de todas las riquezas obtenidas en las tierras descubiertas. El rey Fernando el Católico respetó ciertos derechos, pero solo por el tiempo que su merced y voluntad quisieren. Diego no estuvo de acuerdo y demandó que fuese a perpetuidad. Al serle denegado, entabló un pleito con la corona.

En 1511 los jueces dieron la razón a los Colón en una primera sentencia dictada en Sevilla. Le reconocían los derechos firmados. Pero el reino recibía igualmente el derecho a nombrar jueces de apelación. Ninguna de las partes quedó satisfecha. Los pleitos posteriores se alargaron en las décadas siguientes. En 1524 Diego fue depuesto del cargo de gobernador, y murió dos años más tarde. Su esposa continuó litigando. En todo ese tiempo, quien representó a la familia fue Hernando, desde la ciudad de Sevilla. Con posterioridad se produjeron dos sentencias, una en 1534, en Dueñas, y la otra en 1535, en Madrid. Ambas fueron apeladas.

Cansados todos de los pleitos, se sometieron a un laudo arbitral, dictado en 1536 por el presidente del Consejo de Indias.

—¿Cuál fue el resultado?

—Como en todos los arbitrajes, ambas partes ganan y pierden. En el caso de los Colón, se confirmó el cargo de almirante a perpetuidad, pero se suprimió la posición de virrey y gobernador general. Se constituyeron señoríos, y obtuvieron tierras y rentas.

—Conclusión...

—Durante todo el proceso, por razones varias, sus herederos continuaron ocultando el origen de Colón. Y este cuadro, con estas inscripciones, tiene algo que ver. Quien tapara con pintura el rostro y escribiera estas leyendas tenía un propósito.

—Y dejó una pista en forma de letra señalada en su firma —añadió Valentina.

—Exactamente. En la «Y».

—¿Y tu intuición qué te dice?

—Esa línea de la firma de Colón, «*X M Y*», siempre ha sido relacionada con una llamada a Cristo, María y José. Si el círculo está sobre la «Y», Yusef, debemos buscar en lugares relacionados con la iglesia católica, y con san José, en este caso.

—¿Por qué con la iglesia?

—Primero, porque la propia firma de Colón tiene una componente cristiana muy profunda, fíjate que completa la rúbrica con

XPO Ferens, el portador de Cristo. Y segundo, porque presumo que cualquier asunto que se quisiera legar para la posteridad estaría en un entorno sagrado y, sobre todo, con garantías de perpetuidad. Como una catedral, una iglesia, ese tipo de lugares.

—¿Por ejemplo?

—La capilla de San José de Cuernavaca.

—¿Qué te hace pensar eso?

—Primero, porque es la más antigua de la América continental. Creo que es del 1521, año en el que aún se estaban celebrando los pleitos colombinos. Si alguien quería esconder algo, ese puede ser el sitio adecuado.

—¿Y el segundo motivo?

—Déjame que la pregunta te la haga yo. ¿Por qué la familia de Federico vino hace décadas a Cuernavaca? ¿Qué trajo a tu abuelo por esas tierras? Sabemos que se enamoró de tu abuela, y que compró fincas aquí. Pero... ¿cuál fue el verdadero motivo que le impulsó a acercarse por primera vez?

***

Valentina quedó fascinada con mis palabras. Parecía como si de repente le hubiese abierto una ventana por la que podía contemplar su pasado. Incluso aceptó mi invitación para ir a echar un vistazo. Como el sitio no estaba lejos, decidimos utilizar el auto que Emiliano había aparcado en el garaje del edificio. Yo sabía que me arriesgaba a ser capturado. Si había un lugar en todo México en el que me conocían bien, ese era Cuernavaca.

Tardamos bastante tiempo en llegar a Morelos, mucho más del que Emiliano empleó para conducir su Porsche hasta Polanco. En el trayecto pude observar mejor el paisaje, los majestuosos árboles, la terrible curva denominada La Pera, pero, sobre todo, me gustó ver las casas coloniales de la ciudad, no tan bien conservadas como en otros entornos de esa extensa nación.

No me costó trabajo encontrar la iglesia, aunque me sorprendió que no estuviera señalizada por ningún sitio, a pesar de su interés histórico. Aparqué discretamente a un par de calles del lugar y luego caminamos hasta la entrada del templo.

Horas antes, apenas tenía idea de la existencia de esa capilla. Ahora, me había informado de que San José en el pueblo de Tlaltenango se convirtió en barrio de Cuernavaca al ser absorbido por la trama urbana. Aquel lugar fue parte de la encomienda que recibió Hernán Cortés, que luego se incluiría en el marquesado del Valle. El conquistador construyó en esa ciudad su casa, un palacio en realidad, y luego un ingenio azucarero, el primero de México. Y tal y como marcaba la tradición, se erigió también una capilla, dedicada al santo, y como fue levantada en 1521, se trataba por tanto de la más antigua de la tierra continental americana.

Nos situamos delante de la entrada. Ella me miró y yo le expresé con gestos que no sabía por dónde empezar a buscar.

La portada era muy simple: unas puertas de madera oscuras bajo un arco de medio punto, sustentado por bloques de piedras grises talladas. El aspecto del conjunto me recordaba a las iglesias medievales que se pueden ver por toda España. Desde luego, el estado de la fachada —algún tipo de cemento pintado en color terracota, muy deteriorado—, no dejaba lugar a dudas sobre la antigüedad del conjunto. La estructura no superaba los cuatro o cinco metros, y estaba coronada por una pequeña cruz. A la derecha pudimos ver la torre de otra iglesia, una edificación muy posterior. Recordaba que esa otra construcción se hizo en 1720, tras la aparición de la Virgen de los Milagros.

Nos adentramos en la iglesia, de planta muy simple, de no más de seis metros de ancho por unos veinte de largo. Al fondo se podía ver el altar, con elementos para la liturgia, y detrás, en alto, san José, que miraba hacia la palma de su mano izquierda, mientras con la derecha se sujetaba la túnica. Atravesamos los bancos de madera dispuestos a ambos lados. Ella me siguió en silencio. Imaginaba que estaría tratando de adivinar qué iba yo a hacer a continuación y, la verdad, ni yo mismo lo sabía. Me limité a observar a diestro y siniestro, palpé las piedras del altar con ambas manos, como si un resorte oculto me fuese a proporcionar lo que buscaba. Luego comprobé que no había ninguna trampilla que diese paso a un sótano o algo parecido. Nada.

Las paredes y el techo de media bóveda estaban pintados de un blanco impoluto. Se veían cruces simétricamente dispuestas en los laterales, pero ningún otro ornato.

—¿Y ahora? —me preguntó Valentina.

—Todo este lugar es simple. No parece haber ningún signo oculto entre estos muros.

Nos marchamos de allí decepcionados, yo con la cabeza bien baja, pensando que nada me salía bien. Todo lo que tocaba era pura ruina.

Y entonces los vi.

Dos tipos que no podían ser otra cosa más que policías. Me había percatado de que estaban por allí cuando llegamos a la capilla, pero ahora, al verlos tan atentos a nuestros pasos, no me cupo la menor duda.

—Tenemos compañía —le dije a Valentina.

Abordamos el auto con toda la rapidez que pudimos. Ella colaboró al indicarme por dónde podía callejear, aunque, a decir verdad, estaba tan perdida como yo.

Avanzamos por una avenida amplia y, en cuanto pude, realicé varios giros para comprobar que, efectivamente, nos seguían. Así era.

Ellos manejaban un vehículo tipo *pickup*, una camioneta empleada generalmente para el transporte de mercancías, con la parte trasera de carga cubierta por una lona. Si eran policías, iban bien camuflados.

Al llegar a una zona abierta aceleré y traté de despistarlos, pero fue imposible. Ellos conocían la ciudad mucho mejor que yo y, además, no estaba entre mis habilidades manejar ese tipo de vehículos como si fuese un piloto de fórmula uno.

Recorrí varias veces las mismas calles, bajo miles de cables de luz y teléfono, y solo por los semáforos que me salté en rojo ya merecía estar en la cárcel.

En un momento dado pasamos por delante del Palacio de Cortés, casi atropello a los pocos turistas que esperaban para visitarlo, y pronto me di cuenta de que no tenía más remedio que entrar en una vía peatonal.

Temí lo peor, arrollar a alguien, estrellarnos contra una terraza, pero conseguimos abandonar aquella trampa indemnes.

Comenzaba a sudar por la frente. Mi acompañante debió percibir mi carencia de ideas cuando hizo lo que hizo.

—¿Emiliano?, sí soy yo. Nos persiguen, ¿qué hacemos?

Esa mujer estaba pidiendo ayuda al tipo que hasta dos días antes había sido un apestado para ella.

—¿Estás loca?

—Sigue hacia el sur y luego toma la primera salida.

Su hermanastro le daba instrucciones a través del teléfono.

—Si no me equivoco en esa dirección está la hacienda de doña Teresa.

—Así es. Tiene un plan. Uno muy simple. Vamos a ver si funciona.

Me hizo una indicación con la mano, para que avanzara con fuerza. No me cabía otra más que hacerle caso y esperar que aquello funcionase.

Llevé el automóvil hacia la carretera donde había dejado la yegua atada. Desde ese punto, conocía bien el camino para llegar a la finca.

Por el retrovisor, observé que los tipos nos seguían sin dar respiro. Tendrían orden de detenerme y, por supuesto, les darían una buena mordida si lo conseguían.

Sin duda eran policías, habían colocado una sirena sobre el

techo del vehículo cuando vieron que me disponía a entrar en la propiedad de los Sforza.

—¡No te detengas, sigue hasta las caballerizas! —me gritó Valentina.

—¿Y luego?

Esos policías atravesaron exactamente igual que nosotros la verja de entrada. No tenían ninguna intención de detenerse.

—Cuando alcances los boxes, sal de prisa del vehículo y sígueme.

Obedecí. Ambos abandonamos el coche y corrimos sin parar a través del pasillo de las cuadras. Varios empleados se afanaban en limpiar a ambos lados los cubículos, donde se amontonaban los excrementos de los caballos.

Al fondo, justo al otro lado del edificio, había una salida trasera a la finca.

El Porsche de Emiliano nos esperaba con las puertas abiertas y el motor en marcha.

—Ya sabes lo que tienes que hacer —me dijo Valentina.

***

Cuando regresamos al apartamento el corazón aún me palpitaba. Desde luego, nunca más pondría en cuarentena a su hermanastro. Se había comportado bien conmigo. Ya eran suficientes los signos como para seguir dudando de él.

Valentina se descalzó, tomó un vaso de agua y se dirigió al balcón. Atardecía sobre la ciudad.

—¿No vas a volar esta noche?

—Hay una cosa que se denomina plan de vuelo. Tenía uno, pero ya es tarde. Mañana sin falta. Ahora voy a darme un baño.

Me tendí en el sofá. No paraba de darle vueltas a varios asuntos. ¿Qué significaba entonces la «Y» marcada en el cuadro? ¿Habría pasado algo por alto?

Puse las noticias de la noche. Ya nadie se acordaba de la estatua que el día antes había estallado. Las noticias pasan rápido. Lo que hoy causa sensación, mañana ya no es motivo de alarma.

Valentina tardaba una eternidad en el baño, así que entré en una web de restaurantes y pedí la mejor comida que encontré.

Ella me había salvado de pasar la noche entre rejas.

Cuando apareció de nuevo, llevaba puesto un albornoz blanco. Yo ya tenía preparada la mesa, con todo dispuesto para una cena entre amigos. Fuera, las luces de la ciudad se habían encendido, la noche era tranquila, algo cálida, pero tranquila. Ella sonrió, tal vez se sorprendió, incluso debió de pensar cómo me las había arreglado para conseguir aquellos manjares en una ciudad que no conocía, en un apartamento que no era el mío. Ostras, bisque de langosta, cebiche de atún rojo, camarones, sí, sin duda, no esperaba ese despliegue.

—Es exactamente lo que necesito —dijo—, que me mimen.

¿Quién era yo para no complacerla?

Descorché una botella de champán, serví dos copas y brindamos. Me sonrió, y no volvimos a hablar de nada relacionado con los hechos de los últimos días en toda la velada. Yo había planeado discutir algunos detalles, pero la actitud juguetona de Valentina y los chistes que se me escaparon provocaron risas entre nosotros. Después de tantos acontecimientos difíciles, me convencí de que debía entregarme a los sencillos placeres de aquel momento. En un instante concreto pensé que era allí donde quería estar, y no en ningún otro sitio. Me animó, me hizo sentirme en forma, incluso me inspiró para que contase historias que ambos habíamos vivido juntos, y lo hice, y le gasté bromas, y reímos sin parar. Era una mujer tan bonita que costaba apartar los ojos de ella.

Necesitaba verla reír porque, a cada carcajada, la notaba más cerca de mí, una curiosa forma de expiación.

Pero hubo un momento en que ya no era eso, me sentía realmente bien. Terminamos una botella y luego fue ella la que abrió la segunda, y los papeles se invirtieron, y entonces comenzó a soltar una tras otra un montón de anécdotas hilarantes.

Acabé preguntándome cómo había sido tan inútil como para abandonar aquel derroche de encantos.

Mentiría si no dijese que la deseaba, por supuesto, porque todo aquello creaba una tensión exquisita. A medida que avanzaba la noche, los comentarios casuales con relación a nuestras experiencias pasadas dieron paso a otros cargados de matices sensuales, y a partir de ahí se mezclaron los silencios con nuevas revelaciones de nuestra relación más íntima y, lo más curioso, el hechizo no se rompió.

En ningún momento se agotaron las carcajadas, y aun así seguimos hablando de cosas serias, porque nos estábamos riendo de nosotros mismos, sabíamos lo que hacíamos, éramos muy conscientes.

Cuando se terminó la comida, yo fui a darme una ducha rápida. Huir de los matones me había dejado sudoroso.

Al cabo de cinco minutos aparecí en el salón con un batín negro.

Fue ella la que se acercó a mí y me besó delicadamente en los labios.

Toda una sorpresa.

Con los ojos cerrados, le correspondí.

Luego me invitó a sentarme en el sofá. Me retiró el batín de la espalda y me dio un masaje, uno muy sensual, justo lo que mi cuerpo necesitaba. Abrí los ojos y observé la ciudad, llena de lucecitas rutilantes. Me sentía realmente bien, y cuando ella tiró de mi mano y me llevó al dormitorio, ni se me ocurrió resistirme. Habían sido tantos los meses de desesperación desde que me abandonaron, tantos los infortunios, que me apetecía algo así.

Ella se quitó el albornoz y se tendió en la cama. Con un dedo me invitó a aproximarme.

Era 15 de octubre.

Jamás se me habría pasado por la cabeza pensar en algo parecido.

***

Hacia la medianoche Valentina se encontraba en el balcón, apoyada sobre la barandilla. Seguía prendada de las luces. La intensidad era de tal calibre que no se podía ver ni una estrella.

Fue entonces cuando sonó con fuerza su teléfono.

Me sobresalté. Era la primera vez que lo hacía en todo el tiempo que habíamos estado juntos en los últimos días. ¿Quién la llamaba?

Ella pulsó la pantalla y situó el aparato sobre su oreja.

La cara que se le iba poniendo conforme iba escuchando me preocupó.

Luego dijo algo simple.

—Por supuesto, pásemelo.

No entendía nada.

—¡Papá! Por Dios, ¿cómo estás?, ¿qué ha ocurrido?

Le pedí que activase el altavoz.

Ella lo hizo sin rechistar.

—Mi hija, te quiero mucho. Más que a nada en el mundo. Me han detenido. Estoy bien, pero en la cárcel. Tienes que venir cuanto antes a buscarme. Me acusan de haber robado grandes sumas de dinero de la fundación. Dicen que he desaparecido en los últimos días para esconderme, pero no es así. Tienes que venir cuanto antes. Tienes que sacarme de aquí.

—Estoy en México, ya no puedo volar esta noche, pero tengo el avión preparado para las siete de la mañana.

—¿En México? ¿Dónde exactamente? ¿Con quién estás?

—Es una larga historia. Mañana te la cuento. Estoy con Álvaro.

—Dile que no venga contigo. Le van a detener.

Valentina me miró y se encogió de hombros.

—No te preocupes. Iré sola.

La llamada desde la prisión se cortó.

15

EL MURO

«...

—Álvaro, ¿cuándo vas a regresar? Me gustaría hacer planes para el verano. Tal vez podríamos hacer un viaje juntos.

—Por supuesto. Valentina, sabes que no puedo estar lejos de ti. Volveré pronto, te lo prometo.

—¿Y si al llegar a Sevilla te encuentras con una antigua novia? ¿Y si conoces allí a alguien? No podría soportarlo.

—Eso no va a pasar. Te quiero. Por más cosas que pasen, siempre te querré.

—Pues vuelve pronto. No concibo la vida sin ti.

—Me alegro de que digas eso. No sabes cómo me reconforta.

—¿Por qué?

—Te lo he dicho, porque te quiero con locura.

—Pues vuelve. Vuelve. Vuelve. Si no lo haces, sería capaz de cualquier cosa.

...»

Conduje a Valentina al aeropuerto en el Porsche de su hermanastro. Habíamos acordado que la llamaría desde un teléfono público a partir de media mañana. En el camino hacia el aeropuerto no podía quitarme de la cabeza las palabras de Federico.

¿Detenido? ¿Por robo?

Pero había muchas más preguntas.

¿Por qué sabía que alguien iba a detonar explosivos en una estatua de Colón? ¿Y por qué trató de convencerme de que aquello era bueno para mi carrera?

Sforza era un gran vendedor, sin duda, capaz de vender una aspiradora con el compromiso de que tendría los poderes mágicos de la escoba de una bruja.

Dejé a Valentina en la terminal. Nos dimos un beso. Prometió estar atenta a mi llamada.

De regreso al apartamento seguía oliendo su perfume y no podía quitarme de la cabeza la noche que habíamos pasado juntos.

¿Y ahora qué? Hubiese dado cualquier cosa para regresar junto a ella. Mi deseo era poder volver a Nueva York. No tenía ni idea de quién estaba detrás de la voladura de las estatuas, ni tampoco del papel de Federico y los delitos que le habían imputado. ¿Desfalco en la fundación? ¿Qué tenía que ver eso con su desaparición?

Debía arreglármelas para estar con ellos cuanto antes. Conocía la CHF, podría investigar por mi cuenta. Pero ahora me encontraba perdido en un país que no conocía bien, solo contaba con el apoyo de Emiliano. Gracias a él estaba a salvo en aquella jaula de lujo. Sin garantías.

Le llamé. Había llegado el momento de sincerarme. Además,

debía decirle lo más importante. Su padre estaba en prisión. Agradecería conocer esa noticia.

Apenas tardó una hora en llegar al apartamento, y eso sin su magnífico vehículo alemán. Al entrar, tuvo el ojo de ver que no había dormido solo.

—¡Güey, *brother*, no pierdes el tiempo!

—Es una larga historia.

—No tengo dudas. Ahorita te conozco mejor. Tu plan está padrísimo. Ya sabes que eres un héroe para nosotros. Dime una cosa, ¿cómo hiciste para explotar esa estatua de la plaza Reforma? ¡Si estuviste con nosotros! Un genio, se lo aseguré a mis amigos.

Mejor no contestarle.

—Tu padre está en la cárcel. Está vivo, pero encerrado.

Para ser un tipo tan lanzado, se quedó sin palabras. A decir verdad, tardó un rato en contestar. Le veía noqueado.

—Espérame tantito.

Se fue a su dormitorio. Cerró la puerta con el pestillo interior. Le oí hablar a gritos en inglés. No quise acercarme a la puerta por miedo a que me descubriera espiándolo. Me limité a pensar que estaría recabando información de amigos estadounidenses. Me senté a esperar frente a la pantalla y el teclado. Busqué noticias en el *New York Times*, en el *New York Post*, incluso en *The Wall Street Journal*. Nada. Luego se me ocurrió buscar en *El Diario*, el periódico en español de Estados Unidos más antiguo, más de un siglo de vida, y el más leído en esa ciudad. Tampoco encontré ni una sola referencia. Extraño.

Emiliano salía en ese momento de su habitación. No parecía ahora tan contrariado, tan abatido como cuando entró.

—¿Has podido conocer los motivos? —le pregunté.

—Todo controlado —se limitó a decirme.

Que el hijo de Federico era un tipo raro era algo que por aquel entonces yo ya tenía asumido. Pero aún no me había enterado de lo extraordinariamente raro que podía llegar a ser.

—El viejo está donde se merece. No le prestes la más mínima atención. Los pájaros tienen que estar entre rejas.

El día antes me había expresado que era la persona que más le importaba en el mundo, y ahora me aseguraba esto.

Como no me esperaba algo así, lo único que conseguí articular fue una petición específica.

—¿Me podrías ayudar a cruzar la frontera y pasar al otro lado?

—Pensaba que tu intención era encontrar a Fidelio y darle una paliza.

—Eso es lo que me apetece, pero debo solucionar otras cosas.

—No te precipites.

—¿A qué te refieres?

Se quedó callado. Luego se fue al balcón a fumar un cigarrillo. Le vi pensativo. Acodado sobre la barandilla, adoptó exactamente la misma postura que su hermanastra la noche anterior. Cuando terminó, arrojó la colilla a la calle y regresó a por mí.

—Ya te dije ayer. Me vales madre. Si vas, si vienes, puedes hacer lo que quieras. Pero si quieres que te ayude, tú me tienes que ayudar también.

Tragué saliva.

—¿Y qué quieres?

—Reventar misiles. Quiero ver ardiendo el pinche muro del pendejo ese de Trump.

***

Emiliano estaba sencillamente alienado. No debía darle más vueltas al asunto. Cuando alguien se toma la cosa tan en serio, cuando no le importan las consecuencias de un acto delictivo de esa naturaleza, es porque ha perdido la cabeza. Estuve tentado de preguntarle por su plan B. Porque alguno debía tener, ¿no? Por la forma en que tenía planteada la operación, la única alternativa era escapar del país y refugiarse en una isla perdida. Si yo tenía algo claro con relación a su propósito era que los americanos le iban a encontrar incluso escondido bajo la pirámide de Kukulkán.

Pero nada de eso dije. Me limité a subir al Porsche.

Se le veía entusiasmado al recuperarlo.

—Este carro es como una novia. Nada me da más placer.

Hizo un par de llamadas y luego se encaminó hacia el sur. No tardé en comprender que iba hacia la nave de los misiles.

Por el camino quise abordar algunas cuestiones, ¿qué clase de pacto me estaba ofreciendo?, ¿qué quería exactamente de mí?

Pensé pedirle que me dejara bajar del auto, pero no tenía muchas alternativas más que dejarme llevar. No podía ir al norte sin su ayuda. Tampoco podía permanecer en México. Incluso si compraba un pasaje de avión hacia España, me detendrían al instante. En el camino solo me quedó soñar con escapar por tierra hacia el sur: Guatemala, Nicaragua, Honduras… Tal vez Costa Rica, cambiar de imagen, teñirme el pelo y vivir feliz. Me vi a mí mismo disfrutando de esas playas costarricenses, Tamarindo, Guanacaste, Conchal. En todos esos lugares estuve acompañado de la mano de Sonsoles. Dios, qué feliz había sido años atrás. ¿Por qué me había ocurrido todo aquello a mí? La marquesa me proporcionó un tiempo de felicidad sin límites.

Y luego me había embarcado en esa aventura descerebrada por querer volver con ella.

Todo había sucedido por ella en realidad.

Y, sin embargo, algo había comenzado a cambiar. Tal vez fuese que el perfume de Valentina se había apoderado de mi olfato. Pero no solo eso, luchaba por no reconocer que había llamado de nuevo a mi corazón. Yo la recordaba bien, por supuesto, sabía que era especial. En la luz tenue del apartamento, ese suave tono ámbar de su piel me había hechizado. Y esa boca joven y ardiente me había recordado los buenos momentos de antaño. ¿Era necesario volver a cagarla?

Tiempo atrás me había tocado el premio gordo de la lotería, una bola que había salido del bombo metálico cuando estudiaba con mi beca, una auténtica chiripa de suerte en un mundo de eterno caos. En aquel entonces yo ya era un tío formado, por supuesto, pero la mente de los adultos es insondable.

Desprecié el premio gordo, sí, lo tiré por la ventana, pero no era ese buen momento para exhumaciones del pasado.

De la noche anterior me quedó un recuerdo que se repetía en mi cabeza con insistencia contumaz: la fragilidad de Valentina, la necesidad de cariño que desprendía por cada uno de esos poros de su piel hermosa.

Ahora solo me quedaba la opción de seguir al hijo de mi mentor, por muy trastornado que estuviese.

Aquella mañana le brillaba la cabeza rapada más que nunca. Dejó el deportivo junto a la entrada, donde ya habían aparcado otros tres vehículos. Pasamos al interior, y esta vez observé cosas nuevas. Al menos media docena de personas trabajaban en el lugar. Gente con batas blancas, libretas en mano y aparatos de laboratorio electrónico. Aquello iba en serio, esos lunáticos tenían en nómina a la plantilla adecuada para llevar el proyecto a buen término. Me sentí aún más nervioso, porque entonces me pareció una aspiración real, un asunto que antaño me había parecido fruto de la disparatada mente de esos cuatro tíos ricachones.

Manuel Jesús, José Luis y Juan nos esperaban en la salita de reuniones, una especie de pecera de cristal con una mesa redonda y cinco sillas. Era temprano, pero ya habían abierto una botella de tequila y dispuesto a su alrededor vasitos de chupitos. Me juré no tomar nada de ese líquido, debía estar sereno para lo que me fuesen a proponer, aunque no era momento para imponer mis condiciones, solo dejarme llevar por los acontecimientos. Yo era un simple guijarro en un río muy revuelto.

Nos sentamos. Manuel Jesús tomó la palabra, y en los minutos que siguieron dejó claro quién era el líder. Apoyaba sus argumentos con un discurso enérgico, poniendo pasión en cada una de sus palabras. Incluso llegó a pegar un par de puñetazos encima de la mesa. Primero hizo una introducción para exponer que el objetivo de aquel proyecto era algo que la nación mexicana llevaba décadas esperando. El águila yanqui había apresado por la garganta a la nación mexicana, y eso era algo que un pueblo tan antiguo y ancestral no podía consentir.

Se tomó un respiro para ver si todos le seguían. Y la verdad, tenía cautivados a sus amigos.

Sin embargo —continuó hablando—, los dirigentes del país jamás habían tenido la audacia suficiente para ganar la partida. Acusó a los inquilinos de Los Pinos de falta de hombría, coraje y arrestos para dar el paso que ellos iban a dar.

—El muro está en territorio mexicano. Los estados yanquis del sur eran nuestros. Fueron arrebatados en una guerra intolerable. Desde 1848 los miserables Estados Unidos están compuestos por tierras robadas. Jamás nuestro país debió firmar el Tratado de Guadalupe Hidalgo solo por poner fin a la guerra de Intervención Norteamericana. Cedimos casi la mitad de nuestro territorio, que comprendía la totalidad de lo que hoy son los estados de California, Arizona, Nevada, Utah y parte de Colorado, Nuevo México y Wyoming. Como compensación, nos pagaron quince millones de dólares por daños al territorio mexicano durante la guerra. Y ahora, en esos terrenos están construyendo una enorme tapia para impedirnos ir a un lugar que nos pertenece. ¿Alguien lo entiende? Los mexicanos no lo entendemos. ¡Basta ya!

Me percaté de que Manuel Jesús era un guerrillero del agravio, un campeón del descontento, y que su aspiración no era otra más que forjar una nueva realidad con las ruinas de un mundo fallido.

—El río Bravo del Norte o río Grande, como línea divisoria entre Texas y México, debe acabar —aportó Emiliano con fervor justiciero—. Todos contigo, hermano.

Me miraron. A mí no me quedaba otra cosa que asentir.

Pero no sin antes dejar mi granito de arena.

—Aunque recordad que hasta 1821 eran territorios españoles

—dije—. De acuerdo que en 1848 pasaron a ser yanquis, pero antes eran españoles.

—Pues una razón más para que te unas a nosotros y acabes con esta humillante realidad —soltó Juan, hirviendo de indignación.

Desde luego, no insistí. No me entendían.

—Álvaro necesita que le llevemos al otro lado de la frontera —dijo Emiliano.

Me miraron como a un bicho raro.

—Es uno de los nuestros. Lo que necesite —sentenció Manuel Jesús.

—Claro, claro… —dijeron al unísono los demás.

Hablamos entonces de compromiso, de sinceridad, de ir hasta el final.

—Álvaro, tú sabes de esto —afirmó Manuel Jesús—. Tienes un buen ojo para poner bombas. ¿Adónde lanzarías los misiles para ser más efectivos?

Desplegaron un mapa delante de mí.

Entre el océano Pacífico y el golfo de México había un total de 3169 kilómetros.

Puse el dedo en el mapa, sobre la raya que simboliza la frontera.

Aquí, aquí y aquí…

Aplaudieron.

—Sabia elección —dijo Manuel Jesús.

—¿Vas a volar algún Colón más? —me preguntó Emiliano.

Me limité a sonreír.

No pude menos que preguntarme cómo había llegado a esa situación el continente americano, la dispar evolución que habían experimentado los territorios del norte y del sur.

Si Cristóbal Colón hubiese podido observar aquella reunión secreta, habría necesitado un psiquiatra con urgencia.

***

Pensé que aquella pesadilla iba a terminar pronto, pero nada más lejos de la realidad. Siguieron hablando de los detalles de los lanzamientos. Un asunto escabroso era el siguiente: si llegado el caso hubiera muertos, sería necesario huir con rapidez, se quitarían de en medio.

Me dejaron claro que tenían planes para desaparecer, pero todos me parecieron insostenibles.

Y luego llegó el plato fuerte: la fecha.

—Trump va a visitar el muro en dos días —dijo Emiliano.

—Pues ya tenemos fecha —sentenció Manuel Jesús, con la tranquilidad del líder que ha solucionado para siempre el problema de sus acólitos.

—Dos días —repitió Juan.

—Solo dos jornadas —añadió José Luis.

En ese momento imaginé que todo había acabado. Lo primero que pensé fue en fugarme hacia el sur, la opción más absurda que había descartado momentos antes.

Deseé salir de aquel corral metálico con urgencia.

Pero aún quedaba otra sorpresa más.

Una foto.

Aquellos tipos me arrastraron hasta situarme delante de los misiles, cohetes, proyectiles, o lo que fuesen aquellos engendros, no sin antes ordenarlos por tamaño, de menor a mayor.

Y allí, junto al más grande de ellos, pero con la perspectiva que ofrecen los veinte restantes, pidieron a uno de los empleados que nos hiciera una foto con el móvil de Manuel Jesús.

Prometieron no reenviarla, no hacer uso de ella.

Ahí fue donde comencé a luchar ciegamente contra el tenebroso demonio de la desesperación.

Era plenamente consciente de que mi condena ya había comenzado a escribirse.

16

SEÑAL CÓSMICA

«…

—Dígalo claro, Federico, usted cree que los españoles tenemos la culpa de mucho de lo que le ocurre a América Latina en la actualidad. Me gustaría reflexionar sobre eso.

—Los imperios nunca son buenos.

—O sea, que usted piensa que los aztecas con sus sacrificios, y otros pueblos autóctonos, muchos de ellos crueles, hubiesen sido un mejor remedio para la región.

—En eso tiene razón. Pero podemos culpar al Imperio español al menos del fracaso económico. Hemos estado siempre a la cola.

—Si se refiere a México, por ejemplo, es una nación libre desde 1821. Ya han tenido ustedes tiempo de mejorar. No se deje llevar por esa costumbre inveterada de echarle la culpa a otros. Nosotros en España no nos quejamos de que los romanos nos invadiesen, ni tampoco los árabes… Tanto unos como otros nos dejaron muchas cosas positivas. Si alguna vez hubo un Imperio español, fue porque otras culturas anteriores nos mostraron un camino.

—El dinero llama al dinero, la pobreza a la pobreza… Los pueblos que han sido víctimas de la historia, es probable que vuelvan a serlo.

—Es una visión muy corta, yo le echaría la culpa a los dictadores, caudillos e iluminados que han tomado el poder en Latinoamérica durante los últimos siglos. Hoy día, aún hay algunos de ellos al frente de naciones importantes del continente. Si Simón Bolívar levantara la cabeza, se preguntaría qué diablos han hecho sus sucesores con su legado.

...»

Regresé al apartamento, abatido. Prometieron buscarme un transporte seguro hacia los Estados Unidos en cuanto los misiles partiesen hacia los destinos que yo mismo había seleccionado. Un español sería el héroe que siglos después acabaría con el oprobio de la ocupación ilegal de los territorios mexicanos. Increíble. Pero la historia se escribe así, nadie puede negar que el azar gobierna el mundo, ya lo dije antes.

Esas cuarenta y ocho horas servirían para reflexionar, poner en orden mis ideas y como no podía ni ir al norte, ni al sur, ni a ningún lado, echado en el sofá, soñé con largarme a otro planeta.

No tenía nada para cenar, no había probado nada desde el desayuno, así que me decidí a dar un paseo por Polanco y despejarme. Las tiendas comenzaban a cerrar y las terrazas de los bares a llenarse.

Me acoplé en una mesita discreta de un restaurante elegante, La Buena Barra, mesas de mantel blanco, paredes de ladrillo rojo, vigas de madera en el techo, cientos de botellas de vino decorando un lugar estiloso en el que todas las sillas contaban con dos «B» grabadas en grandes letras doradas en el respaldo. Y lo que me pareció más glamuroso, situado en la calle Aristóteles. ¿Acaso no era el padre fundador de la lógica?

El principio de no contradicción es un principio clásico según el cual una proposición y su negación no pueden ser ambas verdaderas al mismo tiempo y en el mismo sentido. Aristóteles argumentaba que, al negar el principio de no contradicción, implícitamente se lo está suponiendo, porque el mismo acto de hacer una afirmación implica que se afirma una cosa y no lo contrario. Genial, porque ese era mi caso.

No podía ser cierto que yo, un tipo inocente, estuviese en un pozo negro como aquel, tal y como el mundo entero suponía. ¿Quién me había metido en aquel entuerto? ¿Era todo culpa de Fidelio Pardo? ¿Por qué había urdido un plan para incriminarme?

Una mesera con una sonrisa inmensa me puso sobre la mesa la cerveza que le había pedido. Bien fría. Le pegué pequeños sorbitos a la botella y miré a varias parejas sentadas cerca de mí. Era viernes por la noche, había jóvenes disfrutando, mucha gente caminado por la calle.

Fue entonces cuando los vi.

Dos tipos con camisas claras y sombrero. Parecían gemelos. Habían pasado por el mismo sitio tres veces, y en ninguna de ellas me quitaron los ojos de encima. No me puse nervioso. Eran tantos mis problemas que no imaginaba que ningún otro asunto pudiese perturbarme aún más. La policía me buscaba, estaba claro, y aún no habían detenido al culpable de la voladura de Reforma.

Pedí para cenar una carne roja, que me trajeron sobre una plancha caliente, rodeada de espárragos verdes gigantes. Saboreé con tranquilidad cada uno de los trocitos que partí de esa deliciosa parte de la vaca.

Los gemelos regresaron de nuevo.

Parecía como si mi festín les estuviese sentando mal a ellos.

Los miré con descaro y uno de los dos me saludó con un toque de sombrero.

Yo levanté la mano que sostenía el cuchillo. Tal vez hubiese sido mejor elevar la otra, porque percibí un sobresalto en los dos policías. Pensaron que los estaba amenazando.

Pero se largaron sin más al concluir la cuarta ronda.

Pedí la cuenta y dejé una jugosa propina. La mesera se acercó al verla y me ofreció cualquier otra atención.

—Una puerta trasera —le dije—. Quiero salir de la terraza sin que nadie me vea. ¿Sabes cómo?

La cocina disponía de una salida hacia un patio con dos arbolitos. Desde allí podría alcanzar la vía paralela, hasta llegar a la avenida Horacio.

Le agradecí el consejo. Me percaté de que mientras se alejaba de mí, no paraba de mirar a la calle. Esa chica sabía que me perseguían. Y todo el mundo sabe que es mejor no estar de malas con la policía mexicana. Incluso cuando recibes buenas propinas.

No me quedaba otra más que seguir su consejo. Traspasé el área dónde los empleados doraban las carnes, y empujé el portón como si fuese un trabajador más. Miré al suelo, lleno de colillas. Era el área de descanso del personal. Luego observé el cielo. No vi la luna entre los edificios, pero había buena luz. Corrí hacia el norte. No tenía el apartamento muy lejos, no me pareció una cruzada imposible. A poco que me diese prisa, en diez minutos estaría dándome una ducha en el cuarto de baño de Emiliano.

Alcancé la avenida Horacio tal y como me había indicado la mesera, una vía amplia con tráfico.

Pero allí me esperaba un Chevrolet negro enorme, de vidrios tintados, que me impidió cruzar.

De la nada aparecieron dos tipos enormes. No me dieron tiempo a reaccionar. Me habían agarrado por los brazos y me arrastraron sin piedad.

Y a los lejos, los gemelos sonreían.

***

No me molestó la capucha que me colocaron, ni que pusieran unas esposas a mis espaldas. Sí que me fastidiaron los tirones y la falta de pericia y delicadeza que mostró el chófer. Sin ver nada y con ese vaivén, pronto me entraron arcadas. Hice un esfuerzo para no vomitar.

Circuló unos escasos cinco minutos. Para lo grande que era esa ciudad, no estaba muy lejos la comisaría de policía.

Entramos en un ascensor, y luego en una sala donde encendieron las luces.

Me sentaron de un empujón en una silla, escuché mover muebles, y la respiración fuerte de varios hombres. No hablaban entre ellos. Daban pasos alrededor de mí.

Al cabo de unos minutos, que a mí me parecieron siglos, sonó el teléfono de alguno de esos tíos.

—Conseguida la presa.

Esa no era la frase que un policía debía reportar.

Con las manos esposadas no eran muchas las posibilidades a mi alcance.

Fueron solo diez minutos de espera.

Escuché entonces a alguien entrar. Supe al instante que ya estaba allí la persona al mando.

Se sentó frente a mí.

Luego me quitaron la capucha.

Estaba en el apartamento de Emiliano.

Y frente a mí tenía al mismísimo Fidelio Pardo.

***

Pelo engominado, piel aceitunada, bigote recortado a la perfección, ese tipo no había cambiado nada desde que le vi en persona en Sevilla. Bueno, también le vi por televisión.

—Usted dirá qué se le ofrece. Puedo ponerles unos cafés si me sueltan —se me ocurrió decir.

—No creo que esté usted en posición de hacerse el gracioso.

—Ni usted de retenerme contra mi voluntad. Es un matón mafioso.

Hizo un gesto. Me quitaron las esposas. Luego se retiraron todos. Abrieron la puerta y se largaron. Nos dejaron a solas en el apartamento. Uno sentado frente al otro. Jamás hubiese imaginado vivir una escena como aquella.

—Estoy aquí para hacer negocios con usted.

Nada de preámbulos.

En sus ojos brillaba una expresión fría y distante. No pude evitar sentir la sensación de que me estaba provocando, o más bien, poniéndome a prueba.

—¿Me quita a mi mujer y ahora quiere hacer un trato? Explíquese.

—Sonsoles me vale madre —dijo Fidelio—. Perdone, lo diré en su idioma. Esa mujer me importa una mierda.

—Es usted un imbécil.

Me miró como perdonándome.

Quería algo de mí. Por mucho que me pareciese un ser deplorable, tenía que hacer un esfuerzo por escucharle. Estábamos entrando en una negociación, por muy perturbadora que me pareciese. El empresario Pardo trataba de venderme algo, un asunto que sabía hacer bien, porque se dedicaba a ello. Puse toda mi atención.

—Está usted en una situación muy delicada.

En sus palabras había un tono de intimidación que desarmaba.

Me lanzó entonces una mirada escrutadora.

—Por su culpa —le dije—. Se ha encargado de empujarme al precipicio. Lo último ha sido volar estatuas y hacerme responsable. Buena maniobra. Todo el mundo piensa que soy un desquiciado que va por ahí poniendo bombas.

Iba a decir algo, pero lo pensó mejor y se retuvo.

—Para ser un investigador de la historia —me dijo—, es usted bastante torpe.

Me callé. No estaba allí para discutir banalidades con el tipo que me había arruinado la vida.

—¿Y qué quiere de mí?

Me observó detenidamente, mientras esbozaba otra de sus enigmáticas sonrisas.

—Que Sonsoles cambie de titularidad unas tierras. Quiero que las traspase a otra empresa.

Procesé aquellas palabras.

—Y claro, esa empresa es suya.

No dijo nada. Se limitó a mirarme. Recordé las palabras del anticuario. Sí, no podía más que estar de acuerdo con él, ese hombre que estaba frente a mí era tan frío como un témpano de hielo.

—Si quiere que colabore, tendrá que darme algunas explicaciones.

—Dígame primero si está dispuesto a colaborar.

—Depende del trato.

—Muy bueno para usted, se lo aseguro.

—Adelante, explíqueme en qué consiste.

Inició entonces una explicación que no esperaba. Comenzó exponiendo la historia de sus antepasados. Yo sabía que Antonio de Escandón y Garmendia era un pariente lejano de Fidelio, lo dejó claro en la televisión mexicana, pero desconocía el resto.

Antonio había iniciado su carrera como mercader, más tarde como industrial, y luego como banquero, actividad con la que llegó a ser la primera fortuna de México. Fue un visionario, antes que nadie vislumbró la importancia de las vías de comunicación, en particular del ferrocarril, y en 1857 obtuvo la concesión de la línea de Veracruz a D. F. y luego los tranvías que circularon por la capital. Más significativa aún había sido su relación con el poder político, porque fue miembro del grupo que en Miramar ofreció la corona de México a Maximiliano, comprometiéndose más tarde con el Segundo Imperio mexicano. Tan relevante fue su papel que obtuvo la condecoración de la Orden de Guadalupe. Pero no todo le fue bien, tras la toma de poder por los juaristas, se exilió en París.

Me pareció verle algo emocionado. Tal vez no era tan frío como parecía.

—Contrajo matrimonio con Catalina de Barrón Añorga, baronesa de Barrón, con quien tuvo muchos hijos, entre ellos el general Pablo Escandón, gobernador del estado de Morelos, Manuel Escandón, marqués de Villavieja, y Carlota Maximiliana, duquesa de

Montellano, que se casó con Felipe Falcó y Osorio, hermano de María del Rosario, duquesa de Alba.

Hizo una pausa antes de proseguir.

—La abuela de Cayetana de Alba. ¿La conoció usted?

—Por supuesto. No tuve la oportunidad de conocerla como me hubiese gustado, porque Cayetana murió justo el año antes de casarme con Sonsoles. Pero conozco a todos sus hijos ¿Adónde quiere llegar?

—Mi antepasado Escandón encargó y donó a esta ciudad la estatua de Cristóbal Colón, esa que ya no existe.

—¿Y qué tiene que ver el marquesado de los Montesinos con esto?

—Mucho más de lo que usted cree. Esa familia de nobles no son lo que parecen, sino una estirpe de depredadores. Llevan siglos extorsionando a gente inocente. La fortuna que manejan está manchada de sangre.

Traté de digerir aquello.

—Robaron a mi familia, hicieron un daño irreparable a los míos. A mí me hubiese dado igual, yo bastantes problemas tengo con mis empresas, pero hay alguien que quiere que las cosas vuelvan a su sitio. Hay una deuda histórica que saldar.

—¿A quién se refiere?

—Mi padre. Se está muriendo. Le queda poco tiempo. Y antes de que eso ocurra, quiere que esos buitres devuelvan las tierras que usurparon. Es su última voluntad. Y voy a cumplirla.

—Y se ha liado con mi mujer para que les restituyan esas propiedades.

—Algo parecido. Pero solo usted puede conseguirlo.

—Y... ¿por qué piensa que Sonsoles va a hacerme caso?

Permaneció en silencio.

—¿En qué se basa para pensar que ella haría algo así? —repetí.

—Porque ella le quiere.

No mostré recato alguno en mostrar mi sorpresa, porque un aleteo de pánico me removió las entrañas.

Él lanzó sobre mí una mirada impasible.

—Ahora ya lo sabe. Ella sigue enamorada de usted.

***

Una señal cósmica acababa de inundar mis sentidos. En realidad, en ese preciso momento, ya había traspasado mi cuerpo y mi cerebro. Por más que tratara de resistirme, la imagen de Fidelio Pardo había iniciado un giro inesperado. Ahora iba en una senda muy distinta. Por supuesto, lo más probable sería que quisiera alimentar mis esperanzas con el único objeto de aplastarlas.

De acuerdo, yo había provocado una serie de traspiés y desaciertos, pero mi futuro comenzaba a encarrilarse. Mi triste y ridícula existencia, cada error, torpeza o batacazo, cada flaqueza o disparate que hubiese cometido en mi accidentada carrera de las últimas semanas, quedarían resueltos. Esa pesadumbre de los últimos días, ese sombrío horizonte, esa ansiedad inacabable, se tornaba ahora en expectación.

Yo tenía demasiadas cualidades como para fracasar, una personalidad sólida, estudios, reputación, un sinfín de valores suficientes para apartarme de los vientos del abatimiento.

Y todo lo que tenía que hacer era fiarme de Fidelio, seguir su plan.

Recuperar a Sonsoles.

¿En eso se cifraban todas mis aspiraciones?

17

BAJAR LA GUARDIA

«...

—¿Siempre ha estado enamorado de Alessandra?

—Es una pregunta muy personal.

—Discúlpeme. Pensaba que usted y yo habíamos traspasado esa raya.

—Me gusta su actitud ante la vida, Álvaro.

—Es al revés, usted es mi maestro.

—Entonces le diré que todos tenemos derecho a buscar la felicidad. ¿No es eso lo que le ha ocurrido a usted? Mi hija sigue llorando por los pasillos de mi casa. Jamás le perdonará que la haya dejado tirada como un trasto inservible. Créame. Le voy a decir una cosa muy importante: las mujeres jamás perdonan esas cosas.

...»

Fue la primera noche en muchos días que pude bajar la guardia. La ducha fue larga y gratificante. El agua caliente me relajó y me ayudó a recrear todas y cada una de las palabras que habían salido de la boca de Fidelio.

Luego hice lo que tenía que hacer: tomar prestada una botella de tequila de los armarios de Emiliano y acabar con ella.

Me desplomé en el sofá y, chupito a chupito, con el alcohol circulando por mis venas, lejos de los tonos grises de los últimos días, comencé a ver mi vida en tecnicolor.

Recordé que Valentina llevaba ya el día completo en Nueva York y que estaría tratando de arreglar los asuntos de su padre. ¿Habría salido Sforza de la cárcel?

Sí, me había comprometido a ayudarla, pero antes debía cumplir mi compromiso con Fidelio. Ese hombre me había puesto en bandeja lo que más deseaba: recuperar mi vida anterior. El destino no va ofreciéndote oportunidades como esta, y por eso hay que aprovecharlas tal cual te vienen. Muchas de las cosas que me estaban ocurriendo eran fruto de la falta de estabilidad que me acontecía, así que, si retornaba al marquesado, si recomponía mi existencia, todo volvería a su sitio. Incluso tendría tiempo para investigar qué significaban esas inscripciones en la parte trasera del cuadro, revelar al mundo de una vez por todas quién era ese enigmático marino llamado Cristóbal Colón.

Fidelio me había preparado un almuerzo con Sonsoles para el día siguiente. Sería una especie de reencuentro, nada de trampas, porque él mismo conseguiría que ella y yo compartiéramos mesa juntos.

Si todo iba bien, si yo alcanzaba mi objetivo, el magnate movería los hilos con la justicia mexicana para retirar los cargos contra mí por la explosión de Reforma. Y, además, según afirmó, sabía también cómo resolver el asunto pendiente de las explosiones en suelo norteamericano.

Cuando la vida me sonreía de nuevo, encendí el televisor. Quería olvidarme de todo aquello, dormir como un niño hasta el día siguiente.

Una telenovela mexicana me ayudaría.

Pero en su lugar tuve la mala suerte de conectar con la CNN.

Allí pude ver la noticia.

El presidente Donald Trump tenía previsto visitar el muro justo a la mañana siguiente.

Por razones de agenda, había anticipado el viaje.

Un día antes.

Mala fecha ese 17 de octubre para un acto como aquel.

***

El teléfono del apartamento pareció adivinar mis pensamientos. La llamada entró en mi cabeza como una maldición divina.

Era Emiliano.

—Todo se adelanta —me dijo.

—He visto el noticiero.

—Pues ya sabes lo que tienes que hacer. Güey, agarra el carro pequeño y ven para la base. A las nueve en punto. De la mañana.

Asentí.

—Vamos a cambiar la pinche historia de América.

—¿Por qué lo dices?

—Hay nuevos planes. Y por todo lo que te he escuchado, por tus ideas sobre esta mierda de continente, te van a gustar. Vas a ser el protagonista de esta película.

—¿A qué te refieres?

—Tus palabras, hermano, tus palabras. Eres la persona que va a liberarnos.

—Dame más detalles.

—Actor principal. Auténtica estrella en esto que va a ocurrir. Un español, qué narices, un español, el destino estaba marcado. Acaso no era Simón Bolívar descendiente de españoles, Fidel Castro hijo de españoles, incluso el Che Guevara lo era. Ya veo el titular, algo así como *Un noble español libera a México*.

Mis esperanzas de dormir se fueron a pique.

La tranquilidad que me había inoculado Fidelio Pardo se esfumó en cuestión de segundos.

¿Acaso pretendía Emiliano que yo cargase con el disparo de los misiles?

La tormenta perfecta se acercaba, y nada podía hacer para remediar meterme en ella de cabeza.

Algo muy grave estaba a punto de ocurrir.

Y yo estaba en el centro de la tragedia.

***

No descansé ni tan siquiera un minuto. Sin probar bocado en el desayuno y sin poder respirar en profundidad, me vestí con ropa limpia y abandoné el apartamento en busca del vehículo aparcado abajo. Temprano, cuando aún amanecía, abordé la autopista hacia el sur esperando las revelaciones de algún ser divino, un gran rayo que atravesase las tinieblas y me iluminase. No podía derrumbarme. Tenía una cita con Sonsoles a mediodía, un almuerzo que me apetecía como nada en este mundo, encontrara lo que encontrase en el galpón, me obligaba a seguir luchando contra la tenebrosa desesperación que me embargaba.

Los mismos vehículos, la misma apariencia. En el exterior de la nave, nada parecía distinto al día anterior. Dentro, las cosas sí que habían cambiado.

Al abrir la puerta metálica me sorprendió que habían limpiado el interior, no en un sentido general, sino en el de las novelas de espías.

Nada de cables, nada de aparatos, nada de misiles. Ni tan siquiera se podía ver una mesa de laboratorio. Un lugar desierto. Si alguien hubiese afirmado que tan solo unas horas atrás aquello había contenido un agitado recinto de alta tecnología, le habrían tachado de loco. Tampoco estaban presentes los operarios de bata blanca. Tan solo la sala de reuniones de grueso cristal con una mesa y cinco sillas en su interior permanecía intacta. Eso no lo habían tocado.

—¿Qué ha ocurrido aquí? —pregunté.

—Les dimos pasaporte —afirmó Manuel Jesús.

Mostré mi extrañeza.

Emiliano echó el brazo por encima de mis hombros.

—¿Creías que íbamos a ser tan torpes como para dejar todos estos restos aquí? ¿Tan estúpidos nos crees?

Evité contestar.

—Álvaro Deza, el gran héroe nacional, el español que liberó a México del yugo yanqui. Los textos de historia, incluso los libros de los escolares te nombrarán a partir de hoy.

No entendía nada.

Di varias vueltas sobre mí mismo. Mesé mis cabellos, intentaba que el riego sanguíneo llegara a mi cerebro y acabara proporcionándome alguna idea.

Pero allí dentro no había ninguna.

Como mi encuentro con Sonsoles estaba próximo, como mi vida iba a cambiar a partir de ese mediodía, como mi existencia iba a volver a ser lo que era unos meses atrás, me decidí a soltar lo que pensaba.

Con un nudo en la garganta, porque era evidente que ya era demasiado tarde para pedir disculpas y largarme, dije lo que tenía que decir.

—No contéis conmigo. No quiero tener nada que ver con este asunto.

Me miraron como si tuviese algo realmente extraño en la cara, como si fuese un monstruo que acabara de presentarse ante ellos.

—Güey, no sabes lo que dices —Emiliano mantuvo los ojos muy abiertos—. Estás de mierda hasta el cuello. Te buscan, estás perseguido, ¿sabes lo que estás diciendo?, ¿cómo vas a salir de esta?

Continuó farfullando, rumiando amargamente, y luego se aproximó al oído de su colega y le susurró algo que no entendí.

Los otros dos tipos se mantuvieron al margen.

Descubrí que Manuel Jesús era un hombre cargado de resentimiento y amargura. Desconocía por qué. Mascullaba entre dientes. Y antes de que me condenase, intenté disuadirle.

—Habéis dado una serie de traspiés y desaciertos con este asunto —dije—, pero aún estáis a tiempo de solucionarlo. ¿Dónde están los misiles? ¡Enterradlos! No seáis idiotas.

Le molestaba mi tono.

—¿Quién te crees que eres?

—Los misiles están en las plataformas. Los vas a lanzar tú desde este botón. —Emiliano me mostró una consola de pequeño tamaño, negra, con media docena de botones—. Es muy fácil, pones tu dedo aquí, y luego te vas a donde prefieras. Nosotros te llevaremos a los States, adonde tú quieras, y luego sigues explotando las estatuas que te dé la gana. No te lo pienses, porque, si no, las consecuencias serán muy negativas para ti.

—Os lo dije —afirmó Manuel Jesús—. Este tipo no es lo que esperábamos. Tú tienes la culpa.

Le dio un empujón en el pecho a Emiliano, que no ocultó su sorpresa. Incluso se sintió dolido.

—No me hagas esto, güey —me dijo mientras fijaba sus ojos en mí—. Te aconsejo que vuelvas al plan. ¡Por tu bien!

Negué con la cabeza.

Ellos se miraron entre sí.

El líder los llevó al interior de la sala de reuniones y cerró la puerta. Continuaron de pie. A través de esos gruesos cristales antibala los veía gesticular. Al cabo de unos minutos, me invitaron a entrar. Nos sentamos todos. Como personas civilizadas.

—Vas a hacer esto por las buenas o por las malas —aseguró Emiliano.

—¿Por qué dices eso?

Sacó su teléfono y me mostró un vídeo.

Allí se veía mi cara, sonriendo, y poniendo el dedo índice de mi mano derecha sobre varios puntos de la frontera con Estados Unidos.

—Los misiles van a partir. Y van a estallar justo en esos lugares —dijo Manuel Jesús—. Aquí solo hay dos opciones. Puedes quedar como un héroe, o como un villano. Elige.

Me dejaban pocas posibilidades.

Hundido, miré hacia atrás, hacia un lugar baldío.

Me tenían bien pillado. Por más que quisiera inventar una escapatoria, no veía ninguna.

Hablar con ellos no iba a servir de nada, eso era evidente, gente como esa, que ha gastado una fortuna en aquella empresa, la compra de tantos proyectiles, que ha estado años ideando un objetivo y, sobre todo, que lleva en la sangre el odio hacia el norte, no iba a entrar en razones por muy brillantes que fuesen mis palabras.

Fue entonces cuando las vi.

Llaves.

La puerta de la blindada sala de reuniones tenía las llaves puestas.

Todo dependía de tener agallas para lanzarme.

Era consciente de que si fallaba me iban a matar. O, tal vez, dejarme allí atado y encerrado mientras los misiles impactaban.

Mientras cargase con el muerto, para ellos todas las opciones eran válidas.

Mi reacción fue tan espontánea y rápida que no la esperaban.

Salté de mi silla, no sin antes agarrar el dispositivo de disparo de los proyectiles.

Luego cerré la puerta por fuera y eché la llave.

Recé para que la cerradura fuese de tan buena calidad como el resto de la estancia.

Y al parecer lo era.

Los cuatro comenzaron a pegar porrazos en los cristales y patadas a la puerta.

Pero eso no me preocupó.

El gesto de Emiliano, sí.

Pasó su dedo transversalmente sobre su cuello.

Para él, yo ya estaba muerto.

18

TEQUILA

«…

—Álvaro, piense usted en lo machacados que se sienten algunos pueblos. Es difícil entender la conquista de América.

—¿Conoce usted la historia de Numancia?

—No.

—A mediados del siglo ii a. C., cuando la península ibérica ya había sido invadida por Roma, una pequeña ciudad seguía resistiéndose a las poderosas legiones. El Imperio romano era dueño de medio mundo, incluso había conquistado a otros gigantes, como Grecia, y reducido a cenizas a la gran Cartago.

—¿Qué quiere decirme con eso?

—Los numantinos no tenían ejército, ni tecnología de guerra, solo contaban con el amor por la libertad. Lucharon durante décadas y escaparon a las conquistas de los romanos. Las legiones fueron derrotadas una y otra vez. La leyenda llegó a oídos de los senadores y la tolerancia de Roma se terminó. Enviaron a Hispania a miles de soldados. Era tan grande ese ejército, que los numantinos no osaron ni tan siquiera luchar. Se refugiaron en las murallas de la ciudad y fueron sitiados. No aguantaron más que un par de inviernos. No había comida, pero aun así decidieron no entregarse. En su lugar, incendiaron el pueblo y la mayoría se suicidó.

—No entiendo qué me quiere decir con todo esto.

—Numancia desapareció. Pero llegó a convertirse en el símbolo máximo del valor de los hispanos y, tal vez, de la grandeza posterior de España.

—Sigo sin entender.

—Muertos los numantinos, los romanos ensalzaron su gesta. ¿Y en qué idioma se comunicaban los descendientes de ese pueblo grandioso, todos los hispanos en realidad? En una lengua romance que desciende del latín, porque el idioma previo se había perdido. Y el recuerdo de los numantinos perduró, incluso en Roma. Allí se representaba la hazaña. Incluso los vencedores hicieron de esa derrota una oda a la resistencia, a la valentía y al orgullo.

—Ahora entiendo lo que quiere decirme. Que esos pueblos a los que usted aludía al principio son ascendientes nuestros, de todos nosotros. Somos parte de la misma realidad.

—Y lo que es más importante, cualquier ser humano en este siglo XXI, en cualquier país del mundo, es descendiente de un imperio. No criminalice por tanto la herencia hispana.

…»

El Porsche de Emiliano tenía las llaves puestas. Y los demás también. Sabía que, aunque no iban a salir de aquella trampa con facilidad, dejarles sin transporte suponía para mí un tiempo añadido. Me introduje en el bolsillo todas las llaves y me llevé el vehículo más rápido. No tenía mucho que hacer hasta la hora del almuerzo, pero estaba ansioso por llegar al restaurante y esperar a Sonsoles. Verla venir caminando me hacía una ilusión terrible. La expectativa de sus labios frente a mí, su sonrisa, su pelo al aire, su atractivo personal me insuflaban las energías suficientes como para tratar de enderezar mi vida.

Alcancé el lugar elegido más rápidamente de lo que hubiese imaginado. Solo al llegar me di cuenta de la velocidad a la que había manejado el bólido deportivo del hijo de Sforza. Bien pensado, había sido un estúpido, porque la policía me podría haber detenido, y allí habría acabado todo.

Pero como nada de eso sucedió, me entregué a lo que iba a pasar en ese restaurante de lujo que tenía frente a mí.

San Ángel Inn, bonito lugar, un caserón colonial muy antiguo de fachada blanca en la calle Diego Rivera, junto a la avenida Altavista. Introduje en la guantera todas las llaves que había robado y dejé bien aparcado el Porsche bajo un inmenso flamboyán de flores color naranja.

Aún no era mediodía y el establecimiento estaba vacío. Me adentré en un recinto amplio, luminoso y pude ver muchas salas con decenas de mesas de mantel impoluto y cristalería de lujo. También había vitrinas de venta al público de dulces y otras especialidades.

Me acerqué a un empleado y le pregunté por la mesa reservada por el señor Fidelio Pardo. Me obsequió con una enorme sonrisa y me acompañó a una habitación con una sola mesa, dispuesta para dos comensales. Vitrinas de caoba con platos y vasos y un par de elegantes cuadros amueblaban la estancia. Un único ventanal de madera oscura con vistas a un jardín permitía ver el exterior. Hacía un buen día, soleado y seco.

Me invitaron a sentarme. Pedí un tequila reposado y, como presumía que tardaría aún en llegar, traté de relajarme para recibir a mi exesposa.

A cada sorbito que daba al líquido ambarino, me preguntaba cómo diablos iba a lograr escapar de aquel lío. Pero ahora solo me debía preocupar convencer a Sonsoles, hacer que devolviese al mexicano las tierras de sus antepasados. Y lo más importante, convencerla de que hablase con la embajada española y me sacasen del país con urgencia.

No parecía muy complicado.

Porque sabía que me amaba.

Ella llegó al cabo de veinte minutos, cuando había terminado mi segundo tequila. El camarero le abrió la puerta, la condujo a la mesa y le acercó la silla. Se había vestido con un sencillo pero impresionante traje blanco acompañado de un sombrero a juego. Dejó el bolso y solo entonces me miró.

Me extrañó que no se acercase primero a darme un beso. Yo me había puesto en pie, con el corazón acelerado. Si ella lo tenía también, no dio la menor señal.

Sentados uno frente a otro, me pareció que éramos dos extraños.

—¿Ocurre algo? —pregunté.

—Nada. Nada. ¿Cómo estás?

—Ya ves. Mi vida ha cambiado un poco.

Hablamos de los meses pasados, del estado en que encontré el palacete, de las reformas urgentes que necesitaba, y del retrato, «un hallazgo impresionante», afirmó.

Pedimos los platos.

Ella, un cebiche acapulqueño, y yo, un róbalo a la veracruzana.

—¿Has visto qué sitio tan encantador?

Asentí.

—Es del siglo XVII —dijo—, un viejo monasterio carmelita convertido en restaurante. En su origen, fue el rey Carlos III quien realizó una concesión sobre este lugar, al marquesado de Sierra Nevada. ¿Te lo puedes creer? ¡Qué cerca estamos los españoles y mexicanos! Me encanta este lugar, sus jardines coronados de flores, esos árboles tan majestuosos, y las fuentes coloniales.

—He visto un cartel en la entrada, y dice que es colonial mexicano, ¿por qué no dice colonial español? Me gustaría que nuestros países entablasen un diálogo más claro. ¿Por qué darles tantas vueltas a las cosas?

Ella quiso desviar la conversación. Prefirió volver al asunto del palacete y del cuadro. Me habló de ello al menos cuatro veces, parecía obsesionada.

—Me sentí orgullosa de ti, por alguna razón, yo intuía que allí ibas a conseguir grandes cosas. No me preguntes por qué, es solo intuición femenina. ¡Qué gran logro! Enhorabuena por encontrar el rostro de Colón. Vas a pasar a la historia.

—Tú y yo siempre hemos tenido un vínculo mágico.

Me sonrió.

—Tengo que confesarte algo —continué—. Un extraño anciano que malvivía dentro de una furgoneta cerca del caserón estaba convencido de que allí estaba mi futuro, sabía que encontraría algo. ¿Tú tenías conocimiento?

—Desde siempre, en mi familia ha sobrevolado la creencia de que ese palacete perteneció al hijo de Cristóbal Colón, Hernando, quien habría escondido un gran secreto. Muchos de mis antepasados intentaron encontrarlo, pero has sido tú quien lo ha conseguido. No te quites mérito.

—A decir verdad, no fui yo, fue una señorita que contraté para limpiar aquella pocilga. Su nombre es Candela.

—Sigues condenándote tú mismo. No vas a cambiar nunca.

—¿Por qué lo dices?

—No has entendido nada, nunca has creído que esto pudiera estar pasándote.

—Sigo sin comprenderte.

—En la vida, uno tiene que darse valor a sí mismo. Si eras el marqués, pues tienes que ejercer, no puedes ir por ahí hablando con los chóferes, con el personal de servicio, como si fuesen tus amigos. Álvaro, eran tus empleados.

Permanecí un momento callado.

—Soy quien soy. El mismo hombre que conociste hace cinco años. Yo no he cambiado.

—Yo tampoco.

A partir de ahí, bajo el peso del remordimiento, la acusé de haber destruido nuestro matrimonio. Tal vez no tendría que haberlo dicho, pero la sinceridad en una pareja es inevitable. Puedes estar años ocultando quién eres realmente. Al final, la verdad sale a flote. Y entre nosotros habían ocurrido tantas cosas, que solo la franqueza de nuestras palabras podría volver a hacernos felices.

—Me condenaste a la oscuridad y al olvido.

Siguió callada.

—Me desgarraste el corazón —añadí.

Rompió a llorar, súbitamente descompuesta, incluso perdiendo el dominio de sí misma, una reacción que no esperaba.

Se levantó y se marchó al baño, no sin antes sujetar su bolso con fuerza.

Los ojos se me llenaron de lágrimas.

Regresó justo cuando estaban situando los platos sobre nuestra mesa.

—Aparte de todo eso, ¿cómo va tu vida aquí? —me preguntó.

—Llegué hace unos días, y me va mal, tan mal como me fue

en Nueva York. Hay gente empeñada en endosarme explosiones de estatuas. Pero yo no he hecho nada de eso.

—Te has convertido en un famoso terrorista.

—Inmerecidamente.

El róbalo estaba sensacional. Le pregunté cómo sabía su cebiche, y me contestó que bien, con un golpe de cabeza. Continuó hablándome de la hacienda, del número de toros criados, de las toneladas de trigo recolectadas, de las finanzas, una mezcolanza de asuntos que me pareció banal.

Cuando se llevaron los platos, no me quedaba otro remedio más que atajar la conversación y llevarla a donde yo necesitaba.

—¿Y tú? ¿cómo estás?

—Las cosas han sido distintas a como las esperaba. No lo niego. Pero la vida es así, ¿quién es feliz?

—¿Sigues enamorada de Fidelio?

Me miró con sorpresa. No esperaba que yo la interrogara de una forma tan directa.

—Te lo digo porque quiero que sepas que echaste por tierra cinco años magníficos. Me afané por ser un buen marido, quise entender el funcionamiento del marquesado, de tus negocios, de tu vida. De verdad que lo intenté.

De postre yo pedí otro tequila, esta vez doble, y ella una infusión.

—Deberías aflojar con la bebida —me dijo.

—No bebo tanto como parece. Solo por esta vez, necesito que me des respuestas.

—Adelante. Pregunta.

—¿Qué ha ocurrido? ¿Seguís juntos? ¿Es el hombre de tu vida?

—Nada de eso te importa.

Sentí como si me hubiese azotado con un látigo en la cara.

—Perdona. No quise decir eso. Te mereces una explicación.

—Adelante.

Comenzó exponiendo asuntos que me parecieron fuera de la

órbita de nuestra relación, cosas como el estado de los ingresos de las fincas, el desacierto de sus asesores en materia de inversión, y el desajuste en las cuentas. Al parecer, todo eso propició que se buscase un socio comercial, alguien que pudiese dar salida a la producción de las tierras en Andalucía. Eso ocurrió al cuarto año de nuestro matrimonio. Tras indagar, apareció el magnate mexicano, que pronto ofreció planes viables para el desaguisado. En principio solo iba a cooperar en la compraventa de productos agrícolas, pero luego, tras el primer encuentro físico entre Fidelio y Sonsoles, surgieron nuevas posibilidades para incrementar las operaciones entre sus empresas, oportunidades que no se podían desechar tan fácilmente. El caso es que, en poco tiempo, cuestión de meses, ya estaban metidos en sociedades conjuntas y proyectos por un importe muy elevado.

—Imagino que os liasteis cuando aún estabas casada conmigo. Te ruego me seas sincera. ¿Por eso se lanzó a conquistarte?

Encajó mal mi pregunta. Me miró con ojos dubitativos. Luego agachó la cabeza y acabó por desmoronarse. Se tapó la cara con la servilleta. No quería que la viese así.

—Hemos estado casados. No es ninguna vergüenza que llores ante mí.

Se recompuso, carraspeó dos veces, y en lugar de contestar, se limitó a seguir interponiendo una barrera entre nosotros.

—¿Por qué insistes en autoinfligirte ese castigo? Déjalo estar, las cosas sucedieron como sucedieron. Nadie puede cambiar ya eso.

Por más que lo intentara, ella no estaba dispuesta a decirme cómo logró conquistarla. No me quedaba ningún atisbo de esperanza, así que desistí.

—De acuerdo, y en este tiempo… ¿qué ha ocurrido para que os separéis?

—Cada vez que él y yo hablamos, nos enzarzamos en tremendas peleas. No es nada complicado entender que Fidelio se acercó a mí por motivos económicos. Nunca me ha querido, todo han sido sucias argucias.

Deducía que él solo había logrado tenerla bajo su yugo una temporada, y que había tardado demasiado en comprender la gravedad de la amenaza que se cernía sobre ella, o sobre sus haciendas, porque en el fondo todo se circunscribía al asunto del dinero. Tras dar unas vueltas en la silla y acomodarse, me expresó la convicción malsana que Fidelio albergaba en el fondo de su alma.

—Quiere quedarse con todo lo mío, con las tierras, con las ganaderías, con las marcas de nuestros productos, con prácticamente todo. Y no lo puedo consentir. Bajo ningún concepto lo voy a consentir.

—¿Y por qué quiere quedarse con el marquesado? ¿Cuál es el trasfondo? A mí me ha dicho que su padre va a morir, y que esta es su última voluntad. Afirma que todo lo que tenéis los Montesinos es suyo, de los Pardo. Un asunto de cientos de años. ¿Es verdad?

—Esta gente está loca. Mis tierras son mías, de mis antepasados. Nadie ha robado a nadie. Creen que les pertenece. Y esto que te digo es solo escarbar apenas en la superficie.

Hizo una pausa. Ella arrastraba una fuerte frustración y desengaño, eso era evidente. Contempló el jardín a través de la ventana y luego me lanzó una mirada de gran escepticismo.

—¿Por qué has aceptado este almuerzo conmigo? —le pregunté sin más rodeos.

—Porque me ha asegurado que así me dejará ir. Debo reconocer que he estado conviviendo con un matón, con un mafioso, con alguien que lleva el mal en la sangre.

Dejó que yo asumiera esas palabras.

—Dice que, si tú no me convences, nadie lo hará. Al parecer, según Fidelio, tú y yo debemos seguir juntos, sin mis tierras, pero juntos. ¿Te lo imaginas?

Sentí un aguijonazo.

Yo sí, me lo imaginaba, por descontado.

Pero sabía que algo así no iba a ocurrir jamás. El amor que ella sentía por mí se había acabado en un momento dado. Si algo quedaba de esas cenizas, ese rescoldo no era tan fuerte como para dejarlo todo por mí, un acto de tal calibre, de tal dimensión, que estaba muy lejos de la realidad.

Y luego añadió algo que me abrasó como la quemadura de uno de esos hierros de marcar.

—Yo no puedo salvarte, Álvaro. No puedo.

Me sentí entonces demasiado vulnerable para contestarle.

—No te acerques a él, puede matarte. Es el mejor consejo que puedo darte. Aléjate de aquí, márchate lejos, huye.

—¿Y tú?

—Regreso pronto a Sevilla, debo ordenar mis ideas, mi vida en realidad.

Se me pasó por la cabeza decirle que aún la amaba, que la quería con toda mi alma. También sopesé expresarle mis deseos de vivir juntos, de ayudarnos uno a otro y salir de aquella sinrazón, pero nada de eso dije, porque tuve la premonición de que ninguno de los posibles desenlaces que yo esperaba de aquella comida me proporcionaría el alivio o la satisfacción que mi desdicha necesitaba.

—Aclara tus problemas, Álvaro, y, cuando lo hagas, vuelve a tu casa. Yo te esperaré allí.

Se levantó de la silla y dejó la servilleta sobre la mesa.

Al pasar junto a mí me dio un beso.

Hice por levantarme, pero puso su mano derecha con firmeza en mi hombro. Me invitó a seguir sentado.

La vi alejarse. A través de la ventana observé que una limusina venía a por ella. Una vez que desapareció entre los árboles, solo me quedaba reflexionar sobre lo ocurrido.

Antes de la comida, yo albergaba la esperanza de haber tocado fondo, de que, tras mi concatenación de desdichas, todo se resolvería en el transcurso de los días siguientes.

Ahora sabía que fueron unos pensamientos tan inocentes como baldíos.

***

Acabé agotado mentalmente. Pero debía desaparecer de allí cuanto antes. Ese restaurante, ese territorio, era de Fidelio. No me cabía duda de que ya conocería el desenlace del encuentro.

Y no me lo iba a perdonar.

Cuando arranqué el motor del Porsche, lo único que me quedaba en la cabeza era el gran vacío de mi vida, el vacío de mi nido, sin familia, sin padres, sin nadie que me quisiera, porque todos los seres que alguna vez me habían amado de verdad ya no existían.

Salvo uno.

Valentina.

Saqué el teléfono de prepago que tenía en la guantera. Lo encendí y la llamé. Sabía que me iban a localizar en cuestión de segundos.

Pero con un vehículo tan rápido como ese, con tirar el aparato y pisar el acelerador sería suficiente para alejarme.

Ella descolgó su teléfono y me saludó de inmediato.

—¿Cómo sabías que era yo?

—¡Esperaba tu llamada! ¿Se puede saber dónde has estado todo el santo día?

—Liado, muy liado. Mejor no quieras saberlo.

—Tienes que venir, cuanto antes. Hay grandes cambios en el asunto.

—¿Qué ha pasado? ¿Ha salido tu padre de prisión? ¿Se ha aclarado todo?

—No, pero ha ocurrido otra cosa.

—Pues no sé qué puede ser. Todo está orientado en mi contra. Nada puede ir peor.

—Te equivocas.

—A ver, dame la sorpresa.

—Ha explotado otra estatua de Cristóbal Colón.

Tardé unos segundos en procesarlo.

—Tú no estabas allí, así que ahora se han quedado sin culpable —añadió.

—¿Dónde ha sido esa explosión?

—En Génova.

Guardé silencio.

—En la mismísima Italia.

19

MIGRANTE

«...

—Federico, quiero confesarle una cosa. Estoy muy preocupado por el intento de defenestración de la figura de Colón que se está llevando a cabo desde algunos estamentos de la sociedad estadounidense. Es inaceptable.

—Hay varios ayuntamientos y estados que han reconocido el día de los pueblos indígenas, así es. Su intención es reemplazar al día de Colón. Pero tengo que decirle que también hay personas e instituciones que critican esas decisiones.

—¿Y cuál es el motivo? ¿Por qué las autoridades les siguen el juego?

—Para tapar las propias vergüenzas.

—Explique eso mejor.

—Es más fácil culpar a otros que reconocer que los Estados Unidos se construyeron apartando a los indígenas.

...»

Huir de México por el medio que fuese era sin duda la opción más inteligente. Se me pasó por la cabeza acudir a las autoridades y dejar claro que yo no era el responsable de las bombas. Pero no podía hacer eso. La policía mexicana me llevaría ante Fidelio. Me mataría, con toda seguridad haría eso.

Valentina estuvo de acuerdo.

—¿Cómo puedo entonces salir de México? ¿Se te ocurre algo?

—Habla con el chófer de mi padre, el hombre que nos llevó desde el aeropuerto de Morelos a la finca. Es una persona de su entera confianza.

Nada me ataba allí. La solución para resolver mi situación estaba ahora en los Estados Unidos. Además, si los locos de los misiles habían escapado ya, estarían buscándome para matarme. Aunque me preocupaba más Fidelio. Ese insensato ya habría tomado la decisión de acabar conmigo. Ahora no tenía otra opción más que localizar en Cuernavaca al chófer de Federico Sforza. Era mi salvoconducto.

Rompí el teléfono en pedazos y lo tiré a un parterre del jardín del restaurante. Me puse al volante del bólido alemán y tiré hacia el sur.

En el trayecto no paraba de darle vueltas a la noticia de Valentina: la estatua de Colón de Génova, en la *piazza* Acquaverde, había sido la siguiente en saltar por los aires.

Repasé mentalmente cómo era ese monumento: Colón con el pelo largo y suelto, vestido con un tabardo español corto y una gran capa abierta. Si no me equivocaba, su mano izquierda descansaba sobre un ancla, mientras que la derecha reposaba en el hombro de una figura, una doncella india arrodillada mientras sostenía una cruz en las manos.

En cada una de las cuatro esquinas de la base había un pedestal cuadrado, con estatuas sentadas, que representaban Piedad, Ciencia, Constancia y Prudencia. Y entre ellas, bajorrelieves. No recordaba los motivos, al menos uno de ellos era una imagen acerca del Consejo de Salamanca, y los otros, escenas colombinas, ante los Reyes Católicos, clavando una cruz en las tierras descubiertas y cosas así. No creía que nada de eso tuviese que ver con la explosión. Pero no recordaba bien las inscripciones del monumento, los textos, y era consciente de que tenía varios. Al menos, el frontal, el más simple, me sonaba, estuve allí una decena de veces:

A
CRISTOFORO COLOMBO
LA PATRIA

Alguna conexión con las explosiones de Nueva York, Washington y México D. F. tenía que haber. Encontrarla, iba a ser complicado.

De nuevo llovía. Llegué a la hacienda de doña Teresa cuando oscurecía. Reduje la velocidad y apagué los faros. Como no tenía ni idea de dónde encontrar al chófer, no me quedaba otra opción más que esperar, ver qué se movía por allí. A quien debía temer era a Emiliano, no le iba a gustar verme cerca.

A una prudente distancia, no veía a nadie, pero la realidad era que no se veía nada. La cortina de agua que caía sobre Morelos me impedía distinguir a alguien a más de cincuenta metros, y tampoco era cuestión de salir del vehículo. Puse entonces la radio, me retrepé en el asiento y escuché las noticias.

Hablaban de esa otra explosión, similar a la de Reforma, salvo que, en la de Italia, solo la parte superior había saltado por los aires. Al parecer, la base se había salvado, y con un poco de suerte podría ser reconstruida.

Un experto italiano al que entrevistaron afirmó que la carga explosiva fue perfectamente calculada, puesto que en las cercanías de la *piazza* Acquaverde había viviendas, un signo inequívoco de que el loco que iba por ahí haciendo reventar monumentos no quería dañar a nadie.

¿Hablaban de mí? No, para nada. Solo tres días atrás había estallado un conjunto parecido en D. F. y a mí me habían condenado. Ahora, cuando todos sabían que me encontraba en el país, nadie me encasquetaba esa otra explosión.

Eso me indignaba, y al mismo tiempo me hizo reflexionar. La primera estatua, en Nueva York, estalló el día 12 de octubre. La segunda, en Washington, el 13 de octubre. Luego, en México D. F., lo hizo al día siguiente. Sin embargo, habían pasado tres días. Esa de Génova había saltado por los aires un día 17 de octubre. ¿Por qué ese lapso entre las tres primeras explosiones y esta última? ¿Tenía alguna relación?

Bueno, algo importante: era la primera en Europa.

Las otras tres habían tenido lugar en América.

Había muchas opciones para reflexionar. La primera, era obvio que ir a otro continente a poner bombas lleva su tiempo, conocer el lugar y actuar en consecuencia. Tal y como decía la radio, incluso para calcular los efectos de la explosión y no causar víctimas. La segunda posibilidad era también evidente, quien quisiera hacer el ruido que estaba provocando, al saltar el océano, estaba atrayendo aún más atención hacia su plan, fuese el que fuese.

Ahora bien, ¿quién va poniendo explosivos por ahí sin reivindicar sus acciones? No tenía sentido, cualquier terrorista, una vez cometida su atrocidad, lo primero que hace es comunicar al mundo su autoría.

La lluvia dio un respiro.

Una figura salió entonces a la entrada, a observar los charcos que se habían formado con el paso de la tormenta.

Era doña Teresa.

No vi a nadie más en la finca. Mi tiempo se agotaba.

Sopesé hablarle. Bien pensado, tenía una noticia que darle. O incluso dos.

Salí del auto y me acerqué a ella. Me vio y no me reconoció. Solo cuando estuve a unos metros supo quién era.

—¡Álvaro! Vaya susto.

Se llevó la mano al corazón.

—Pase, por favor, ¿dónde ha estado?, ¿sabe usted que es el hombre más buscado de México?

Me invitó a sentarme en el sofá y me preguntó si había cenado. Le dije que no tenía hambre.

—Tengo problemas, doña Teresa.

—Y vaya si los tiene. Todo el mundo lo sabe.

—No me refiero a eso. Tengo que ir urgentemente a los Estados Unidos. Y tiene usted que ayudarme.

—¿Por qué habría de hacerlo?

—Usted también tiene problemas, y yo puedo ayudarla.

Me escuchó con atención. Primero le dije que su hijo se había metido en problemas. Tal y como ella presumía, quería cometer una locura. Le conté con todo lujo de detalles el plan para lanzar cohetes cargados con explosivos hacia la frontera, la fortuna que llevaba invertida en esa empresa, y la tropa de amigos que le acompañaban.

Se llevó las manos a la cabeza, me preguntó si sabía algo de él, porque llevaba todo el día fuera.

Cuando le expliqué lo ocurrido, no dio crédito.

—Ahorita lo pensé. ¡Maldito insensato! Su padre es el único que sabe controlarlo.

—Esa es la segunda cosa que vengo a decirle, doña Teresa.

—¿Mi esposo? ¿Qué sabe de él?

—¿Me ayudará? Debo ir a verlo cuanto antes.

—¿Está bien? ¿Dónde está?

—En la cárcel. Valentina está tratando de sacarlo de allí.

Se puso en pie. Levantó los dos brazos y miró al techo, dando gracias a Dios.

No esperaba una noticia como aquella. Continuó rezando, y tardó un rato en reponerse y sentarse.

—Ayúdeme a ir a Nueva York —le dije—. Le prometo que seré su mejor fuente de información. La llamaré en cuanto esté junto a él.

La mujer no lo pensó, mandó a una de las sirvientas en busca del chófer. El hombre ya se había marchado a casa y tardarían un rato en localizarlo. Mientras, me ofreció una taza de caldo caliente, que yo acabé aceptando. Ella no tenía ni idea de cómo ayudarme a cruzar la frontera con seguridad, pero estaba de acuerdo con Valentina: la persona adecuada era el escolta de Federico.

—Mientras viene, dígame una cosa, doña Teresa.

—Lo que quiera.

—¿Recuerda lo que nos relató acerca del secreto de la fundación, la CHF?

—Por supuesto. Es la pesada cruz que porta mi esposo, nada le preocupa más en el mundo que eso. Pero no sé lo que es, solo que es un secreto. ¿Qué quiere saber?

—Todo, quiero saber todo lo que usted sepa. Con pelos y señales.

Federico Sforza había llegado a la Columbus Heritage Foundation con solo dieciocho años. Fue su padre quien lo introdujo en ella. Al llegar, lo hizo con ganas, y desde el primer momento se ocupó de cosas más importantes que organizar el desfile. Cierto, el desfile era muy importante, pero no era lo más importante. El marido de doña Teresa se afanó en darle lustre a la organización, y quiso volcarse en los asuntos que nadie quería: la proyección nacional e internacional de la fundación. Su padre fue apartándose progresivamente, al tiempo que él incrementaba su presencia en las oficinas.

—Me consta que incluso su matrimonio con Alessandra fue un poco forzado.

—¿Por qué lo dice?

—Porque su carrera en la CHF le exigía contraer matrimonio con una italiana.

—O sea, que él quería progresar en esa organización.

—Sí, aunque no lo necesitaba. Su padre desarrolló negocios con éxito. La familia nadaba en la abundancia. No era necesario que se hubiese casado con esa señora. Y le diré algo más, yo sabía que no la quería. Jamás la amó. Créame, jamás.

—La entiendo. Y esas razones tan poderosas como para casarse con una persona a la que no quieres, ¿cuáles son?

—Hummmm. Hasta donde yo sé, y créame que lo he pensado mucho, son de índole muy profunda, relacionadas con asuntos que escapan a nuestro entendimiento. De ese tipo de secretos que te atrapan, que cuando los conoces, te sientes comprometido y no puedes evitar que cambien tu vida.

—¿Por ejemplo?

Fue entonces cuando escuchamos un estruendo en la entrada. Alguien había pegado una patada a la puerta y se había colado hasta el recibidor.

No me dio tiempo a levantarme del sofá.

Emiliano estaba allí, hecho una furia.

Su cabeza rapada ya no brillaba, ahora era una gran bola encendida de puro rojo.

***

Se encontraba fuera de sí. Se dirigió hacia mí con turbias intenciones. Ignoró a su madre, derribó de una patada la mesita entre los sofás y profirió varios gritos ininteligibles. Yo no podía hacer nada, salvo poner las palmas de mis manos frente a él en espera de una embestida y convertir mi rostro en una máscara de desesperación, por no decir de terror, porque ese tipo venía hacia mí para matarme.

Sortearlo era imposible y, bien pensado, defenderme tampoco.

Aunque su envergadura era similar a la mía, su enfado era mucho mayor. No había forma de frenarlo, ninguna manera de aplacar ese impulso asesino.

Cuando entró en contacto conmigo me sujetó por la camisa y comenzó a darme cabezazos, un sinfín de arremetidas que parecían no tener fin. Me sentí como si un tren me estuviese pasando por encima.

Luego lanzó sus puños sobre mí y me golpeó un par de veces. Yo le respondí, por supuesto, y conseguí desequilibrarlo y lanzarlo sobre la alfombra.

Miré a su madre. En esos momentos de zozobra, intuí que era ella quien le había liberado. Entendí que no había llamado al chófer. En su lugar, se había encargado de rescatar a su hijo.

La escuché gritar. Tampoco entendí nada. Mis oídos zumbaban como si tuviese un nido de abejas dentro.

El tipo se levantó y me agarró por los brazos. Me arrojó al suelo y comenzó a patearme. Me dolió especialmente la que me propinó en el estómago, me hizo mucho daño y me obligó a contraerme como un niño en el seno de su madre. Eso me dejó aún más vulnerable, y me hizo temer por mi vida, porque ese loco podía lanzarme una patada contra la cabeza y hacerme un daño irreparable con esas botas de punta metálica.

Pero eso no ocurrió.

Vi cómo su madre hizo acopio de energías, lo agarró por la cintura, y luego le pegó repetidos puñetacitos sobre el pecho, mientras le seguía gritando con una voz muy aguda.

Algo debió decirle, de tal calibre, de tal magnitud, que a Emiliano se le ensombreció el semblante.

Y consiguió frenar la paliza.

Desde el suelo, le agradecí a doña Teresa su ayuda. Si estaba compinchada o no, si ella era partícipe de la leña que me estaban dando, no me pareció un asunto importante ahora. Solo quería que su hijo se contuviese, poder hablar y razonar.

—¡Ahorita te sientas!

Alcancé a oír. Doña Teresa estaba toreando a la bestia. Nadie más que ella podía hacerlo.

—¡Este mandilón me ha desgraciado la vida! Me ha dado avión, se ríe de mí.

—¡Eres tú quien ya has desgraciado tu propia vida! —le gritó la mujer.

Me incorporé gateando, me sangraba la nariz y tenía un intenso sabor a hierro en la boca. Mi dolido cuerpo era un guiñapo.

—¿Puedo hablar? ¡Déjame que te cuente, estúpido!

Grité tan fuerte, con tantas ganas, que cuando solté esas palabras vomité sobre la alfombra, inundándola de una mezcla de sangre y bilis.

Doña Teresa pidió a las doncellas que viniesen en mi ayuda. Me levantaron y me sentaron en una de las sillas del salón. Luego, una de ellas se marchó rauda en busca de un barreño y de agua y trapos para limpiar aquel desastre.

—Mátame si quieres —le dije a Emiliano—, pero hoy te he salvado la vida. Si esos misiles hubiesen llegado a su destino, ahora estarías encarcelado de por vida en una prisión yanqui, o incluso peor, serías probablemente condenado a muerte.

Su madre comenzó a pegarle tortazos en la cabeza. Le obligó a sentarse frente a mí y le pidió explicaciones acerca de su plan. Como de su boca no salía una sola palabra, me determiné a poner las cartas sobre la mesa, y le facilité toda clase de detalles sobre la cruzada que su hijo había emprendido, un viaje al absurdo que solo conducía a un abismo insondable.

Ella estuvo de acuerdo conmigo. Me agradeció la ayuda, alabó mi responsabilidad y mi decidida acción al dejarlos encerrados en la jaula de cristal. Luego le anunció a Emiliano que hablaría con los padres de Manuel Jesús, y eso acabó por confirmarme que esos jóvenes ricos, más que estúpidos, eran unos ignorantes.

Cuando llegó el chófer, que no esperaba encontrar una escena como aquella en el salón del señor Sforza, se sentó a esperar instrucciones, sin decir palabra.

—Esto es lo que haremos —pronunció doña Teresa muy firme.

Me equivoqué con ella. Reconocí en aquel mismo momento que era una mujer mucho más íntegra de lo que había presupuesto. Basándose en la consideración que su esposo me tenía, no pondría reparos en ayudarme. Llegar a los Estados Unidos debía ser una labor de todos, dijo, porque Federico necesitaba un gran apoyo en esos momentos. Había que descubrir por qué estaba en la cárcel, sacarlo de allí e investigar lo ocurrido.

Doña Teresa se dirigió entonces a Emiliano.

—Tú sabías que estaba vivo, y que estaba recluido. Y no me has dicho nada.

Comenzó de nuevo a golpearlo en la cabeza, pero esta vez con los puños.

El tipo se defendía como podía. Cuando terminó de apalearlo, se sentó y pidió a una de las doncellas un vaso de agua. Esperó a que llegara, y con gran parsimonia nos hizo partícipes a todos de su plan.

—Usted no puede pasar al norte de una forma normal. Aún lo persiguen, señor Deza. Y no lo digo por los yanquis. Tiene muchos enemigos. Aquí también. Le vamos a llevar a la frontera. Volará usted ahora mismo en una avioneta hasta Monterrey. Desde allí, le vamos a llevar hasta la frontera. Cruzará por Laredo, es la más segura. Será un poco incómodo, pero nadie le pedirá el pasaporte. Un camión se encargará de ello. Así tampoco nadie del otro lado sabrá que usted ha ingresado al país. ¿Me entiende?

Asentí. Un plan impecable. A decir verdad, no tenía ni idea de lo que me estaba proponiendo. ¿Un camión?

—Le dejaremos en San Antonio, en un aeropuerto local pequeñito. Allí le esperará otro vuelo interior, tendré que pedir favores, pero no habrá problemas. Le llevaremos hasta Nueva York. Mañana estará usted entre rascacielos antes del almuerzo, junto a Valentina, se lo aseguro.

No podía añadir nada, parecía el plan diseñado por la reina de los mares.

—Solo una cosa, Álvaro, me tiene usted que prometer una sola cosa.

—Pídame lo que quiera.

—Descubra qué mierda tienen escondida esos bandidos de la CHF. Arregle lo que haya que arreglar y tráigame a mi marido. Lo quiero aquí conmigo, para siempre.

—Doña Teresa, yo puedo investigar, indagar en este asunto de las estatuas que explotan, usted entenderá que soy el primer interesado en aclararlo. Pero no puedo hacer que Federico decida cambiar de país, venir aquí para siempre. Créame, le conozco bien, y no me siento capaz de influir en él de esa forma.

—Sí que puede, ya verá como puede.

Una afirmación como aquella solo podía recibirla con sigilo.

Pero me lo aclaró.

—En esa fundación hay más boñiga que en esta hacienda. Solo usted puede destapar esa cloaca. Es la persona perfecta para hacerlo. ¿Me cree?

20

FRONTERA

«…

—En el fondo, Álvaro, estamos condenados a entendernos. Las fronteras no son más que rayas pintadas en un mapa.

—¿Cuál es su visión acerca del muro que quiere construir el presidente entre ambos países?

—Yo espero que no logre ese objetivo.

—¿Y va a hacer algo para remediarlo?

—De una forma activa, no. Pero espero que otros lo hagan.

…»

Si alguna vez alguien me hubiese dicho que yo iba a necesitar pasar la frontera más caliente del mundo como cualquier espalda mojada, me habría reído de él. En aquel falso habitáculo del camión repasé mentalmente cómo había llegado hasta allí, qué había ocurrido para tanto traspié.

No había lugar a duda: yo representaba la mayor caída jamás conseguida por un mortal, de marqués a inmigrante ilegal en poco más de un mes.

Récord mundial.

Lo importante: doña Teresa estaba cumpliendo su palabra.

Lo humillante: aquel vehículo olía a bestia, y rezumaba un líquido viscoso por las paredes que me estaba mareando.

Al subir se lo dije al conductor, y él me aseguró que eso era precisamente lo que iba a salvarme. Preferí no discutir, confiar e ir hacia delante.

El vuelo desde Morelos a Monterrey había sido perfecto, rápido, en una avioneta bimotor bastante confortable.

Una de las consignas era no preguntar nada, y así lo hice. Permanecí callado todo el tiempo, hasta que me exigieron subir al camión pestilente.

En aquel cubículo inmundo tuve tiempo de reflexionar. Los continuos traqueteos apenas me permitían concentrarme y el olor consiguió adormecerme, anestesiarme, y en ese duermevela repasé palabra a palabra, frase a frase, la comida con Sonsoles.

Era ya medianoche cuando escuché hablar en inglés.

La frontera de Laredo.

Los minutos siguientes fueron un intercambio absurdo de palabras en español e inglés. Pasamos sin problemas, con bastante rapidez, pero no fue en ese momento, sino al ver la luz del sol, cuando supe por qué doña Teresa sabía de forma fehaciente que esa era la manera más segura de pasar a los Estados Unidos.

El chófer me confesó más tarde que para que yo pasase por allí sin problemas, de la forma tan limpia que había salvado la frontera, otros dos camiones habían sido detenidos.

Previa denuncia.

El chivatazo había orientado a los agentes de aduana en otra dirección.

Habían detenido a otros camiones con personas en su interior.

Gracias a eso, la luz de los Estados Unidos se abría a mis ojos.

***

Al bajar del vehículo apenas podía acordarme de dónde me encontraba. El chófer me lo recordó. San Antonio, Texas, una ciudad muy poblada, me aseguró. Había estado en ella varias veces, paseando por esas calles coloniales, en el estadio de los Spurs y en los festivales de rodeo.

Tiempo atrás estuve realizando una investigación histórica sobre la fundación de esa villa. El embrión fue uno de los tantos pueblos de misión que los franciscanos construyeron cuando aquellos territorios de Coahuila, Texas y California pertenecían a la corona de España. Pasé muy buenos momentos estudiando los asentamientos de la misión de San Antonio de Valero, más conocida como El Álamo, el presidio y la acequia madre, fundadas por el misionero fray Antonio de Olivares, que conformaron el núcleo de la actual ciudad, que siglos atrás fue la capital de la Texas española.

Aquellos territorios fueron originalmente habitados por una veintena de familias procedentes de las islas Canarias, obligadas por la Corona a la emigración mediante el tributo o impuesto de sangre, para el fortalecimiento de las regiones americanas.

Mis estudios dieron sus frutos. Pude seguir la traza de hechos destacables, probar una de las curiosidades dignas de mención en esa ciudad de San Antonio. En la catedral católica más antigua de los Estados Unidos, la catedral de San Fernando, en su altar principal, hay una imagen de la Virgen de Candelaria, patrona del archipiélago canario. La relación de aquellos primeros pobladores, de sus creencias, de sus pasiones, unos españoles alejados de su lugar de origen que hicieron crecer ese vasto continente llamado América. Completé mis pesquisas con un análisis de los habitantes de Texas a la llegada de los españoles, varios grupos indígenas entre los cuales se encontraban los indios hasinai, que solían usar la expresión «tejas» al saludar. Los españoles creímos que la tribu se llamaba Texas y por eso comenzamos a llamar a ese espacio del mundo así.

Tiré de orgullo patrio al dejar claro que el nombre tiene un origen nativo, una expresión de los indígenas locales, pero a la vez una procedencia española, por ser quienes lo aplicamos a la región, ese gran estado que hoy se conoce como Texas, el mayor de los Estados Unidos.

Los estudios fueron publicados, mi reputación internacional creció, y tal vez se convirtieron en los preludios de mi beca en la CHF. De San Antonio a Nueva York, pasando por Sevilla, un carrerón que ahora veía mal pagado, un inmigrante ilegal que había cruzado la frontera en un camión pestilente.

Miré al cielo. No se veía ni una sola nube. A lo lejos vi un termómetro urbano. Treinta y cinco grados en octubre. El calentamiento global era un hecho, pero no mi preocupación en esos momentos. El jardincito donde me habían dejado era un lugar común, debía haber cientos como aquel en la ciudad.

Me habían asegurado que un mexicano llamado Gabriel vendría a recogerme en una *pickup* verde. Esperé más de una hora y nadie vino a por mí. Por razones evidentes, no tardé en desesperarme. Mi situación no era precisamente holgada. Apenas me quedaba dinero, no podía utilizar mis tarjetas, y me encontraba a casi tres mil kilómetros de mi destino. Andar en cualquier dirección, hacia el centro, por ejemplo, no tenía sentido. Podían detenerme. Cierto era que San Antonio, una urbe plagada de hispanos, podría ser un lugar perfecto para pasar inadvertido, pero nada podría conseguir al cambiar de posición. Solo quedaba esperar.

Eran las doce del mediodía cuando apareció la *pickup* verde. El chófer era mexicano, me habló en mi idioma, y cuando le pregunté si se llamaba Gabriel, me dijo que no, que ese señor se había sentido indispuesto. Al parecer tomó demasiado tequila la noche anterior.

Me subí al vehículo, que se introdujo rápidamente en una autopista, la interestatal 37, dirección sur. Desde luego, no era la que yo esperaba. El aeropuerto William Hobby, desde donde íbamos a partir hacia Nueva York, estaba en Houston, hacia el este. La interestatal 10 hubiese sido la carretera correcta.

Se lo dije al mexicano. Me ofreció su mejor cara, y me dijo con un golpe de hombros que no tenía ni idea. Él solo cumplía instrucciones.

—¿De quién? —pregunté.

—De alguien muy rico —me dijo—. Me dan mil dólares por este trabajo. El más fácil de mi vida.

Luego sacó una pistola negra y me apuntó con su mano izquierda, mientras manejaba el volante con la derecha.

—Fidelio Pardo —pronuncié.

—Ese mismo.

Me llevó hacia Corpus Christi. A lo lejos vi el mar. Antes de llegar a la ciudad, se desvió de nuevo hacia el sur durante veinte minutos más. Yo sabía que íbamos en dirección a la frontera, ya no debíamos estar lejos de Reynosa.

De pronto dio un volantazo y nos vimos dentro de una plantación, con una nave agrícola solitaria. Había dos vehículos aparcados en la entrada. Me indicó a golpe de pistola que podía descender. Salieron entonces varios fulanos a recibirnos. Se ocuparon de mí. Uno de ellos pagó al mexicano y ya solo vi el polvo que levantaba la *pickup* al escapar de allí a toda velocidad.

Me metieron en el almacén y procedieron a atarme a una silla, entre sacos de grano. No tuve que esperar mucho. Al cabo de quince minutos se acercaron otros dos vehículos. Escuché voces y risas afuera. Alguien abrió la puerta y entraron dos hombres.

Uno era Fidelio Pardo.

El otro era Emiliano.

***

La traición se paga cara en México. Probablemente, las imágenes que todos guardamos en nuestra mente en relación con ese país carcomido por el tráfico de drogas sea la de un lugar donde impera la violencia. Al menos, fue lo que me vino a la cabeza cuando los vi a los dos reírse de mí en mis narices.

Me iban a matar. Pero no fue eso lo que me preocupó en esos momentos. De esas imágenes que circulaban por mi imaginación, la que más me aterrorizaba era otra: la tortura. Viendo esas películas violentas, siempre me preguntaba cómo puede alguien soportar esos extremos, esas vejaciones, que alcanzan las mayores cotas inimaginables de maldad.

Agarraron sendas sillas y se sentaron a horcajadas en ellas, mirando hacia mí, a escasos dos metros. Fidelio ofreció un puro a Emiliano, que aceptó. Luego prendió uno para él, y solo tras dar dos buenas caladas se decidió a hablar.

—Siempre cumplo mi palabra, Álvaro, siempre. Soy un hombre de honor. Y usted no ha cumplido la suya. ¿Y sabe lo que le ocurre a la gente que no cumple conmigo?

Dio una chupada larga al habano.

—Que al final siempre gano yo. Sí, así es, nunca pierdo. Se sorprendería de las veces que acierto en mis asuntos. Si le digo la verdad, no recuerdo la última vez que algo me salió torcido. ¿Y sabe por qué?

Esta vez exhibió una sonrisa enorme.

—Soy un hombre muy tozudo. Como dicen ustedes en España, soy el jodido mexicano más tozudo que se ha echado usted a la cara.

El imbécil de Emiliano celebraba cada una de las palabras de Fidelio. Me entraron ganas de matarlo allí mismo, si hubiese tenido esa oportunidad.

—He hecho todo lo posible. Pero Sonsoles no va a consentir ni por un momento que usted le quite las tierras. No contemple nada parecido, porque ella no va a permitírselo.

—¡Qué torpes son ustedes los españoles a veces! La próxima jugada será muy distinta, créame. Bueno, en realidad, usted la va a conocer, porque va a ser parte del plan. Un plan infalible.

Emiliano asentía.

—¿Puedo saber cuál es?

—Sencillo, muy sencillo. Las cosas, cuando son simples, funcionan mejor, sin necesidad de grandes estrategias.

—¿Y...?

—A ver, ¿cómo dicen ustedes? Ah, sí, está usted espeso hoy, muy espesito.

Dio otra buena calada a su puro. Expelió un montón de humo, que esta vez llegó hasta mí.

—Me gusta pasear por esas calles empedradas de Sevilla. Es bonito ver una ciudad con tanta historia. Sí, me place estar allí, y voy a sumar ese punto entre mis posesiones. Me voy a hacer con los negocios de los Montesinos. Pueden quedarse con el nombre, por supuesto, pero todo lo demás va a ser para mí. Desde los palacios hasta las tierras, las fincas, las ganaderías. Y, por supuesto, las fábricas. Ni tan siquiera les cambiaré el nombre a los productos, seguirán llamándose de la misma forma.

—¿Y cómo va a conseguir todo eso?

—Primera parte del plan: usted va a lanzar unos misiles sobre la frontera. Segunda parte del plan: yo voy a lanzar una campaña para desprestigiar a los Montesinos.

—La segunda parte no la entiendo.

—Olvídese de las exportaciones de los Montesinos. Cuando alguien ataca a los Estados Unidos, todo lo que rodea al atacante baja como la espuma, se convierte en un asunto infecto. Voy a encargarme de difundir la idea de que usted, exmarqués de Montesinos, es un criminal que ha atentado contra este país, un terrorista. A partir de entonces, no se venderá ni un solo dólar. Entenderá que podré hacerme con lo que quiero sin ningún problema.

—Es usted despreciable. Un loco abominable.

—Y usted es el protagonista de todos mis planes. No me diga esas cosas tan feas.

Luego sonrió y añadió algo más.

—Solo le diré que huele usted fatal. No sé dónde se ha metido, pero hiede.

**

Fue Emiliano el que me proporcionó detalles de las razones por las cuales el magnate se encontraba allí. Al parecer, sus amigos y él habían pactado durante la noche avanzar en el asunto de los proyectiles, pero esta vez con la ayuda de Fidelio. Como en todas las negociaciones, habían decidido de mutuo acuerdo variaciones en el programa original.

Solo sería un misil el que acabaría con parte del muro. En particular, entre los pasos fronterizos de Laredo y Reynosa, no muy lejos de allí.

En compensación, el industrial mexicano se ocuparía de promover con varios millones de dólares la idea de que el muro no era bueno para ambos países, y que locos como Álvaro podrían venir una y otra vez a hacer lo mismo.

Visto de cerca, el proyecto ofrecido por Pardo era aún mejor que el de Manuel Jesús. Lanzar demasiada artillería iba a ser considerado una auténtica guerra entre ambos países. Un solo misil, de los pequeños, en una parte reducida de la frontera, era una acción aislada que serviría para hacer reflexionar al presidente Trump, un empresario, al fin y al cabo.

—¿Y cuándo vais a hacer el lanzamiento?

—Hoy mismo. Ahorita vas a aventar el único proyectil que hemos dejado activo. Todos los demás ya no existen.

Ambos se alejaron de mí. Aún los podía escuchar. Hablaron de varios asuntos que me parecieron relevantes.

El presidente había realizado una visita a la frontera el día anterior, pero en la zona del Pacífico, entre San Diego y Tijuana. Había regresado a Washington. Por tanto, el nuevo plan no sería visto como un intento de agresión contra el mandatario yanqui, un aspecto que a Fidelio le resultaba de vital importancia. Una cosa es atentar contra el muro y otra muy distinta contra el mandatario yanqui. Por tanto, el propósito de hacer estallar un misil contra la valla en el golfo de México, es decir, justo en el otro extremo, a tres mil kilómetros, se vería como un acto de distinta índole, importante, pero de otra naturaleza.

A mí me parecieron esos argumentos ridículos, pero no era yo quien estaba atentando contra la poderosa maquinaria estadounidense.

O sí, sí lo era.

Porque no veía salida posible a lo que esos tipos iban a hacer, auspiciados por un rico industrial de alma teñida de negro.

Pensé en la pobre Sonsoles, en la quiebra que ese hombre le iba a provocar, en el castigo que le iba a infligir. Por lo que ahora conocía, las empresas de los Montesinos no eran demasiado boyantes. Apenas dejaban beneficios como para poder reinvertir con soltura. Según ella, porque mantener el patrimonio histórico, como los palacios, era muy costoso. Según yo, el lujo se paga, es caro, tanto como para dilapidar los resultados anuales de las sociedades y apenas dejar unos euros libres.

Luego se marcharon al fondo de las instalaciones a tomar unos tragos. A mí no me dieron ni agua. Maquinaban sin parar, hablaban por teléfono, y solo tras acabar con las carcajadas y los chascarrillos se dirigieron de nuevo a mí.

—Allá vamos —me anunció Emiliano—. Viene Manuel Jesús con los dispositivos. Quiere matarte él mismo, con sus manos, me ha dicho, pero finalmente hemos acordado no hacerlo. Porque Fidelio nos ha convencido de que eres más útil vivo. Y, además, te vas a pasar toda la vida en una cárcel yanqui. Cadena perpetua. Con un poco de suerte, te mandarán a Guantánamo.

—¿Tú crees que yo merezco esto?

Se quedó pensando unos segundos. Me hubiese gustado conocer qué pasaba por su cabeza, porque ya no tenía ni idea de quién era ese tipo.

—Hay muchas cosas que no sabes. Te has metido donde no debías. Tendrás tiempo de pensar entre rejas.

***

El desembarco se produjo cuando el sol estaba en su punto más alto. Manuel Jesús, acompañado de sus dos amigos, llegaron cargados de dispositivos electrónicos. El plan era lanzar el misil desde allí, grabar unas imágenes en vídeo conmigo junto a los aparatos, y luego disparar el proyectil tal y como estaba previsto. Aunque su localización se situaba físicamente al otro lado de la frontera, la señal de lanzamiento, a través de Internet, dejaría rastro, y provendría del punto exacto donde nos encontrábamos.

Los servicios de inteligencia norteamericanos lo tendrían fácil para localizarme. A mí me encontrarían en el suelo con un golpe en la cabeza. Varios vídeos y audios grabados por esos imbéciles me delatarían. Todo aquello acabó con mi moral. Me parecía un plan estúpido, pero muy negativo para mí.

Atado a la silla, di por perdidas todas mis esperanzas.

Manuel Jesús se acercó y me propinó una patada en la espalda. Derribó la silla y me golpeé la cabeza contra el suelo.

—Vete acostumbrando. Te dolerá más cuando te dé con un martillo —anunció.

Se molestó en devolverme a la posición vertical. Luego se marchó hacia el fondo.

Desde allí me gritó.

—¡Diez minutos, en diez minutos estarás en el infierno!

Intenté soltarme, pero esos tipos habían practicado unos nudos insalvables. Solo me quedaba esperar un milagro. La situación no solo era aciaga para mí. Me dolía aún más que ese cerdo se aprovechara de Sonsoles, que la dejara arruinada y se apropiara de sus posesiones de una forma tan vil.

Ya habían dispuesto sobre una mesa los cacharos cuando me soltaron y, a punta de pistola, me hicieron acercarme.

—El computador enviará una señal a un dispositivo remoto localizado en la parte sur de la Grulla, en territorio mexicano, en las afueras de Valadeces. Desde allí partirá el cohete cargado con dos kilos de explosivos y solo tardará unos minutos en impactar. Es una zona sin viviendas cercanas. No habrá heridos ni muertos. Nos hemos asegurado.

Manuel Jesús hablaba como el maestro que cree que ha creado una gran obra.

—Adelante —me dijo Emiliano—. Actúa como el hombre que eres.

Vi sonreír a Fidelio.

Al menos dos tipos me estaban grabando en vídeo.

Como me resistía, uno de ellos, creo que fue José Luis, me pegó una patada entre las piernas que me dolió hasta hacerme retorcer. Le miré detenidamente, siempre me había parecido el menos violento.

Como vieron que no me iba a acercar al panel de control, Manuel Jesús me agarró por detrás y luego impulsó mi brazo en dirección a la consola.

Aún dolido en lo más profundo, mi dedo apretó el botón.

Algo apareció en la pantalla a los pocos segundos.

El signo de una calavera parpadeante.

Todos gritaron y se abrazaron.

El lanzamiento había sido un éxito.

21

IMPACTO

«…

—¿Qué hemos hecho los españoles en América? Fuimos capaces de enviar al otro lado del océano naves repletas de hombres y mujeres. Dimos nuestra sangre, nuestra lengua, nuestros apellidos… ¿Y qué ha ocurrido?

—Bueno, ya lo dijo ese fraile de ustedes, ¿cómo se llamaba? Ah, sí, Bartolomé de las Casas. Explicó las barbaridades cometidas con los indios.

—Vamos, Federico, un hombre de su cultura no puede dejarse llevar por esas ideas. Ese fraile utilizó la hipérbole, exageraba hasta unos niveles que fueron declarados inapropiados y fuera de toda realidad.

—Era un religioso.

—Que llegó a justificar el tráfico de esclavos negros. Dijo a diestro y siniestro que, para proteger a los mansos indios y que no tuviesen que trabajar, lo mejor era traer negros, ya que, como no tienen alma, pueden servir para cualquier cosa. ¿Defiende usted eso?

…»

Una profunda sensación de angustia me embargaba. El cansancio de la noche pasada, los golpes que me habían propinado, las expectativas de un futuro ciertamente negativo acabaron por pasarme factura. Ahora solo me esperaba un porrazo. Me dejarían allí tirado, y solo la policía o algún otro cuerpo de seguridad nacional me despertaría para llevarme preso a un lugar sombrío donde interrogarme.

¿Qué había hecho yo para llegar hasta ese punto? ¿Casarme con una noble? ¿Entrar en una capa de la sociedad a la que no pertenecía? ¿Eso es delito? En ese momento de hastío, por extraño que parezca, solo una imagen me venía a la mente: el maldito cuadro, el origen de todos mis problemas, el asunto que me hizo llegar a esta lamentable situación.

Como quiera que fuese, no podía estar en peor escenario que aquel.

Estaba preparado para el golpe.

Quería decirles que no me diesen demasiado fuerte. Un testarazo en la cabeza bien puede acabar con cualquiera. Si no se hace bien, puede ser mortal.

Pero mis ojos no encontraban al actor de esa parte de la tragedia. ¿Quién iba a atizarme?

Fue cuando me percaté de que algo no iba bien.

Agucé mis oídos, y comprobé que hablaban acaloradamente entre ellos.

Una de las frases que alcancé a escuchar hablaba de un posible fallo del sistema.

—¡¿Cómo que fallo del sistema?!— gritó Manuel Jesús—. ¿Qué mierda es esa?

Algo gordo había ocurrido.

—No hay impacto —anunció Emiliano—. El pinche cohete no ha explotado.

Fidelio no daba crédito.

Tal vez fue en ese momento cuando el millonario comenzó a entender que se había aliado con unos descerebrados.

Hizo entonces una llamada de teléfono para comprobar por él mismo qué habría podido ocurrir. Algo le dijeron, algún tipo de información que no le debió gustar nada. Le pegó entonces una patada a la misma silla que momentos antes había utilizado.

—Son todos unos idiotas.

Se limitó a decir, sin aspavientos, sin cabreos, sin odio, con la misma frialdad que siempre le había caracterizado.

Nos dio la espalda y caminó con parsimonia hacia la puerta.

Los demás ni le contestaron, tampoco le siguieron.

***

Los minutos posteriores fueron exasperantes. Insultos recíprocos, empujones, amenazas, reproches, la caza del culpable había empezado. Como no tenían ni idea de qué habría podido ocurrir, el dedo acusador cambiaba rápidamente de dirección, y todos parecían culpables.

Enzarzados en esa absurda pelea, pasaron al menos veinte largos minutos.

Y luego ocurrió algo que jamás hubiese soñado que pudiese ocurrir: cinco personas armadas con fusiles entraban en las instalaciones disparando al aire.

¿Federales?

No. No parecían, no se veía ningún uniforme, ni ropa de asalto.

Debía tratarse de otra gente.

Eran hombres de doña Teresa.

Lo supe cuando la mujer apareció entre ellos, cuando la cosa se calmó un poco. Alcancé a ver la cara de Emiliano. Se le ensombreció el semblante.

Su madre avanzó, se situó frente a nosotros y dijo algo simple mirándome a mí a los ojos. Parecía como si hubiese hecho ese viaje desde Morelos solo para decir una cosa, especialmente pronunciada para que yo la entendiese bien.

—Yo siempre cumplo mi palabra.

***

Me sacaron de allí con rapidez. Un par de hombres me impulsaron hacia la puerta. Lo que ocurriera dentro ya no era asunto mío. Esperé sentado en los asientos traseros de un Chevrolet negro de cristales tintados. No vi salir a nadie, salvo a doña Teresa.

Se sentó junto a mí y le indicó al chófer que partiese.

—¿Hacia dónde vamos? —le pregunté.

—Al aeropuerto, adónde si no.

Hizo unas llamadas por el camino. La escuché mientras daba instrucciones relativas a camisas, pantalones y otras cosas.

—¿Cómo ha conseguido usted detener el misil?

—No había misil —me contestó la mujer—. Mi hijo cree que los padres somos tontos, pero el tonto es él. Me arrepiento de no haberle educado de otra manera. En eso he sido la peor madre del mundo.

—No lo ha tenido usted fácil. Con su marido tan lejos.

Me miró y pareció que iba a decirme algo.

Pero se arrepintió y no permitió que de su boca partiese palabra alguna.

El camino hacia el aeropuerto transcurrió con más rapidez de la que hubiese imaginado. El vehículo se detuvo directamente frente a un Gulfstream parecido al que me llevó a Cuernavaca, el avión particular de Federico. Pero no era el mismo.

La escalerilla estaba desplegada.

—Yo he cumplido mi parte del trato. Ahora, tráigame usted a mi esposo. Cuanto antes.

Miré detenidamente a esa mujer.

Asentí.

***

Un hombre uniformado con acento mexicano me indicó que me sentara y me ajustase el cinturón de seguridad. Cuando despegamos, se acercó a mí y me dijo:

—Puede usted asearse en el baño mientras le preparo algo de comer.

Sentí vergüenza. Debía de oler como una res.

Hice lo que pude, necesitaba una buena ducha, pero allí solo podía limpiarme la sangre de la cara con toallas mojadas y poco más. Me palpé los costados. Me dolía todo el cuerpo.

Regresé al asiento y le pegué un bocado a un sándwich.

Observé que el avión estaba dotado de teléfono. Lo tomé en mis manos y comencé a marcar. Quise hablar con Valentina, pero el tripulante de cabina me lo prohibió.

—No haga tonterías. Toque ese aparato y tendrá al FBI esperándole en las escalerillas al bajar.

Tenía toda la razón. Todavía era un hombre perseguido por la justicia. Se sentó junto a mí. Parecía no fiarse de un chiflado como yo.

En un prolongado duermevela soñé con un final rápido, una solución a mis problemas que me permitiese regresar a mi vida. Pero, claro, ¿cuál era mi vida? ¿Volver a Sevilla y sacar de las cajas papeles, dosieres y enterrarme entre legajos? El almuerzo con Sonsoles fue del todo decepcionante. Jamás hubiese esperado esa frialdad. ¿Por qué no quiso ayudarme? Yo siempre me había comportado con ella como un marido fiel, un compañero inseparable. La había querido con pasión. Mil veces le expresé mi amor. ¿Qué clase de pócima secreta había operado en ella para producirle un cambio de esa naturaleza?

El estómago me dio un vuelco entonces, cuando me acordé de que Valentina estaría esperándome. La noche que pasamos juntos fue inigualable, un remanso de paz y cordura, el mejor acontecimiento de los últimos meses. De acuerdo, ella no mereció años atrás que la abandonase de esa manera, y tampoco ahora. En cuanto la viese tenía pensado decírselo, pedirle perdón, tratar de que olvidase la afrenta del pasado y, sobre todo, besarla con todas mis fuerzas.

¿Podía una falta como aquella haber erosionado de una manera profunda e irreversible su confianza en mí? ¿Tanto como para arrebatarnos la fe en un futuro juntos?

Tras muchos minutos de sombría introspección, el tormento fue cediendo poco a poco. Porque la única solución a esa incertidumbre era hablar con ella, exponerle mis sentimientos, proponerle que comenzásemos una nueva vida juntos, y decirle todo eso con la fuerza de un hacha derribando un roble.

Sí. Sin duda alguna, ahora tenía en mis manos la impagable oportunidad de enmendar aquel error de juventud. Y vaya si lo haría, aunque tuviese que reconquistar un castillo amurallado. En el fondo, habíamos compartido una velada romántica en el apartamento de Emiliano, ella se había entregado a mí sin reservas, y eso era un signo inequívoco de su amor por mí. Pero, claro, ¿y si las imágenes que bailaban en mi cabeza no eran tan importantes como la realidad? ¿Y si aquello solo fue un pasatiempo para ella?

No debía caer en las garras de la desesperación. Hice acopio de fuerzas y me dediqué a contemplar el horizonte desde la ventanilla.

Cuando el piloto traspasó el cielo gris encapotado de esa tarde otoñal, aterrizó con extrema suavidad. El hombre junto a mí me proporcionó un sobre blanco con dólares en su interior, ropa limpia y un teléfono de prepago nuevo. Le di las gracias y me marché al cuarto de baño a cambiarme. Me puse una camisa blanca y una americana azul marino. Me miré al espejo y no me vi mal, salvo por los cortes en la cara y el ojo izquierdo algo abultado.

—Tengo un mensaje para usted —me dijo antes de permitirme abordar las escalerillas.

Le miré.

—Doña Teresa espera que la informe con puntualidad. En cuanto sepa dónde está y cómo se encuentra el señor Sforza, llámela. No la traicione. Si lo hace, yo mismo iré a buscarle y le mataré. ¿Me entiende?

22

INOCENTE

«…

—Señor Sforza, lamento la muerte de su esposa. Yo estimaba mucho a Alessandra.

—La voy a echar de menos. Mi mujer era una italiana testaruda, pero noble en el fondo. Ella era mi mayor apoyo en este país de locos. Siempre tenía la suficiente tranquilidad para ofrecerme los mejores consejos. No sé qué voy a hacer sin ella.

—Aún la recuerdo en esos almuerzos en la fundación, una señora dando órdenes a todo el mundo, gritando por los pasillos.

—Eso va a ser lo peor. Sacar adelante la CHF sin Alessandra me parece algo imposible, una especie de leviatán contra el que yo solo no sé si voy a poder luchar.

—¿Por qué dice eso?

—Créame. Yo no mando nada aquí dentro. En todos los sentidos, la presidenta en la sombra ha sido siempre mi mujer.

…»

Libertad. La simple sensación de caminar por una calle al anochecer me embargaba de emoción. Un país seguro, un lugar en el que la gente progresa, el norte tan distinto al sur me reconfortó en aquellos momentos de tribulación. Bien mirado, eran las expectativas de mi reencuentro con Valentina las que me inyectaban esas energías positivas.

Nueva Jersey había sido el lugar elegido para aterrizar, un aeropuerto menor, un sitio perfecto para pasar desapercibido. Busqué la línea férrea y no me resultó difícil.

Mientras esperaba el próximo tren, encendí el teléfono y marqué el número que debía marcar. Ella contestó al instante.

—¿Pero se puede saber dónde te has metido?

Acordamos un punto de recogida en el centro de Nueva York, ella no podía desplazarse en esos momentos, y yo tenía frente a mí un medio de transporte para alcanzar el lugar elegido. Vendría en mi busca más tarde. Como no quería ocupar la línea demasiado tiempo, corté la llamada y compré un billete.

Sentado en el interior del tren, casi vacío, hice un esfuerzo por relajarme. Era uno de esos espacios de cuatro asientos, enfrentados dos a dos. Cerré los ojos y soñé con una existencia tranquila. Ahora tenía la oportunidad de solucionar mis problemas. Con un poco de suerte y la ayuda de Valentina podría aclarar que no tuve nada que ver en las explosiones, regresar a Sevilla y poner a la venta el palacete. Ya tenía decidido establecerme con carácter definitivo en los Estados Unidos para estar junto a ella. Así de sencillo. No me apetecía nada volver a ver a Sonsoles, arrastrarme ante ella, para que luego me negase cualquier ayuda. El número de afrentas que un hombre puede soportar ya había sido sobrepasado. La marquesa jamás volvería a hacerme daño.

Fue entonces cuando noté que me sujetaban los hombros desde atrás. Alguien se había colocado en el asiento posterior y me forzaba a permanecer inmóvil. Y lo hacía bien, porque yo no lograba moverme, era como si estuviese pegado a la tapicería.

Luego vi al agente Rick sentado frente a mí.

—¿Sabe usted los años de cárcel que le caerán por haber huido?

Me pusieron unas esposas y me llevaron a la parte trasera del tren. La gente me miraba al pasar por los pasillos. Esos tipos representaban la imagen fiel de los agentes del FBI, y yo la del criminal peligroso. Eligieron un compartimento del que se habían ocupado previamente de evacuar a los pasajeros. Allí comprobé que había otros tres federales más, una operación orquestada.

—¿Cómo han sabido que estaba aquí?

—Nunca subestime al FBI. En todo momento hemos conocido dónde ha estado.

Tragué saliva.

¿Sabrían algo de los misiles? ¿Sería verdad? ¿Me estaban mintiendo?

—Soy inocente. Están ustedes cometiendo un atropello.

Fue lo mejor que se me ocurrió decir.

—De hecho, ha explotado una estatua en Génova —añadí—. Díganme cómo he podido hacer yo eso.

Me pareció ver una risa burlona en los labios de Rick.

Me obligaron a sentarme y me rodearon.

—Tenemos veinte minutos —le sopló otro al oído sin evitar que yo lo escuchase.

—Al grano.

El agente mostró una sonrisa cómplice. Aquello me desconcertó. Si hubiesen querido atraparme, detenerme y llevarme a una sala de interrogatorios, no estarían haciéndome preguntas en un tren rumbo a Nueva York.

Yo también le sonreí.

—Soy inocente —repetí.

—Vamos a concederle la duda —dijo Rick.

¿Qué había dicho ese tipo?

Una oleada de paz y sosiego recorrió mi cuerpo.

—Entonces déjenme en paz. Quítenme las esposas.

—Aún no. Hay muchas cosas que desconocemos. Y, en cualquier caso, sí que tenemos constancia de que ha llevado a cabo varios hechos que son delito en este país.

—¿Por ejemplo?

—Escapar de agentes del FBI cuando le íbamos a detener. ¿Se acuerda?

Tuve que tragarme mis palabras.

—¿Y qué quieren de mí?

—Un trato, señor Deza, queremos hacer un trato, uno que usted ya imagina.

—Recuérdemelo.

Se miraron entre ellos.

Una de dos, o yo era tonto, o desconocía cosas que daban por hecho. Como me mantuve en mi posición de ignorancia y esa gente seguía desconfiando de mí, me vi obligado a revelar todo lo que sabía.

Les hablé de Federico, de Valentina y de la fundación. Si yo estaba allí, solo había una razón: quería aclarar lo ocurrido.

—Eso mismo queremos nosotros: que nos ayude a desenmascarar a su amigo Federico. Prométanos que le investigará y que nos lo entregará.

Me encogí de hombros. No entendía nada.

—¿Qué ha hecho Federico? ¿De qué le acusan?

—Usted indague, y no vuelva a salir corriendo. Díganos lo que encuentre. Si es así, no tendrá ningún problema con la justicia de los Estados Unidos. ¿Me ha entendido?

—¿Entonces soy un hombre libre?

Se levantaron al unísono, me quitaron las esposas y se marcharon.

Me dejaron a solas en el habitáculo del tren.

**

En los diez minutos que quedaban para llegar a mi estación de destino sopesé qué debía decir a Valentina. ¿Qué había ocurrido en ese tren? ¿Tenían a algún informador al otro lado de la frontera? ¿Cómo podían haberme seguido tan de cerca? ¿En qué clase de líos se había metido Federico?

Llegamos a Penn Station. Abandoné el andén con premura. Nadie me perseguía ahora. Podía caminar con tranquilidad, pero eran tantas las ganas que tenía de hablar con Valentina que solo pensaba en eso.

Abordé el exterior. Hacía buena temperatura aquel 18 de octubre, ninguna nube, viento en calma, una noche excepcional para mi reencuentro con ella. Abandoné la estación por una de las salidas del Madison Square Garden, el gigantesco estadio incrustado en las entrañas de la ciudad. Era domingo, había partido de los Knicks y una marea humana lo inundaba todo. Sorteando a la gente tardé una eternidad en encontrar la Octava Avenida. Luego, caminando en dirección contraria al tráfico, me dirigí hacia el aparcamiento Garden Garage, en la confluencia con la calle 29. Todo allí se llamaba *garden*, aunque miraras donde mirases, solo se viese cemento y cristal.

Observé que, en el interior del *parking*, junto a la garita de entrada, me esperaba una limusina negra. El chófer bajó la ventanilla y con las manos me reclamó que entrase por la puerta de atrás.

Era Héctor, el guatemalteco, quien me daba instrucciones. Me acerqué y le obedecí. Al abrir la puerta, no estaba allí Valentina.

Jamás hubiese imaginado que vendría al encuentro el mismísimo Federico Sforza.

***

Acepté el abrazo que ese hombre me ofrecía. Fue un apretón sincero, más prolongado de lo normal, le vi emocionado, intuí que sollozaba, una reacción que atribuí al júbilo por salir de la cárcel. A cualquiera le ocurriría lo mismo, incluso a un tipo tan duro como él. De hecho, fue lo primero que me dijo.

—Ojalá nunca le metan en prisión. No se lo deseo a nadie. Jamás olvidaré estos días. Es la experiencia más terrorífica que he sobrellevado en toda mi existencia.

Mientras se frotaba los ojos con las dos manos, me relató lo dura que había sido la negociación con la policía, el drama por verse acusado de malversación, de manipular las cuentas de la fundación para —en teoría— quedarse con los fondos. Afirmó que él nunca había osado sustraer ni un solo dólar. Más bien al contrario, la CHF le había costado mucho dinero en los últimos años, y no solo a él, también a su padre. Entonces, la pregunta era evidente, ¿qué imaginaba que había podido ocurrir? Según Federico, había una sucia conspiración contra él, asuntos relacionados con el poder, con el ansia de situarse en la presidencia de la organización. Porque de eso estaba convencido, era más, resultaba notorio que esa posición reportaba un nivel de contactos y de influencias suficientes como para abrir paso a otros muchos negocios en una ciudad como aquella, donde los devaneos políticos y empresariales eran continuos y habituales.

—Todo parece absurdo —afirmé.

—Dígamelo a mí. He tenido tiempo de recapacitar en la cárcel. Nadie me quita de la cabeza que esta operación ha sido diseñada desde dentro, con el único objetivo de quitarme de en medio.

—Respecto a los cargos… ¿no le han acusado de hacer explotar las estatuas?

Me miró como si fuese un animal extraño, como si de pronto

hubiese entrado en la parte de atrás de la limusina un demonio horripilante.

—Por Dios, ¿cómo dice usted eso?

—Porque el día de la explosión de Columbus Circle, usted me dijo que eso iba a ocurrir, que la efigie iba a saltar por los aires. Trató de convencerme de que eso era bueno incluso para mí, para la promoción de mi hallazgo, del cuadro. ¿Ya no se acuerda?

—¡Así es! En eso también me han engañado. Se lo explicaré.

Al parecer, una semana antes del 12 de octubre, el director financiero de la CHF, en el transcurso de una reunión del comité de dirección, expuso la preocupante situación de las finanzas que atravesaba la institución. En el fondo, el problema era que la falta de liquidez provenía de una fuga de dinero causada por al menos tres operaciones realizadas con muy poco tino. En conjunto, habían costado a las arcas más de veinte millones de dólares. Como el despropósito venía de atrás, con un edificio hipotecado, deudas acumuladas por un importe diez veces superior al presupuesto de un año, se podía afirmar sin ningún género de dudas que la fundación se encontraba en quiebra técnica.

—Y diseñaron ustedes un plan para recaudar más fondos, con el pretexto de que a Cristóbal Colón nadie le niega el dinero.

—Es usted un lince. Así es, la gente en esta ciudad no tiene problemas en rascarse el bolsillo cuando se trata de asuntos como estos. Y hasta donde yo sé, ha sido todo un éxito. Pero quiero que sepa una cosa: yo no tuve nada que ver con esa explosión. Fue una propuesta diseñada desde dentro, que me fue ofrecida el mismo día que usted llegó, y que no conocía en detalle. Llámeme estúpido, pero la acepté, porque si no había una insolvencia dolosa detrás. Alguien me expuso ese plan, absurdo a todas luces en sí mismo, pero de resultados evidentes. Dije que sí, ese fue mi único error, mi gran error.

—Y luego alguien le delató. O sea, que ha sido una maquinación premeditada.

—Así es.

—¿Y la sangre en su habitación?

—Me pegaron un golpe en la cabeza. Perdí el conocimiento. Luego estuve encerrado en un lugar lúgubre unos días. No tengo ni idea de dónde. Y tampoco sé quién lo hizo. La misma gente que me tendió esa trampa me retuvo para hacerme parecer más culpable. De hecho, cuando me desperté, me encontraba en mi *suite*. No tenía ni idea de cómo había regresado hasta allí. Debieron de drogarme, llevarme de vuelta hasta el hotel Mandarin y luego avisar a la policía. Me detuvieron allí mismo. ¿Me cree usted tan estúpido para hacer yo mismo algo así?

—Tiene usted poderosos enemigos.

—Ayúdeme a encontrarlos. Le necesito.

—¿Por qué yo?

—Porque no puedo confiar en nadie más.

***

Héctor condujo con normalidad en ese domingo tranquilo hasta Central Park, mientras Federico abundaba en explicaciones. Observé a lo lejos Columbus Circle. En la plaza se veían ahora andamios, y un carril de circulación cortado al tráfico. Me llevaban al mismo hotel. Agradecí el gesto, porque tenía allí mis cosas, todas las pertenencias que traje de España.

—Sé que la policía le sigue, pero aquí estará más seguro que en ningún otro sitio. Mi chófer tiene a toda su familia trabajando para el establecimiento. Nadie sabrá que está usted hospedado, esté tranquilo.

Evité hablarle de mi trato con el FBI. No aportaba nada en esos momentos.

—Yo también me quedaré, en la *suite*. Cenemos sin prisas, y mañana iremos juntos a la CHF. Necesito que usted vea las cosas que yo no puedo ver, o al menos, las que no he visto hasta ahora. Su papel va a ser imprescindible, tengo un gran asunto, un tema importante del que quiero hacerle partícipe.

Contuve el aliento.

¿Se refería al secreto que doña Teresa aseguraba que soportaba sobre sus espaldas?

—¿Y Valentina?

—Estará luego con nosotros, llegará para la cena.

—Perfecto.

Me miró al decir yo esa palabra. No sabría por qué, pero debió sonarle especial. Tanto como para preguntarme a continuación:

—Dígame una cosa, ¿qué ha ocurrido en Cuernavaca?

Por mi cabeza pasó de todo, pero como imaginaba que se refería a doña Teresa, al encuentro con su hija, le dije lo primero que se me ocurrió.

—Esa mujer le quiere con locura. Me ha hecho prometerle que le llevaré allí de vuelta, y que usted se irá a vivir a México para siempre. Si no hubiese sido por ella, ahora mismo estaría muerto, de eso no me cabe la menor duda. Me ha salvado la vida. Es una mujer muy inteligente. Si usted me permite, creo que merece la pena que la escuche y hacerle caso, tal vez no sea ninguna fruslería. Vamos, que debería darle vueltas a esa propuesta.

Cerré los ojos y deseé con todas mis fuerzas que no echase por tierra esa posibilidad. Había dos asuntos en los que había comprometido mi palabra. Uno de ellos era con el FBI, y el otro, con la mexicana. A decir verdad, me preocupaban los dos, pero especialmente el segundo.

—Ese es mi plan. De hecho, si nada de esto hubiese ocurrido, en estos momentos estaría viviendo con ella, para siempre. No se preocupe. Cuando aclaremos este lío, iremos juntos a Cuernavaca, y cumplirá usted su palabra. Como el caballero español que es, si ha comprometido usted su honor, no le dejaré en mal lugar.

Federico comenzó entonces a reír, y lo hizo con tal intensidad, de tal forma, que presumí lo mal que lo había pasado, que necesitaba momentos de felicidad como ese.

Para completar esa conversación tan sincera, me hubiese gustado preguntarle por el criminal Fidelio Pardo, pero no era el momento más adecuado. Solo añadí una cosa más.

—¿El cuadro sigue bien custodiado?

—Como si fuera la *Gioconda*. Está guardado en la caja fuerte del hotel. Héctor y su gente se ha ocupado de eso.

Me urgía analizarlo en profundidad. Nada me apetecía más en esos momentos que estar un buen rato a solas frente al retrato, ver en detalle esas marcas en la trasera del lienzo, incluso descubrir si las sorpresas continuarían.

¿Me encontraría con algo nuevo?

Héctor entró directamente por el aparcamiento. Al dejar el vehículo, saludó a un par de hombres que vigilaban el lugar. Nos condujo hacia un lujoso ascensor y metió una llave en una ranura. Recorrió la subida hasta la planta noble sin escala alguna. Cerca de la *suite* de Federico habían preparado otra habitación independiente para mí.

Me dejaron en el interior, cerré la puerta, comprobé que todas mis pertenencias estaban colgadas en el armario y me eché en la cama.

Necesitaba un baño con urgencia. Me quité la ropa y descorrí las cortinas de la habitación. Apareció ante mí una imagen increíble. Luces por todos lados, glamur sin fin, una ciudad infinita.

Me metí en el cuarto de baño y abrí la ducha. Dejé que el agua caliente y el vapor inundase el espacio, hasta que los cristales se volvieron opacos. Luego me metí dentro de la nube. Primero mojé bien mi piel y la impregné con un gel de baño que desprendía un aroma portentoso.

Nada podía superar aquello.

O tal vez sí.

Unas manos me rodearon por detrás.

Y unos labios me besaron la espalda con dulzura.

—Te estás mojando el pelo.

Fue lo mejor que pude acertar a decirle.

—Hay cosas que merecen la pena.

¿Me iba a perdonar alguna vez?

Me giré y la besé. Al principio con besitos rápidos, en la frente, en la cara, en los pómulos. Luego ella me ofreció su boca, y yo la tomé. Bajo esa atmósfera caliente, nada de lo ocurrido en los últimos días me parecía que hubiese ocurrido. Si alguna vez tuve una pesadilla, ahora era el momento de olvidarla.

Cuando salimos del baño, ella se puso un albornoz blanco y yo el otro. Nos sentamos entonces en la cama.

La luz de la habitación estaba apagada. Solo las lucecitas de la ciudad nos iluminaban, con intensidad suficiente como para vernos las caras.

Sus ojos empezaron de pronto a refulgir. Y luego, en un fugaz lapso de tiempo, comenzaron a amedrentarse. Una lágrima solitaria surgió de su ojo derecho y le resbaló por la mejilla. No se molestó en enjugársela. Yo le sujeté el mentón y la atraje hacia mí.

—Te juro por Dios que nunca más voy a fallarte.

Ella exhibió una tenue sonrisa.

—Fui un imbécil, ya te lo dije, pero tengo toda la vida para recompensarte.

Nos fundimos en un beso eterno.

En un momento dado, me miró y asintió.

Yo fui entonces el hombre más feliz del mundo.

***

Entramos en la *suite* de Federico agarrados de la mano. No fue ninguna sorpresa para el padre, así que presumí que su hija le había puesto al corriente de nuestra relación.

En el centro del salón habían colocado una mesa redonda para cuatro comensales. Al ver mi cara de extrañeza, me explicó su plan.

—Acabo de salir de la cárcel. Con toda normalidad he invitado a Ezio Barabino, creo que le conociste, es el director ejecutivo. Quiero que se explique. Y que vosotros me ayudéis. No me fío de él, pero tampoco tengo elementos para discernir si es realmente quien me la está jugando.

Sin preguntar, Federico prendió un puro habano. Tras soltar varias bocanadas intensas, la estancia se inundó de humo. Valentina reprendió a su padre, y este no le hizo caso alguno. Eso sí que era absoluta normalidad.

Un camarero vestido con pantalón negro e impoluta chaqueta blanca nos sirvió un trago. Yo pedí un tequila reposado, mejor no cambiar de bebida a esas alturas. Sforza se acercó entonces a mí y me aseguró que debía darle muchos detalles. Si se refería a Emiliano, podría ofrecerle algunos, sin duda. Como estaba presente Valentina, no me pareció momento para ponerle al día de los misiles, ni de sus estúpidas amistades, ni tampoco de su relación con el mafioso Pardo. Todo eso podía esperar ahora.

Sí que podía ponerle al tanto de otro asunto: el jeroglífico del cuadro. Sorbito a sorbito le expliqué que había encontrado una relación entre la extraña inscripción de la parte trasera y la propia firma de Colón. Fue entonces Valentina quien le narró con detalles la visita a la capilla de San José de Cuernavaca. Parecía entusiasmada, había comprendido que la base de mis investigaciones era sólida, y se mostró dispuesta a apoyarme para llegar hasta el final.

—Fue emocionante —dijo ella—. Yo esperaba encontrar allí la resolución al enigma.

—¿Qué os hizo pensar eso?

—Es la iglesia más antigua de la América continental, de 1521 —dije—, la «Y» de la firma de Colón hace referencia a Yusef, José, el lugar adecuado si alguien quisiera esconder algo.

Federico adoptó una aptitud pensativa. Parecía que el asunto ciertamente le interesaba. Un hombre como él jamás permanecía indiferente a nada y si se trataba de asuntos colombinos, más aún. En sus ojos chispeantes percibí que había algo que no le casaba, pero evitó pronunciarse. Era evidente que habíamos logrado captar su atención con aquella teoría, por muy descabellada que fuese.

—¿Y por alguna razón más?

—Tal vez usted tenga la respuesta.

Me lanzó una mirada inquisitoria.

—Explíquese.

—¿Por qué su familia se estableció hace décadas en Cuernavaca? ¿Qué le llevó a su abuelo por esas tierras? ¿Por qué allí precisamente?

Federico ensombreció. En un primer momento se limitó a pegar varias chupadas intensas a su puro. Luego se quedó pensando, abstraído, como si le hubiéramos recordado algo que tenía ya olvidado y enterrado. Llegó a abrir la boca, y cuando parecía que se disponía a decir algo, sonó la puerta.

Llegó Barabino.

Volvió a apretarme la mano tan fuerte como la primera vez. En esta ocasión me pareció que su tez rojiza estaba aún más encendida. El poco pelo que le quedaba parecía pegado al cuero cabelludo, porque sudaba profusamente. Tal vez había venido corriendo, o incluso ascendiendo por las escaleras. Solo eso justificaba tanta sudoración.

Sus ojos claros me parecieron escurridizos. Se mostró alegre por la presencia del presidente, de su excarcelación.

Federico le invitó a sentarse y los demás le seguimos. Nuestro anfitrión comenzó la velada expresando los malos momentos que había pasado en prisión, el peligro de las cárceles americanas y el horror que supone estar recluido por un asunto de dinero cuyo trasfondo no conoces. Aseguró que esa incertidumbre le estaba matando. Me pareció que lanzaba insinuaciones sobre el poco o nulo intento que había hecho la gente de la CHF por sacarlo de allí. Solo las acciones de Valentina consiguieron que volviese a pisar la calle.

—¿Qué ocurre allí dentro? ¿Qué me estáis ocultando?

—Federico, te juro por mis hijos que no ocurre nada.

Entonces Barabino me miró. Parecía que quería decir algo, pero no en mi presencia.

—Álvaro es de mi absoluta confianza. Suelta lo que tengas que decir.

—Las donaciones han sido excepcionales. Desde la explosión de la estatua hemos recaudado cinco millones de dólares. Y mañana lunes van a entrar al menos quince millones más. Con esto vamos a poder pagar las deudas y relanzar la fundación. Los problemas se han acabado. Hemos estado realmente muy ocupados.

—Como para no venir a verme…

—Ha sido la semana más intensa en la existencia de la CHF. Los medios de comunicación de todo el mundo llamando, las entrevistas… y luego la explosión de Washington y las demás. No esperábamos una cosa así.

Ese era el momento apropiado para entrar en la conversación.

—Dígame una cosa, Ezio, ¿quién ha hecho volar el resto de las estatuas?

—No tenemos ni idea. Juro ante Dios que no lo sabemos.

Se puso la mano en el corazón para decir eso. El director ejecutivo de la CHF podía ser tanto un bandido como un excelente actor de teatro.

—¿Y cómo habéis hecho volar esta de aquí? —Valentina señaló con su mano hacia Columbus Circle.

Barabino me miró a mí, continuaba sin fiarse.

—Federico, ¿seguro que podemos hablar delante de este hombre?

Asintió.

—Con absoluta libertad —le respondió el presidente—. Mañana estaremos en la sede, ocuparé mi despacho una vez más y Álvaro se sentará junto a mí.

Ese hombre lo entendió como si yo fuese a quitarle el puesto de trabajo. Solo a regañadientes terminó aceptando dar explicaciones.

—Hace unos meses, justo cuando vimos que teníamos un boquete en las cuentas de dimensiones descomunales, vino a vernos un hombre. Era un tipo raro, alguien que jamás estuvo antes en nuestras oficinas. No le conocíamos de nada. Desde el principio dijo que venía para salvarnos, que llegaba para hacernos una propuesta de futuro. No hemos llegado a saber qué datos tenía, o cómo se había hecho con los resultados de nuestras cuentas. Lo cierto es que somos una organización grande, con muchos departamentos, becas, los alumnos, un larguísimo etcétera. De dónde provenía su información nunca lo sabremos. El caso es que acertó en una propuesta: hacer estallar el monumento de Columbus Circle, pedir ayudas y luego construir uno nuevo, mucho más grande, mucho mejor, un monolito no de mármol, sino de algún material de tecnología avanzada, un hito capaz de atraer la atención hacia la fundación y nuestras actividades. Si a finales del siglo XIX el italiano Gaetano Russo fue el artista que dio forma a esa primera efigie del Descubridor, ahora, en el siglo XXI, los italoamericanos de Nueva York íbamos a construir el mayor faro colombino, un carpetazo a las estupideces de alcaldes que quieren quitar los signos del Almirante, de los indios que pintan las manos de rojo a tan insigne personaje.

—Una idea imbatible —dije.

Barabino percibió la ironía en mis palabras.

—*A priori* se trataba de un plan descabellado, pero era necesario atraer la atención del mundo, incrementar el número de donantes y, de paso, refundar la CHF, elevar de nuevo a nuestro compatriota a la dimensión que merece. ¿Cómo resistirse a esa idea cuando estás dentro de un pozo cuyo fondo no puedes ni tan siquiera vislumbrar?

Nos miró a todos, pero especialmente focalizó su mirada en Federico. Abrió mucho los ojos y puso toda la pasión que pudo en relatarnos un asunto que le tenía preocupado.

—Desde que las autoridades locales de Los Ángeles retiraron una estatua de Cristóbal Colón, que llevaba en Grand Park un buen número de años, con el pretexto de ser un acto de justicia reparadora para los habitantes originales, las reacciones no han cesado. Ha habido mucha gente interesada en explicar que esa efigie reescribía un capítulo manchado de la historia e idealizaba la expansión de los imperios europeos y la explotación de los recursos naturales y los seres humanos. Una absoluta tontería que era necesario detener con acciones decididas. Porque, si no, incluso el Día de Colón corría el peligro de desaparecer. Mire, Federico, un *lobby* muy articulado, extremadamente peligroso para nuestros intereses, está tratando de reemplazar nuestra celebración por otra muy distinta: el Día de los Pueblos Indígenas. Eso no lo podemos consentir. La iniciativa de retirar la estatua de Colón partió de un concejal llamado Mitch O'Farrell, miembro de la tribu de nativos americanos Wyandotte. Según él, la decisión era un paso importante para eliminar la falsa narrativa de que Cristóbal Colón descubrió América pues, según él, aquí ya vivían nativos americanos.

—Y usted, para combatir ese hecho —dije—, no tiene otra mejor ocurrencia que aceptar la propuesta de alguien, que además no sabe ni quién es, de volar la estatua de Columbus Circle.

—La retirada de la estatua de California podía haber sido un hecho aislado, pero ocurrió que la Universidad de Stanford, una de las más prestigiosas de nuestro país, decidió eliminar el nombre de fray Junípero Serra de las calles y edificios del campus. Ese franciscano compatriota suyo, señor Deza, articuló el sistema de misiones que dio lugar a California. Y todo con el pretexto del dolor y daño emocional que puede causar a los estudiantes y profesores nativo-americanos. Usted no sabe cómo se manejan este tipo de acciones en nuestro país. Los *lobbys* se combaten solo con dinero. Con más dinero. Y con la CHF bajo mínimos, o incluso fuera de combate, nadie hubiera podido contrarrestar este ataque. Créame, se trata de una embestida muy bien orquestada.

Hizo una pausa para beber agua.

—Los avances de hechos como estos y de otros parecidos no han cesado. En otros países, como Venezuela, en el estado de Sucre, o en Bolivia, en La Paz, han sido atacadas las estatuas del Almirante. No vamos a permitir ese revisionismo histórico, esa tendencia al alza en las organizaciones indigenistas, no vamos a tolerar que este absurdo movimiento se extienda. Hubo que cortarlo, por tanto. Y con el proyecto que hemos elaborado para Columbus Circle, vamos a poder hacerlo. Tienen que verlo. El plan es infalible. La CHF renace, se fortalece. Desde esa posición, podremos combatir esta irrupción de estupidez. ¡Jamás ha sido tan necesaria la fundación como en estos momentos cruciales!

—Colón no es más que un chivo expiatorio —añadí—. ¿Qué culpa tuvo él?

—El asunto es más complejo de lo que parece. Usted es español. Yo nací en Italia. ¿Qué papel tienen en todo esto los ingleses? O más precisamente, los norteamericanos.

—Me alegra escuchar a alguien que afirma que los españoles no tenemos la culpa de todo.

—Ustedes nunca han sido genocidas, por descontado. Se mezclaron con las tribus indígenas, el mestizaje se produjo en unas proporciones que jamás se dieron aquí en los Estados Unidos. Pero es más fácil echarles la culpa a otros, ¿no? Para la Universidad de Stanford es más sencillo quitar una placa con el nombre de una calle que explicar por qué los colonos ingleses jamás se mezclaron con la población que encontraron durante el proceso de expansión colonial.

—Incluso actuando contra el pobre monje que permitió la creación del estado en el cual se encuentra esa Universidad, es decir, California.

—Así es —afirmó Ezio Barabino—. Es imposible encontrar una única razón para explicar el porqué de esta corriente en los Estados Unidos. Pero tengo claro que los estadounidenses no quieren entrar en el fondo de la cuestión. Se limitan a dar la razón a los indios nativos, quemando de paso la historia, el legado de Colón y la cultura europea. ¿Aún piensa que no hay que actuar? ¿No cree usted que nuestra fundación puede hacer mucho por esta causa?

Me desarmó. Poco podía añadir a ese razonamiento, siendo yo una persona que había dedicado media vida a investigar precisamente estos asuntos.

—¿Y cuál es su plan?

—Primero, recomponer el patrimonio para poder contraatacar. Con las donaciones que estamos recibiendo, vamos a contar con músculo financiero suficiente. Después, organizar una estrategia eficaz para detener esta corriente. El argumento principal es evitar que se tomen los valores actuales para juzgar con esa luz los hechos del pasado. Hay una enorme falta de criterio histórico, no se puede calificar a nuestro Almirante de esta forma, es una cuestión de absoluta ignorancia. Nadie mejor que nosotros puede revertir la situación. Es el principio primordial, la razón original por la cual se creó la Columbus Heritage Foundation.

No era momento para más confesiones.

Federico manifestó que se encontraba cansado, exhausto en realidad. Necesitaba una buena cama para descansar.

Esa última frase de Barabino me puso en alerta. Me apetecía preguntar cuál era el gran secreto que guardaba la fundación, ese que doña Teresa me mencionó, y que según ella suponía un enorme peso sobre los hombros de su esposo.

Habría tiempo.

La invitación de Federico para que le acompañase a las instalaciones al día siguiente me permitiría investigar con tranquilidad, no solo qué había ocurrido con los fondos financieros, sino también con este otro asunto, mucho más importante para mí.

Me moría de ganas por comenzar.

Antes de retirarnos, le pedí algo a Sforza.

—Me gustaría que mañana lleven el cuadro a la CHF. ¿Le parece buena idea?

23

APLAUSOS

«...

—Federico, ¿qué es lo mejor que le ha ocurrido en la vida?

—No soy nada original en eso. Como cualquier buen padre, mi familia, esas cosas.

—Seguro que habrá más asuntos que le produzcan satisfacción. Defíname su papel en la fundación. ¿Ha conseguido usted alcanzar los objetivos que perseguía?

—Hijo, este ha sido un puesto heredado. Mi padre me metió aquí, ya nací con un pie dentro de la CHF. Solo he tenido que darle impulsitos. No quiero ponerme medallas que no me corresponden.

—¿Y volvería a hacer las cosas de la misma forma?

—Por supuesto que no. He cometido grandes errores.

—¿En qué sentido?

—Mucha gente piensa que tener poder, disponer de información que nadie conoce, produce felicidad. Pero no es así.

—¿Por qué?

—Porque guardar secretos es una gran responsabilidad.

...»

El edificio de la Columbus Heritage Foundation me pareció más coqueto que nunca. Miré al cielo en esa preciosa mañana de otoño. Unos pajarillos de pecho blanco iniciaron el vuelo desde los árboles cuando la limusina se detuvo. La fachada de piedra había experimentado un proceso de restauración reciente. Se notaba más clara y refulgente que cuando yo la visitaba años atrás. Federico vestía un traje azul marino de impecable corte, corbata verde y pañuelo rojo en el bolsillo superior de la chaqueta. Abordamos la escalinata y alguien abrió desde dentro las dos puertas metálicas de la entrada. Una cohorte de empleados salió a recibirnos.

Luego escuchamos un largo y generalizado aplauso. Nadie se atrevía a terminar de entrechocar sus manos, hasta que la secretaria personal de Federico, una señora mayor de mirada arrobada, se decidió a lanzarse sobre él para propinarle un sinfín de besos. Pero no todas fueron muestras de cariño, también pude percatarme de algún comentario avieso.

Federico se atusó el cabello blanco. A todas luces reconfortado con ese recibimiento, pidió a sus trabajadores que entrasen. Comenzaron a arremolinarse en el salón principal, bajo cuatro inmensas lámparas de cristal. El presidente se dirigió entonces a la escalera enmoquetada de color burdeos intenso. Desde el cuarto escalón, se dispuso a lanzar el discurso que todos esperaban.

—Somos una gran organización —lanzó con voz potente, seguro de sus palabras—. Nadie va a conseguir que agachemos la cabeza. Estamos orgullosos de nuestro pasado. Aclararemos lo ocurrido, reforzaremos la imagen e impulsaremos un nuevo plan que nos llevará mucho más lejos. Que nadie lo dude. He vuelto para liderar este cambio. Si hay alguien aquí que no está de acuerdo, si hay alguna persona que no cree en mí, ahí está la puerta.

Provocó un intenso silencio.

Nadie se movió de su sitio.

Y cuando decidió que ya era suficiente, que el apoyo era unánime, continuó.

—Lo mejor está por venir. Empujemos todos en la misma dirección. Nuestro futuro juntos es espléndido. Gracias a todos.

Los aplausos continuaron hasta que Federico Sforza alcanzó la parte superior de las escaleras y se perdió de nuestra vista. Se dirigía a su despacho. Yo no quise quitarle tiempo, era evidente que tenía que ponerse al día con el papeleo. Me propuse entonces pensar un rato, dedicarme al asunto que había cambiado mi vida: el cuadro.

Y también husmear en los secretos colombinos que presumía fielmente custodiados.

Paseé por las instalaciones. Saludé al personal que conocía. Todos me felicitaron por el hallazgo, no fueron pocos los elogios, incluso de personas que jamás imaginé pudiesen tenerme admiración. Otros me preguntaron por mi vida en Sevilla, presumían en mí una lujosa existencia. No puse reparos en hablar, dejé claro que me había divorciado de la marquesa, y aunque evité ofrecer detalles, reconduje la conversación hacia mis investigaciones. Ahora todos mis éxitos se centraban en ese retrato del hombre que daba nombre a la institución.

Justo en ese momento entraba por la puerta Héctor acompañado de dos de sus acólitos. Portaban el retrato, cubierto con un paño de terciopelo negro. El estómago me dio un vuelco. El reencuentro con esa reliquia me embargaba.

—¿Dónde lo colocamos? ¿Lo colgamos en la pared?

—No, por favor. Necesito estudiarlo por ambos lados. Déjenlo en un caballete.

Pregunté entonces por los fondos bibliográficos y solicité una sala donde poder trabajar y consultar archivos históricos. Me condujeron a un despacho en la planta baja, con miles de libros dispuestos en unas librerías altísimas. Me fijé que había dos personas trabajando. Pusieron a mi disposición una pantalla y un teclado con acceso abierto a bases de datos científicas. También una lupa, elementos que necesitaba para mis indagaciones.

Justo delante de mí colocaron el cuadro.

Cuando me senté todo el mundo se marchó, incluso los dos trabajadores de esa sala. Mejor así. Desplegué sobre la mesa un par de folios y me dispuse al análisis de los datos. Apenas me venía nada a la cabeza. Colón me miraba de frente, y eso me inquietaba. Me levanté y fui a inspeccionar el reverso, me picaba la curiosidad. ¿Habrían aparecido nuevas inscripciones?

Lupa en mano, revisé las marcas. Desde luego, el jeroglífico era mucho más tenue que el texto que encontramos en Sevilla. A mí me parecían mensajes grabados en épocas distintas, pero el tipo de letra era tan similar que yo hubiese jurado que habían sido realizados por la misma persona, aunque podía equivocarme. Sin mi amigo Sebastián allí cerca, me costaba tomar una decisión al respecto. Pero, claro, la pregunta seguía en el aire... ¿por qué no vimos ese enjambre de letras y signos el día que destapamos el rostro?, ¿estaban ya allí? Mejor acotar los problemas, centrarme en los aspectos manejables y tratar de descifrar el mensaje.

Finis origine pendet.

Luego caminé por la sala, leyendo los lomos de algunos libros. La mayoría eran ejemplares sobre la vida y obra del Almirante, publicados en multitud de idiomas. El más notable: la *Raccolta di documenti e studi pubblicati dalla R. Commissione Colombiana pel quarto centenario dalla scoperta dell'America*, en todas las traducciones posibles.

Nada me inspiraba, nada me servía para avanzar.

Ni idea de cuál sería el final, pero el origen admitía cuando menos una discusión.

No tardé mucho en darme cuenta de que, por mucho que quisiera, no encontraría en esa estancia ni un solo libro con teorías alternativas sobre el lugar de nacimiento del Almirante. ¿Por qué los italianos siempre han rehusado ese debate? ¿Por qué razón dieron por válida esa famosa carta testamento?

La institución del mayorazgo fue el único escrito en el cual Cristóbal Colón expresó su lugar de origen. Mediante esa transmisión, dejaba a su hijo mayor la propiedad de los bienes de la familia, y lo hizo en un documento teóricamente firmado en 1498, donde consta expresamente que nació en Génova.

Hasta ahí, por tanto, no tendría que haber ninguna duda. Era italiano. Ya está. Fin de la discusión.

Pero no, nunca ha sido fácil zanjar la cuestión, porque ese papel apareció mucho tiempo después de morir, durante los pleitos colombinos, y además se trata de una copia, no cosida a ningún libro de actas notariales. Nadie vio jamás el original. Ese escrito fue presentado muchos años después de la muerte del Almirante como prueba en un juicio, y siempre se consideró un testimonio amañado por intereses.

¿Irrefutable?

Este asunto ha traído cola durante siglos.

Desde el mismo momento que pisó la península ibérica, Colón ocultó e incluso falseó su origen. Y no solo él, también sus hermanos, hijos, nietos y parientes colaterales. Todos, absolutamente todos, practicaron la ambigüedad a la hora de aclarar el lugar de origen de la familia. El Almirante y sus hermanos se declararon insistentemente solo extranjeros. Si hubiese querido clarificar su procedencia, podría haber dicho «Soy extranjero de Génova, o Florencia, o Venecia», como tantos otros italianos que residieron en la península ibérica.

Pero no hay ni un solo testimonio ni en España ni en Portugal de la procedencia de ese extranjero. ¿Por qué?

Y luego llegó su hijo Hernando, gran inventor de confusiones. Pasó largos periodos de tiempo junto a su padre. Nadie le conoció tan bien como él. En el cuarto viaje, ambos partieron en 1502 y no regresaron hasta 1504, en una expedición transoceánica larga. Padre e hijo convivieron dentro de pequeñas naves, recorrieron las costas de Centroamérica y descubrieron Honduras, Nicaragua, Costa Rica y Panamá, finalizando en Jamaica, donde naufragaron y estuvieron atrapados durante muchos meses.

¿Tuvo tiempo el Almirante de explicarle a su hijo dónde nació exactamente?

Pues no, no lo hizo.

Años más tarde, ese hijo escribió *Historia del Almirante*, donde vela en todo momento por la gloria paterna. Me levanté, y fui en busca de ese libro. Encontré ediciones en inglés, italiano y español. Busqué la página adecuada:

Algunos, que en cierta manera piensan oscurecer su fama, dicen que fue de Nervi; otros, que de Cugureo, y otros de Buyasco, que todos son lugares pequeños, cerca de la ciudad de Génova y en su misma ribera; y otros, que quieren engrandecerle más, dicen que era de Savona, y otros que genovés; y aun los que más le suben a la cumbre, le hacen de Plasencia, en la cual ciudad hay algunas personas honradas de su familia, y sepulturas con armas y epitafios de Colombo.

En resumen, dos ideas. Primero, el hijo jamás supo por labios de su padre el lugar de origen de la familia. Segundo, lejos de aclarar el asunto, creó un monumental modelo de despiste y confusión.

Desde entonces ha habido teorías que sitúan su cuna en Francia, en Inglaterra y otros países europeos. En España, la incógnita sobre el lugar de origen ha existido desde siempre, no para intentar demostrar que era castellano, porque eso siempre estuvo fuera de toda duda.

¿A qué se debió tanto celo familiar por silenciar el origen?

Estábamos en los finales de la Edad Media, una época convulsa en España, por la reconquista del territorio a los árabes y por la expulsión de los judíos.

La teoría unánimemente aceptada era que una procedencia plebeya hubiese sido un gran problema, porque ese hombre llegó ante los Reyes Católicos para venderles un proyecto descubridor a cambio de unas compensaciones económicas y honoríficas de un calado enorme. Presumiendo de un pasado glorioso, de alta cuna, los monarcas confiaron en él. Los nobles de la corte, los religiosos, los asesores, solo darían su visto bueno a la operación si era un hombre de honra, si sus laureles como navegante y sus antecedentes le avalaban.

Pero si su familia estaba relacionada con oficios artesanales, como las manualidades laneras, ese quehacer hubiese sido considerado impropio para alguien que reclamaba para sí el título de almirante de la mar Océana a perpetuidad.

Me levanté de la silla. Hice un ligero gesto de saludo al retrato y abandoné la estancia. Dejé sobre la mesa los apuntes y notas que había realizado.

Escuché gritos arriba. Parecía que la reunión no se estaba celebrando en los términos pacíficos que imaginaba.

La secretaria de Sforza pasó delante de mí. No perdí la oportunidad de preguntarle.

—¿Ocurre algo grave? ¿De qué hablan?

—De dinero, Álvaro, de dinero.

Se marchó corriendo a saltitos.

Busqué un teléfono y llamé a Valentina.

Prometió venir a por mí para almorzar juntos. Eso me proporcionó renovadas energías para seguir investigando.

Regresé a la sala. Solo tras saludar de nuevo a ese hombre retratado que no me quitaba sus ojos de encima continué con mis investigaciones.

Busqué ese único documento donde Colón confesaba ser de Génova: la institución del mayorazgo, firmado en Sevilla en 1498. Necesitaba verlo con mis propios ojos.

*E ansí lo suplico al Rey e a la Reina [...], no consientan se
disforme este mi compromisso de Mayorazgo y Testamento [...]
y raíz e pie de mi linage e memoria de los servicios que a Sus
Altezas he hecho, que siendo yo nacido en Génoba les bine a
servir aquí en Castilla, y les descobrí al Poniente de tierra firme
las Indias y las dichas islas sobredichas. Así que suplico a Sus
Altezas que sin pleito ni demanda ni dilación manden sumaria-
mente que este mi Previlegio e Testamento balga e se cumpla...*

Ciertamente sospechosa esa última frase. Me interesó también
otro párrafo, que leí a continuación:

*Y después de aver heredado y estado en posesión d'ello, mis
herederos firmen de mi firma la cual agora acostumbro, que es
una .X. con una .S. ençima y una .M. con una .A. romana encima, y encima d'ella una .S. y después una .Y. greca con una .S.
encima con sus rayas y bírgulas como agora hago.*

Me quedé atrapado en esa idea. Quien hubiera escrito ese texto, exigía a los herederos de Cristóbal Colón que firmasen como él.
¿Por qué?

El enigma que encontré en la parte trasera del cuadro parecía
estar relacionado. Esa firma estaba en el centro de mis pesadillas.

¿Qué significaba el jeroglífico?

La rúbrica del Almirante, con sus signos, letras, rayas y vírgu-
las, jamás ha sido descifrada, será un reto eterno para los investigadores.

Llegó la hora acordada para almorzar con Valentina.

El mundo entero podía esperar.

***

Valentina llegó a la hora acordada. Vestía ropa informal, un conjunto de pantalón corto y camisa sin mangas a juego. El día era tan bueno, tan apacible, que imaginé sus propósitos. Traía consigo una cestita de mimbre. La miré y ella me hizo un gesto afirmativo: íbamos a almorzar en el césped de Central Park.

Cruzamos la calle y abordamos la primera entrada que encontramos. Luego buscamos un lugar tranquilo, soleado, y desplegamos la mantita. Descalzos, ambos nos tumbamos a contemplar el cielo a través de las ramas de los árboles. Ni una nube, ni una ligera brisa, una temperatura maravillosa en aquel 19 de octubre.

—Quién lo diría —dije.

—¿Te refieres al buen clima que hace? —Ella se volvió hacia mí y puso su cabeza sobre mi pecho—. El cambio climático ha llegado para quedarse.

Yo no me refería a eso, pero no era momento para retomar mis obsesiones.

—He encontrado más pistas. Cada vez tengo más claro que esa parte trasera del cuadro nos está llevando a un lugar.

—Permíteme que te ayude. Me encantó cuando investigamos en la capilla de Cuernavaca. ¡Qué emoción! Prométeme que vas a contar conmigo.

Le relaté mis pesquisas. Y también la puse al tanto de los líos de su padre con la organización interna de la fundación. No había sido la primera vez que escuchaba a Federico Sforza airado por los pasillos de ese edificio. Siempre me pareció un hombre enérgico. Si ahora tenía problemas, era evidente que estaría poniendo todas sus fuerzas en resolverlos.

—Aún recuerdo mis días en esta ciudad, en ese lugar —pronuncié sin ninguna intención, solo recordando tiempos pasados.

Ella aprovechó para librarse del desasosiego que la invadía.

—Hubiésemos podido construir grandes cosas juntos. —Valentina habló de forma pausada, quería que esas palabras quedasen grabadas en mi cabeza.

—Te pediré perdón una y mil veces. Fui un estúpido. Mi país atrapa, y mi ciudad también. Cuando volví, una concatenación de hechos me hizo caer en una tela de araña.

—¿Me crees necia?

Movió las manos con un gesto nervioso y luego levantó la cabeza de mi pecho y se sentó mirando hacia unos niños que patinaban.

—Te enamoraste de otra. Es así de simple. Yo no era suficiente para ti. Si la marquesa no se hubiese cruzado en tu camino habrías regresado en mayo o tal vez en junio de ese año.

Tenía toda la razón.

Eran tan pocos los argumentos que podía utilizar en mi defensa que preferí permanecer callado.

También me erguí, y solo dije lo que sentía, la verdad desnuda.

—Me desvié disparatadamente de mis intenciones. Fue un hecho fortuito, apenas puedo explicarlo, pero es cierto. Todo sucedió con tal magnitud que en poco tiempo ni recordaba cuáles eran mis intenciones. Te amaba con toda mi alma, te lo prometo, jamás albergué ni el más mínimo deseo de hacerte daño. Llámalo como quieras: desconcierto, alienación, miedo, o tal vez todo junto. El resultado supuso un desastre. Para ambos. Esa es la realidad.

—Pero no tuviste valor para llamarme y decírmelo. ¿Sabes cuánto tiempo estuve esperándote? Durante mucho tiempo, más del que imaginas, siguió anidando en mí un débil asomo de esperanza. Tardé siglos en renunciar a ti. Ya escuchaste a doña Teresa. Casi me cuesta la misma vida.

—Lo siento. Lo siento. Lo siento.

Me volví hacia ella y la besé en la boca.

Ella me respondió sin dudarlo.

—¿Estás dispuesta a intentarlo de nuevo?

—No soy tan despampanante como la marquesa, pero no estoy mal, ¿no?

Se puso de pie, dio una vuelta completa sobre sí misma de forma sinuosa, mostrándome su cuerpo, y luego elevó los brazos hacia el cielo, declarando que estaba dispuesta a aceptar el desafío.

***

Regresamos a la CHF. Hubiese preferido estar toda la tarde junto a ella, tomar un helado y acabar cenando en mi habitación. Pero le había prometido a Federico esperar abajo mientras arreglaba sus asuntos. Me despedí de Valentina en la puerta y se marchó caminando con la cestita en los brazos.

Desde la escalinata me percaté de que dos hombres de traje azul y gafas oscuras me observaban a unas manzanas de distancia. El FBI no me perdía de vista.

¿Qué diablos estarían buscando? ¿Qué tenía que ver mi mentor con esas acusaciones infundadas?

Retorné a mis investigaciones. Apenas había escrito un par de ideas cuando se abrió la puerta. Era Federico. Parecía muy preocupado, incluso amargado. Se sentó frente a mí, junto al Almirante.

—Las cosas están aquí peor de lo que imaginaba. Me han engañado, y lo han hecho bien. Alguien ha ido sustrayendo fondos de una forma muy inteligente.

—¿Y no hay forma de demostrarlo? ¿Quién ha sido?

—Es imposible saberlo. Por más que lo intentemos, las cuentas no cuadran. Se trata de un asunto muy feo, porque detrás de todo están las becas de los niños, de los jóvenes y de los investigadores. El mismo tipo de beca que tuvo usted.

Agachó la cabeza y permaneció observando el suelo.

—¿Puedo ayudar en algo?

Me miró entonces. El silencio que precedió a sus palabras, su expresión sombría, me hizo pensar que iba a decirme algo muy grave.

—Estoy arruinado.

Volvió a contemplar el suelo, abatido.

—Completamente arruinado —añadió.

Esperé a digerirlo antes de decir algo coherente.

—¿Cómo ha ocurrido? Me consta que usted siempre ha sido muy cuidadoso con sus inversiones. ¿Tiene relación con el desfalco en la fundación?

—Eso es solo una parte. Es evidente que de aquí se han llevado dinero. Y creo que puedo demostrarlo. Pero eso no me salva de mis negocios.

Por unos momentos pensé que se iba a echar a llorar.

—¿Por eso me dijo ayer que estaba planeando irse a vivir a México?

—Exactamente por eso.

—Permítame otra pregunta. ¿Su estado financiero también afecta a las posesiones en Cuernavaca? ¿Las fincas? ¿Los ranchos y las ganaderías?

—Todo eso es de Teresa. Nunca hemos estado casados, nada me pertenece. Lo que usted vio allí es de ella. Ahora es mi única posibilidad de continuar en este mundo de buitres. Con dignidad.

—Pues me consta que ella le espera. Le quiere con locura. Usted es el amor de su vida. La va a hacer muy feliz. Se lo merecen ambos.

Me observó con una mirada condescendiente. Movió la cabeza, afirmando. Jamás hubiese imaginado al gran Federico Sforza ante una situación como aquella.

—¿Puedo contar con usted para salir de este embrollo?

No lo pensé.

—Por supuesto. Usted es mi mentor. Le debo mucho. Y no solo por eso. Siempre ha sido para mí fuente de inspiración.

—Voy a necesitar más que ayuda.

—Pídame lo que sea.

—Valentina. No sé cómo decírselo. Va a ser muy duro para ella.

—Imagino. No espera que usted se vaya a vivir a México.

—Así es. Jamás me lo va a perdonar. Solo usted puede aconsejarla. Sé que ambos están pasando por un buen momento. Con una relación estable en Nueva York, las cosas van a ser más livianas.

—No me sobra el dinero, pero a su hija no le va a faltar de nada.

Se levantó de la silla y me vino a dar un abrazo.

Y vaya si lo hizo.

Era la clase de declaración que ese hombre estaba esperando. Tanto, que ahora sí arrancó a llorar.

Se separó de mí y sacó del bolsillo de su pantalón un pañuelo blanco. Se limpió las lágrimas y se sentó. Luego volvió a darme las gracias.

—Siempre supe que sería para mí de gran ayuda. No me pregunte por qué. Una especie de visión, una disparatada intuición que se ha hecho realidad.

—Solo dígame cómo vamos a proceder ¿Cuándo se marchará?

—Antes debo solucionar asuntos importantes.

Hizo una pausa. No quiso decirme de qué se trataba. Imaginé que algunos temas personales le retenían antes de poder subir a un avión y marcharse al sur.

—Hay una cosa que debo decirle.

Levantó la mirada y permaneció expectante ante mis palabras.

—El FBI me detuvo al colarme en el país. Quieren que yo los informe sobre sus actividades. Le están investigando. ¿Debo preocuparme?

Se puso en pie de nuevo. Se detuvo delante del retrato de Colón. Parecía como si de pronto hubiese encontrado otro detalle revelador.

—La batalla va a ser muy dura.

No adiviné qué quería decir.

—Usted y yo tenemos enemigos comunes.

Un inesperado revoloteo de mariposas me inundó el estómago.

—Fidelio Pardo —dije.

—Exactamente.

Se volvió entonces y se acercó de nuevo a mí. Su mirada había cambiado. Vi odio, rabia y cólera en esos ojos.

—Es quien me ha engañado. Todo esto es por su culpa. Absolutamente todo.

—Cuente conmigo para acabar con él juntos. ¿Se le ocurre cómo?

—No es tan fácil. En realidad, no es nada fácil.

Agachó la cabeza.

—Sé que usted quiere algo que tenemos aquí. Teresa me dijo que se lo había dicho. Usted merece conocerlo. Nuestro secreto.

Se metió una mano en el bolsillo del pantalón y sacó una llave.

—Sígame. Va a entrar usted en el reducido grupo de personas que conoce esto.

***

Ignoraba que ese edificio tuviese sótano. Federico me pidió que le acompañase. Nos dirigimos entonces hacia el fondo de la planta baja y luego, mediante una salida posterior, abandonamos el edificio. Había estado en ese pequeño jardín trasero alguna vez. Pero no recordaba que tras unos arbustos hubiese otra puerta solo accesible desde allí.

Abrió. Estaba muy oscuro dentro. Me pidió con un gesto que le siguiera. Bajó primero unos escalones él solo. Al llegar a un descansillo, presionó un interruptor y la luz de una bombilla desnuda inundó las escaleras, más empinadas de lo que yo esperaba.

—¿Qué es este lugar?

—Vamos a pasar por debajo de los cimientos originales. Poca gente en la CHF conoce estas dependencias. Y, por supuesto, nadie ha visto lo que voy a mostrarle. Tenga cuidado con los escalones y con los techos, son muy bajos.

Continuó avanzando por un pasillo que olía a humedad. El suelo era de baldosas oscuras, pequeñas y desgastadas. Las paredes blancas escupían la pintura. Caminó un buen número de metros. Calculé que estaríamos debajo del salón principal. Se topó entonces con una pared. ¿Cómo pretendía seguir? Se trataba de un fondo de saco, un absurdo final para ese pasadizo.

—¿Y ahora?

Dirigió su dedo índice hacia el suelo.

Estaba todo tan oscuro y lúgubre que no se veía nada.

—¿Tiene usted un teléfono de esos con linterna?

Se refería a la luz del *flash* de la cámara de fotos.

Asentí. La encendí e iluminé el suelo.

Había una losa. Una pesada losa de cemento de cantos redondeados y una única argolla metálica en el centro.

—Usted es más joven. Tire de ella.

Obedecí.

Pesaba mucho, calculé que más de cincuenta kilos. La argolla me permitió subirla, a riesgo de partirme la espalda. La coloqué a un lado y luego iluminé el fondo.

—¿Qué es esto? Da miedo mirar ahí abajo.

—Uno de los mayores secretos de la humanidad.

Le miré extrañado.

—Al menos, de los tiempos modernos. No se preocupe, ningún monstruo le va a morder. Sígame.

Descendimos gracias a una escalera de mano. Federico tuvo que llegar hacia el fondo antes de poder actuar sobre otro interruptor de luz mientras yo le alumbraba con mi teléfono. Cuando la estancia se iluminó me decidí a seguirle.

Los dos nos encontramos entonces en un zulo de no más de tres por tres metros. Los techos eran aún más bajos que los del pasillo. Yo apenas podía ponerme en pie. Por eso, me invitó a sentarme en una de las dos sillas junto a la pared del fondo.

Aquel escondrijo también contenía otro elemento, juzgué que el más importante: una caja fuerte enorme.

Negra, antigua, oxidada, ¿de dónde había salido ese armatoste?

Solo en películas muy antiguas había visto algo parecido.

—El secreto tiene que ser muy grande para ocultarlo de esta manera.

—Más grande de lo que usted piensa.

Metió entonces otra llave, una grande, que Federico llevaba en su llavero personal. Supe esto cuando observé que era parte de ese manojo que todos llevamos encima, y entonces recordé que en alguna ocasión había bromeado con ella. Me había asegurado que abría las puertas del cielo, que san Pedro se la había regalado.

—Le aviso. Esto va a cambiar su vida. Le voy a mostrar cosas que usted imaginaba, pero que nunca soñó conocer. Esto es tan grande como el cuadro que ha encontrado, puede que incluso más.

Me puse en pie rápidamente, como si un resorte me hubiese impulsado hacia arriba. Y me pegué un cabezazo contra el techo que me hizo tambalear.

—Tendrá usted tiempo de temblar. Ahora preste atención.

Me volví a sentar, mareado, mezcla del olor a rancio y al golpe.

Con la llave dentro de la cerradura, procedió a introducir la combinación correcta en la rueda. Cuando hubo terminado, la giró y actuó sobre una palanca picada de herrumbre. Aquello emitió un quejido enorme, se resistió, pero terminó por abrirse.

Dentro había muchos documentos.

Vi algunos libros, legajos y algunos rollos de pergaminos.

No me atrevía a pronunciar palabra alguna. Imaginé que cualquiera de esos documentos sería miel para los labios de un investigador de la historia.

—¡Este! Este es el documento que quiero que vea.

Me mostró entonces una hoja amarillenta, o más bien, anaranjada, a todas luces un documento muy antiguo.

—Es el original.

Quise tomarlo entre mis manos.

Pero él lo retiró.

—Júreme antes que me va a ayudar. Y que no abandonará a mi hija de nuevo.

—Se lo juro.

Solo entonces me lo facilitó.

Encontrar un retrato auténtico de Cristóbal Colón fue un hito incontestable en mi existencia. Jamás volvería a ser el mismo, mi vocación investigadora, mi predisposición a estudiar los asuntos colombinos, habían mutado de una forma irreversible.

Ahora, Federico ponía ante mí otra prueba más, un nuevo asunto que demostraba lo difícil que los historiadores lo hemos tenido siempre para analizar la gesta del Descubridor.

—¿Alguna vez soñó con tener una prueba como esa en sus manos?

Moví la cabeza, negando.

¿Por qué no quería Colón que se conociese su rostro?

Federico me brindaba una prueba irrefutable.

**

Retomé mi trabajo en la sala de la planta baja. A solas, rodeado de libros, ese documento me hizo salivar sin remedio. Toqué la hoja de papel, incluso la olí, un aroma antiguo, un manjar para cualquier investigador.

El hecho de que Cristóbal Colón hubiese encubierto de forma tan repetitiva su procedencia, su pasado entero, ha provocado un interés desmedido por despejar esa densa bruma.

Nadie ha dudado jamás de la indomable voluntad de ese hombre, un navegante con un objetivo fijo que le hizo mover montañas, una perseverancia irreductible. Rey tras rey, soberano tras soberano, si uno le rechazaba, él marchaba a otro país en busca del siguiente. Ni las críticas ni las contradicciones científicas, viniesen de donde viniesen, hicieron mella en su empeño por conseguir financiación y amparo para su proyecto descubridor.

Pero la realidad marcó aquellos interminables años de disputas con los sabios, que echaban por tierra sus teorías. Comparecencia tras comparecencia, los resultados siempre eran los mismos: tachaban sus palabras de vanas, fundadas en la imaginación. Expertos en la ciencia náutica hundieron su propuesta transatlántica, incluso con burlas.

¿Por qué entonces los Reyes confiaron en ese extranjero en contra de la opinión de sus propios asesores? ¿Por qué jamás relató a nadie su pasado? ¿Cómo podía el hijo de un tejedor de lanas tener esos conocimientos náuticos?

Yo tenía ahora, justo delante de mí, una prueba definitiva.

Todos los historiadores hemos soñado alguna vez con poder reconstruir el proyecto colombino, el plan que ese hombre forjó en su cabeza a lo largo de los años. La idea de Colón constituye una de las creaciones más originales que haya realizado el ingenio humano, una portentosa combinación de sueños, ciencia y religión. E hizo todo eso: idear, proyectar, convencer, contagiar y triunfar, a despecho de la opinión generalizada de sabios y expertos. Buscó apoyos y atinó con cartas de marear desconocidas. Y, aun así, armó una propuesta que no convencía a nadie.

Lo escribió el propio navegante:

Todos aquellos que supieron de mi empresa, con risas lo negaron, burlando, todas las ciencias de que dije non me aprovecharon ni las autoridades dellas.

¿Acababan ahí los misterios? No, por supuesto. Colón disponía de experiencia, de mucha experiencia náutica, y eso le proporcionó los suficientes arrestos como para continuar con el proyecto.

¿Por qué ocultar su historia en el mar? ¿Qué clase de aventuras le curtieron? Solo él conocía los detalles. Jamás los reveló a los sabios. Apenas hizo mención, salvo para confundir.

Y ahora, yo tenía ante mí la respuesta.

Oscurecía. La luz del día comenzaba a apagarse. Hacía un

buen rato que no se escuchaban ruidos en el edificio. No me atrevía a ir en busca de Federico. Y tampoco me apetecía. Solo quería profundizar en esa joya que bailaba entre mis manos.

El paso del tiempo había dejado huella en aquella reliquia. Su autor, cuando lo escribió, no era consciente de su trascendencia.

El tiempo que había transcurrido hasta llegar a mí —más de cinco siglos— le confería a ese documento una forma de belleza inusual. Recordé mis clases de historia en la universidad. El abuso que los escribanos venían haciendo de la letra procesal desde el último tercio del siglo xv, en aras a hacer más rápido su trabajo, provocó dos disposiciones de la reina. Ordenó que los escribanos desarrollasen sus escrituras poniendo treinta y cinco renglones en cada plana y quince palabras en cada renglón.

Ese que ahora yo tenía entre mis manos cumplía a la perfección el mandato.

Su autor, un fraile, había cumplido la norma.

En treinta y cinco renglones exactos relataba asuntos que podrían desenmascarar a Cristóbal Colón.

Ese religioso redactó el documento en el convento de La Rábida, Huelva, donde en 1484 pidió asilo. Los frailes le reciben, le escuchan con atención. Son los primeros que atienden sus confidencias y secretos. Se trata de un momento transcendental, porque apoyan a un aventurero. Hablan en la intimidad, en confidencia, y es ahí donde el extranjero expone su pasado. Para que le ayuden a alcanzar sus sueños, el forastero se encomienda a los custodios y el monasterio se convierte en la casa del navegante. Colón les asegura que conoce la mar, que sabe exactamente cómo llevar a buen puerto su sueño.

Y es entonces cuando relata a los frailes sus aventuras como corsario.

El corsario había nacido en el Mediterráneo al amparo de la guerra entre países vecinos. No había que confundirlo con el pirata, ese malhechor que roba y mata por puro bandolerismo.

El Almirante practicó actividades corsarias, allí lo decía, un asunto que su propio hijo Hernando ya apuntó, pero de lo que no había pruebas.

En el documento se hablaba de combates entre naves, participación en batallas, negociaciones, acuerdos comerciales con gente del mar, barcos atacantes y sus presas, un ejemplo consumado de saber náutico.

En ese devenir de asaltos, muchas de las naves hundidas llevan la bandera de la Corona de Aragón.

¿Cómo entonces podría el Almirante desvelar su pasado? Por razones evidentes, los Reyes jamás habrían confiado en un hombre que los atacó, que les robó y hundió algunas de sus naves.

Ahora tenía una sólida prueba. Era lógico que hubiese ocultado su rostro.

mea facies nullo cognoscenda est

En general, la historia no se ajusta nada bien a los saltos en el vacío, y la vida de Cristóbal Colón tenía demasiados. Con este documento podría llenar algunos de esos huecos.

Acabé de leer el manuscrito y de interpretarlo. Respiré profundamente. Esa confesión del fraile era interesante, una joya sin duda. Pero me hice varias preguntas.

¿Era tan sustancial como doña Teresa me había afirmado? ¿Tanto como para suponer un enorme peso en las espaldas de Federico? ¿Algo que condicionara su propia vida?

Por supuesto que no.

Acabé de leer el documento con una sensación agridulce.

Porque era evidente que mi mentor no me había revelado el gran secreto.

Entre aquellas paredes había un misterio mucho mayor.

Y Federico Sforza me lo estaba ocultando.

***

Pero aún me quedaba una última sorpresa.

Ocurrió cuando leí que el fraile, en esa confesión histórica, solicitaba el apoyo y consideración de su reina, de la gran reina.

Ysabel la Católica.

Fue entonces cuando la noche me pareció perfecta.

Porque yo había estado equivocado.

¿Cómo no me había dado cuenta antes?

La letra que yo tenía marcada en la mente no era la «Y» de san José, de Yusef, sino otra bien distinta.

Quien hubiese dibujado el jeroglífico, hacía referencia a otra persona.

A Ysabel de Trastámara, es decir, Isabel la Católica.

Miré entonces directamente a los ojos del retrato.

No pude contenerme.

Y le hablé en voz alta.

—¿Quién eras, don Cristóbal Colón?

No podía callarme.

Le volví a hablar.

—Sé lo que has querido decir con esa «Y».

Ahora tenía por fin claro el lugar, la ciudad exacta a la que debía ir.

Por fin sabía lo que tenía que hacer.

Si alguien me hubiese visto, pensaría que me había vuelto loco.

Porque acabé gritándole al lienzo.

—¡Voy a quitarte la máscara para siempre!

24

EL PLAN

«...

—Federico, ¿qué es para usted el amor?

—Esa pregunta me desconcierta.

—Doña Teresa... Alessandra... ¿cómo pudo usted amar a dos mujeres al mismo tiempo?

—¿Y me pregunta usted eso? ¿La persona que dejó plantada a mi hija y se fue con otra?

No pude responder.

—Déjeme que sea yo quien le pregunte: ¿quería usted a mi hija cuando se casó con la marquesa?

...»

Llegué al hotel caminando. No quise molestar a Federico. Después de tantas revelaciones, lo mejor era dejarlo luchar contra sus propios demonios y dedicarme a hacer mi tarea.

Su hija me esperaba en la habitación pacientemente. Cuando entré, veía la televisión echada sobre la cama. La CNN hablaba de economía. Pensé lo evidente: el mundo no se había enterado aún de las ruinas humeantes en que se habían convertido las empresas de su padre.

Una mesa pegada a la pared de cristal estaba preparada para la cena.

—Diez minutos más, y todo estaría echado a perder —dijo ella.

Las lucecitas de la ciudad conformaban un lienzo impresionante.

—¿Te refieres a la cena?

—No, no precisamente. Me estaba quedando dormida. Me refería a otra cosa.

Se irguió y me mostró una sonrisa enorme. Yo me acerqué y la besé en la boca. Ella abrió el albornoz y dejó ver lo que había debajo.

—Cenemos antes. Tengo cosas que contarte.

No tenía ni idea de por dónde comenzar. ¿Por la calamidad de los negocios familiares? ¿La marcha de su padre para vivir junto a doña Teresa? Todo se le iba a venir abajo. Eran tan sombrías las perspectivas, que elegí lo fácil.

Nos sentamos y hablamos de mis investigaciones. Le dije que nuestra vida iba a cambiar. En positivo, la invité a estar junto a mí para terminar de descubrir quién era Colón realmente.

—Te veo animado. Ha debido ser un gran día.

Me limité a mirarla con una sonrisa en mis labios.

—Hoy ha sido un día especial. Después de lo mal que lo he

pasado en México, solo puedo decir que me siento bien aquí. Quiero anunciarte algo.

—Adelante.

—He decidido venir a vivir a Nueva York. Para siempre. ¿Qué te parece?

Se levantó y me besó. Luego destapó los platos y me mostró las ensaladas de bogavante que había elegido para cenar. Tenían muy buena pinta. No se me ocurría nada mejor para terminar el día. Ese magnífico día. Al menos para mí.

***

A la mañana siguiente, cuando me desperté, Valentina ya se había marchado. Me di una ducha y pedí el desayuno en la habitación. Fueron muy rápidos en traer mi elección. Mientras tomaba un cruasán con mermelada y una taza de café, no podía quitar la vista de los andamios de la plaza Columbus Circle. Recordé lo que dijo Barabino acerca de un monumento distinto, un faro de nueva tecnología para guiar a esa América descarriada.

Recordé que Federico me había hecho prometerle ayuda, y que ese era mi deseo, porque nada en el mundo me apetecía más que machacar a ese imbécil de Fidelio Pardo y acabar conociendo el trasfondo de las explosiones. ¿Quién era el tipo que propuso el plan para volar la estatua? ¿Quién había hecho explotar el resto? Desde luego, el asunto de mi divorcio no era el único que tenía pendiente de resolver con ese canalla.

Terminé de probar la fruta pelada que me habían traído, kiwi, plátano y fresas, y solté la servilleta sobre la mesa.

Había llegado la hora de trabajar. Me vestí con ropa cómoda y fui en busca de Federico. Ambos debíamos elaborar un plan. Un buen plan.

Pegué en su puerta, pero nadie me contestó. Volví a pegar con mayor insistencia, y nada. Allí no estaba mi mentor. Regresé a mi habitación y llamé a la recepción del hotel Mandarin.

—El señor Sforza ha abandonado el hotel —me dijo el recepcionista—. Pero ha dejado un sobre para usted. Ahora mismo se lo subimos.

El botones llegó raudo. Le solté cinco dólares y atrapé el mensaje. Era su letra.

Querido Álvaro:
He estado meditando el mejor plan para llevar nuestra empresa a buen puerto. Nuestro enemigo común es muy fuerte, huelga decirlo, pero podemos ganarle.
Mis mejores deseos.

Federico Sforza

Hubiese deseado ser partícipe del plan. Tal vez juntos podríamos haber diseñado la estrategia, un guion consensuado. Pero como sabía que Federico era un llanero solitario, alguien que no necesitaba de las afecciones de nadie, solo me quedaba esperar el siguiente paso. Y sobre todo, mientras tanto, de soslayo, adivinar sus intenciones.

Llamé a Valentina. No respondía al teléfono. Una y mil veces lo intenté. Nada.

Decidí entonces dar un paseo, ir hasta la CHF caminando. Era un día nublado y un poco más fresco que el anterior. En los quince minutos que caminé, mi cabeza funcionaba a pleno rendimiento, era una máquina de vapor calculando qué podría estar pasando, cuáles serían los planes para desenmarañar aquella liada madeja.

¿Y si Federico, sencillamente, había huido?

Uno se va a México y es como si nada, allí nadie te puede atrapar, desapareces, cambias de identidad, pagas a quien tengas que pagar y ya está. ¿No era eso lo más fácil? ¿Por qué habría de buscarse complicaciones en un país como los Estados Unidos? Yo le había puesto sobre aviso, le desvelé los planes del FBI, un dato que debió recibir con preocupación. Después de todo, el patrimonio de doña

Teresa se me antojaba que sería más que suficiente para un retiro feliz, mucho más feliz del que goza la mayoría de la gente.

Y lo peor de todo, me había querido ocultar el gran secreto de la CHF, me había tratado de contentar con el documento del Colón corsario.

Alcancé el edificio de la fundación y llamé a la puerta. Me abrieron. Entré y pregunté por el presidente. Nadie le había visto. Me fui entonces en busca de Barabino. Estaba en su despacho. Cuando entré, se sorprendió al verme, como si yo fuese un fantasma. Me atendió con una actitud displicente.

—¿Ocurre algo? —pregunté.

—Pues sí. Federico me aseguró que ustedes ya nunca más volverían por aquí.

—¿Puede repetirme eso?

—El *signore* Sforza y yo tenemos un trato. No tengo que decir nada más. Por favor, hable con él y cumplan su palabra.

Podía haberlo arrastrado contra la pared, forzarlo y obligarlo a contarme cuál era ese acuerdo, pero nada de eso hubiese servido. Porque a esas alturas ya tenía claro que la noche anterior, cuando abandoné el inmueble sin haberle visto, mi mentor estaba pactando —sin contar conmigo— un asunto que le llevó horas.

—¿Sabe dónde puede andar?

—Búsquele en México.

—Es usted un estúpido.

—Y usted un pardillo. Permítame que se lo diga. Siempre me lo ha parecido, no ha pasado ni un solo día desde que le conocí que no haya pensado eso. Desde el mismo momento en que entró en este edificio supe que era un tipo mediocre. Jamás ha conseguido nada por usted mismo, siempre está pegado a las faldas de alguien. Y ahora, lárguese o llamo a la policía.

Noté un cierto vaivén en mis piernas, no por su amenaza, sino porque una acusación como esa era cruel. Siempre valoré mi propio trabajo, el fruto de mi esfuerzo, y aunque la vida me ha ofrecido grandes cosas, el sudor de mi frente ha sido lo único que me ha valido para avanzar en mi carrera y ser mejor persona.

Cuando bajaba las escaleras, me prometí que desvelaría el enigma del cuadro, había razones más que suficientes para deslumbrar al mundo con ese descubrimiento.

Y luego, antes de abrir la puerta de salida, entendí las consecuencias de la nota de Federico.

¿Qué me esperaba a partir de ahí? El FBI volvería a por mí. Había confiado en mi mentor, pero él estaba elaborando su propio plan.

Y yo tendría que pagar por ello.

El asunto podría ser sencillo o muy complicado, pero lo evidente para mí era que volvía a estar en el punto de mira de los agentes federales: un hombre perseguido.

Abandoné el edificio no sin antes mirar a ambos lados. No quería ver a los dos tipos de traje azul y gafas de sol. Y como no los veía por ningún lado, me decidí a cruzar la calle a toda velocidad hacia Central Park y allí perderme. Caminé a buen ritmo. Estaba tan contrariado que no acertaba el rumbo que debía tomar. Así estuve unos veinte minutos, de aquí para allá, entre árboles, gente patinando y parejas felices, tal y como yo había hecho el día anterior. Alcancé el glamuroso restaurante The Loeb Boathouse, a orillas del lago. Me senté y traté de ordenar mis pensamientos.

¿Cómo podía ser tan estúpido para caer una y otra vez en aquellos despropósitos?

Ya eran las doce del mediodía. Volví a llamar a Valentina. Su teléfono me devolvía un lacónico sonido de llamada, que me pareció triste y aciago, presentía que nada bueno ocurriría si descolgaba, pero todo podía ser peor si ella no me atendía.

Tenía asumido que no podía contar con Federico, pero jamás podría soportar que su hija también me fallase.

Nervioso, solicité al camarero una cerveza, al menos trataría de calmar mi sed. Esperé media hora antes de volver a llamarla.

Cuando lo hice, el sonido era el mismo. Nada había cambiado.

Mi mente navegó en todas direcciones. Si su padre se había escapado a México, me costaba creer que ella también. No, eso era sencillamente imposible, no tenía ningún sentido.

Entonces, ¿dónde se encontraba?

Valentina no conocía los desajustes financieros de su padre, eso era seguro. Pero si Federico había optado esa misma mañana por una marcha precipitada hacia el sur y se lo había anunciado, ella estaría en esos momentos angustiada, hundida, y yo debía estar allí para consolarla.

Pagué la cuenta del restaurante y me dirigí hacia el norte del parque. Ni de lejos se me ocurrió volver al hotel. Allí estaría Rick esperándome con unas esposas plateadas listas para circundar mis muñecas.

Vagabundeé hasta la extenuación. Recorrí ese gigantesco parque varias veces, por el perímetro, y observé la fachada de los edificios millonarios y, de vez en cuando, algún museo.

Exhausto, me senté en un banco.

El sol estaba en su punto más alto cuando mi teléfono vibró. Era Valentina.

—¿Dónde estás? —me preguntó.

—Hundido.

Ella pareció no entender.

—Álvaro, estoy cerca de tu hotel. Voy a recogerte. ¿Pasa algo que yo no sepa?

Que el mundo está desapareciendo bajo mis pies, quise decirle.

—He estado tratando de hablar contigo todo el día. ¿Dónde te has metido tú?

—Suena a marido celoso. ¿Esa va a ser mi vida a partir de ahora?

No le contesté.

—¿Dónde podemos vernos? —me preguntó.

Le di mi posición.

—¿Sabes algo de tu padre?

—Me ha pedido que vayamos a nuestra casa de la playa. Por eso te estoy buscando.

—¿Cuándo te ha llamado?

—Esta mañana muy temprano. Tú estabas dormido. No he querido molestarte.

***

El vehículo rojo que conducía Valentina se acercó al punto indicado con media hora de retraso. Ella se sorprendió al verme.

—¿Dónde está tu maleta?

—¿Qué maleta?

—¿No piensas cambiarte de ropa?

No contesté. Me subí a bordo y le rogué que tratase de llegar cuanto antes. Me miró extrañada, pero no dijo nada. Se limitó a conducir con soltura y rapidez hacia nuestro destino. Era martes, un día ni mejor ni peor en cuanto a la salida de una ciudad tan grande como aquella, pero no pude resistir el comentario.

—Hay un refrán que dice, en martes, ni te cases ni te embarques.

—Creía que solo aborrecías los días impares. Hoy es 20 de octubre. ¿Ahora tampoco te gustan los martes?

—No me gusta lo que está ocurriendo.

—Explícamelo.

—Tenía un acuerdo con tu padre y ha desaparecido. ¿Dónde está?

—Viene para la casa de la playa. Ya te lo he dicho. ¿Ocurre algo que yo no sepa?

Medité si debía ponerla al corriente o no. Desde luego, si nuestra relación tenía visos de ser duradera, si estábamos dispuestos a confiar mutuamente uno en el otro, no había ninguna razón para ocultar que su padre estaba arruinado, que la vida que había llevado hasta ese momento terminó para siempre.

—Ayer mantuve con Federico una conversación muy sincera —dije—. Las cosas van a cambiar.

—Teresa.

—No solo eso.

Esa mujer conducía bien, tenía pericia para sortear los tapones de tráfico. En varias ocasiones se desvió por urbanizaciones periféricas para avanzar con mayor velocidad de lo que yo hubiese imaginado. En un suspiro, estábamos en Long Island. Alcanzar Wading River, junto al parque estatal Wildwood, no parecía una labor imposible.

—Eres buena conductora.

—Déjate de chorradas y dime qué es eso que revolotea en tu cabeza.

Callé. Debía meditar bien cómo explicarle la nueva vida que la esperaba. Salió entonces de la carretera 25A y manejó el vehículo por callejuelas que conocía a la perfección.

—Esta casa la compró mi padre porque yo se lo pedí —me dijo—. Él prefería una mansión en Hampton Bays, pero yo me empeñé en Wading River. Desde el primer momento, cuando puse mis pies por primera vez en esta arena clarita, me enamoré. Fue un año antes de conocerte a ti.

¿Cómo decirle que también iba a perder esa propiedad?

—He encontrado la respuesta al cuadro.

Desvió la vista de la calzada y me miró.

—¿Estás hablando en serio?

—Ayer fue un día intenso en la CHF. Tu padre me desveló algunos secretos. Muchos en realidad. Y me han servido para verlo todo de otra manera.

—Le estás dando muchas vueltas a las cosas.

—Tienes razón.

—Pues adelante. Dime qué ocurre.

No había lugar ni necesidad de ocultar ya nada. Narré con todo lujo de detalles la conversación que tuve el día anterior con su padre. Si ambos habían hablado esa mañana y nada le dijo, era porque Federico no sabía cómo explicarle a su hija la situación en la que se encontraba. Como pareja que éramos, mi obligación con-

330

sistía en ponerla al tanto y, sobre todo, ayudarla tras el impacto que iba a provocar en ella.

Mi monólogo hasta los últimos metros de la casa de la playa la enfadó, o incluso aplastó. No abrió la boca, pero su cara reflejaba lo que estaba pasando por dentro. Al llegar a nuestro destino se bajó dando un portazo. Luego abrió el maletero del vehículo, sacó sus cosas y se marchó hacia la entrada.

—Cariño, yo no tengo culpa de nada —fue lo mejor que acerté a decir.

Nos adentramos en la residencia. Más que una vivienda en la playa, los Sforza habían adquirido una mansión, una construcción en dos niveles pintada de blanco impoluto, con impresionantes vistas al mar. La luz del atardecer lo inundaba todo, y desde el salón principal, decorado con sofás de diseño moderno, se veía la arena dorada que me había mencionado Valentina. Junto a la casa había una piscina de esas que parecen integradas en el océano.

Ella se quitó los zapatos, lanzó su maleta contra el suelo y se fue a por una botella de vino blanco. Sacó dos copas, me ofreció una, y luego, sin brindar, se marchó hacia el piso superior.

Poco podía hacer por remediar esa realidad. Yo mismo había experimentado algo parecido, no a ese nivel, pero parecido. Cuando me expulsaron del palacio de los Montesinos lo pasé mal, no solo por la pérdida de alguien a quien amaba, sino porque desprenderse de ciertas comodidades es uno de los desengaños más duros de esta vida.

Preferí dejar pasar el tiempo. No fui tras ella, porque no tenía ni idea de cómo afrontar una situación como aquella.

Me senté en la terraza exterior, en una butaca, y disfruté del vino y de las vistas.

Si algo había aprendido de mi paso por la nobleza, es que todo es efímero.

***

Apenas conseguí dormir nada. En aquella maravillosa casa junto al mar, incluso con ese tiempo estable, descansar fue tarea imposible. Quien hubiera decorado aquella mansión —imaginé que Alessandra— tuvo la brillante idea de aprovechar cada rayo de luz, y en consecuencia, no instaló ni una sola persiana o cortina en ninguna de las decenas de ventanas e inmensas cristaleras. Todo soplo de vida, de ilusión, de libertad, lejos de la gran ciudad era percibido en ese entorno para ricos como un signo de gran distinción, un irrenunciable paraíso para quienes llegan a la cúspide.

Animado por los primeros rayos de sol me decidí a dar un paseo por la playa. Ella seguía dormida, presumí que seguiría así un buen rato, porque la discusión seguida de llantos de la noche anterior había sido intensa. Habíamos bebido demasiado, no tuvimos en cuenta que, para tomar alcohol, primero hay que olvidar los problemas, y no al revés.

La miré tendida en la cama. Recordé a la chica *sexy* que había visto por primera vez en la puerta de la Universidad de Columbia, su pelo rubio, su cohorte de jóvenes seguidores, su inteligencia descarada.

Merecía la pena luchar por ella. Fuese cual fuese el plan que Federico había preparado, si es que había alguno, combatiríamos juntos.

Caminé descalzo por la arena varios cientos de metros. La temperatura del agua era perfecta. Solo una ligera brisa agitaba el mar. Desde esa distancia, la perspectiva de la casa era impresionante, una mansión que debía costar entre diez y doce millones de dólares. Eso, sumado al avión privado, a la *suite* en pleno centro de la ciudad, al personal que tenía contratado, me hizo pensar en los asuntos financieros de mi mentor.

¿Qué le habría fallado?

Ni crisis inmobiliaria, ni batacazo de la bolsa de valores, ni desastre de los instrumentos financieros. Si algo había ocurrido, debía ser fuera de la órbita de los mercados. Recordé que mencionó a

Fidelio Pardo como fuente de todos sus problemas. Ese golfo le habría timado. Esa víbora chupaba todo lo que se movía a su alrededor.

Tras unos minutos disfrutando del agua salada acariciando mis pies, retorné a la casa. Me situé delante y, desde fuera, observé la fachada, la ventana de la habitación donde habíamos dormido. Presumí que le faltaba un poco más para reponerse de la borrachera, así que me dispuse a preparar un desayuno a la altura de una reina.

La despensa estaba colmada de productos frescos, imaginé que había llamado con antelación para que surtiesen la casa para la visita. Saqué unos huevos, harina, azúcar, mantequilla, leche, levadura en polvo y también esencia de vainilla. No era buen cocinero, pero me esmeré para que las tortitas que tanto gustan a los americanos fuesen las mejores que Valentina había probado en su vida. Para ello, las quise acompañar de miel, jarabe de arce y crema de chocolate. ¿A qué mujer no le gusta que le lleven a la cama un desayuno como ese?

Terminé de exprimir naranjas y lo coloqué todo, además de unas tostadas, en una bandeja de madera. Cuando alcancé el piso de arriba me encontré la cama vacía. Ella estaba en el baño hablando con alguien. No gritaba, pero sí se mostraba alterada. Salió y se quedó sorprendida al verme sentado con la bandeja en las manos.

—¿Qué haces? —me preguntó.

—Hacerte la mujer más feliz del mundo.

Ella se pensó qué decirme.

—¿Te ha pasado algo? —le pregunté.

—Debes hacer felices a todas las mujeres, un semental español, no me cabe la menor duda.

—¿Por qué dices eso?

—Porque tu mujer viene hacia acá.

¿Se había vuelto loca?

¿Qué tenía Sonsoles que ver con todo aquello?

—Llegará en una hora.

***

La llamada había sido de Federico. Sin dar demasiadas explicaciones, le dio instrucciones a su hija para que acogiese a mi exmujer en la casa. Al parecer tenían asuntos que tratar. ¿Ellos? ¿Los Montesinos con los Sforza?

Que Sonsoles tenía negocios por medio mundo lo sabía. Que tuviese algo que ver con Federico fue toda una sorpresa para mí.

Por más que quisiera freír a preguntas a Valentina, ella no tenía respuestas. Se mostró tan confundida como yo.

Desde luego, consideró inapropiada la visita y, en consecuencia, había recriminado a su padre por pedirle algo así.

—No me siento muy a gusto con esto —me dijo—. Voy a marcharme.

Cogió su bolso y las llaves del coche.

—No puedes hacer eso.

Me miró, confundida.

—Yo no tengo ninguna relación con Sonsoles —dije—. Esta no es mi casa. Es aún tuya. Y tú y yo tenemos una relación. Por favor, quédate junto a mí.

Se lo pensó. Primero observó el color del mar. Luego pareció detenerse en las plantas que estaban al otro lado de la cristalera, como si nunca hubiesen estado allí. Acabó por contestarme.

—¿Estamos todos locos?

—Eso parece. Si hay alguien confundido, ese soy yo.

—¿Sabes la cantidad de noches que he pasado odiando a la marquesa? ¿Las veces que me he metido en Internet para ver lo bien que os lo pasabais juntos? No fue nada fácil para mí, y ahora esto.

La atraje hacia mí. La besé en la frente.

—Ya te he pedido perdón mil veces. Pero, si hace falta, seguiré haciéndolo. Quédate junto a mí. Vamos a superar esto. Nos hará más fuertes, nos unirá más aún. Confía en mí.

***

Sonsoles Montesinos llegó antes del mediodía en un vehículo negro con conductor. Yo salí a recibirla y la acompañé al interior. Vestía un traje gris perla y zapatos a juego. Las gafas de sol eran tan grandes que no me permitían ver su expresión.

Valentina la observó con desagrado, como si se viese obligada a abrir la puerta para que un marciano entrase en su casa.

Habíamos acordado que le daría la mano, y así lo hizo. Fue un saludo frío, pero suficiente. Incluso llegó a ofrecerle una copa de vino, que mi exmujer aceptó.

Yo comencé a hablar y Valentina hizo un intento por marcharse arriba, alegando que tenía cosas por hacer. La retuve con mi mano y la senté junto a mí, en el sofá frente al que se había situado Sonsoles.

—Jamás hubiese esperado este encuentro —dije—. Me dejaste claro que volvías a Sevilla. ¿Ha ocurrido algo?

—Mil cosas.

Dio un sorbo a la copa, de una forma muy refinada, en exceso, calculando cada movimiento, sin perder de vista a Valentina. Su presencia la incomodaba.

—Adelante. Explícanos qué te ha retenido de este lado del océano.

Ella sacó entonces un pañuelo de su bolso y lo puso bajo su nariz, como si fuese a estornudar.

—¿Puedo hablar contigo en privado?

No esperaba una propuesta como esa.

—Valentina es mi pareja. La quiero, estamos juntos, y aprovecho para decirte que voy a abandonar Sevilla. ¿No era eso lo que querías? Terreno libre para estar con el mexicano.

Me miró como si la hubiese ofendido en lo más profundo de su ser. Reorientó el pañuelo y se lo llevó a los ojos.

—Por favor, ¿puede ella marcharse un momento?

Lo pidió con tal dulzura, con tal educación, que Valentina se levantó con discreción y se fue hacia el piso de arriba. Esta vez, no lo impedí.

—Gracias —dijo Sonsoles.

Dejó que pasasen unos segundos antes de proseguir. Por supuesto, yo era consciente de que desde arriba nos estaría escuchando. ¿Qué mujer dejaría que su hombre hablase así como así con su ex? Y sobre todo cuando aparece de repente, llorosa y frágil.

—Adelante.

—Te quiero, Álvaro, siempre te he querido. Sabes que eres el hombre de mi vida.

Las lágrimas le corrían por las mejillas. Estuve tentado de levantarme, pero no era el momento para hacer algo así.

Cuando ella vio que no me movía, prosiguió.

—Estoy pasando una mala etapa en todos los aspectos, también en el de los negocios del marquesado.

Sus llantos continuaron en progresión. Tuve que agarrarme al sofá para no acudir en su ayuda. Me dolía verla tan mal.

—No sabía nada —dije—. Jamás me comentaste que tuvieses problemas. Te enamoraste de otro, me diste una patada, y eso es todo. ¿Qué ha ocurrido que yo no sepa?

Sollozaba, negaba repetidas veces con la cabeza, mientras seguía utilizando el pañuelo.

—Hace años que las cosas me van solo regular en los negocios. La crisis española de finales del año 2009, y luego 2010 y los años siguientes acabaron con parte de nuestras producciones y exportaciones. La culpa es mía, solo mía. Yo continué viviendo como si nada hubiese ocurrido, como si todo fuese a volver por arte de magia a los niveles precrisis, pero eso sencillamente no ocurrió. Jamás detuve mi nivel de vida.

Cuando dijo eso, ya estaba llorando sin recato.

¿Debía ir en su ayuda?

Hubiese dado cualquier cosa por estar allí a solas con ella.

¿De verdad había pensado eso?

Arriba estaba mi amor, esa rubia a la que conocí de joven, que se hizo mujer en mis brazos, y con la que había trazado un nuevo camino hacia la felicidad. Bajo ningún concepto debía flaquear.

—Y luego te conocí a ti. Ya estaba medio arruinada, ninguno de mis negocios tenía visos de sobrevivir, pero me enamoré, supe rápidamente que sería feliz junto a ti.

—¿Por qué no me dijiste todo eso hace unos días, cuando estuvimos almorzando juntos?

—Tengo miedo. Mucho miedo. Estoy amenazada de muerte.

No tuve más remedio que levantarme y asistirla.

Valentina lo comprendería.

—Fidelio viene hacia acá. Y es mucho más peligroso de lo que imaginas.

Entre llantos, con mi brazo sobre sus hombros, continuó.

—Ten cuidado. Te puede matar.

—¿Por qué?

—Hay muchas razones. Piensa que soy la única mujer en su vida a la que no ha conseguido enamorar. Quería cosas de mí, de mi hacienda, ya lo sabes, pero no ha sacado nada de nuestra relación. Soy su presa fallida. Y tú eres el culpable.

Puso entonces su cabeza sobre mi hombro, llorando.

—Voy a confesarte la verdad. El único motivo por el que me acerqué a ese hombre fue por su dinero. Le conocí en una feria de ganado, me cortejó, y yo le rechacé. Pero insistió una y otra vez. En uno de esos encuentros le conté que tenía unos negocios que quería vender, un asunto de apartamentos ruinosos que habían perdido su valor con la crisis, y él me los compró sin rechistar, al precio que yo quise. El trato se cerró de forma tan positiva para mí que luego me vi obligada a verlo de nuevo. Le propuse entonces vender otra empresa que estaba en pérdidas contables. Sin dudarlo, me extendió un cheque de muchos ceros, y eso me ayudó a recuperar parte de lo perdido. Y luego ya quedaba mi actividad principal, la grande, las ganaderías y cultivos. Ahí fue donde él me ofreció un trato distinto, quería comprar una participación en las acciones de la compañía, para lo cual nos vimos muchas veces. Esa era mi última tabla de salvación, si no cerraba ese trato, perdería todo. Me vi obligada a dejarte, porque él se empeñó. No sabes cómo me dolió aquello. Es la decisión más difícil que he tenido que tomar en mi vida. Y tuve que hacerlo, porque no sería yo quien arruinase a una familia noble, un apellido con más de quinientos años de existencia. Eso no podría soportarlo jamás.

—¿Y todas esas historias de tus tierras, de las posesiones de sus antepasados?

—Las quiere. Es su fin, su objetivo. Y no va a parar, te lo aseguro. Tengo claro que yo no le importo nada. Sencillamente ese hombre está herido en su ego, ese machito jamás hubiese pensado que yo tuviese esta reacción, que le echase de mi vida.

—Y si estás arruinada, ¿por qué lo has hecho?

—Porque te quiero a ti. No aguanto más, no quiero pasar ni un día junto a él. Le tengo miedo, mucho miedo.

—¿Y qué es todo esto? ¿Por qué estás aquí?

—Fidelio viene. Llegará en menos de una hora. A mí me ha llamado Federico Sforza. Me aseguró que, si venía, iba a intentar resolver todos mis problemas, que esta tragedia se iba a acabar de una vez por todas.

—¿Federico sabía todo esto? ¿Tu estado de ruina?

—Desde hace años. Incluso cuando estuvo en nuestra boda hablamos de ello.

25

LAMENTOS

«...

—¿Es usted vengativo?

—¿Qué italiano no lo es?

—Usted no es italiano.

—Pues mexicano. Es parecido.

—Eso al menos se lo admito. Entonces, ¿me está insinuando que los latinos somos vengativos?

—No sé si todos los latinos, pero considero que los latinoamericanos, especialmente en Centroamérica, convivimos con demasiada violencia, algo que condiciona el desarrollo de esta zona del mundo, pero que la gente asume, una plaga imposible de erradicar.

—¿Y de dónde cree que procede?

—Sé lo que está pensando. Puede que tal vez provenga de la crueldad de las culturas anteriores.

—Culturas precolombinas que practicaban el totalitarismo sangriento y los sacrificios humanos. Es una teoría, sin fundamento, pero una teoría.

...»

Menos de una hora. Un plazo de tiempo insuficiente para reaccionar, para pensar cualquier acción sensata. ¿Qué pretendía Federico? Mi primera decisión fue subir a por Valentina. No se merecía nada de lo que estaba ocurriendo.

Fui en su busca, pero se había marchado. Desde el balcón de la habitación del piso superior la vi correr por la playa. Obviamente, había estado atenta a la conversación y no había soportado escuchar aquellas palabras.

Me disculpé con Sonsoles. Me costó dejarla allí, a solas con sus lamentos.

Ni en mis peores pesadillas hubiese jamás tenido un mal sueño como aquel. ¿Cómo había sido tan imbécil como para no darme cuenta? El mundo se estaba desmoronando para mi mujer y yo no lo había visto, ni tan siquiera lo intuí en los años que estuvimos juntos. ¿Cómo pude estar tan ciego? Cierto era que como marqués consorte me dediqué a la parte que me fue encomendada, asuntos protocolarios, relaciones personales y cosas así. Jamás vi ni un solo libro de contabilidad, ni una sola cuenta de resultados. Tampoco habría sabido cómo interpretarla, los números contables no eran mi especialidad.

Mientras corría por la playa detrás de Valentina, algo en mi interior me hizo lamentarme. La imagen de aquel escenario en el programa de televisión basura, conmigo como protagonista, con esos tertulianos queriendo conocer las entrañas del marquesado, de una mujer a la que en esos momentos yo quería machacar.

Y mientras, ella solo luchaba por conservar la herencia de sus antepasados, salvar los restos del desastre.

Eso me creó un dolor sin ambages.

Alcancé a Valentina al cabo de unos cientos de metros, muchos más que los que esa misma mañana yo había recorrido. Tenía pocos argumentos, pero había uno que sabía que ella no rechazaría.

—Vuelve, por favor. Te quiero. Nada ha cambiado. Sigo sintiendo lo mismo por ti.

La miré a los ojos. Estaba llorando. La atraje hacia mi pecho y la rodeé con mis brazos. Ella me puso los suyos en mi cintura y ambos nos fundimos en un abrazo sincero.

Se separó y me mantuvo la mirada.

—Júrame que jamás vas a volver a abandonarme.

—Te lo juro.

Le di un beso prolongado, que ella agradeció.

Cuando regresábamos caminando por la orilla, Sonsoles nos observaba desde la terraza de la planta baja.

***

Me hubiese costado estar mucho tiempo a solas junto a esas dos mujeres. Ordenar mis pensamientos me iba a llevar más tiempo que el simple trayecto entre la playa y la casa. En realidad, no tenía ni idea de cómo manejar una situación tan compleja como aquella.

Sonsoles se adentró antes de que alcanzáramos el porche.

Valentina me soltó la mano y se marchó en dirección a la piscina.

Suspiré unos segundos.

Fue entonces cuando vi que se acercaba otro vehículo. Se trataba de un Hummer enorme, negro y con los cristales tintados. Una alarma se encendió en mi interior. ¿Fidelio Pardo?

Afronté la situación con entereza. Fui en su busca y me planteé dar la cara desde el primer momento. Ya estaba cansado del tipo que desde hacía tiempo era el centro de todos mis males.

Las dos puertas delanteras se abrieron al mismo tiempo.

Emiliano y Manuel Jesús abandonaron el vehículo. Dejaron las puertas abiertas y vinieron corriendo hacia mí.

***

El hijo de Federico fue el primero en encararse. Me sujetó por los brazos y me aseguró que más tarde o temprano acabaría conmigo.

Su amigo venía sonriendo, con una expresión de desprecio y superioridad.

Cuando se acercó, sacó una pistola de la parte de atrás de su pantalón y me encañonó.

—El padre de este, ese mandilón, le ha pedido que no te haga nada, pero yo puedo hacer lo que me venga en gana. No te voy a dar chance.

Puso el cañón del arma en mi cabeza y amenazó con apretar el gatillo. Emiliano aplaudió la acción.

—Solo he prometido no matarte hasta que él venga. No dije nada de hacerlo más tarde.

Imitó entonces a Manuel Jesús, echó sus manos hacia atrás y me mostró su pistolón, un revólver Smith & Wesson modelo Magnum. ¿De dónde habían sacado esas armas? Desde luego, si habían venido en vuelo comercial, jamás les habrían dejado portarlas. Pero eso era lo que menos me preocupaba.

—¿Queréis tomar algo?

Cuando solté eso, me pareció que estaba haciendo el ridículo. Tenía que aplacar a esas fieras, y no se me ocurrió nada mejor.

Mi sorpresa fue mayúscula. Aceptaron el trago. Entramos y los invité a sentarse en el sofá. Ninguno me hizo caso. Ambos se pusieron a ojear unas revistas que había sobre la mesa del salón mientras hablaban de tonterías.

Encontré una botella de tequila en el mueble de las bebidas. Sabía que Federico no podía fallar en eso.

Les puse unos chupitos y yo me serví otro.

—¿Cómo le llamáis a esto allí?

Emiliano me miró con desprecio.

—¿Quieres ganarnos, güey?

—Caballito, este *shot* es un caballito, que eres un ignorante —me soltó Manuel Jesús.

Ambos se rieron de mí. De nada valía tratar de convencerlos del hecho de que yo les había salvado la vida. Si esos misiles no estaban a esas alturas estampados contra el muro de Trump era gracias a mí. Y ellos podían circular libremente entre un país y otro, incluso tomar caballitos de tequila.

—¿Cuándo viene tu padre?

No me contestó. Me miró otra vez con arrogancia y se marchó hacia unos de los baños de la planta baja.

Vi entonces a Valentina en el exterior, e hice un amago por ir en su busca.

—Ni se te ocurra —me dijo Manuel Jesús.

—¿Quién eres, tío? —Me encaré a él—. Apenas te conozco, me has estado amenazando desde hace días, y quiero que sepas que tu actitud altanera no te hace mejor.

Se quedó perplejo con mis palabras. No esperaba nada así. Le vi tan bloqueado que me vine arriba.

—¿Piensas que por tener unos padres ricos que te permitan caprichos eres mejor persona, que puedes ir por ahí con una pistola haciendo justicia?

Me apuntó entonces con el arma.

Pero la retiró al instante.

—No sabes nada de mi vida, güey. Tú sí que lo has tenido fácil, marqués de mierda. No te reviento ahora mismo la cabeza porque ese no es el plan. Pero deja de hablar de mí si no quieres que te dé plomo.

Levanté las manos. Le vi más afectado de lo que hubiese imaginado. ¿Acaso Manuel Jesús no era tal y como yo había pensado desde el mismo día que le conocí?

El sol inundaba la estancia cuando escuchamos llegar otro vehículo.

La fiesta continuaba.

Valentina se adentró en el salón y anunció que era su padre.

—Y viene acompañado —dijo.

Federico le abrió la puerta a doña Teresa. No traían chófer. Él mismo se había encargado de conducir hasta allí.

Emiliano salió del baño, y Sonsoles, a quien había perdido de vista, también apareció de repente en el salón.

¿Qué podría salir de todo aquello?

En esos momentos de incertidumbre, me vino a la cabeza solo una idea.

Ojalá todo terminase allí y mi vida volviese a la normalidad.

Tenía que rematar el descubrimiento del día anterior.

Aún debía hacer un viaje.

Tenía más claro que nunca adónde debía dirigirme, el lugar de la «Y» que alguien marcó en un retrato auténtico y misterioso del mismísimo Cristóbal Colón.

***

Venían agarrados de la mano. Ella parecía otra. Me costó trabajo reconocer a esa mujer. Doña Teresa se había soltado el pelo. El peinado con el que la conocí en Cuernavaca la hacía parecer mayor. Ahora había optado por una melena alisada, que junto a un vestido floreado ceñido a la cintura, la hacía parecer más jovial. La camisa blanca de Federico y su pantalón azul marino me hicieron recordar a mi mentor diez años atrás. En conjunto, era más que evidente que ya estaban exhibiendo su nueva vida.

Lo primero que hizo al entrar fue besar a su hija, también le dijo algo al oído que nadie más pudo escuchar. Ella asintió.

Doña Teresa se acercó a mí y me dio un beso de amistad, primer gesto de cariño en esa mañana entre tanta gente ofuscada.

—Sentémonos todos —pidió Federico—. Estamos aquí para aclarar las cosas. Y estamos todos los que tenemos que estar. Ni sobra ni falta nadie.

A mí me extrañó esa frase.

¿Qué pintaba allí Manuel Jesús?

Me senté en el sofá de tres plazas y, junto a mí, a cada lado, mis dos amores.

Una vez que nos acomodamos, el dueño de la casa nos miró a todos, levantó las manos con las palmas hacia abajo, haciendo gestos repetidos, en señal de que debíamos tranquilizarnos, aplacar la situación en aras de resolver los problemas.

¿Cuál era el plan de ese hombre?

—Debo comenzar pidiendo perdón a todos ustedes. Tal vez no he sido todo lo claro que debía haber sido, pero siempre he intentado lo mejor para las personas que me rodean, para los que me quieren. Hoy vamos a hacer un intento para que nuestras vidas continúen rodando, y aunque algunos tengamos que cambiar de hábitos, incluso de país, creo que entre todos podemos conseguirlo.

Hizo una pausa.

Vio entonces que la botella de tequila estaba sobre la mesita. Le pidió a su hijo que le sirviera. Parecía que le iba a hacer falta algo de alcohol para afrontar el discurso.

—Comenzaré por mi hija Valentina. Ella sabe que la quiero más que a nada en el mundo.

Emiliano giró entonces la cabeza hacia el mar.

No pude ver su expresión, pero imaginé que eso no debió gustarle.

—Mi vida no ha sido fácil, y la de ustedes, de todos los que están aquí, tampoco.

Miró a Sonsoles. Ella no le mantuvo la mirada.

—Valentina, imagino que ya sabes que nuestra hacienda se ha venido abajo. Nos vemos obligados a cambiar de modo de vida, pero no te faltará nada.

Me miró entonces a mí. Yo sí le mantuve la mirada, e incluso asentí.

—Creo que cualquiera de los que estamos aquí reunidos podemos vivir con algo menos de dinero en los bolsillos. Esa es una situación que es reversible, a veces estamos arriba y a veces abajo. Saldremos adelante. Nadie debe pensar que las cosas van a ser irreversibles para siempre, que el mundo, tal y como lo conoce, no va a cambiar.

Movió el vasito y Emiliano se lo rellenó al instante.

—Teresa y yo vamos a vivir juntos en Cuernavaca. Tenemos un proyecto en común. Queremos relanzar la actividad de las granjas, construir un futuro en el que ambos creamos y seamos felices. Ese es su deseo y también el mío. Querida hija, te pido que lo asumas, y que, en memoria de tu madre, consideres que tu padre tiene aún vida que vivir, y que quiere hacerlo junto a esta mujer.

Le dio la mano a doña Teresa, que respondió al instante.

—Es una gran mujer —continuó—, una persona que ha sufrido mucho, y que merece encontrar respeto y consideración.

—Ya lo tenía asumido, padre —dijo Valentina—. Desde que murió mi madre sabía que esto iba a ocurrir. No es ninguna sorpresa para mí. La he conocido días atrás y sé que sabrá cuidarte. Ambos tenéis mi aprobación.

Doña Teresa exhibió una sonrisa enorme. Pero solo duró unos instantes. Era evidente que allí había más cosas que la afectaban.

Y no me equivoqué.

—Hay un asunto importante que hoy vais a conocer —anunció entonces Federico—. Y lo voy a decir sin rodeos.

Se tragó de un sorbo el tequila.

—Manuel Jesús, esta mujer es tu madre.

La señalaba a ella.

¿Doña Teresa?

Emiliano le miró con cara de burla, Valentina de sorpresa y yo, de incredulidad.

Pero la peor de todas las expresiones era la de Manuel Jesús.

No se tomó nada bien aquello.

—¿Mi madre? Estoy seguro de que la mujer que me trajo al mundo está ahora mismo en Cuernavaca regentando su restaurante. Mis padres son de fiar, son mis padres. ¿Qué estupidez está platicando este viejo loco?

Miró a Emiliano, exigiendo explicaciones. Su amigo se encogió de hombros.

—Esta mujer fue quien te trajo a este mundo —afirmó Federico—. Y tu padre, ese hombre que crees es tu padre, tampoco lo es.

Manuel Jesús se levantó y derribó de una patada una mesita auxiliar. El jarrón que estaba sobre ella se hizo añicos al chocar con el suelo. Como si eso no fuese suficiente, continuó dándole patadas a la mesa, no una más, sino muchas, hasta destrozarla. Doña Teresa trató de levantarse para frenar a ese inconsciente, pero Federico la retuvo. Cuando el tipo se calmó, mi mentor continuó hablando.

—Teresa era la dueña de ese restaurante. Bueno, aún lo es. Trabajaba allí como mesera, preparando quesadillas, tacos y burritos cuando un hombre la abordó. Hace de esto treinta años exactos, los que tú tienes. Por aquel entonces yo estaba ya enamorado de tu madre, de esta mujer. Un día llegó tu padre, tu verdadero padre, y aprovechando que ella y yo habíamos reñido, la invitó a una copa al terminar de servir mesas. Nunca debió irse con él, pero las cosas suceden como suceden, y todos debemos perdonar, porque si no la vida no tiene sentido. Ese señor la forzó, la intimidó y, por qué no decirlo, la violó. Yo lo supe a los dos meses de que aquello ocurriese. Siempre me arrepentiré. En aquellos años espaciaba demasiado mis visitas a su casa, iba con menos frecuencia de lo que me hubiese gustado. Y tardé eso, dos meses, en tener conocimiento de los hechos.

Valentina tenía una edad muy parecida. Comprendí que Alessandra estaría en ese mismo año o bien embarazada de ella o puede que cuidando una bebé. Ese era el motivo por el cual Federico dejó pasar tiempo entre viaje y viaje. No era buen momento para visitar a la amante mexicana.

—Cuando me enteré de lo sucedido, cabían varias opciones, pero tu madre es muy religiosa, jamás hubiese optado por interrumpir el embarazo, y yo la apoyé. Fue el momento más complicado de nuestra relación.

Le dio un beso a doña Teresa, que ella agradeció con lágrimas en los ojos.

—Gracias a eso estás tú en este mundo. Y ahorita tu madre quiere que lo sepas. Porque necesita que estés junto a ella. Ya lo ha hablado con la mujer que tú crees tu madre. Ambas están de acuerdo en que ha llegado el momento de aclarar las cosas.

—¡Estupideces! —gritó Emiliano—. ¿Este tipo hermano mío?

¿Qué me había perdido? Hasta unos momentos antes eran como hermanos, siempre se llamaban así. Eso me habían confesado ambos.

—¿Y quién es mi padre entonces? —Manuel Jesús parecía abatido, jamás hubiese adivinado que ese viaje relámpago hasta Nueva York iba a tener para él unas consecuencias tan extraordinarias.

—¿Aún no lo has adivinado?

Federico debió pensar que era tan tozudo y obstinado como su padre, Fidelio Pardo.

***

Emiliano decidió marcharse fuera. Pegó un portazo y pronto le vimos caminar por la playa. Doña Teresa hizo otro amago por levantarse e ir a buscarlo, pero Federico la retuvo de nuevo.

—Solo te pido que lo asumas —le dijo a Manuel Jesús—. Nada va a cambiar para ti. Esas personas que hasta ahora eran tus padres siempre han sido buenos contigo, y seguirán siéndolo. Teresa ha hablado con ellos, y están de acuerdo en que, dadas las circunstancias, es el mejor momento para que Cuernavaca lo sepa. Eres un adulto, capaz de asumir esta situación.

—¿Y cuándo llegará ese hombre?

Esa era la pregunta que todos esperábamos.

Federico miró su reloj.

—En pocos minutos.

—¿Y por qué ha montado usted toda esta farsa? —preguntó Sonsoles, extrañada con todo lo que estaba ocurriendo.

—Para salvarte a ti también, querida.

***

Fidelio Pardo llegó a la hora prevista. Esta vez fueron tres los vehículos que escuchamos aproximarse a la casa de la playa. Como era habitual en él, venía acompañado de sus guardaespaldas y hombres de confianza. Federico se levantó de inmediato y fue en su busca. Ambos discutieron antes de entrar. Como vi que solo se adentraba el magnate y que sus hombres permanecían afuera, comprendí que mi mentor se había ocupado de mantenerlos al margen.

Apenas sabía qué clase de fijación contra mí tenía ese tipo, pero el caso fue que me dedicó casi todas sus miradas. Incluso ignoró a Sonsoles, un adorno para él. La trató como si no estuviese presente en esa sala. Tampoco saludó a doña Teresa, lo cual me pareció una descortesía propia de un truhan.

Vio la botella de tequila y se sirvió un trago sin preguntar.

Luego miró a su alrededor. Fiel a su estilo, acabó por no contenerse.

—Desconocía que era propietario de una casa tan bonita en la playa.

Valentina estuvo tentada de decirle algo, pero ella sí se contuvo. Con solo una mirada, yo se lo agradecí. Me temía que aún habrían de ocurrir muchas cosas allí dentro.

—Fidelio, ¿puedes sentarte, por favor?

Federico moduló bien sus palabras, utilizó el tono más amable que yo le conocía.

El millonario no le obedeció. Parecía confuso. Pronto me di cuenta de que no entendía por qué tanta gente estaba congregada allí, el motivo de esa extraña reunión. Un hombre acostumbrado a dominarlo todo, no debía sentirse a gusto con una situación desconocida como aquella.

—Han pasado muchas cosas en los últimos tiempos —continuó Federico—. Creo, creemos, que ha llegado el momento de que todos nos sinceremos, nos perdonemos, y seamos capaces de abordar el futuro como personas civilizadas. ¿Estás de acuerdo?

El mexicano exhibió una sonrisa irónica, se sirvió otro tequila, dio un trago largo y profundo y luego habló.

—Federico, eres un fracasado. Jamás he conocido a nadie tan malo en los negocios como tú. En realidad, eres nefasto en todo lo que haces, en todo lo que tocas. ¿Cuántos años hace que nos conocemos? ¿Cuarenta? Siempre he sabido que eras un perdedor. Sin tu padre, que sí era buen empresario, tú jamás hubieses llegado a nada. Y ahora te encuentras acorralado. Te ves obligado a huir. No hay nada de qué hablar. Todos los que estáis aquí me pertenecéis, estáis en mis manos, y puedo decidir sobre vuestro futuro.

Miró entonces a Manuel Jesús.

—¿Quién es este?

—Una larga historia —respondió Federico—. ¿Puedes sentarte, por favor?

Lejos de obedecerle, le pegó una patada a la mesita gemela que su desconocido hijo había destrozado momentos antes, pero no la machacó una vez derribada.

—Hemos sido amigos. Durante muchos años compartimos confidencias. Te he ayudado en negocios de éxito. Y sí, debo reconocer que tú eres mejor empresario, nunca lo he negado, tienes olfato para emprender, eso es indudable. Las cosas te van bien, muy bien en realidad, y no tienes por qué tomar actitudes como estas. La vida te ha sonreído, todo lo que tocas lo conviertes en oro, y lo has hecho apartado de las drogas, del dinero fácil de nuestro país.

Hay mucha gente que te envidia, y que te admira, entre ellos yo, porque eres un gran emprendedor.

Fidelio no adivinó adónde quería llegar.

Federico le indicó a Emiliano que les sirviera otro trago a ambos.

—Tengo muchas ocupaciones. Venir hasta aquí me va a llevar todo el día. ¿Podrías decirme por qué has convocado esta reunión de perdedores? Yo no encajo aquí.

—Sí que encajas. Muchas veces hemos hablado tú y yo de ciertas cosas. Yo tengo ya setenta años, y tú vas a cumplir los sesenta este mismo año. ¿Cuándo? Ah, sí, el 1 de diciembre. Esa es la fecha de tu cumpleaños. ¿No?

Asintió.

¿Adónde quería llegar?

Volvió a agitar su vasito. Emiliano tardó solo unos segundos en llenarlo de nuevo. Como vio que la botella estaba vacía, se marchó en busca de otra. Valentina le indicó que en el frigorífico había más. A decir verdad, yo también necesitaba algo de ese líquido dentro de mí.

—Has luchado toda tu vida, has sufrido mucho, me consta, y has triunfado. De acuerdo, eres un hombre de éxito. ¿Y qué vas a hacer con todo eso?

—A la chingada lo que pienses. Ese es mi problema. No te metas en lo que no te incumbe.

Muchos de los que estábamos allí intuimos la estrategia de Federico, el motivo por el que nos había reunido.

—A ver, pinche viejo —pronunció Fidelio—. ¿Adónde quieres llegar?

Federico no contestó de inmediato. Conociéndolo como lo conocía, supe que no le habría gustado nada ese insulto.

—¿Sabe todo el mundo aquí presente que estás en mis manos? ¿Conocen ustedes cuánta lana me debe este hombre?

Doña Teresa se levantó. Puesta en pie, iba a lanzar unas palabras cuando Federico tiró de ella hacia abajo.

Fue él quien se puso entonces en pie.

Y fue a encararse frente a Fidelio.

—He venido aquí con mis mejores intenciones. ¿Sabes lo que es eso? ¿Alguna vez has tenido buenas intenciones?

El otro no respondió. Se sirvió otro trago de tequila y le dio la espalda a mi mentor.

—¿Qué pinche intención es la que traes? ¿Qué puedes ofrecerme para que no te denuncie y te metan en la cárcel?

—Tienes un hijo. Una persona hecha y derecha. Alguien que puede continuar tu obra. Y está aquí.

Se volvió. Miró a Federico como si fuese una bestia de circo, algo asombroso.

Luego contempló a doña Teresa, que tenía las manos cruzadas sobre su regazo y la mirada perdida en el suelo de parqué. Entre todos los presentes, la más contrariada en esos momentos era ella.

¿Cómo podría esa mujer afrontar en público una revelación como aquella?

¿Qué reacción podía esperarse de un hombre ante un hecho como ese?

Pensé que lo normal hubiese sido querer conocer a quién se refería, tratar de encontrarse lo antes posible con ese ser que llevaba su misma sangre.

Pero, claro, Fidelio no era un hombre normal, era otra cosa.

Sin esperarlo ninguno de los presentes, el muy bruto comenzó a reírse, no como ríe una persona cuando escucha un chiste —un relajo como dicen en muchos lugares de Latinoamérica—, sino emitiendo y proyectando una risa irónica, intensa, la misma que tendría un señor feudal, o incluso un cacique indígena, o alguien que se cree así.

Tardó un buen rato en calmarse.

Y tras un paréntesis escaso, no más de unos segundos, retomó la carcajada.

Quería decir algo, pero tanto regocijo no le dejaba hablar.

Ante esa hilarante situación, Federico se acercó a él.

—¡Este hombre es hijo tuyo!

Agarró a Manuel Jesús de un brazo y se lo acercó.

—¿Vas a seguir riendo?

Fidelio le miró sin pestañear.

—Violaste a esta mujer. La forzaste. Y treinta años después aquí tienes el fruto de aquella acción. He pensado que tal vez puedas llegar a quererlo, porque necesitas alguien junto a ti, un delfín, un heredero.

No dijo nada.

Pensé que iba a repetir el trago, pero soltó el vaso.

Ya no reía.

Manuel Jesús no daba crédito a lo que estaba sucediendo. Ese pobre insensato jamás hubiese imaginado que estaba allí para aquello. Incluso su amigo Emiliano le daba palmaditas en la espalda a modo de consuelo.

Fidelio puso su mirada en el techo.

Luego, tras unos segundos que a todos nos parecieron eternos, nos observó.

Uno a uno, procedió a escrutarnos.

Me dolió que fue a Sonsoles a la que menos atención prestó. Sabía que la había tratado como a un trapo.

Ahora tenía claro que ese machista irredento trataba a todas las mujeres por igual.

—Federico, tú siempre has sido un sentimental. Desde la primera vez que te encamaste con esta ramera —señaló a doña Teresa—, supe que te habías enamorado de ella. Y luego, cuando la preñaste, todos tus amigos sabíamos que actuarías así, exactamente como lo hiciste. Pero nadie es como tú.

Ahora sí se sirvió otro trago de tequila.

—¿Qué clase de estúpido eres? ¿Piensas que por traer aquí a un desconocido voy a ablandarme? ¿Qué chantaje es ese? Voy a decirte algo, este tipo de aquí —señaló a Manuel Jesús—, me importa una chingada, como este tengo veinte o tal vez treinta. ¿Crees que no sé que he preñado a más mujeres? Hay que ser un necio para pensar que yo me iba a entregar a esa idea.

Ninguno de los presentes esperábamos una reacción de esa naturaleza.

Que Fidelio era una bestia era algo conocido.

Pero esa repulsión tan brutal no fue asumida por alguno de los presentes.

El primero en actuar fue Emiliano. Salió en defensa de su amigo. Se le ocurrió empujar a ese energúmeno. No una, varias veces. Incluso le propinó un par de golpes en el pecho.

—¿Quieres que le mate? —le gritó Fidelio a Federico—. ¿Quieres que haga matar a este bastardo tuyo? Solo tengo que levantar la mano y tendrás aquí a cinco verdugos. ¿Eso es lo que quieres?

Federico se puso en pie. Se alisó la camisa blanca. Pensó lo que iba a decir, eso era evidente.

—Quiero a ese chico con toda mi alma. Y lo he querido desde el mismo día en que esta mujer —volvió a señalar a doña Teresa—, se quedó embarazada. ¿Y sabes por qué? Porque no soy ninguna alimaña. La diferencia entre tú y yo es que tú eres un bárbaro, siempre lo has sido, y yo tengo corazón.

—¡Son patéticos! Todos lo son. ¡Aquí no se salva nadie!

—¿No vas a mirar tan siquiera a tu hijo?

—Aquí no hay ningún hijo mío.

Miró entonces a Sonsoles.

—Ya que estás de confidencias, permíteme que te haga una. —Fue hacia ella y se arrodilló—. Señora Montesinos, ¿quiere usted tener un hijo conmigo?

Silencio.

—Se lo pregunto por última vez.

Intenté ponerme en pie, pero Valentina me lo impidió con energía.

—Solo quiero que te alejes de mí —le escupió Sonsoles mirándole a la cara—. No quiero volver a verte en mi vida. Creo que te he dejado claro muchas veces que jamás voy a tener un hijo tuyo.

—Pues ahí tienes la respuesta —dijo Fidelio dirigiéndose a Federico—. El día que yo quiera un hijo legítimo, lo tendré con una señora como esta, una noble, alguien que merezca la pena a estos efectos. ¿Para qué necesito a una mesera como madre de mis hijos? ¿Para qué necesito a este bastardo?

Se produjo entonces un silencio insólito.

Y luego escuchamos un disparo.

No tenía ni idea de dónde provenía.

¿Habían entrado los sicarios del magnate?

Mantuve la calma mientras intentaba adivinar de dónde procedía el disparo.

Sonsoles y Valentina se habían echado al suelo.

Doña Teresa las imitó.

Federico me miró a mí, luego a Emiliano, y solo cuando comprobó que estaba bien, observó a Fidelio.

Tenía la camisa manchada de sangre.

Sujetaba sus tripas como podía.

Manuel Jesús había disparado a su padre a menos de un metro de distancia.

Me levanté entonces y traté de quitarle la pistola.

Una acción inocente, instintiva.

Como la que tuvo él.

Disparar contra mí era lo normal, me odiaba, algo evidente, pero no había apretado el gatillo de nuevo por eso.

En ese estado de excitación, con una pistola en la mano, ese hombre se limitó a disparar contra alguien que se había abalanzado sobre él.

Caí al suelo.

Tendido sobre la tarima de parqué, trataba de adivinar dónde me había impactado esa bala.

Me dolía mucho el estómago.

Antes de desmayarme aún tuve tiempo de ver que había mucha sangre a mi alrededor.

Pero desconocía si era mi propia sangre o más bien del mexicano, porque Fidelio Pardo yacía junto a mí.

Me retorcí.

Solo me quedaron unos segundos para pensar algo antes de desmayarme.

Ese 21 de octubre era un mal día para morir.

Malditos días impares.

26

DESEOS

«...

—En su opinión, ¿qué les ocurre a los países de Latinoamérica? ¿Por qué no consiguen avanzar hacia un desarrollo sostenible?

—Mire, hijo, se lo dicho muchas veces, creo que usted no me escucha. Latinoamérica era y sigue siendo la sirvienta de los países ricos —afirmó Sforza.

—Usted no puede quejarse. Ha hecho fortuna en los Estados Unidos, y desde allí, vive con pasión la realidad de México. Pero desde el lado de los ricos.

—Álvaro, fíjese en una cosa. La división internacional de ricos y pobres consiste en que unos países se especialicen en ganar. Y otros en perder. Y en ese reparto, toda Latinoamérica se especializó en perder.

—¿Y no piensa hacer nada? ¿Es un simple observador de esa realidad?

—Sueño con ese cambio. Y algún día me iré al sur para no regresar jamás.

...»

¿Qué es América? Un continente relativamente nuevo, dirían algunos. Cuando Platón daba por cierta la existencia de la Atlántida, ni de lejos el mundo conocido imaginaba algo similar a un nuevo territorio tan extenso hacia occidente. El sabio griego ubicó la isla perdida más allá de las columnas de Hércules, y la describió del tamaño de Libia y Asia Menor, pero nada parecido a un continente. Aún quedaban veinte siglos para que Cristóbal Colón pusiese un pie en América.

Otros dirían que no seamos tan brutos, que los nativos americanos ya estaban allí mucho antes de que el genovés llegase. Incluso hay teorías acerca de visitantes anteriores: vikingos, chinos, versiones para todos los gustos.

Fuera como fuese el Descubrimiento del Nuevo Mundo, si lo fue o no, si debe llamarse así o más bien de otra forma, es tarea inútil entrar en disquisiciones que no conducen a nada.

Porque fue un hecho sorprendente. Nada fue igual después de que las tres naves alcanzaran ese territorio, eso es innegable, por más estatuas que se retiren, o pintura roja que se quiera verter sobre el hombre que lo hizo posible.

A mí también me gustaría saber de dónde procedo realmente. Nací en España, pero doy por sentado que soy el producto de vastas migraciones prehistóricas, de batallas sobre el suelo de la península ibérica. A muchos de mis antepasados los violaron o los mataron en crueles actos de conquista, y ese tortuoso cruce de genes hace que yo, hoy, sea quien soy.

Y lo mismo ha ocurrido por todo el planeta. La historia de los seres humanos está ligada a los desplazamientos, asaltos de territorios y mezcla de culturas. ¿Quién sabe quién engendró a quién?, y, sobre todo, ¿para qué sirve eso en el siglo XXI?

Que América sea un continente nuevo o no lo sea, no va a cambiar el estado de las cosas. Pero seamos sinceros, hay líderes en países de Latinoamérica que no han asumido esto, porque para ellos es más fácil sumarse a las peticiones de los aborígenes que conseguir paz y prosperidad para su pueblo. La corrupción ha minado el desarrollo de esas naciones, lo sigue haciendo, y aunque esos dirigentes regionales —caciques en realidad—, llevan apellidos españoles, les resulta sencillo y menos comprometido taparse los ojos y buscar fantasmas centenarios.

***

Un mexicano a quien apenas conocía me pegó un tiro en el estómago. El día que descubrió que no era tan puro como imaginaba tomó decisiones precipitadas. Manuel Jesús soñaba con volar el muro, pero solo consiguió explotar su futuro, algo que llevaba tiempo intentando con denuedo.

Cuando desperté en una habitación de hospital estaba solo. Una enfermera me dijo que una señorita rubia había permanecido junto a mí todo el tiempo, cuatro días en total, y que ahora había acudido a atender algún asunto.

Recordaba parte del incidente. Cerré los ojos y traté de recomponerlo. A duras penas conseguí hilvanar la secuencia de los hechos ocurridos.

Sucedieron más o menos de esta manera: tendido en el suelo podía comprobar que Fidelio había recibido un disparo en una zona de su anatomía mucho peor que la mía. Su cabeza, atravesada por una bala, se encontraba cerca. Los dos habíamos caído en posturas similares, nuestros cuerpos dispuestos en el suelo de forma casi paralela, y nuestros rostros observándose el uno al otro.

Incluso en esa situación extrema, sus ojos se detenían en mí, una mirada extraña, de odio, pero también, por primera vez, de resignación.

Me dolía la mandíbula de tanto apretar los dientes y mi estómago era un agujero negro angustioso, tortuoso.

Con todos los músculos agarrotados por la tensión, era consciente de que mi compañero de siniestro había acabado aún más descalabrado que yo.

El orificio en su sien derecha presentaba un aspecto mortal. El impacto parecía fulminante. Tumbado en el suelo, el magnate aún tuvo tiempo para ofrecerme su cara de sorpresa, de incredulidad, porque no esperaba ese disparo, en realidad no esperaba nada parecido.

Pero, sobre todo, Fidelio nunca, jamás, habría esperado perder.

Ese hombre, producto del éxito personal, había sufrido un terrible encuentro con el destino.

Yo pude salvar la vida.

Al parecer la bala me había impactado en una zona en la que los doctores pudieron actuar y, aunque perdí mucha sangre, nada me impidió seguir en este mundo.

Eso me lo estaba confesando la enfermera cuando la puerta de mi habitación se abrió para dejar paso a una chica *sexy*, tal vez menos *sexy* que en otras ocasiones, porque la veía demacrada, el pelo recogido en una simple coleta, pegado al cráneo, sin maquillaje ni adornos.

Nada más verme comenzó a gritar.

—¡Madre mía! ¡Gracias a Dios!

Se echó sobre mí, puso su cara sobre mi hombro derecho y, sin parar de llorar, comenzó a rezar en voz alta.

Tuve que pedirle que parase, había tantas cosas de las que hablar que no me pareció el momento más apropiado para encomendarse a plegarias.

Entonces lanzó una larga retahíla de comentarios, hablaba atropelladamente, me relató mil detalles de la tragedia, sin orden ni concierto.

Incluso en mi estado pude extraer conclusiones.

Supe que Fidelio había quedado convertido en algo parecido a un vegetal. Sobrevivió al disparo de Manuel Jesús, pero el impacto le había destrozado parte del cráneo. Las ambulancias llegaron muy rápido, en solo unos minutos hicieron todo lo que pudieron, pero al parecer la bala le había provocado efectos irreversibles, había vaciado un ojo al completo y penetrado en el cerebro, donde estuvo alojada hasta que la extrajeron.

Desde ese momento, Fidelio Pardo ya no era la persona que conocíamos, ahora era un conjunto de huesos, músculos y órganos atados a unas máquinas.

Manuel Jesús entregó la pistola a Federico sin oponer resistencia. La policía lo detuvo y se encontraba en una prisión federal.

Por mi parte, en esos primeros momentos en el hospital, estuvieron junto a mi cama tanto Federico como Sonsoles, pero al dictaminar el jefe de planta que mi estado no corría peligro, ambos se habían marchado hacía ya dos días.

—Mi padre está en Cuernavaca. Se marchó tal y como quería, acaba de iniciar esa nueva vida junto a Teresa.

—¿Y Sonsoles? ¿Dónde está?

Me miró con sorpresa.

—Puedes imaginar que no me importa un bledo dónde se encuentre. Cuanto más lejos mejor.

La observé con dulzura. Tardó unos instantes en recomponer el semblante después de mi pregunta.

Luego marcó en su teléfono el número de su padre. Cuando conectó con él, lo informó con una gran sonrisa en los labios de que yo había recuperado la consciencia.

Me puso el aparato en la oreja.

Mi mentor me explicó que se encontraba muy feliz, haciendo lo que le apetecía.

—Cuidando vacas, poniendo en orden la producción de las granjas y tomando chupitos de tequila al atardecer. *Paradiso in terra.*

Me alegraba la felicidad de ese hombre, el mismo que tiempo atrás me había abierto unas puertas inmensas. Le pregunté entonces por su salida del país y el asunto de sus finanzas.

Al parecer, en la mayoría de los casos, en los negocios en común, las cuentas entre Fidelio y él jamás fueron rubricadas en contrato alguno, se basaban en una relación de confianza. En consecuencia, su nueva vida iba a ser más tranquila de lo previsto. Quise entender el trasfondo de sus palabras, pero como no me quedaba claro, le pregunté abiertamente por el asunto. Fue entonces muy claro. Imposible recuperar los acuerdos verbales entre ambos, y sí, eso le había beneficiado sin duda.

—He podido saldar las deudas en los Estados Unidos —afirmó al otro lado del aparato—, y aunque es cierto que he perdido buena parte de mi patrimonio, aún me queda este último oasis. Aquí quiero disfrutar de esta nueva etapa. Allí se queda mi hija, pero sé que usted va a cumplir su palabra.

—Así es.

Valentina me miró extrañada. Yo le lancé un beso.

—Tenemos mucho trabajo por delante —añadí—. No nos vamos a aburrir. El misterio del retrato no ha acabado. Tengo cuerda e ideas suficientes para seguir tirando del asunto.

—Cuénteme.

Yo era consciente de que, para cumplir con mi compromiso de llevar una existencia ordenada y tratar de mantener un cierto poder adquisitivo, tendría que venderlo. Esa obra alcanzaría dimensiones estratosféricas en el catálogo de cualquier casa de subastas. Pero antes era necesario llevar a buen puerto ciertas investigaciones.

—Creo haber encontrado una solución al enigma.

Federico me suplicó explicaciones, nada le haría más feliz que saber que ese secreto del que me hizo partícipe serviría para resolver el misterio.

—Es solo una idea, una disparatada unión de cabos sueltos, pero con visos de buenos resultados. Su hija y yo emprenderemos juntos esa aventura pronto. Si tenemos suerte, usted será el primero en saberlo.

Cuando le devolví el teléfono ella continuó hablando con su padre.

Cerré los ojos y me prometí algo a mí mismo.

Jamás iba a morder de nuevo el polvo del fracaso.

***

Ya he dicho que Valentina era muy religiosa. Entonces... ¿cómo no casarnos?

Todo sucedió más o menos de la siguiente manera. Nuestra vida en común transcurrió en esos primeros días de una forma radiante y tranquila. Para mí fueron tan gratificantes esos momentos de felicidad que llegué a pensar que no eran reales.

Como por ensalmo, mis antiguas preocupaciones acabaron desapareciendo, y mi dedicación a nuestra relación me proporcionó una estabilidad desconocida. Mientras me recuperaba del impacto de bala pasaba muchas tardes escribiendo, investigando, una introspección que me reportaba grandes dosis de ventura.

Ocupábamos por entonces de forma provisional una propiedad de una amiga de Valentina, un coqueto *penthouse* en el *upper east side*, no grande, pero ciertamente confortable y bien amueblado. Apenas tenía paredes, todo era de cristal transparente en aquella preciosa vivienda. Uno podía quedarse horas observando el cielo y los tejados de Nueva York.

Nuestro deseo era viajar juntos a Sevilla con el objetivo de poner a la venta el palacete y un pequeño apartamento herencia de mis padres. Eso nos daría para vivir un tiempo, tal vez comprar alguna propiedad no demasiado desorbitada en Manhattan, mientras ambos encontrábamos trabajo en alguna universidad. Si algo teníamos los dos, era precisamente formación suficiente para eso. Además, mi caché como experto colombino había subido como la espuma.

Días atrás había telefoneado a Candela. Estaba al tanto del incidente que casi me cuesta la vida. Según me aseguró, por allá se sabía todo, la televisión daba con asiduidad noticias acerca de mi estado, algo que me pareció exagerado. Afirmó que las emisiones que a ella le gustaban me ponían en portada. Tardé poco en comprender que no se trataba ni de los telediarios, ni de magazines culturales, sino de los programas del corazón, puro chismorreo. Añadió que el palacete estaba quedando como la Torre del Oro, mucho mejor incluso, y que cuando lo viese de nuevo jamás querría salir de allí. Le pedí que empaquetase mi ropa y mis libros, o más bien que no los desempaquetase, y que contratase una compañía de transporte. Le proporcioné mi dirección. Ella dejó pasar un largo silencio, contrariada, porque presumió que nunca más volvería a verme. La vida da muchas vueltas, le dije, uno nunca sabe dónde va a acabar.

Unos días más tarde, una mañana lluviosa de principios de diciembre, Valentina me preguntó qué podíamos hacer para salir de esa monótona reclusión en la que ambos nos habíamos instalado tras salir del hospital. Yo no paraba de leer libros, ya habían llegado los paquetes, que fueron para mí una inyección de nuevas ideas, perfecto combustible para inflamar mi proyecto, porque continuaba hilvanando un plan para llevar a buen puerto mis pesquisas.

Cierto era que ya estaba completamente recuperado y que nada nos impedía salir a cenar, bailar, divertirnos, en definitiva. Así fue como nos decidimos a catar de nuevo la noche neoyorquina, llena de posibilidades. Era absurdo estar más tiempo recluidos, no había ninguna razón para esa clase de aislamiento al que yo innecesariamente la había sometido.

Elegimos un restaurante cerca del Rockefeller Center, un establecimiento muy chic con preciosas vistas hacia el sur. Primero tomamos una copa de champán, luego otra, finalmente decidimos continuar la cena con esa bebida espumosa. Cuando me quise dar cuenta, ya estaban descorchando la segunda botella. Era la primera vez que bebía tras salir del hospital, y las burbujas se subieron rápido a mi cabeza. Para mí fue como reencontrarme con el pasado, uno que creía ya muy perdido, prehistórico, y se lo dije a Valentina, que me aseguró que también lo era para ella, porque jamás había pasado por una situación como aquella, la partida de su padre y la pérdida de su patrimonio, un fatídico vuelco del destino. Continuó así durante un buen rato más, la amargura de sus palabras aumentaba, pero también mi idea de cuál debería ser nuestro futuro juntos, y antes del segundo plato mi mente ya había alcanzado una idea con sostenida claridad.

Su voz era hipnótica, yo asentía, ella continuaba hablando, y al cabo de otros treinta minutos yo ya flotaba dentro de aquella voz.

Me levanté con la excusa de ir al baño.

Pregunté al camarero qué día era, «Sábado, señor, es sábado», me dijo.

No, no era eso lo que quería saber, día del mes, pregunté.

—Seis de diciembre del año 2020.

Día par, mes par, año par.

¿Qué podía salir mal?

Regresé a la mesa, hinqué una rodilla sobre la mullida moqueta y le tomé la mano.

—¿Quieres casarte conmigo?

Provoqué un cierto impacto en los otros comensales, la gente detuvo los tenedores y cuchillos por unos momentos.

Ella dijo sí.

Apenas pestañeó antes de pronunciarse.

Entonces me puse en pie y la besé.

Escuchamos aplausos, vítores y esas cosas.

Luego cada uno volvió a su tarea, a dar cuenta de los platos que habían pedido, y Valentina y yo comenzamos a hacer planes. Sus ojos refulgían, me brindó una sonrisa enorme, era evidente que ella necesitaba un apoyo como aquel, un respaldo decidido a nuestro amor.

Por supuesto yo era consciente de que ella se estaba desquitando del pasado, de alguna manera se estaba vengando de Sonsoles, y aunque me hubiese gustado preguntarle por sus sentimientos, mi lengua ya no estaba para tal cosa.

Habían abierto una tercera botella, algo innecesario, pero qué puñetas, una noche como esa ameritaba excesos como ese.

El alcohol había encontrado una vía de alta velocidad en mis venas, y tal vez fuera esa la razón que me llevó a hacer una pregunta que ella consideró fuera de lugar.

—¿Nos vamos mañana a Las Vegas?

Lo dije como una posibilidad, una forma rápida de proceder al trámite, pero tal vez yo había visto demasiadas películas.

Ella se puso a llorar.

No como llora una mujer desconsolada, sino como lo hace una persona a la que acaban de hacer mucho daño. La gente volvió a detener su atención en nosotros. Algunos se pusieron en pie. Supe pronto que imaginaban que yo la había despechado o algo parecido, porque el camarero se acercó a nosotros a preguntar si había algún problema.

En ese ambiente sofocante me sentí aletargado, no supe reaccionar con la velocidad que tanto ella como el público requería.

—Era una broma —dije—. Vamos a casarnos en una catedral.

Ella comenzó entonces a reír.

—¡Te lo has creído! Eres un inocentón.

Perplejo, reconocí que me había ganado la partida. Se puso en pie y me dio un beso larguísimo. El auditorio volvió a los aplausos, y yo juré que la iba a matar si me gastaba otra broma de ese calibre.

***

Al día siguiente salí a solas a comprar un anillo de bodas. Me costó solo dos horas decidirme. Elegí el que sabía le iba a gustar, uno que me recordaba mucho al que su madre una vez me mostró. A la vuelta al ático, ella me lo agradeció con una noche de pasión irrepetible, y fue en esa misma velada cuando tomamos decisiones importantes.

Elegimos una capilla discreta, católica por supuesto, tras descartar la catedral de san Patricio, que hubiese sido el lugar adecuado unos meses atrás, pero ahora, con su padre lejos y su madre bajo tierra, además de los problemas fiscales, no era momento para esa clase de dispendios.

Valentina eligió entonces la iglesia de San Ignacio de Loyola, en Park Avenue, entre las calles 83 y 84. Su elección se fundamentó en el excelente coro, un aspecto que valoró, porque como no iban a ser muchos los invitados, al menos que el acto fuese emotivo.

Y así fue. Nos acompañaron amigos de ella, conocidos de la Universidad de Columbia, así como otros familiares, incluso asistieron al acto cuatro o cinco trabajadores de la CHF. Héctor y sus primos, los vigilantes del hotel, también estaban allí, trajeados, junto a sus esposas. Otros amigos míos, compañeros de mi doctorado, algún profesor, y lo que más me sorprendió, colegas sevillanos que no dudaron en volar hasta allí para estar conmigo en un día tan especial. Deseé que mis padres me estuviesen observando y velando desde el cielo, los eché de menos más que nunca, incluso mucho más que en la boda con Sonsoles.

La ceremonia fue conmovedora, no más de una treintena de personas en conjunto, una iglesia casi vacía, pero las voces del coro interpretaron una serie de piezas de autores italianos y algún que otro español realmente bien elegidas por Valentina, y eso consiguió crear una atmósfera especial, uno de los días más felices de mi existencia. Mi flamante esposa y yo decidimos celebrar nuestro reciente matrimonio junto a todos nuestros invitados en un restaurante cercano. La ciudad se había llenado de nieve, y todo hacía presagiar que seguiría así, al menos hasta finales de mes, una Navidad blanca y hermosa.

***

El día siguiente continuó nevando. El temporal era tan fuerte que las autoridades recomendaron a la gente quedarse en casa, incluso los colegios cerraron. Dulcemente recluidos en aquella pecera de cristal veíamos caer copos de nieve, que formaban pequeños montones en nuestra terraza frente a los ventanales.

Pasé esa jornada tan especial frente a la pantalla del ordenador, bregando con papeles, abriendo las pocas cajas de cartón que aún permanecían cerradas. Valentina se puso a cocinar el plato favorito de su madre, *trenette al pesto,* una receta genovesa. La cocina, integrada en el salón, facilitaba que mientras yo extraía legajos y los clasificaba, y ella troceaba la albahaca y el ajo, ambos habláramos.

—Dime una cosa, amor mío —dijo.

Paró de darle al cuchillo y me miró fijamente.

—¿Me estás escuchando?

—Por supuesto.

—Me dijiste que el día que pasaste en la CHF conseguiste una pista prometedora, algo relacionado con el asunto del misterio del cuadro.

—Así es. Creo haber encontrado qué habían querido decir los herederos de Colón con ese extraño jeroglífico de la parte trasera del retrato.

—¿Y me lo vas a contar alguna vez?

Miré hacia otro lado, continué poniendo en orden los papeles, y como ella vio que no le contestaba, dejó el cuchillo y vino a por mí. Comenzó a darme golpecitos en la espalda.

Me levanté y la rodeé con mis brazos.

—Ya sabes que me equivoqué cuando te dije que la «Y» de la firma, dentro del jeroglífico, podía hacer referencia a san José. Te llevé a la capilla más antigua de la América continental, y no estuve acertado. Nada podíamos haber encontrado en Cuernavaca. Hay que mirar hacia otro lado. Y sé exactamente hacia dónde.

Antes de proseguir, dejé pasar unos segundos para darle más interés. Solo cuando ella se mostró enojada, continué.

—La «Y» marca otra coordenada —afirmé—. En los documentos que me mostró tu padre descubrí que quien trazó esas líneas quería señalar hacia otro punto, un lugar distinto a México.

—¿Y dónde está ese lugar?

—En la República Dominicana.

—Tendrás que explicarme cómo has llegado a esa deducción. ¿Qué diablos tiene ese sitio que ver con una «Y»?

—Era más fácil de lo que pensaba. A veces uno está ciego, no acierta a descubrir las cosas que tiene delante, hasta que por fin se abren los ojos. En el documento al que tuve acceso en la CHF, observé que el nombre de la reina, Ysabel, estaba escrito con esa letra, tal y como se hacía en la antigüedad. Y no solo en ese documento, en cualquiera de la época colombina se escribía así.

—Sigo sin entender nada.

—La primera ciudad del Nuevo Mundo fue bautizada por Colón como La Ysabela, en honor a la reina Católica. Allí instaló el Almirante el primer asentamiento de América.

—Pues ya tenemos un buen lugar para ir de viaje de novios.

Me ofreció una carita dulce.

—¿Voy haciendo las maletas?

27

LA HISPANIOLA

«…

—Hace cuatro siglos, los españoles ya habíamos fundado dos docenas de ciudades en América Latina, que hoy día son grandes urbes.

—Ustedes eran buenos en eso, en abrir colonias por todos lados.

—Está usted equivocado. El Nuevo Mundo jamás fue colonia de España.

—No me lo creo.

—Pues créaselo. Los indios americanos, los indígenas, eran tan súbditos de la Corona como los españoles de la península ibérica.

—Es una sorpresa para mí.

—Y para mucha gente. Porque la palabra, el término colonia, ni tan siquiera existía, ni en las leyes, ni en el sistema de administración español. Esos territorios eran conocidos como los reinos de Indias, o reinos de ultramar. Jamás se llamaron colonias.

—¿Qué quiere decirme con todo esto?

—La sinceridad hispana, la ilusión que puso al extender el reino, no es hoy día recompensada por los pueblos iberoamericanos. España quería refundarse allí, creando nuevas ciudades, mestizándose intensamente con los pueblos autóctonos.

…»

El vuelo directo de American Airlines con destino a Santo Domingo aterrizó con puntualidad. Elegimos una salida temprana con la idea de asentarnos sin apuros. Íbamos cargados con tres enormes maletas repletas de ropa —que yo sabía que ella no utilizaría—, y luego teníamos que alquilar un vehículo y aposentarnos en un caserón histórico de la ciudad colonial reservado a través de Airbnb.

Valentina había coleccionado un conjunto de deseos: pasar unos días en una playa caribeña, visitar algunos centros comerciales e ir al menos a un concierto de música local, entre otros. A mí no me pareció mal, pero le recordé que estábamos allí para trabajar, para desentrañar un asunto muy antiguo, y de paso dar un impulso definitivo a mi carrera. No entendía la razón para llevar tantos trajes de noche, ropa elegante que solo representaba un estorbo, pero que a ella la hacía feliz.

Tras una eternidad esperando la recogida del equipaje, nos vimos obligados a hacer cola otro buen rato para que la compañía de alquiler de vehículos nos proporcionase el Ford descapotable que habría de acompañarnos durante la estancia.

Adentrarnos en Santo Domingo fue toda una experiencia. Ni una sola señal en la carretera de salida, ningún signo claro de por dónde debía tirar. Me orienté por el mar Caribe, cuando lo vi lo dejé a mi izquierda, y bordeándolo puse rumbo a la ciudad. El sol ya estaba en su punto más alto.

Avanzamos entre palmeras y carteles publicitarios de cerveza Presidente allá donde mirase. Eran numerosas las casas de apuestas de lotería y los colmados de música retumbante.

Rodar con normalidad era un auténtico problema. Me veía atosigado cuando circulaba entre vehículos de todas las clases posibles que me adelantaban de forma alocada por ambos lados. En ocasiones, se atravesaban en la calzada. Conducir allí era una *gincana* permanente. Las motos iban ocupadas por cuatro o cinco personas, a veces cargadas de bombonas de butano, o con niños montados en el manillar del conductor.

—¿Sigues pensando que vas a necesitar tus trajes de fiesta?

Ella no me respondió, solo me mostró una amplia sonrisa. Sus gafas de sol no me permitían verle los ojos, pero podía sospechar que ese paisaje variopinto le estaba encantando.

—Aquí está la primera catedral, la primera universidad, el primer hospital, la primera calle, por eso la llaman la ciudad primada de América.

—Me hubiera gustado un apartamento con vistas al mar. ¿Por qué te decidiste por esa casa antigua?

—Quiero inspirarme. Lo que tratamos de encontrar debe de estar en esa zona. Allí hay al menos dos docenas de viviendas de entre finales del siglo XV y principios del XVI. Algunas de ellas han sido rehabilitadas. Por lo que he visto, la nuestra te va a gustar. Confía en mí.

Íbamos bordeando el frente marino. Era un día soleado, nada de viento. Habíamos partido de Nueva York con una ventisca de nieve, y ahora nos encontrábamos en una atmósfera templada con más de veinticinco grados. Un acierto contar con un vehículo sin capota. A la izquierda, el agua mostraba unos tintes celestes y turquesas. Había comprobado en los mapas de Google que si no perdía de vista el Caribe llegaría a mi destino sin problemas. A nuestra derecha veíamos casitas de una o dos plantas, y bloques de apartamentos no demasiado altos.

Los dominicanos se preparaban para almorzar. El aire olía a comida criolla, tomaban cervezas sentados en las aceras mientras escuchaban merengue y reguetón.

Me apeteció sumarme a esa gente, entrar en contacto con esa

ciudad a la que yo pretendía arrancar un secreto centenario. Habría tiempo para ello.

Continuamos unos minutos más en esa carretera, luchando por no estamparme contra camiones de reparto y tráilers de gran envergadura que me adelantaban por doquier.

—Esta ciudad es una locura —dijo Valentina.

—Es parte de su encanto, lo dicen todas las guías turísticas. Tú disfruta.

Atravesamos un puente flotante sobre un río ancho, adiviné que se trataba del Ozama. Ese fue el origen, el motivo para asentar allí la primera ciudad diseñada por europeos, por el calado que ofrecía para los barcos, refugio ante huracanes y piratas.

Nos acercábamos a nuestro destino. Divisé entonces los muros de ladrillo de las antiguas defensas, un pasado de cañonazos, asaltos y guerras. Sin abandonar el puente pude ver un edificio cuya silueta había estudiado en varios libros, el primer palacio del Nuevo Mundo: el alcázar de Colón, la residencia del hijo del Almirante.

Mi instinto me guio a través de las murallas, obviamente nuestro destino estaba dentro de ellas. Introduje el Ford en un barrio de casitas pintadas de colores cálidos, muchas de ellas con flores en los balcones.

Supe que había llegado a la ciudad colonial.

Me sentía un poco azorado. Valentina me notó raro y me preguntó si ocurría algo.

—Nada, solo que siento que nos estamos acercando.

Dejé pasar unos segundos. Tal vez solo era el peso de la responsabilidad. Si quería no seguir dando tumbos en mi vida, debía desvelar el secreto de los Colón.

—Ríete de mí, pero tengo un presentimiento.

Ella no hizo tal cosa, puso su mano en mi nuca y me acarició el cabello con dulzura.

—Lo vas a conseguir —aseguró.

Circulamos entonces delante de la primera catedral de ese lado del océano, Santa María, ubicada entre las calles Arzobispo Meriño e Isabel la Católica. La arquitectura de ese edificio rememoraba un estilo gótico con bóvedas nervadas, tres puertas, dos de ellas góticas, en contraste con la tercera y principal, de estilo gótico plateresco. Construida con piedra caliza, pudimos ver algunos muros de mampostería y ladrillos. Avanzamos lentamente.

Al rodearla, sin bajar del vehículo, pudimos ver una estatua, un almirante con una india tratando de alcanzar al hombre que trajo tras de sí un cambio irreversible para todos los habitantes de esa parte del mundo.

—Anacaona —pronuncié.

—Conozco la historia. La reina de Jaragua, la primera cacique que aprendió tu idioma, una mujer capaz de superar todas las adversidades y que sufrió la injusticia de un nuevo orden, de una nueva cultura que penetró en estas tierras sin remedio.

La miré. Me pareció especialmente bonita. Solo llevaba allí unas horas y su pelo rubio ya había cobrado luminosidad con el sol tropical. Incluso sus ojos azules parecían haberse impregnado del color del mar Caribe.

Sonreí. Me lancé sobre ella y le propiné un beso sin remedio. Desde atrás comenzaron a protestar haciendo sonar decenas de bocinas. Me vi obligado a terminar los arrumacos y continuar la marcha. Al avanzar unos trescientos metros, habíamos llegado a nuestro destino.

Detuve el vehículo frente a un caserón de fachada de piedra, con unos delicados relieves labrados sobre la puerta principal. Las ventanas exteriores lucían detalles de influencia gótica y mudéjar, propios de la primera etapa de la arquitectura de esa ciudad.

A pie de calle nos esperaba un señor mayor de piel oscura, gafas de miopía y pelo blanco ensortijado. Supo inmediatamente que yo era su cliente. Me ofreció su mano.

—Laureano, a la orden.

Ese caserón me recordaba vagamente el palacete de Sevilla. La fachada de piedra presentaba algunas zonas cubiertas con capas de mortero pintadas de color terracota. Aun así, se podían ver los materiales originales.

El propietario debió adivinar mis pensamientos.

—Esta vivienda es de las primeras. Hay constancia de construcciones en esta zona en el año 1498. Puede que esta fuese terminada en 1502 o 1503. Van ustedes a alojarse en un lugar con mucha historia.

Abrió su casa y dejó que echásemos un vistazo. Valentina quedó impresionada por el buen gusto elegido para la rehabilitación de aquella vivienda tan antigua. Al pasar la puerta de entrada se accedía a una habitación grande, apenas amueblada, solo unos cuadros de aspecto haitiano. Al frente, una amplia abertura rematada con columnas a ambos lados y remate superior de medio arco daba paso a un patio impresionante: paredes de ladrillo de barro, plantas tropicales y una preciosa alberca en el centro. Las paredes recubiertas parcialmente de hiedra junto a los macetones de flores hacían de aquel reducto un pequeño jardín botánico.

Era necesario atravesar el patio para pasar al salón y a las habitaciones. El pavimento que habíamos pisado hasta ese momento parecía original, cientos de años lo avalaban. Al pasar al interior de la zona habitable todo era distinto: mármol beis en el suelo, impolutas paredes blancas y luces de diseño moderno. Los sofás habían sido elegidos con un gusto exquisito, y los muebles de estilo colonial terminaban de conformar un espacio sublime. La cocina parecía bien equipada y los dos cuartos de baño mostraban un aspecto limpio y pulcro.

—Don Laureano —le dije—, tiene usted un don para crear ambientes.

—Yo no he hecho nada, fue mi esposa.

—Felicítela entonces.

—Murió hace una semana. Si quiere usted, le vendo la propiedad. Puede quedarse con ella si tanto le gusta.

Comprendí al instante el dolor que la pérdida de esa mujer le causaba. Miré entonces a Valentina, entretenida abriendo y cerrando puertas de armarios.

—Le ayudo con el equipaje —se ofreció el hombre.

Regresamos a la calle. Miré a ambos lados, yo había elegido bien ese lugar, la historia más antigua de América se encontraba allí mismo, lo tenía todo a mi alcance, desde la catedral a las iglesias más tempranas.

Y allí lo vi de nuevo.

No podía dar crédito.

Era algo imposible, un fantasma que me acompañaba desde mi divorcio.

Me froté los ojos: una furgoneta roja, ¿la misma de Sevilla?, al menos pude comprobar que era de la misma marca, idéntico grado de desgaste y, sobre todo, el mismo anciano, diminuto, con su pelo ensortijado y barba cana, mirándome desde el portón del vehículo.

Me saludaba con ambas manos, en eso tampoco había cambiado nada, la misma ceremonia al verme, la misma sonrisa y expresión jubilosa, exactamente igual que el primer día que nos conocimos.

Solo encontré una diferencia: en esta ocasión no estaba aparcado al fondo de la calle, sino junto a la puerta de la casa que había alquilado.

Acababa de llegar y se situó justo a continuación de mi Ford descapotable.

—¿Se puede saber qué hace usted aquí? ¿Me ha estado siguiendo?

Su expresión me recordaba a la de un niño, uno que ha visto a un amiguito del cole, que sabe que van a comenzar a jugar en cualquier momento.

—Usted y yo buscamos la misma cosa.

—No puede ser verdad, es imposible que usted sepa lo que yo.

—Síííííííííí, ¡qué casualidad, hemos llegado al mismo sitio!

De nuevo hablaba pronunciando cada palabra con un cuidado extremo, con ese acento extraño.

—Y también me va a decir que ha venido desde Sevilla en su furgoneta.

—Pues sí, esta es mi morada. —Señaló el vehículo rojo—. Aquí tengo todo lo que necesito. Ella ha llegado hasta aquí atravesando el océano en barco, y yo en avión.

Me mostró el interior. La misma colchoneta desplegada en la parte trasera, los mismos útiles de cocina, platos, vasos, ropa colgada en una barra y sus inseparables libros desperdigados.

—Bueno, pues aquí estaremos durante un tiempo mi mujer y yo —le dije—. Si nos necesita, si quiere entrar al baño, esta es su casa.

De nuevo me miró con la expresión de un niño feliz, como si le hubiesen regalado el juguete de su vida.

—Lo mismo le digo, aquí estoy para cuando usted me necesite.

Laureano y yo arrastramos los tres maletones cargados con los vestidos, zapatos y abalorios que Valentina debió dejar en su sitio, en el armario del que nunca debieron salir.

—Traen ustedes ropa para una larga temporada —dijo el propietario—. Si van a necesitar más tiempo del contratado díganmelo cuanto antes. Esta ciudad está de moda, y mi casa es una especie de atracción turística.

Evité pronunciarme. Entramos y cerré la puerta. Laureano me facilitó toda clase de explicaciones prácticas con relación a la vivienda. Me dio dos juegos de llaves.

—Por si salen ustedes por separado —añadió.

Cuando me quise dar cuenta, Valentina estaba tomando una ducha, al parecer el calor tropical la hacía sudar sin remedio. Aproveché para colgar mi ropa en las perchas y colocar el ordenador portátil y mis papeles en el escritorio del salón.

Ese sería mi puesto de trabajo para las próximas jornadas.

***

Los días siguientes transcurrieron según lo previsto. Yo dedicaba buena parte del día a completar mis investigaciones. Ella decidió explorar la ciudad. Al menos ese fue su intento. Tras la primera expedición a través de la selva urbana cambió de parecer, desistió de conducir y centró sus salidas exclusivamente en la zona colonial. Daba paseos por las mañanas, compraba cosas para comer, incluso llenó la despensa de botellas de ron, *whisky* y ginebra. Contrató a una chica dominicana para que se ocupara de la intendencia doméstica, así tendría más tiempo para acompañarme en las indagaciones. Por las tardes ambos paseábamos por las calles, nos deteníamos en algún colmado a tomar tragos de ron y luego visitábamos las iglesias. Una a una —se trataba de seis en total—, elaborábamos una lista de cuándo, cómo y por qué se diseñó y construyó cada una de ellas en ese comienzo de evangelización del Nuevo Mundo. Me resultó fascinante la iglesia de las Mercedes, pero también las de Santa Clara, el convento de los dominicos, la capilla de Nuestra Señora de los Remedios, las ruinas de San Francisco y, por supuesto, San Lázaro. Cada una, a su manera, encerraba un misterio, un pasado, y todas tenían en común que fueron erigidas mientras los Colón rondaban por allí, ya fuera el hijo o el nieto del Almirante. Muro a muro, dependencia a dependencia, no dejé pasar ni un detalle, apunté las inscripciones de las lápidas y tomé fotografías de los rincones que me parecieron relevantes. El puzle se iba armando, iba calando en mi interior la sensación de que daría con el elemento clave, aquello que me permitiría revelar un secreto enterrado siglos atrás.

Después de completar el repaso a los templos, les tocó el turno a los palacetes de ese mismo periodo. Se trataba de construcciones de ese comienzo del siglo XVI. Comenzamos con la casa de Bastidas, y continuamos con la de Ovando, colegio del Gorjón, casa del Tapao, de don Juan de Villoria, de las Gárgolas y, por último, la casa de los Dávila. Todas me parecieron poco relevantes para mis objetivos, pero era necesario inspeccionarlas.

Por las noches, cuando ella se dormía en el sofá, yo ordenaba las notas, archivaba las fotos y ataba cabos sueltos.

En el fondo, mi búsqueda se centraba en encontrar un lugar donde alguno de los Colón, ya fuese el propio Cristóbal, su hermano Bartolomé, su hijo Diego o su nieto Luis hubiesen podido esconder ese enigma que ahora debía salir a la luz.

Hablamos de una época muy convulsa para todos ellos, porque los problemas para el Almirante comenzaron pronto, encadenado en el tercer viaje, luego repudiado por esa ciudad —se le prohibió atracar en su puerto en su cuarto y último viaje—, y justo tras su muerte comenzaron los pleitos colombinos entre los herederos y el Estado, que se prolongaron durante buena parte del siglo siguiente.

Cristóbal Colón quiso ser enterrado en La Hispaniola, y ese deseo se cumplió. Su tumba estuvo localizada durante siglos en el interior de la catedral.

¿Por qué eligió esa isla y no otra para su sepultura? ¿Por qué esa insistencia en estar enterrado precisamente allí?

Y luego, en su testamento ordenó a sus herederos que usasen su firma, pidió que la transmitieran para la posteridad, esa que contenía las extrañas letras y signos, incluyendo la «Y».

¿Por qué? ¿Para difundir algún secreto una vez muerto? ¿Para qué?

Pero la realidad fue otra: ninguno de sus herederos continuó con la tradición de su padre. Ninguno de ellos decidió firmar tal y como él había ordenado.

¿Por qué ni sus hijos ni sus nietos le hicieron caso? ¿Por qué dejaron de usar esa firma si era la voluntad de su padre?

A esas alturas yo lo tenía claro, absolutamente claro.

Sus hijos y nietos no hicieron caso a los deseos del Almirante porque sabían que la firma encerraba un gran secreto.

En esa firma encriptada estaba la solución al enigma.

Finis Origine Pendet

El final depende del origen.

Y allí comenzó todo.

28

LA BANDERA

«...

—Álvaro, hace solo un año que nos conocemos, pero quiero que sepas que te amo.

—Yo también a ti, Valentina. ¿Ocurre algo?

—Nada, nada. Solo que acaba de pasar una idea por mi cabeza.

—¿Y la puedo conocer?

—Por supuesto. Si alguna vez formo una familia, me gustaría que fuese con alguien como tú. No concibo a ninguna otra persona con la que pasar el resto de mis días.

—Es un cumplido. Ya sabes que soy huérfano. Fui un niño un poco raro. Cuando perdí a mis padres, comprendí que la familia es algo importante.

—Por eso. Estoy convencida de que nuestra relación será para siempre.

—Para eso es importante que seamos sinceros. ¿Prometes que siempre me dirás la verdad, que nunca vas a mentirme?

—Por supuesto. Pero tú, prométeme que nunca vas a dejarme.

...»

Fue al final de la primera semana cuando comencé a entrar en un estado de absoluto abatimiento. Me encontraba bloqueado, aquello me pareció tan grande, una cruzada tan inmensa, que pensé varias veces en tirar la toalla y regresar a Nueva York.

¿Por dónde seguir? ¿Qué más podía investigar? ¿Estaba pasando por alto algo importante?

Cierto era que cada vez disfrutábamos más de la casa, de ese jardín en el patio interior y de los tragos de ron en las cálidas noches tropicales.

Le propuse a Valentina invitar al anciano de la furgoneta a cenar. Al principio me puso mala cara, pero cuando le expliqué que se trataba de una acción humanitaria, lo entendió. Ese pobre hombre vivía hacinado junto a sus pertenencias, tenía dificultades para el aseo, una persona de ese nivel cultural necesitaba relacionarse. En el fondo, se trataba de nuestro vecino, nos gustase o no.

En realidad, yo ardía en deseos por conocer cómo había llegado hasta allí, la razón para elegir ese destino y los motivos que le impulsaban a viajar de un lado para otro. Y aún más importante, ¿por qué le había recomendado a Candela que aplicara los productos de limpieza sobre el cuadro de la bestia? ¿Sabía que se escondía algo debajo?

Alguien que vivía en una furgoneta, pero manejaba dinero —le dejó más de diez mil euros a Candela antes de marcharse de Sevilla—, que hablaba un lenguaje extraño y que parecía perseguir el mismo objetivo que yo, merecía todo mi interés. Además, dado mi estado de bloqueo, no debía dejar pasar la ocasión.

Valentina acudió en su busca. Le cursó la invitación a cenar, que el hombre aceptó dando saltitos de júbilo.

—¿Estás seguro de que no está loco? Prométeme que no es peligroso.

—No lo estaba cuando hablé con él en Sevilla, no creo que eso haya cambiado. Es simplemente un tipo peculiar, alguien que no se puede clasificar con facilidad.

La asistenta dominicana se pasó toda la tarde cocinando, trajinando de un lado para otro. Prometió deleitarnos con la comida típica del país, la llamada «bandera», consistente en arroz blanco, habichuelas y tres clases de carne guisada: pollo, cerdo y res.

El anciano llegó a eso de las siete de la tarde. Vestía la chaqueta de cuadros que siempre le vi, fiel a su estilo. Afuera ya había oscurecido. La gente celebraba la Navidad, al parecer lo llevaba haciendo desde principios de diciembre, pero no cantando villancicos como en mi tierra, sino a ritmo de merengue y bachata.

Nuestro invitado portaba una botella de Dom Pérignon tamaño mágnum, que sujetaba con ambas manos.

Apenas podía con el peso de ese despropósito.

Mi mujer me miró.

Comprendí al instante su inquietud: ¿cómo alguien que vive dentro de una furgoneta puede pagar más de quinientos dólares?

—La pondremos a enfriar —le liberé de aquella sobrecarga.

El hombre entró, le invitamos a sentarse en el patio, y todo parecía maravillarle, desde los nenúfares que flotaban en el estanque hasta las luces ocultas tras las plantas trepadoras.

—Aún no sé su nombre —preguntó ella.

—Asher. Significa felicidad. Ya saben ustedes que soy sefardita.

Yo le miré con sorpresa.

¿Cómo no me había dado cuenta antes?

—La mayoría de los judíos que fueron expulsados de España en 1492 se instalaron en el norte de África, otros en Portugal. Mis antepasados lo hicieron en los Estados italianos, ya saben ustedes, donde todos los expatriados presumieron de ser españoles. De ahí que en aquella época todos los españoles en Italia fueran llamados judíos por nosotros.

—¿Y qué hace usted dando vueltas por el mundo dentro de una furgoneta? —ella hizo la pregunta que yo no me atrevía a hacer.

—Me muero —lo pronunció con el mismo tono agudo y juguetón que utilizaba para decir cualquier cosa—. Una enfermedad terminal está acabando conmigo. No se preocupen, ya no hay remedio, nada que hacer.

—¿Y por eso vive dentro de un vehículo de cuatro ruedas? —Esta vez no me contuve.

—No crean que estoy loco, no no no, no es eso. Se trata de una decisión personal. Vivo separado de cualquier lujo. No sé si se han dado cuenta, pero la sociedad de consumo nos aleja de las cosas importantes. Yo he aprendido y disfrutado más dentro de la furgoneta, con mis libros, con mis pensamientos, que en toda mi vida anterior.

La cena estaba lista. Los tres nos levantamos y nos sentamos a la mesa del salón. Valentina eligió una música de *jazz* muy agradable y Asher comenzó a contonearse siguiendo el ritmo.

—Discúlpenme. No estoy acostumbrado. Mi furgoneta no tiene radio. Tal vez quieran saber qué hago en esta ciudad, y por qué estaba en Sevilla. ¿No es así?

—Me estaba adivinando el pensamiento —dije—. Reconocerá que cuando menos es extraño.

La bandera estaba exquisita, especialmente el pollo guisado, pero también las habichuelas mezcladas con el arroz, que resultaban una buena combinación.

Comenzó explicando que cuando le detectaron su enfermedad decidió emprender la aventura que sus antepasados siempre quisieron abordar, pero que nunca fueron capaces de iniciar, y él, con los días contados, determinó que había llegado la hora, el momento de conocer la verdad.

Pidió entonces ir al baño. Nos dejó en ascuas. Se marchó hacia el fondo arrastrando los pies.

—Estoy un poco asustada. ¿Cómo podemos estar seguros de que no es un demente que tiene fijación por ti? Yo creo que es eso, este viejo quiere hacerte daño.

Había tantas preguntas por responder que no era momento para amilanarse. Regresó a su silla y se atusó el cabello ensortijado.

—Estaba usted relatando la aventura que sus antepasados no quisieron emprender.

—¡Oh! Sí.

La familia de Asher era de procedencia andaluza. Se emocionó cuando relató los recuerdos de sus ancestros. Como casi todos los sefardíes, nunca perdieron sus tradiciones, jamás. Según él, los judíos que vivieron en las Coronas de Castilla y Aragón hasta su expulsión por los Reyes Católicos, y también sus descendientes, siempre han permanecido ligados a la cultura hispánica. En particular, sus antepasados habían desarrollado una próspera comunidad en varias ciudades de Andalucía: Córdoba, Granada, Jaén, Málaga, Sevilla... Era una familia muy conocida en la región, de profundas raíces ibéricas, con comercios sólidos, gente de bien. Cuando fueron desalojados, además de su religión, conservaron muchas de sus costumbres y, sobre todo, el uso de la lengua española. Los sefardíes nunca se olvidaron de la tierra de sus abuelos. Abrigaron sentimientos encontrados: por una parte, el rencor por los trágicos acontecimientos de 1492, pero también la nostalgia de la patria perdida.

—Si le sirve de algo —dije—, soy de los que piensan que fue uno de los mayores errores de la historia de España.

—Sí, pero su familia fue parte activa de ese error.

Valentina me miró, horrorizada. De alguna forma, ese anciano estaba corroborando su teoría: andaba tras de mí con oscuras intenciones.

—¿Qué está insinuando?

—Usted lo sabe. Su antepasado, el conocido Diego de Deza, ¡vaya currículo!, obispo en varias ciudades importantes, luego arzobispo, inquisidor general, que más tarde asumió la presidencia única del Santo Oficio. ¡Usted debe estar contento!

Preferí no contestar.

Tal vez debía darle la razón a mi mujer y echar a ese tipo de la casa.

—En la última etapa de su vida —continuó—, Deza se dedicó a la organización interna de la diócesis sevillana, estableció el estatuto de limpieza de sangre e impidió la promoción de los descendientes de judíos conversos.

—¿No querrá usted hacerme culpable a mí?

—¡No! No era esa mi intención. Todo eso forma parte del pasado.

—Entonces, ¿qué pretende usted?, ¿por qué me persigue?, ¿cuáles son sus propósitos?

—Mi deseo es exactamente igual al suyo: desenmascarar a Cristóbal Colón.

—Explíquese mejor.

—Por diversos motivos, usted quiere conocer quién era realmente el Almirante. Y yo también. Por eso le estoy ayudando.

—¿Me está ayudando?

—Jamás hubiese encontrado el cuadro sin mi intervención. Esa es la realidad.

Callé. Valentina me miró de soslayo. No entendía nada.

—¿Y qué está investigando? ¿Qué aspecto le interesa de Colón?

—Me interesa lo mismo que a usted: su sangre.

Dejó que yo asumiese esas palabras antes de proseguir.

—Pero no exactamente de la misma forma. A mí me interesa algo distinto.

***

Algunos historiadores siempre han atribuido a Diego de Deza un papel decisivo como mediador entre Cristóbal Colón y los Reyes

Católicos. Le apoyó en la defensa de sus ideas, fueron amigos —había constancia de eso— y lo acompañó a Salamanca para enfrentarse al claustro de la Universidad. A través de Deza se produjo el contacto con la gente que acabaría abriéndole caminos.

—Mire —me tenía confundido—, no sé qué trama, ni adónde quiere llegar, pero ya es hora de que me diga con claridad qué es lo que quiere de mí. Sin más rodeos.

—Álvaro, quiero ayudarle, llevo haciéndolo al menos tres meses, aunque usted no lo sepa.

—Explíquese.

—Comenzaré por el principio. Vivo en Israel, en Jerusalén, pero me siento hispano, como ya le he dicho. Mi mujer murió hace cinco años, no tengo hijos, aunque me hubiese gustado. Desde que enviudé me he sentido muy solo. Algo tenía que hacer. Entonces comencé a idear un plan para congraciarme con mis antepasados, quería hacer algo grande para mi raza, desvelar uno de los secretos mejor guardados por ese hombre al que usted tanto admira. Trabajé de forma incansable, rebusqué en mil papeles, y encontré cosas, asuntos que poca gente conoce. Y luego, hace seis meses, recibí la noticia de mi enfermedad. A partir de ahí todo se ha acelerado, esto se ha convertido en el objetivo último de mi vida. Nada es más importante para mí.

»Este pasado verano andaba ya desesperado, tenía ciertas informaciones, pero ningún plan de acción. Entonces fue cuando vi que un noble sevillano se divorciaba, y que fruto de la separación se quedaba con un antiguo palacio donde yo sabía que podía estar el retrato de Colón. Esa información la obtuve de unos libros muy antiguos, de sefarditas de la primera etapa. Partí inmediatamente para allá, llegué un par de días antes que usted, no tenía dónde alojarme y la furgoneta fue una gran idea. Como le he dicho, me ha servido para reflexionar, para pensar como nunca. Cuando nuestro mundo se reduce, cuando todo tu espacio se centra en unos pocos metros cuadrados, tu mente se abre de una forma infinita. Encontré a Candela, la puse en contacto con usted, y luego la orienté hacia el cuadro. Investigué cómo decaparlo. El resto ya lo sabe. Bueno, casi todo. Encontraron la primera inscripción, la que decía que su rostro no debía ser conocido, pero no fueron capaces, incluso con ese experto que contrataron, de hallar la otra, la más importante, la *Finis Origine Pendet*, y la referencia a la «Y».

—¿Estuvo usted en Nueva York?

—Así es. Tuve que convencer al guatemalteco para que me dejase ver el cuadro, justo cuando ya había explotado Columbus Circle y se lo llevaban a la caja fuerte. Ese tipo, Héctor creo que se llama, no consentía, pero le mostré cinco billetes de cien dólares, y entonces me dejó verlo. De hecho, me permitió quedarme a solas con la obra dentro de la garita de seguridad del hotel, mientras él se marchaba en busca del señor Sforza. Allí fue donde le apliqué el producto adecuado para que esa inscripción fuese visible. Porque ustedes no supieron hacerlo.

—¿Y cómo sabía que esa inscripción estaba allí?

—Ya le he dicho que me documenté durante años. Tengo más información de la que usted jamás soñaría. Y ese es el asunto de la cuestión. ¿Por qué quiero desentrañar este tema tan antiguo? ¿No se lo ha preguntado aún?

—Desconozco qué le impulsa a tener tanto interés como para hacer de esto su meta personal.

—Mis antepasados, esos que ustedes expulsaron de Hispania, participaron en el Descubrimiento de América, consiguieron la información adecuada, los contactos, y convencieron a las personas correctas para que Colón llegase a buen puerto. Créame, sin nosotros todo hubiese sido distinto.

—Los judíos, los conversos, estuvieron en la trastienda de muchos asuntos en aquella época, su papel en esta historia nadie lo ha dudado jamás, pero... ¿adónde quiere llegar? Insisto, ¿qué quiere demostrar?

—Que Cristóbal Colón era judío.

Me quedé callado.

—Por eso ocultó a todo el mundo su lugar de nacimiento exacto —añadió—. No quería bajo ningún concepto que se conociese su procedencia. Por razones evidentes, no podía permitir que se supiese qué sangre circulaba por sus venas, ese era realmente su secreto.

—Y llegados hasta aquí... ¿qué quiere conmigo?

—Seguir ayudándole. Como he hecho hasta ahora. Le recuerdo que ha sido usted quien me ha invitado a su casa. Yo estaba muy cómodo en mi furgoneta.

Valentina me hizo una señal con la mano, de rechazo, tal vez de hastío. No entendía lo que estaba ocurriendo. Quería dar por terminada la velada, cosa que, de hecho, hizo.

Le acompañé hasta la calle a través del enorme espacio entre el patio y el exterior. Ella no nos siguió, se despidió desde la silla.

Cerré la puerta tras de mí. En la acera, le hice otra pregunta.

—Dígame, Asher, ¿qué cree usted que voy a descubrir cuando encuentre el legado que los Colón han dejado escondido en esta ciudad?

—¿Aún no se lo imagina?

Dejó pasar unos segundos.

Luego continuó.

—Oro, plata, perlas, piedras preciosas y cosas así. Lo normal para un judío. Ya sabe lo que nos gusta el dinero.

Miró al cielo. No veía ni una sola estrella, solo nubes.

Añadió algo más.

—Aunque yo espero y deseo que en ese jugoso tesoro haya algo más.

**

Aquella noche no pude conciliar el sueño. Como daba vueltas en la cama una y otra vez, opté por levantarme y sentarme a trabajar. Fue la primera vez que llovió, no como llueve en cualquier sitio normal, sino como diluvia en el Caribe. Los rayos iluminaban el interior de la vivienda con una luz espectral y los truenos me sobresaltaban. Me extrañó que Valentina no se despertase. El patio se inundó de agua, la alberca se desbordó y, cuando ya pensaba que se iba a mojar el salón, no cayó ni una gota más.

Apunté los comentarios que Asher me había brindado. Que Colón pudiese ser de origen judío no era algo nuevo, siempre estuvo sobre la mesa de debate, pero tal y como sucedía con tantos otros asuntos relacionados con el genovés, no hay pruebas concluyentes.

Sin embargo, me fascinó la teoría de los tesoros reunidos, no por el botín que podía suponer, sino porque, bien pensado, era más que posible.

Desde un primer momento, en la conquista se produjeron quejas por la forma en que los hermanos Colón manejaban los asuntos administrativos. En la gestión del proyecto, en vez de aportar dinero a las arcas reales, solo demandaban gastos. El gobierno del genovés se distinguió por una forma de tiranía, incluso quienes lo admiraban tuvieron que admitir su pasión desmedida por el dinero. Siempre hubo rumores en aquella época: perlas en Venezuela que no declaró, más oro en los bolsillos del debido, mil acusaciones que jamás conoceremos.

La posibilidad de encontrar alhajas no era desdeñable, desde luego, pero a mí me apasionaba pensar que Colón había enterrado en esa ciudad sus secretos más inconfesables, otros muy distintos. En eso coincidía con Asher.

A eso de las cinco de la madrugada me entró sueño por fin. Me acurruqué en el sofá y me quedé dormido.

Tuve un sueño extraño. Me encontraba en Israel, rodeado de turistas caminando por una calle angosta que me pareció la vía Dolorosa de Jerusalén. La gente hablaba, más bien cuchicheaba entre ella, apenas podía oírla, hacían fotografías, mientras ascendían por la cuesta. Yo caminaba lentamente, me sentía desconcertado, no recordaba el motivo para estar allí. Cuando llegué a la parte más alta me percaté de que Asher venía corriendo hacia mí, y que gritaba alertando de mi presencia. Luego, de pronto, los allí presentes eran todos hombres, ni una sola mujer, y además parecían enfadados conmigo. Comenzaron entonces a perseguirme, el anciano los impulsaba a hacerlo. Pero ya no tenía la vocecita dulce y aflautada que siempre le conocí, ahora de su boca solo salía un torrente de odio y maldad. Así anduve un buen rato, angustiado, corriendo, hasta que me dieron caza. Y luego me lanzaron a una mazmorra de piedra, oscura, solo veía un círculo de luz arriba y una reja. Pronto supe que me encontraba bajo el nivel de la vía. La gente seguía paseando, pisaba la reja, y a veces me escupían y otras se reían de mí.

Cuando Valentina comenzó a zarandearme ya había amanecido.

—Desayuno preparado. Tenías una postura imposible. Si seguías así, ibas a tener una contractura bien intensa.

Le propiné un beso sonoro. Me había salvado.

Miré al cielo a través del patio. Ni una sola nube, ni una leve brisa, una temperatura perfecta. ¿Cómo era posible esa paz tras el vendaval de la noche?

Valentina me propuso pasar el día en la playa. Aún no había pisado esa arena blanca de las fotos de catálogo de viaje. A mí me apetecía continuar con mi trabajo, ahora más que nunca debía acelerar mis indagaciones para no caer en la desesperación. No me puso buena cara, pero aceptó la propuesta.

Se marchó sola, a riesgo de conducir en una ciudad como aquella.

—Primero pasaré por la farmacia. Debo comprar crema solar y otras cosas —me dijo sonriendo.

En cuanto puso un pie en la calle, la dominicana apareció desde el fondo de la casa y comenzó a retirar sillas, levantar cojines y abrir ventanas. Tenía bastante trabajo por delante. La tormenta había embarrado buena parte del patio.

A media mañana no podía más. Me parecía que estaba perdiendo el tiempo, que jamás encontraría una pista sólida. Cuando me entró hambre, se me ocurrió salir a comer algo y, de paso, invitar a Asher.

Toqué con los nudillos en el portón trasero. Allí no había nadie.

Caminé entonces hacia la catedral. En los aledaños los turistas compraban *souvenirs*, figuritas de barro, piedras de larimar y coloridos tucanes de madera. La plaza rebosaba de vida. Me perseguía una pléyade de vendedores ambulantes: ofrecían taxis turísticos, discos de merengue, mamajuanas y grandes caparazones de lambí. Orienté entonces el paseo hacia la plaza de España, caminando por la calle Las Damas, la primera de América. Alcancé la estatua de Nicolás Ovando cubierto de sudor. Me senté en un restaurante con vistas, un caserón de fachada blanca que exhibía un pequeño rótulo, *1504*, junto al nombre del establecimiento, *Pata Palo*.

Dios, todo allí era antiquísimo, había tantas posibilidades..., todo era tan colombino, que tan solo me rondaba por la cabeza una pregunta.

¿Qué posibilidades tenía de encontrar algo?

Pedí una cerveza. Aún no había dado el primer sorbo cuando Asher se sentó a mi lado.

—¿Se puede saber dónde estaba usted escondido?

—Paseo todos los días. Esta ciudad es una leyenda en sí misma. Cada rincón tiene su historia. Usted debería hacer lo mismo. Tiene que abandonar el computador y observar más. Pero, si lo desea, no le daré más consejos, ni más pistas.

Levantó ambas manos.

Me sentí afortunado. Hablaba como siempre, nada de voz grave, mi pesadilla había acabado y ahora volvía a pronunciar cada palabra con melosidad interminable.

—¿Se imagina cómo debía ser esta ciudad en los primeros años? —dije—. Unos pocos españoles han llegado después de muchas semanas de navegación, muchos de ellos saben que jamás regresarán a su país, se enamoran de indias taínas, tienen hijos, hacen fortuna. Pero también viajan mujeres españolas, el mestizaje es profundo. Edifican una casa, luego otra, y otra más al día siguiente. Llegan más barcos, más gente, más hombres y mujeres, este mundo comienza a cambiar, es distinto, lleno de posibilidades, de aventuras. Cuando quieres darte cuenta han trazado otro barrio nuevo, la gente compra y vende, y todo crece sin parar.

—Observo que usted está despistado, o más bien desnortado. O sea, que no sabe dónde buscar.

—Así es.

El hombrecillo dejó pasar unos instantes. Me dio la sensación de que rumiaba las palabras que debía pronunciar.

—Mire al frente —me dijo—. El alcázar de Colón. ¿Ha pensado en ese palacio? Fue construido sobre este solar cercano a los farallones que miran hacia el río, concedido por el rey para que la familia edificara una morada. ¿No le parece sugerente?

—Mucho. Lo visité con mi mujer hace unos días. Es un museo. Si hubo algo, habrá volado. ¿No cree?

—Visitémoslo. Será interesante.

Caminamos lentamente, atravesando la plaza. Solo cien metros nos separaban del alcázar.

—Sinceramente, Asher, ¿cuál es la mayor certeza que tiene usted para pensar que Cristóbal Colón era judío?

—Hay muchos hechos incuestionables. Usted sabe bien que las razones por las cuales Colón ocultó su lugar exacto de procedencia, ya fuera original de Cugureo, de Nervi, o de Bugiasco, o incluso del mismo centro de Génova, o de más allá, de Plasencia, son dos básicamente. La primera razón es evidente, si era de familia humilde, si su padre era un tejedor de lanas, entonces no podía ir a la corte y frente a los nobles declararse almirante, hombre de la mar capaz de dirigir una flota al otro lado del océano. Pero la razón más poderosa, la que yo quiero demostrar, es que era judío. Porque si los Reyes Católicos sospechasen que lo era... ¿cómo encargarle el proyecto cuando estaban a punto de echarnos a patadas de la península ibérica?

—Tiene sentido, por supuesto.

—Mire, hijo, hay muchos signos, muchísimos en realidad, que demuestran que ese hombre era judío. Por ejemplo, su propio nombre. Los cronistas de la época, los mismos a los que ocultó su origen, decían que el nombre de su linaje con el tiempo andando sobrevino en Colombo. Efectivamente, la familia bien podía llamarse Colom, judíos catalanes emigrados a Génova, y por eso el cambio a Colón. Este lío persistirá para la eternidad. Cristóbal y sus hermanos siempre fueron los Colón, mientras que los sobrinos, Andrea, por ejemplo, primo de Hernando Colón, que participó en el cuarto viaje, jamás se hizo llamar así, sino Andrea Colombo.

—Conozco el lío. Es poco creíble que Colón fuera su apellido real. Es evidente.

—Pero bueno, usted me ha preguntado por mi pista favorita, aquello que a mis ojos demuestra que era judío. En mi cultura, para nosotros lo sefardíes, hay un asunto concluyente: la noche del embarque antes de partir hacia el Nuevo Mundo.

—¿A qué se refiere?

—Recuerde que mientras Colón se preparaba para partir, los judíos nos apresurábamos a salir también, pero por la fuerza. El 2 de agosto era el día que los reyes marcaron para que todos los nuestros abandonaran la península. Era el mismo día en que Colón tenía que embarcar a sus marinos y partir. Y así lo hizo. Los embarcó, pero no partió. ¿Por qué? Se lo diré yo. Porque había algo más, mucho más poderoso. Mi amigo Cecil Roth, a mediados del siglo pasado, demostró que ese 2 de agosto era un día de mala suerte para los judíos. Coincidió según nuestro calendario hebraico con el gran día del duelo de Israel, el 9 Ab, aniversario de la destrucción del templo de Jerusalén. Por tanto, Colón se embarcó junto a su tripulación, pero no partió. Esperó al 3 de agosto, al rayar el alba, y solo entonces dio la orden de soltar amarras. ¿Por qué? Es evidente, ningún judío se atrevería a comenzar nada antes, por la mala suerte, y mucho menos ante una travesía tan complicada como la que tenía por delante.

Apenas podía caminar. Esas palabras habían calado en mi cabeza, no paraba de darles vueltas. El calor era tan intenso que casi le propuse dar media vuelta y tomar otra cerveza.

Pero no lo hice, porque vi que alguien nos seguía.

Ya lo había visto antes, en realidad hacía tres o cuatro días que tenía esa sospecha.

Era un tipo musculoso, pantalón negro y camisa blanca de manga larga, gafas de sol y bigote poblado.

Mejor apartar esos pensamientos.

Asher y yo nos situamos delante del edificio.

Contemplamos la fachada, de estilo gótico mudéjar, aunque con características renacentistas, notable en sus arcadas, así como las borlas isabelinas que lo adornaban. El edificio se construyó utilizando mampostería de rocas coralinas. Recordaba que, originalmente, esa residencia tenía unas cincuenta habitaciones, de las cuales se conservan solo veintidós. Fue el primer palacio fortificado construido en la época hispánica de América. Por él pasaron conquistadores como Hernán Cortés y Pedro de Alvarado.

—Este edifico merece una y mil visitas —aseguró Asher—. Abone usted las dos entradas y pasemos al interior.

Así lo hice. Le pagué a la chica del control y en unos minutos estábamos dentro del *hall* de entrada, esperando a que un grupo de escolares abordarse el recorrido.

—Antes de comenzar quiero decirle algo —anunció el judío.

—Le escucho. Ya sabe que siempre le dedico toda mi atención.

—Ya, pero es que esto que le voy a decir no le va a gustar.

—Dispare.

—Su mujer no es de fiar.

Me volví hacia él.

Le miré fijamente, ahora sí que se había vuelto loco.

—Ella no le ha dicho la verdad. Esconde cosas que usted no sabe.

Me enfadé con él, le sujeté por las solapas de la chaquetita y le exigí explicaciones.

—¡Me explica eso que insinúa o no tendré más remedio que pegarle!

El anciano se cohibió, temió seriamente un puñetazo.

—Le juro que no lo sé exactamente, solo le estoy diciendo que la vigile. Ella no le ha dicho toda la verdad. No he querido insinuar que no le quiera, creo que en eso es sincera, pero no le dice todo lo que sabe. ¡Suélteme, por favor!

Le solté.

—Debería tener más cuidado con sus comentarios —le dije.

—Créame, lo tengo. Usted me importa, me importa mucho. Es la única opción que tengo para alcanzar mi objetivo. Si usted falla, yo fallo. Y no me queda mucho tiempo. Disculpe mi falta de discreción. Me duele decirlo, me duele haberle hecho ese comentario, pero era necesario.

Los colegiales habían avanzado, nos tocaba a nosotros adentrarnos en ese santuario colombino.

—Si puede perdonarme, le estaré agradecido hasta la eternidad.

Su voz me pareció la más dulce y sincera de todo el repertorio que le conocía.

—Esta es la residencia de los miembros de la familia. —Asher quería que olvidase las palabras que había pronunciado momentos antes—. En este palacio nacieron Juana, Isabel, Luis y Cristóbal Colón de Toledo, hijos de don Diego Colón y de su esposa doña María Álvarez de Toledo. Tres generaciones de la familia lo habitaron, hasta el año de 1577. ¿Aún piensa que, si hay algo oculto, no va a estar aquí?

Me sentía incapaz de hablar. Mi cabeza era una olla en plena ebullición.

Nos adentramos en el alcázar.

Armaduras medievales, salas de doncellas y cocinas de otros siglos, aquel lugar parecía más un relato de la época medieval que una auténtica experiencia colombina. Yo había leído que hubo periodos en los que el palacete había servido de establo. Por tanto, no me parecía muy realista la disposición de habitaciones, ni los muebles, ni los cuadros, ni muchos de los elementos presentados a los visitantes.

Ese edificio había sido restaurado muchas veces, era evidente. En la mayoría de los muros, las paredes estaban enfoscadas. Incluso si alguien hubiera grabado algún mensaje, ahora estaría detrás de kilos de cemento.

La planta baja me pareció insulsa, carente de interés para cualquier historiador, apenas encontraba elementos como para investigar el pasado de esa ciudad. Sin embargo, al concluir el recorrido de esa parte, Asher y yo nos encontramos con una escalera de caracol labrada en piedra caliza que permitía el ascenso a la primera planta. Él iba delante, cabía bien, pero a mí me costaba ascender. Mis antepasados eran más bajitos, eso era evidente. Arriba había cosas más interesantes, el salón de los virreyes, con tapices y cuadros de cierto valor, la recámara de Diego Colón y, más allá, la de su esposa, con sus camas, armarios y enseres.

—¿Por qué quería usted traerme aquí? Ya le dije que he estado. Nada atrajo mi atención entonces. Todo sigue igual.

Asher me agarró del brazo y me llevó hasta la terraza de esa primera planta. Las vistas sobre el río Ozama, las murallas y el mar Caribe al fondo eran impresionantes.

—No ve usted nada porque no quiere. Está cegado, no debía haberle dicho nada, eso es evidente, me arrepiento, aunque es lo que pienso.

—Explíqueme qué es lo que no veo.

—En la sala de lectura hay libros dentro de una vitrina, imagino que de metacrilato. ¿Se ha fijado en los títulos de esos textos?

—No.

—Y en el despacho de Diego Colón hay una carta original del Almirante dirigida a los reyes. Está dentro de unas láminas posiblemente blindadas. ¿Tiene usted registrado ese texto?

—No.

—Pues, a mi entender, esas son las dos piezas que debemos investigar.

—Vamos a por ello.

—Es usted un poco torpe. Nadie nos va a dejar ver esos vestigios como nosotros queremos.

Tenía razón. Por ejemplo, mi país llevaba años tratando de desentrañar el misterio de los restos de Colón. Si están en Sevilla o allí en Santo Domingo es algo que nunca sabremos, porque las autoridades dominicanas no concedían permiso alguno para investigar con seriedad y rigor.

—¿Y qué propone?

—Actuar con alevosía y nocturnidad.

***

A media tarde ambos estábamos aposentados en nuestras respectivas moradas. Valentina aún no había regresado de la playa. Me di una ducha y luego me senté a mi mesa de trabajo para trasladar a mis apuntes los aspectos que visualicé en la visita al alcázar, nada nuevo en realidad.

Asher me había propuesto regresar a la casa de los Colón en el transcurso de la madrugada y asaltar el objetivo. No supe decirle que no, estaba allí para locuras como esa, porque era consciente de que con miramientos académicos no iba a llegar a ninguna parte.

Mi mujer llegó al caer la tarde.

Aún llevaba el bikini puesto, con un pareo y chanclas.

Me dio un beso con sabor a sal marina.

—Un día inolvidable. La playa de Boca Chica es algo increíble.

Finísima arena blanca, palmeras hasta la misma orilla, restaurantes que servían un pescado excelente, todo eran virtudes.

—¿Y no tienes nada más que decirme?

Las palabras de Asher aún resonaban en mi cabeza.

La miré con dureza, sin desviar mis ojos de los suyos.

Necesitaba respuestas.

—Compré un test de embarazo antes de partir.

Luego se quitó el pareo y puso la mano derecha sobre su estómago.

—Estoy embarazada. Amor mío, de aquí va a nacer nuestro hijo.

29

ESCUDO

«...

—Sonsoles, ¿cuándo vamos a plantearnos formar una familia?

—Álvaro, tengo tanto trabajo, tantas ocupaciones, que no puedo dedicarme a eso por el momento.

—Pero alguna vez tendremos que hacerlo. Imagino que querrás que el marquesado tenga continuidad.

—Claro, claro. Eso por supuesto. Debemos darnos un tiempo, disfrutar de la vida. ¿Es que tal vez no estás contento a mi lado?

—Por supuesto que sí. Solo que tener hijos me haría el hombre más feliz del mundo.

...»

Solo puedo añadir que era 22 de diciembre. La noticia me alegró hasta niveles insospechados. No esperaba algo de esa envergadura. Siempre había querido ser padre, uno de los objetivos de mi vida. Lo primero que se me ocurrió fue abrazarla, levantarla, darle vueltas en volandas alrededor del patio y luego besarla.

—Te quiero —le dije—. Me has hecho el hombre más feliz del mundo.

Le brillaban los ojos.

—Yo también soy muy feliz. Jamás he pensado en tener un hijo de otro hombre que no fueras tú.

La volví a besar, esta vez con mucha más sensualidad.

—Necesito una ducha —me dijo—. Y tengo hambre. Me temo que voy a engordar un poco. ¿Preparas algo de cenar?

—Por supuesto.

Improvisé cuatro cosas con las viandas que tenía a mi disposición, un poco de arroz, embutido y fruta. Troceé una papaya deliciosa y la coloqué con cariño en el plato.

Vi la botella de champán que había traído Asher. No la abrimos la noche anterior, se nos olvidó, a todos se nos olvidó el regalo de nuestro invitado.

De acuerdo, se trataba de un botellón, enorme, y ella no debía beber, pero qué diablos, había que celebrarlo.

Cuando salió de la ducha me vio con la mágnum en las manos. Me miró con picardía y luego soltó una parrafada, llena de ilusión y desenfado.

Nos sentamos a la mesa, compartimos los alimentos, disfrutamos de todos y cada uno de esos pequeños manjares, hablamos con el anhelo de dos personas que van a celebrar una experiencia vital. Con felicidad infinita nos mirábamos a los ojos, la complicidad era palpable.

En un momento dado ambos giramos nuestras cabezas hacia el Dom Pérignon.

Nos reímos, prometimos que sería la última vez.

Yo abrí la botella y el tapón se escapó hacia el cielo abierto del patio.

Serví las dos primeras copas.

Ella seleccionó una canción caribeña muy sensual y elevó el volumen. El bum bum resonaba con fuerza en los altavoces.

Bailamos juntos.

Luego serví una copa más, o puede que ya fuese la tercera.

Con el chisporroteo del vino espumoso mi única intención era hacer el amor con mi mujer.

Pero antes tenía que hacerle una pregunta.

Era absolutamente necesario.

Aparté las copas y me senté frente a ella sin desviar la mirada.

—Vamos a ser padres. Esta noche soy el hombre más afortunado del mundo, pero necesito que me respondas a una pregunta.

Valentina se puso seria.

—¿Me has ocultado algo? ¿Hay algo que yo no sepa?

Su primera reacción fue de desconcierto.

Miró hacia otro lado, no fue capaz de sostener mi mirada. Permaneció así unos segundos, hasta que yo le sujeté el mentón y atraje su rostro hacia mí.

—Soy capaz de soportar cualquier cosa que me digas. Solo te pido que seas sincera, por favor.

Ella se tomó su tiempo.

Cuando creyó que ya estaba preparada, me miró.

—Cuernavaca.

Suspiró.

—Querías saber por qué mis antepasados compraron tierras

allí, la razón por la cual unos italianos residentes en Nueva York deciden instalar una hacienda en Morelos, un estado de México.

—Así es.

—Mi padre me pidió que no te lo dijera. Me rogó que fuese un secretillo entre él y yo. Además, no había ninguna razón aparente para decírtelo.

—Me lo ocultaste.

—No es eso. Cuando alguien te dice que no puedes contar algo, debes hacerle caso, y si además es tu padre, pues más razón para ello.

—Bueno. Entonces, adelante. Dime por qué yo no debía conocer ese asunto.

Carraspeó.

—Mis antepasados pusieron en marcha la Columbus Heritage Foundation, eso ya lo sabes. Uno de los objetivos era recopilar todo el conocimiento posible con relación a la gesta colombina, para proyectar la imagen y el hecho de que un genovés fue el hombre que llevó a cabo esa empresa. Con los fondos adscritos a la fundación se compraron muchos documentos antiguos, libros, actas, informes, en fin, todo aquello que fuese original, inédito, era adquirido por la CHF. Al parecer, entre la información que llegó a manos de mi abuelo, se encontraba un texto escrito por un lugarteniente de Hernán Cortés. Tú sabes mejor que yo que, antes de iniciar la conquista de México, el extremeño pasó largos periodos de tiempo en esta ciudad, y conoció a los Colón. En ese testimonio ese hombre afirmaba que había un gran tesoro, un baúl enorme de madera noble, con una inscripción: el escudo de Cristóbal Colón.

—¿Te dijeron cómo era ese escudo?

—Sí, arriba, un castillo y un león. Abajo, unas islas doradas, cinco anclas en posición horizontal y más abajo una banda azul.

—Ese es. Sigue, por favor.

—Hubo un lío, no recuerdo exactamente cuál, el baúl estaba aquí en Santo Domingo, pero el lugarteniente afirmaba que Cortés se lo habría llevado. Entre los mil pleitos de la época, el tesoro pudo haber viajado hasta México. Por tanto, como la relación del conquistador con Cuernavaca es conocida, tú mismo apuntaste en esa dirección, entonces la existencia de algún lugar oculto en Morelos era algo posible. El caso es que mi abuelo compró tierras allí, se enamoró de una mujer mexicana y acabó echando raíces. El resto ya lo sabes.

—¿Hicieron alguna referencia al contenido del baúl? ¿Qué podría contener?

—Pues está claro: oro, mucho oro, o como les gusta decir a todos los hispanoamericanos, el oro que robaron los españoles.

Valentina se levantó, se acercó a mí, y luego me besó.

—Vamos a la cama, por favor.

***

No podía conciliar el sueño. Miré el reloj y era ya la una de la madrugada. Me levanté y fui hacia el escritorio.

De pronto recordé que había quedado con Asher a las doce en punto.

Me vestí, salí a la calle y toqué con los nudillos en la puerta de la furgoneta.

Se abrió al instante.

Apareció el hombrecillo con una carta en una mano y un libro en la otra.

—Como usted no venía, fui yo solo a por esto.

—Dios mío, ¿está usted loco?

—Amigo mío, ¿quiere usted aclarar todo esto o no?

—Venga a la casa, se lo suplico.

Nos instalamos en el salón, frente a mi escritorio.

Valentina dormía.

—¿Ha tenido usted algún problema para hacerse con estas dos cosas?

—Ninguno, la seguridad es nula. Hasta un niño podría haber robado estas reliquias e incluso otras más valiosas a otros efectos.

—O sea, que nadie le ha visto.

—No se lo va a creer, pero creo que sí me han visto.

—Explíquese.

—Me han estado siguiendo. No puedo afirmar que antes de llegar al alcázar y coger prestado esto estuviesen tras de mí, pero tengo la absoluta convicción de que me seguían justo al salir. Debemos tener cuidado. Alguien nos vigila.

—Yo tengo la misma impresión. Hoy he visto a un hombre tras nuestros pasos.

Asher había sustraído la carta expuesta en el despacho de Diego Colón.

Me la puso encima del escritorio.

Observó que yo tenía entre mis papeles un dibujo del escudo del Almirante.

Le expliqué por qué estaba ahí.

—Mi mujer me ha contado ese secreto que usted sabía que me ocultaba. Ahora ya lo sé. Y no me importa compartirlo.

Le relaté el pasado de los Sforza con Cuernavaca, el baúl con el escudo grabado y la desaparición de este.

—Así que Valentina ya se ha confesado —dije orgulloso—. No hay secretos entre nosotros.

Asintió.

—¿Sabe que ese escudo es otra prueba más que confirma que Colón era judío? —me miró con expresión interrogativa.

—Explíquemelo.

Según Asher, cuando los reyes le ennoblecieron, le otorgaron el uso del castillo y el león. Él añadió los otros dos espacios, las islas doradas, las anclas y, especialmente, la banda azul y jefe de gules. Es decir, idénticas a las de la familia catalana de Mon-Ros, aliada por matrimonio con la familia Colom, judíos catalanes.

—Más aún, Mon-Ros significa «mundo rojo», y su hijo Hernando afirmó que su padre firmaba en su juventud como Colón de Terra Rubra.

—Interesante, pero dejemos eso ahora.

Repartimos el trabajo.

Asher inspeccionaría el libro, un texto sobre la creación de la ciudad de Santo Domingo, un apasionante volumen sobre cómo era el devenir en los primeros meses tras la fundación de la ciudad, el frenesí constructivo, el ir y venir de barcos y gentes desde la península ibérica. No tenía más de doscientas páginas. Me aseguró que sería capaz de leerlo en menos de una hora. Le miré sorprendido.

—Tengo memoria fotográfica, pero no me gusta presumir.

Yo me dediqué, con la ayuda de una lupa, a leer el otro documento. Desde luego, era original del Descubridor, su caligrafía, sus giros, las mismas expresiones de otros escritos similares lo dejaban claro.

Hice varias fotografías para mis archivos y luego comencé a leerla. Hablaba de asuntos relativos a la intendencia de los primeros meses tras la llegada del segundo viaje, los descubrimientos realizados, las gestiones llevadas a cabo. En varios apartados se refería a la Ysabela, la ciudad que pretendía asentar en el Nuevo Mundo, y el nombre que había elegido, un claro signo de la pasión por su reina.

Transcurrida la primera media hora, yo ya había leído la carta, mientras que mi colega continuaba con el libro. Pasaba una hoja tras otra a una velocidad increíble.

Preparé café, se lo llevé. Sin mirarme, me lo agradeció.

Justo cuando faltaban cinco minutos para la hora que había considerado, me aseguró que ya tenía ese texto leído y completamente asumido.

Luego me pidió que le sirviera un poco más de café.

Intercambiamos ideas, pero antes ambos nos escuchamos uno a otro con gran paciencia y concentración. La lectura de su libro había sido concluyente, no encontró ni un solo aspecto por el que se pudiese ni tan siquiera atisbar que los virreyes, o sea, los Colón, hubiesen ordenado o pergeñado un lugar en el que poder esconder un secreto de esas características. Si lo hicieron o no, de aquel libro no se podía deducir nada.

Llegó mi turno.

La carta original de puño y letra apuntaba a la necesidad de establecer una primera ciudad, porque el fuerte Navidad —ese que quedó apuntalado en el primer viaje en el norte de la isla con los restos del encallamiento de la nao capitana, la Santa María— había sido hallado en ese segundo viaje atacado, destruido, y todos los españoles muertos. Se justificaba por tanto la fundación de una ciudad, y la Ysabela era el nombre elegido.

—O sea —dije—, que no tenemos nada. Hemos robado estas reliquias para nada.

El anciano se quedó pensando.

Algún tipo de mecanismo seguía girando en su cabeza. Apenas me prestaba atención. Le pregunté si quería más café y no me contestó.

Y entonces ocurrió.

Experimentó una especie de revelación, una ocurrencia mayúscula, un epifánico instante de claridad que nos trajo luz, o más bien, que abrió una grieta en el universo y nos mostró el camino.

—Estamos completamente equivocados —afirmó Asher.

—Dígame por qué.

—¿Aún no se ha dado cuenta?

—No.

—Usted encontró una referencia clara y concisa hacia una «Y». Y yo también.

—Y aquí estamos.

—Ese es nuestro error.

—Sigo sin entender.

—Esta ciudad en la que nos encontramos es la Nueva Ysabela, más tarde llamada Santo Domingo, tal vez por orden de Bartolomé Colón. Pero la Ysabela, la primera, la que Colón fundó, estaba al norte de la isla. Esa es la auténtica «Y». ¡Estamos en el sitio equivocado!

Su razonamiento estaba cargado de razón.

Lo admití, me invadió cierta envidia. Yo era investigador, me dedicaba a esas labores, había estudiado miles de documentos y no había atisbado algo parecido.

—¿Por qué se le ha ocurrido esto a usted, Asher, y no a mí?

—Ya se lo dije, vive en una casa inmensa, con una mujer, con muchas cosas en las que pensar, de las que ocuparse. Yo solo tengo que mirar el techo de mi furgoneta para que se me ocurran buenas ideas.

Nos miramos.

—¿Y ahora? —pregunté.

—Yo voy a devolver estas dos joyas al alcázar. Mañana nadie sabrá que usted y yo las hemos leído.

—Permítame que le acompañe.

—Usted debe cuidar de su esposa.

Se levantó y se dirigió hacia la puerta de salida.

Le di las gracias, y le pedí que tuviese cuidado.

Cuando se marchaba, dio un giro y se volvió hacia mí.

—Lamento decirlo. Créame que me duele. Pero su mujer aún no le ha dicho toda la verdad.

—¿A qué se refiere? ¡Ya hemos hablado!

—Pues tendrán que volver a hacerlo.

***

Anduve dando vueltas al patio al menos un par de horas más. No había amanecido. Me preguntaba cómo plantearle el asunto a Valentina. Ella ya se había explicado, no había más cosas de las que hablar. Por supuesto, yo no quería ofenderla, la noticia del embarazo era lo mejor que me había ocurrido en mucho tiempo, probablemente en mi vida, y no había motivos para empañar un hecho tan extraordinario.

Me acomodé en el sofá, no quería despertarla en la cama, esa sería a partir de ahora la tónica: vivir plácidamente y ver crecer su tripa con normalidad.

Una hora antes del amanecer ella entró en el salón, ojos adormilados aún, me preguntó qué hacía, le expliqué que no podía dormir, tal vez por el café consumido, pero también por la noticia: habíamos errado el tiro.

—¿A qué te refieres?

—Estamos a doscientos kilómetros de donde debíamos estar.

—Ya me contarás.

—Quiero hablar contigo.

Se puso erguida en el sofá.

—Sabes que te quiero. Me has hecho el hombre más dichoso de este mundo. Ahora te quiero aún más, bueno, te quiero incluso de una nueva forma. No sé si me entiendes. En fin. Si hay algo que debas decirme, si existe algún asunto que pueda condicionar nuestro futuro, este es el mejor momento para decirlo.

Ella no esperaba algo parecido.

Volvió a mirar al cielo a través del patio.

Dejó pasar una eternidad antes de contestar.

Luego se levantó.

Dio varias vueltas.

Le costaba un mundo tomar la decisión.

Y por fin lo hizo.

—Yo he hecho volar las estatuas.

No pronuncié una sola palabra.

¿Qué estaba diciendo?

—Soy la culpable de que Columbus Circle explotase. Y también el monumento de Washington, y luego los de Ciudad de México y Génova.

30

TAÍNOS

«…

—Siempre me he preguntado una cosa con relación a los indios que encontramos en ese primer choque de culturas.

—Sorpréndame con una nueva perspectiva.

—No se trata de algo nuevo, sino al origen de ese encuentro.

—Los primeros indios que entraron en contacto con ustedes los españoles fueron los pacíficos taínos y los rebeldes caribes. ¿Qué les ocurría?

—Usted recuerda que Colón dejó un primer asentamiento antes de regresar a España, esa fortificación que los españoles fundamos con los restos de la nao Santa María. Le dio el nombre de Fuerte Navidad, y allí quedaron treinta y nueve hombres.

—Así es.

—A la vuelta, en el segundo viaje, Colón descubre nuevas islas, las Antillas Menores, tierra de los indios caribes. En uno de los desembarcos, ve horrorizado que estaban cociendo una olla con trozos humanos, brazos, piernas, cuellos… de hombres. Eso turbó a nuestro Almirante, que dejó de recorrer ese rosario de islas pequeñas para dirigirse a la Hispaniola, donde esperaba encontrar a los españoles que dejó allí once meses atrás.

—Conozco la historia, ¿qué le ocurre a ese asunto?

—Si los taínos en la isla de La Hispaniola eran tan nobles, ¿por qué Colón halló a todos los españoles asesinados cuando regresó en el segundo viaje?

—Nunca se aclaró lo ocurrido.

—Todos fueron exterminados, el asentamiento quemado, los pacíficos taínos no lo eran tanto. Y sus enemigos, los caribes, eran peores. En esa guerra entre ellos, llegamos los españoles. Y resulta que hoy día somos los malos de la película.

…»

Esas palabras me cayeron encima con la misma fuerza que un hacha derribando un árbol de caoba. Afuera la gente estaba preparando la celebración de la Nochebuena. Desde el patio se escuchaban risas, gritos y música. Nosotros íbamos a iniciar una discusión difícil. Mi primera intención fue hacer uso de toda la compasión que una situación como aquella merecía. Pero la compasión me parecía un sentimiento abominable, que no vale para nada en casos como ese, que habría que embotellar y lanzar al mar.

La mayor sorpresa —tan enorme como la noticia—, fue la naturalidad con la que se tomó aquella confesión.

Nada de llantos, nada de suplicas ni de pedir perdón.

Con una frialdad que le desconocía, procedió a explicarme que hacía ya varios años que había comenzado a vislumbrar el estado de ruina de los negocios de su padre.

Reconoció que no pudo asumirlo, por razones que o bien me dijo explícitamente o yo pude deducir.

La primera, el modo en que había sido educada, las ideas que, especialmente su madre, le había inculcado. En el transcurso de su infancia y adolescencia, Valentina había recibido innumerables garantías de que estaba destinada a tener suerte en la vida. El terreno de juego desplegado frente a ella siempre estuvo libre de obstáculos. El mundo tal y como lo había conocido fue pródigo, y ella se había limitado a aceptar generosamente sus dádivas. Por tanto, un cambio de esa naturaleza, borrar de un plumazo ese pasado, era algo fuera de la órbita de su entendimiento.

En segundo lugar, ella conocía la otra vida de su padre. Bajo ningún concepto podría comprender cómo, tras la debacle, los bienes del otro lado de la frontera permanecerían intactos, mientras que sus posesiones en la rica Norteamérica se vendrían abajo. Eso era sencillamente inasumible.

En conclusión, cuando se enteró del fiasco de los negocios de su padre y de las consecuencias, comprendió que se había producido un fallo muy grave en el sistema. Durante las semanas y meses posteriores fue incapaz de relacionarse con sus amigos, porque no podía imaginar un futuro distinto al programado. Aquello se convirtió en el germen de un resentimiento tan pesado que, cuando quiso darse cuenta, una terrible obsesión ya se había introducido en su alma como un gusano letal.

—Nada de eso justifica lo que has hecho —le dije.

Se le ensombreció el semblante. Ella entendió que yo no iba a asumir aquello, que ninguno de esos argumentos justificaba una acción tan abominable.

La nube de interrogantes se condensó pronto en una tormenta de emociones. Sintió el impulso de echarse a llorar, y sucumbió a él.

Para mi sorpresa, añadió que la CHF era una organización que siempre había funcionado gracias a su madre, Alessandra, y que, cuando ella murió, fue cuando realmente comenzó a hundirse. Lenta e irremediablemente, la obra de sus antepasados se fue yendo a pique sin que Federico supiese cómo detenerlo.

Intentó proseguir, pero no podía, sentía que después de pifiarla tanto le iba a costar trabajo componer un conjunto de explicaciones coherentes.

Insistió en justificar el trabajo de su madre. Más allá de la esposa fiel y abnegada, era el verdadero cerebro económico de la fundación. A ella se le debía el orden y concierto en las cuentas, el rigor en los ingresos y pagos, nada se movía sin su aprobación. Tenía una gran habilidad para los números, y suficiente autoridad para aprobar o denegar las operaciones. Al fallecer, la ruina ya solo era cuestión de tiempo.

—¿Cómo te las has apañado para hacer explotar esas estatuas?

420

Todo empezó por una azarosa circunstancia. La fundación eligió a un nuevo y manipulable director. Ese fue el principio de un atroz plan.

Barabino podía tener un carácter tímido —eso pude comprobarlo yo—, pero al mismo tiempo se trataba de un ejecutivo con enorme ambición y grandes dosis de mordacidad.

Cuando Valentina le conoció, ambos coincidieron en la necesidad de hacer todo lo posible por evitar que la CHF se desangrase. Esa organización era la base de los negocios de su padre, si quebraba, la caída del resto de las empresas sería irremediable, como un macabro juego de filas de fichas de dominó.

De ahí en adelante los desvaríos fueron en aumento. Ambos se vieron en varias ocasiones, estuvieron de acuerdo en el objetivo, incluso en la ejecución, siempre con la clara idea de que nadie debía salir dañado de las explosiones.

—Solo quiero que sepas una cosa —gimoteó—. Si hubiese sabido que regresabas, que iba a poder tenerte de nuevo, nada de eso hubiese hecho.

Me sentí profunda y absurdamente abatido.

Miró al suelo y pensó lo siguiente que iba a decir.

—A mi padre se le ocurrió ir en tu busca cuando supo que encontraste el cuadro.

Era incapaz de mirarme de frente.

—Pero ya era tarde. Yo tenía otro plan en marcha.

Esperé unos instantes antes de decirle algo.

—Los asuntos materiales siempre tienen solución. No entiendo cómo su desgracia pudo haber erosionado tu confianza en ti misma de una forma tan profunda, arrebatarte la fe en el futuro. Siempre estuve convencido de que ibas a prender fuego al mundo con tu brillantez, porque eres una persona muy valiosa. Pero jamás hubiese imaginado que lo ibas a hacer de esta manera.

Me dirigió entonces una mirada anhelante.

Con sus ojos me suplicaba perdón.

Pero no hubo discusión alguna.

Me sentía incapaz de reñir con la mujer que llevaba a mi hijo en sus entrañas.

El dolor era demasiado intenso como para reflexionar sobre algo tan complejo. Me ardían las entrañas, y en lo único que podía pensar era en respirar.

Dormir era lo más acertado.

Abandoné el salón y me dirigí al dormitorio.

Para suerte mía, apenas tardé diez minutos en quedarme dormido.

Fue un sueño breve, para nada reparador.

Cuando me desperté el día estaba gris y tormentoso, incluso fresco. Me pareció una ciudad distinta.

Traté de localizar a Valentina, sin éxito.

Luego repasé de nuevo nuestro dormitorio.

La montaña de ropa había disminuido, y solo una de las maletas, la más pequeña, aún permanecía en los estantes.

Rebusqué entre sus pertenencias.

Solo eché en falta una cosa.

El pasaporte.

***

Por supuesto, lo primero que hice fue llamar a su teléfono. Estaba apagado. No tenía nadie a quien avisar. Ni tan siquiera disponía de un número para llamar a Federico Sforza. Había cortado todos los lazos con los Estados Unidos, y eso incluía sus antiguas señas personales.

Me vestí y fui a dar un vistazo por las calles adyacentes. No la vi por ningún sitio. Recorrí buena parte de los lugares y establecimientos que habíamos conocido juntos.

Nada.

Entonces hice lo único que podía hacer.

Asher estaba en su furgoneta.

Cuando me abrió tenía un libro en la mano.

—Me he pasado toda la noche pensando en nuestro asunto. Es exactamente como adivinamos. No sé cómo he estado tan torpe como para no darme cuenta antes.

—Mi mujer se ha marchado. Anoche me contó lo que usted sabía, aunque no sé por qué lo sabía. Tendrá que explicármelo. Pero antes debo encontrarla.

—Tranquilícese. Hace tres horas escuché cerrarse la puerta de su casa. Un taxi la esperaba.

—¿Cómo sabe que se trataba de un taxi?

—Porque ella le dijo al taxista que la llevara al aeropuerto.

Me llevé las manos a la cara.

Mi primera reacción fue salir corriendo tras ella, pero tres horas eran demasiadas. El aeropuerto de Las Américas se encontraba a cuarenta minutos de la ciudad colonial. Alcanzarla me parecía una quimera.

El anciano me vio tan confundido que él mismo cayó abatido.

—Le invitaría a entrar, pero no creo que quepamos los dos.

Le indiqué con la mano que me acompañase al interior de la casa. Nos sentamos a la mesa de la cocina. No me salían las palabras de la boca. Él tampoco se atrevía a decir nada.

Vio entonces la mágnum de champán vacía.

Me vi obligado a hacerle partícipe de la noticia.

—Voy a ser padre. Ayer fue un día agridulce.

Permaneció en silencio. Tal vez se sentía culpable por haberme puesto al tanto de las acciones de mi mujer, o tal vez no. Por alguna razón creyó conveniente ponerme al corriente. Ese hombre medía cada una de sus palabras.

Preparé un poco de café, necesitaba despejarme.

—Soy mucho mayor que usted —dijo—. ¿Le importaría aceptar un consejo?

Asentí.

—Déjela marchar tranquila. Ambos deben pensar por separado.

¿Pensar?

Era lo último que quería hacer. Cualquier análisis de la situación me llevaba a un callejón sin fondo.

Porque los calificativos que me venían a la cabeza con relación a mi mujer, la manera en que podía describir sus actos, eran todos abominables.

Trastornada, perturbada, loca, desequilibrada, chiflada, alienada, maniática, ida, excéntrica, tocada, desquiciada.

Incluso me venían otros aún más tórridos.

Extremista, violenta, fanática, terrorista.

El café humeaba. Lo serví en dos tazas y me senté.

Le expresé a Asher esos pensamientos, la dificultad de ver a Valentina como una persona racional.

—Yo creo que debe usted reconducir todas esas apreciaciones. ¿Por qué no se centra y trata de verla de otra manera?

—Dígame cual.

—Imprudente, irreflexiva, inconsciente.

Me costaba trabajo.

Incluso hablar me costaba esfuerzo.

***

Al menos acepté la idea de serenarme, dejar pasar un poco de tiempo. Le dejé a solas en la cocina y me fui hacia mi escritorio. Los papeles que tenía delante, las cientos de horas que había dedicado a aquel asunto, no debían caer en saco roto. Bien pensado, encontrar la respuesta a ese misterio podría ser la mejor manera de darle una cierta racionalidad a lo ocurrido, porque haría parecer a la opinión pública que todo lo acaecido había merecido la pena.

—¡Asher! Venga usted.

Se sentó frente a mí.

—Resolvamos esto juntos —le pedí—. Vamos a ir a la antigua Ysabela, que ahora la llaman La Isabela.

—Creía que nunca me lo iba a pedir.

Pergeñamos entonces el mejor plan para no ir en vano. Nos separaban unos doscientos cincuenta kilómetros desde donde nos encontrábamos, sería necesario recorrer la isla desde el sur hacia el norte, atravesar el país por unas carreteras que presumíamos que no siempre serían buenas.

—Repasemos lo que sabemos de aquel lugar —propuse.

Tras el fiasco del Fuerte Navidad, primer asentamiento europeo en el Nuevo Mundo, en el que murieron asesinados los primeros treinta y nueve europeos, la construcción de La Isabela comenzó a finales de 1493. Se compuso de varios edificios principales de piedra y chozas de madera.

—Asher, busque lo que dijo de aquel lugar el cronista Bartolomé de las Casas.

Dice aquí el Almirante que (…) hobo por allí muy buena piedra de cantería, y tierra buena para ladrillo y teja (…) dióse grandísima prisa (…) en edificar luego casa para los bastimientos y municiones del armada, e iglesia y hospital, y para su morada una casa fuerte, según se pudo hacer; y repartió solares, ordenando sus calles y plazas, y avecindáronse las personas principales.

Fue golpeada por varios huracanes en los dos años siguientes. El hambre y las enfermedades diezmaron a los pobladores. Tampoco había oro ni plata cercanos, así que pocos atractivos mostraba ese enclave. A duras penas sobrevivió hasta 1496. Colón regresó a España y su hermano Bartolomé fundó un nuevo asentamiento en el sur de la isla, la Nueva Ysabela, luego llamada Santo Domingo, con el río Ozama como puerto natural de atraque y protección de las naves.

Para el año 1500 el antiguo enclave ya había quedado olvidado, ocupado solo por una población residual.

—Esto es interesante —dijo Asher, que husmeaba en un libro—. La primera misa en América fue celebrada allí, en 1494, por doce sacerdotes que llegaron junto con Cristóbal Colón en su segundo viaje.

—¿Qué ha pasado desde entonces con aquella primera ciudad?

—En los siglos siguientes la villa cayó en el olvido hasta que, con motivo de la celebración del IV Centenario del Descubrimiento de América en 1892, se publicaron noticias de viajes a sus ruinas. En el siglo pasado se realizaron una serie de excavaciones arqueológicas que han ido revelando algo de información sobre los edificios.

Revisó el texto que tenía entre las manos y me avisó de algo.

—Aquí hay una noticia importante. Las ruinas fueron sufriendo a lo largo de los siglos graves daños causados por cazatesoros. Mucho tiempo después, el dictador Trujillo ordenó limpiar toda la zona con maquinaria pesada, excavadoras y buldóceres, una intervención muy desacertada por parte de la administración pública dominicana.

—Estoy mirando fotos en Internet. El castillo era el núcleo principal de la villa, estaba fortificado con un muro de piedra. Observo que se conservan los cimientos de varias edificaciones: una vivienda, la iglesia con un cementerio, una alhóndiga, un polvorín y la base de la muralla. Parece que todo está muy deteriorado.

—Vamos a necesitar algunas herramientas.

Recordé haber visto las herramientas del jardinero que se ocupaba del frondoso vergel del propietario, ese patio que nos había maravillado. Fui a por ellas. Un par de palas y otros útiles nos parecieron suficientes.

—Debemos despistar al chiflado que nos vigila —dije—. No es conveniente que si descubrimos algo lo sepa mucha gente.

—¿Tiene algún plan?

***

Abandoné la ciudad colonial a bordo de mi Ford con la capota bajada. Primero di un par de vueltas por las calles más significativas: Isabel la Católica, Arzobispo Meriño y Hostos, y luego enfilé el malecón a cierta velocidad.

No tardé más de tres o cuatro minutos en comprobar que un pequeño utilitario de marca coreana me seguía. Era un Kia blanco con los cristales tintados.

Cuando avancé por la avenida Washington, con el mar Caribe a mi izquierda, ideé una estrategia para esquivarlo con ciertos visos de éxito.

Días atrás estuve con Valentina en el restaurante del hotel Jaragua. Tenía una amplia entrada desde el malecón, pero también una salida trasera, hacia la avenida de la Independencia. Y en medio, además del hotel, una gran zona de aparcamiento, y lo más importante, resaltes en el suelo de cierta altura, elementos para que la gente no circulara a gran velocidad por el interior de las instalaciones.

Un vigilante con gorrita, el *guachimán* de las instalaciones, me saludó con la mano derecha. Parecía mi amigo de toda la vida. Yo le devolví el gesto, hablé con él y le solté mil pesos. Su misión era detener el vehículo blanco que me perseguía. Sin dudarlo, cogió el billete rojo y se lo metió en el bolsillo del pantalón.

Avancé cien metros y observé por el retrovisor que se situó justo delante del KIA. Luego le hizo señas al conductor para que aparcara unos metros aparte.

Aceleré y abandoné el aparcamiento del hotel. La avenida de la Independencia apenas tenía tráfico, circulé con bastante fluidez. Luego subí por la avenida Máximo Gómez hasta llegar a una de las rondas de circunvalación de Santo Domingo, la conocida como la 27 de Febrero, en honor de la fecha en que la nación se liberó de Haití.

Esa vía era muy rápida. Recorrí al menos tres kilómetros pasando por subterráneos sin que nadie me siguiera. El vehículo blanco había desaparecido de mi radar. El *guachimán* había hecho su trabajo a plena satisfacción.

Luego abordé la gran plaza de la Bandera República Dominicana y desde ahí la salida de la ciudad por la autopista hacia el norte.

Nadie me seguía.

Paré unos minutos, subí la capota y puse el aire acondicionado.

A veinte kilómetros de allí, en una estación de servicio, me esperaba Asher con su furgoneta roja.

***

La decisión fue fácil: mejor circular con la furgoneta. Aparcamos el Ford en un lugar discreto y luego rodamos por esa travesía de dos carriles por sentido, con camiones, coches y motos cruzando de un lado para otro. Apenas habíamos avanzado diez kilómetros cuando mi colega me pidió que condujese yo.

Le veía cansado. De vez en cuando tomaba alguna que otra pastilla que tragaba con un buen buche de agua. Evité preguntarle por su enfermedad. No se me ocurría ninguna manera de ayudarle. Consideré más amable y educado preguntarle por sus estudios, las conclusiones que había obtenido y ciertos aspectos que aún continuaban dentro de una espesa bruma. Teníamos por delante un buen trecho de carretera infernal.

—Es usted una persona peculiar, Asher. ¿A qué se ha dedicado toda su vida?

—A los negocios. Hasta que murió mi mujer, regentaba una serie de empresas en Israel, exportaciones e importaciones de bienes, debo reconocer que he llevado una existencia aburrida. Ella era también sefardí. Amaba el estudio del español, era una entusiasta de la cultura hispana, vivía enganchada a este asunto. Viajábamos con frecuencia a España. En realidad, la pasión por desentrañar la sangre judía de Colón era de ambos, fue uno de los temas a los que dedicamos nuestra vida.

—Debo preguntárselo, ¿cómo sabía usted que Valentina había estado detrás de las explosiones?

—Usted no me cree, y no sé por qué. Ya le he dicho varias veces que mi reclusión en la furgoneta, ese recogimiento interior, me permite pensar con una intensidad absoluta. Nada hace desviar mis pensamientos. Ya le dije que estuve en Nueva York, incluso dentro de la CHF, vi cosas, escuché otras, y cuando usted estaba por México, yo ya sabía que la «Y» señalaba a este país. Usted tardó más que yo en llegar a la misma conclusión, pregúntese por qué. En los días que llevo tumbado aquí detrás —señaló la colchoneta—, llegué a la conclusión inequívoca de que su amada estaba implicada.

Había dado en el clavo, eso era evidente. Tardé un buen rato en digerir todo aquello y, cuando quise darme cuenta, habíamos alcanzado el entorno de un parque arqueológico.

Sobre el carril de entrada se elevaba un letrero enorme: *La Isabela Histórica, municipio de Luperón, provincia de Puerto Plata.*

Ni turistas, ni visitantes locales, nadie mostraba el más mínimo interés por aquel lugar. Se trataba de un espacio de unos cien metros de ancho, junto al borde marino.

El mar mostraba un color celeste intenso, sin olas, solo una ligera brisa rizaba la lámina de agua.

Un guardia de pantalón azul marino y camisa blanca de manga corta nos recibió. Se presentó como el guía de las instalaciones.

Hice un intento descortés para deshacerme de él. Asher me convenció de que era más práctico dejarle hacer su trabajo, así que le seguimos mientras nos explicaba el contenido de aquellas instalaciones.

El hombre se esmeró en darnos toda clase de indicaciones acerca del origen de ese asentamiento. Confundió años, hechos y personas. Su desconocimiento de la historia era absoluto, imaginé que había recibido un cursillo básico cuyos datos él mismo fue confundiendo con el paso de los años como supervisor de ese entorno.

Solo le realicé una pregunta.

—¿Recuerda usted en qué lugares se han realizado excavaciones arqueológicas y en cuáles no?

—Por supuesto.

Al parecer, la alhóndiga real había sido el sitio preferido por los investigadores, según nos dijo, porque de allí salieron los elementos expuestos en las vitrinas del museo, desde bolas de barro y metálicas hasta vasijas, pasando por pequeños crucifijos. También habían sido objeto de investigación las tumbas —al parecer todas y cada una de las sepulturas del cementerio—, y solo la iglesia y la casa del Almirante quedaban fuera del interés de los expertos.

—En realidad no es falta de interés —nos aseguró el guía—, el problema es que la casa de Colón está muy próxima al acantilado. Cualquier boquete que se abra ahí es peligroso. Deben ustedes conocer que hace poco una parte se ha caído al mar, un desprendimiento fortuito.

Estaba construida en el borde de la explanada de La Isabela. Hacia abajo había un pequeño precipicio de unos cuatro metros que acababa directamente en el mar. La tierra parecía desprenderse con facilidad, nadie en su sano juicio hubiera practicado variaciones en el terreno, so pena de destruir lo poco que quedaba.

Cuando hubo terminado, nos advirtió de que ya era la hora de su almuerzo. Como aún no habíamos visitado el pequeño museo, compuesto por una sala única dentro de una casita destartalada, le solicité poder terminar la visita con tranquilidad.

Le solté dos billetes de mil pesos. El tipo los tomó sin mirarme. Me aseguró que podíamos estar allí el tiempo que quisiéramos. Yo sabía que utilizaría ese dinero para hartarse de ron y cerveza.

—Es usted muy hábil para estos menesteres —me aseguró Asher.

—Estoy preocupado. No sé por dónde comenzar.

—Hagamos una visita al pequeño museo.

31

LA ISABELA

«…

—Se fundaron ciudades con el ánimo de crear vida. España siempre pretendió que el Nuevo Mundo fuese tan próspero como la vieja Europa.

—Me lo imagino. Pero el resultado fue desastroso.

—¿A qué se refiere?

—No puede afirmarse que hoy día Latinoamérica sea un oasis de prosperidad. Y de eso tienen ustedes culpa.

—Me parece increíble que diga eso, Federico.

—Pero es una realidad, observe el distinto grado de avance de los Estados Unidos con respecto a México, por ejemplo.

—Olvida usted que el progreso en los Estados Unidos se consiguió tras la independencia, no antes. Mientras que México y toda América Latina era mucho más próspera que el norte hasta ese momento.

—¿Entonces cuál es para usted la cuestión?

—No se puede comparar. Porque son dos tiempos históricos distintos. España arrancó su despliegue siglos antes. En solo unas décadas, la extensión del Imperio alcanzó proporciones sorprendentes. Mientras que los británicos, cuando llegaron, cientos de años

después, apenas habían cubierto una parte pequeña de Norteamérica. Fue tras la independencia cuando los nuevos Estados Unidos se
expandieron, y lo hicieron tanto, que hoy día son un imperio.

...»

En apenas cincuenta metros cuadrados cualquier visitante podía obtener una idea de la corta vida de ese asentamiento que siglos atrás pretendió ser la primera ciudad del Nuevo Mundo. Unas vitrinas mostraban las balas de barro y metálicas que anunció el guía, pero también anillos, monedas, utensilios, barras de plomo, espuelas y herramientas de trabajo. A continuación, en muebles separados, la colección de abalorios de los indios taínos daba cuenta de la diferencia de tecnología que separaba a ambas culturas. Las flechas de madera y los collares de plumas, junto a los dioses cemíes tallados en piedra, me hicieron pensar en esos primeros momentos de convivencia.

Junto a las ventanas de esa casita museo habían situado una réplica de la nao Santa María, y también una maqueta de la casa del Almirante. Asher leyó en voz alta el texto que la presidía:

> *La casa fuerte del Almirante es la única vivienda de Cristóbal Colón en América, y es el edificio que más elementos arquitectónicos conserva de todo el conjunto (muros, pisos, pañetes, jambas). Los restos están situados al extremo sur del recinto, sobre el ángulo noreste que forma el acantilado y circundados por una pequeña muralla de piedra. La planta consta de dos cuerpos: uno principal o rectangular y otro cuadrado adosado al anterior. Esta última parte, difícil de precisar, se habría desmoronado sobre el acantilado.*

La iglesia era la segunda construcción, pero apenas quedaba nada de ella, solo la parte baja de los muros. Ni tan siquiera había una reconstrucción de la capilla. Si alguna vez hubo un boceto, se había perdido para siempre.

—La casa se desplomó parcialmente desde el talud hacia el mar, poco podremos encontrar —dije—. Me temo que hemos venido para nada.

Asher no me respondió.

Distraído, escudriñaba a través de la ventana unas plantas cerca de las ruinas.

—Álvaro, no se enfade, pero voy a decirle algo.

Sin terminar la frase, me dio la espalda y se marchó al exterior. Caminó cincuenta metros y dejó atrás la casa del Almirante.

Le alcancé y le agarré del brazo.

—Nuestro objetivo está ahí.

Señalé hacia los muros de la vivienda de Colón.

—Desde que usted se casó con la marquesa, desde que entró en la nobleza, a partir de que comenzara a vivir en ese mundo, dejó de ser el magnífico investigador que era.

La sorpresa me dejó sin palabras, me desarboló sin remedio.

Me quedé atrás.

A lo lejos, veía cómo Asher observaba las plantas, parecía como si de pronto solo la naturaleza le interesara.

Al cabo de unos diez minutos, me acerqué.

—Eso que me ha dicho antes es injusto.

No me contestó.

Solo cuando vio un árbol, un espécimen retorcido de unos diez metros de altura al borde del acantilado, entonces habló.

—Guayacán, árbol originario de la zona intertropical de América, de tronco fuerte, compacto. Es considerada una de las maderas más duras y resistentes del continente; su corteza es de color marrón y escamosa, su sistema radicular es grande; sus hojas tienen cinco folíolos, de flores amarillas.

—¡Deberíamos estar ya cavando en el suelo de esa casa!

—Este ejemplar a pocos metros de la residencia ha sido descrito por antiguos autores dominicanos en sus anales del Descubrimiento.

Acababa de entender lo que ese hombre estaba pensando.

De pronto vi la misma luz que él habría visto unos momentos antes.

Efectivamente, había constancia del entusiasmo del Almirante por ese guayacán.

¿Cómo lo había olvidado?

—Tal vez he sido un poco duro con usted. Pero ahora ya lo entiende. ¿Verdad?

Sus ojillos refulgían.

***

Comenzaba a oscurecer. La hora de cierre de las instalaciones ya se había producido. Era el instante adecuado para comenzar a cavar. Alrededor del guayacán había una zona pedregosa, rocas incrustadas, un área dura que obviamente desechamos. Por la forma del árbol, ambos estuvimos de acuerdo en iniciar la excavación en la parte donde cualquiera se acomodaría para observar el mar Caribe. Incluso el propio genovés pudo haber contemplado ese azul intenso desde esa posición.

Me encargué de la parte más difícil. Palada a palada fui apartando la tierra en un montón detrás de mí. Asher me aseguró que ese era un árbol de raíces profundas. Como parecía saberlo todo, no me preocupé en comprobarlo.

Más tarde, el hombrecillo se retiró y fue a la furgoneta en busca de algo.

Apareció con un detector de metales.

—¿Se puede saber de dónde ha sacado eso?

—Usted ha hecho su trabajo, y yo el mío. No se entusiasme, solo es efectivo a una profundidad de hasta cuarenta centímetros como mucho. Va a tener que seguir cavando con ahínco.

En media hora yo había creado dos montañas de tierra y un boquete enorme. Tal y como me había asegurado, las raíces no fueron un problema.

Yo cavaba, y él pasaba el aparato en busca de algún pitido revelador.

Se volvió a marchar al cabo de una hora. Ya casi no había luz.

Regresó unos veinte minutos después cargado con un farolillo portátil y cuatro cervezas.

—En este país es más fácil conseguir alcohol que agua.

Le agradecí la botella helada que me acercó.

Cuando ya se había hecho noche cerrada encendió el farol y lo mantuvo cerca de la pala. Yo sudaba intensamente. Con aquella humedad y el cansancio, apenas podría continuar trabajando un rato más.

Entonces propuse un descanso.

Él no me hizo caso, tomó las herramientas y siguió ahondando.

Mientras bebía mi segunda cerveza, me pregunté qué otra información tendría que yo desconocía.

Antes de la medianoche mi cuerpo se negaba a seguir mis órdenes. Eran tan intenso mi cansancio, me encontraba tan agotado, que había perdido la noción de lo que estaba haciendo. Le propuse abandonar la tarea, pero me lo negó repetidas veces, con grititos encolerizados.

—¡No, no, no!

—¿Cómo sabe que no estamos equivocados? —pregunté.

—Lo sé.

Volvió a coger la pala y retirar pequeñas cantidades de tierra.

Me aparté de la zona de trabajo y observé el destrozo causado. Salvo el área rocosa, casi habíamos completado un círculo alrededor del árbol.

Levanté el detector de metales en busca de algún signo.

Fue entonces cuando el aparato comenzó a pitar sin parar.

Asher dio saltitos sin soltar la pala, sin dejar de cavar.

Gritó algo en hebreo que no entendí.

Salté al boquete y le quité la herramienta.

Cavé con intensidad, hasta que golpeé algo que emitió un crujido.

Madera.

Me afané por retirar la tierra con cuidado. Si se trataba de un baúl, no debía dañarlo.

Comenzó a asomar una enorme caja de madera oscura. Asher inició un frenético vaivén de manos para retirar la tierra, y yo a cavar alrededor de las paredes laterales. No iba a ser fácil sacar de allí aquello. Mis energías estaban al límite, pero un descubrimiento como ese no podía esperar ni un minuto más.

Al borde de la medianoche habíamos retirado la tierra de todo el perímetro.

—Mire aquí —me señaló el frontal.

—El escudo de Colón.

Nos miramos.

—Hubo gente en esta isla que vio este arcón. Desapareció de la vista de todos, pero, por alguna razón, ha permanecido oculto aquí, al pie del árbol favorito del Almirante.

—Déjese de consideraciones y ábralo.

La tapa no ofreció resistencia alguna. Tenía una cerradura metálica grande, probablemente la que sirvió para activar el detector de metales. Aunque la madera se encontraba muy deteriorada, la calidad era buena, tal vez construida con duros tableros de guayacán, o incluso caoba.

Retiré la cubierta y lo que apareció no coincidía en nada con lo previsto.

Ninguna de las pistas que habíamos obtenido conducía a algo parecido.

Los restos de un ser humano.

El esqueleto permanecía en posición fetal.

Aún desplegaba en torno al cráneo una especie de corona de coloridas plumas.

Junto a los huesos, también vimos algunos tejidos deshilachados, vasijas ceremoniales y armas de piedra.

—¿Dónde está el oro? —preguntó Asher.

—Solo he visto esto.

Señalé un collar alrededor del cuello, una pieza circular, plana, con unos grabados. Debía de estar sujeta con algún cordón de algodón que habría desaparecido con el paso del tiempo. Se trataba de un buen vestigio, pero nada de las alhajas, piedra preciosas y tesoros que esperábamos.

—Usted es el experto.

—Creo que se trata de un tributo a un cacique.

Me miró desconcertado.

Ambos nos sentamos en el borde del boquete con los pies apoyados en el baúl.

—Si nos llevamos esto, será un delito —dije—. Propongo sacar fotos, cubrirlo de tierra y dejarlo aquí.

Asher asintió, pero no me contestó.

Fue en ese momento cuando retumbó el teléfono dentro de mi bolsillo.

Número desconocido.

Acepté la llamada.

Una voz ronca me amenazaba.

—Su mujer está en la casa de Santo Domingo. Si quiere verla con vida, traiga ese cofre esta misma noche. Límite de tiempo, el amanecer. Si usted no aparece, no la verá más con vida.

Fin de la llamada.

***

Ni tan siquiera tuve la oportunidad de pedirle que me la pusiera, escuchar su voz, que me ofreciera una prueba de vida. Asher

438

estuvo de acuerdo en aceptar, aunque le pareciese repugnante. Sin mediar más palabras, fue a la furgoneta a por dos cuerdas. Las pasamos por debajo del cofre y lo subimos sin grandes problemas. Estaba más vacío de lo que habíamos pensado. Lo cargamos en el vehículo gracias al portón trasero y procedimos a tapar el boquete, tarea mucho más sencilla que excavarlo.

—Si no se encuentra bien, conduzco yo —se ofreció.

—No se preocupe.

De noche la carretera parecía distinta. Había menos tráfico, ya no se asemejaba a una pista loca, pero algunos camiones, coches y motos iban sin luz, un peligro añadido.

En el camino, me preguntó si había podido pensar, no con relación a mi mujer, eso ya lo asumía, sino a lo encontrado.

—Si le digo la verdad, no puedo quitarme de la cabeza el asunto de la llamada. Era consciente de que nos seguían, pero ni de lejos imaginé que alguien podría hacer algo así. Han debido vernos, oírnos, y piensan que estábamos tras un gran botín. Si le digo la verdad, desconfío de Laureano, el dueño de la casa, y también de la chica de la limpieza. Si han visto los papeles sobre el escritorio y los apuntes que tomé, entonces es que han creído que a estas horas somos portadores de una fortuna en oro.

Asintió.

—¿Y qué cree con relación al indio?

—Era un cacique, eso lo tengo claro —dije.

—¿Cómo lo sabe?

Para los taínos la muerte no era el fin, sino un episodio en la transición de una existencia a otra, un evento esperado y previsto en el orden cósmico natural. Los fallecidos permanecían en la isla esperando la noche para salir a comer guayaba. Cuando el final de una persona estaba cerca, era abandonada por sus familiares en el bosque con pequeñas raciones de agua y comida. Ese sería el motivo por el que se encontraron pocos enterramientos en la Hispaniola. Cierto era que existió la práctica de entierros secundarios en cuevas, o incluso la de incinerar parte de los huesos y enterrar solo algunos junto al cráneo, y también la de conservar los restos de antepasados en cestas al aire libre.

Pero la muerte de un cacique era algo distinto. Generalmente estaba seguida por una serie de ritos funerarios, se preparaban los ajuares y ofrendas y se organizaba la sucesión. En la tumba era colocado en posición fetal, sugiriendo la idea de un nuevo nacimiento. Se le proveía de un ajuar, todo lo necesario para su vida en el más allá.

Cuando le explicaba a Asher los ritos funerarios de los indios taínos, escuchamos una explosión en el motor.

Incluso con noche cerrada, intuía que el humo que salía por la parte delantera era muy negro.

Maldije entonces esa furgoneta roja, le pegué varios puñetazos al volante y proferí algún que otro exabrupto.

—Cálmese, así no vamos a conseguir nada.

Aún quedaba más de una hora para llegar a la gran ciudad, una urbe de más de tres millones de personas en cuyo interior existe un permanente caos de tráfico, incluso desde primeras horas de la mañana.

—La situación es muy delicada, Asher. Esa gente ha amenazado con matar a mi mujer si no estamos allí antes del amanecer. Dígame qué se le ocurre.

—No vamos a poder reparar esta avería, de eso estoy convencido. Como dirían ustedes, el motor ha petado.

—¡¿Y?!

—Hay que buscar otro modo de transporte.

Salió y se posicionó al borde de la carretera. Imaginé su plan: parar un vehículo de dimensiones parecidas y trasladar la carga.

Parecía simple, si no fuera porque nadie en su sano juicio iba a detenerse en un lugar de esas características, de noche, sin luz, en medio de una selva. El peligro para cualquiera que osara brindarnos asistencia era evidente.

—¿Álvaro, tiene usted un plan B? —preguntó con cierta vergüenza.

Con la adrenalina circulando por mis venas, lo único que se me ocurrió fue dirigirme unos pocos de cientos de metros atrás, y adentrarme en la maleza, donde creía haber visto las luces de una pequeña vivienda. Con suerte, dispondrían de algún tipo de vehículo.

Pronto me percaté de que era una mala opción, pero no me quedaba otra.

Retrocedí caminando por el arcén hasta encontrar las luces. Y efectivamente las vi. Parecía una casita hecha con chapas metálicas, tal vez una chabola, o un cobertizo de tejado acanalado y herrumbroso. En el trayecto no veía nada, pero utilizar la luz de mi teléfono no era una buena idea. La batería podía ser necesaria para otros menesteres.

Abandoné la carretera y avancé entre matojos, cada vez más altos y leñosos. Me caí varias veces. Como mi objetivo se encontraba cerca, nada me detuvo. Eso me animó a continuar, incluso a gatas. Me clavé ramas en las manos y algo me arañó el rostro.

Cuando estaba a tan solo diez metros, un perro muy delgado, todo esqueleto, salió a mi encuentro. Venía a morderme. Los ladridos alertaron a quien habitara aquel pequeño chamizo.

Mientras me apartaba del chucho vi que un hombre abandonaba la casita. Venía casi desnudo, solo vestía ropa interior. Portaba un enorme machete en la mano, cuarenta centímetros de hoja metálica.

Incluso en la oscuridad me percaté de que ese tipo se encontraba tan asustado como yo.

—No vengo a robarle —le dije—. Solo quiero pedirle ayuda.

Subió el arma.

No me creía.

Se acercó a mí y me pegó una patada. Me derribó, y eso indujo a que el perro actuara como su dueño. Comenzó a morderme en una pierna, y luego en la otra.

No me quedaba otra más que huir a gatas, tratar de apartarme de allí.

—¡Puedo darle dinero! Solo quiero que me facilite un vehículo.

Escuché entonces llamar al animal, que obedeció al instante. Yo pude levantarme.

Saqué la cartera y busqué dinero.

Fue lo peor que podía haber hecho.

El campesino me apuntó con el machete.

—Deme ese monedero y salga corriendo. Le perdonaré la vida. Si vuelve por aquí, le mato.

Poco podía hacer.

La tiré lejos, lo más lejos que pude, me di media vuelta y comencé a correr en dirección a la carretera.

Regresé dolido, herido, hastiado.

Junto a la furgoneta roja había otra blanca.

Me pareció que era una Hyundai, el tamaño similar, incluso un poco más grande.

—Dígame, Asher, ¿cómo lo ha conseguido?

—A veces olvida usted que soy judío. Tengo muchos recursos a mi alcance.

Traspasamos de un vehículo a otro el arcón. Me puse inmediatamente al volante.

Apenas hablamos más hasta alcanzar la circunvalación de Santo Domingo. Desde las colinas exteriores se veía clarear, el negro intenso del cielo pronto pasó a un color plomo, y luego vimos tímidos rayos de luz en lo que parecía iba a ser un día nublado.

El tráfico cumplió con las expectativas. Al llegar al primer cruce de entrada, al primer semáforo, la cola de coches impresionaba.

Comencé a tocar el claxon.

Pura desesperación.

—No vamos a conseguir nada con eso —me dijo.

Cuando alcanzamos el malecón yo ya me temía lo peor.

Eran más de las nueve de la mañana.

Los puestos ambulantes ya estaban trabajando a pleno rendimiento, la gente cruzaba de un lado para otro, la ciudad había retomado su ritmo.

Aparqué la furgoneta delante del caserón.

La puerta estaba abierta.

Entré sin miedo, con el deseo de ver a Valentina

32

DESTINO

«…

—Federico, dígame una cosa. Después de tantas conversaciones entre usted y yo, hay asuntos que no entiendo. Me ha dejado clara su actitud crítica por los resultados de la llegada a América, entonces… ¿por qué Colón y no otro motivo para crear una fundación?

—La idea fue anterior a mi padre, pero él la hizo crecer. Somos italianos, ¿qué mejor si no? Ese hombre fue grande. Más que descubrir América, lo que hizo en realidad fue hacer saltar por los aires el mundo que se conocía hasta entonces. Ningún italiano ha sido tan magno como él.

—De acuerdo. Se desencadenó un fenómeno de orden planetario que propició una dinámica de intercambios a escala mundial sin precedentes, por supuesto. El mundo está intercomunicado gracias al ligur.

—Pues eso es. Somos herederos directos de nuestro compatriota, un planeta globalizado gracias a un italiano, una magnífica razón para crear la CHF.

—¿Seguro que no hay otro motivo?

—Se lo garantizo. Esa es la única razón para que la CHF exista.

…»

Nadie. La casa se encontraba vacía. El suelo del salón estaba lleno de pisadas, colillas de cigarro y botellas vacías de cerveza. Mis papeles habían desaparecido. Mi ordenador no se veía por ningún lado. La ropa de la habitación estaba completamente desordenada y la cama deshecha. En uno de los cuartos de baño, utilizando una barra de labios, habían escrito algo en el espejo.

Muerta.

Asher trató de tranquilizarme.

—Si lo que quieren es el supuesto oro, no van a hacerle ningún daño a su esposa. Ella es la moneda de cambio.

Le expliqué que en Latinoamérica las cosas no son así, que la violencia gratuita campa a sus anchas, la gente mata con una facilidad pasmosa. La tasa de asesinatos en cualquier ciudad alcanza índices intolerables y las muertes por delitos de sangre son asumidas sin remedio.

Luego hice lo único que podía hacer: llamar a la policía dominicana.

Tardaron una eternidad en llegar, casi dos horas, y eso gracias a la insistencia de mis repetidas llamadas. Apareció un señor que se presentó como Nelson, inspector de la brigada turística. Venía escoltado por dos subordinados, una unidad especial para esa zona —«privilegiada», dijo—, un área que el gobierno quería preservar del estado de violencia creciente que el país estaba sufriendo.

Le expliqué mi teoría, le propuse investigar a Laureano y a la chica de la limpieza, porque ambos me parecían sospechosos. Añadí que mis investigaciones estaban encaminadas al descubrimiento de un tesoro y que todos mis papeles habían desaparecido. El hombre me dio la razón. Esos dos tenían razones de peso para delinquir.

—Le prometo que vamos a interrogarlos inmediatamente —aseguró Nelson—. Confíe en nuestro buen hacer. A los turistas no se los toca. Es una orden directa del presidente de la República Dominicana, así que no tiene que preocuparse por nada.

—Gracias.

El policía se marchó seguido de sus hombres.

Asher y yo descargamos entonces el baúl y lo dejamos en el centro del salón.

—Puede usted instalarse en la segunda habitación. Coja por favor cualquier cosa que necesite de mí, ropa, lo que sea.

—Se lo agradezco, abandoné todas mis pertenencias en la furgoneta roja. Solo me llevé el dinero. Lamento haber perdido mis libros. Seguro que a estas horas ya se habrán llevado hasta el colchón.

Sentí verdadera lástima.

—Le acompañaría a tratar de recuperar sus cosas, pero entenderá que es más urgente ver qué ha ocurrido con Valentina.

—Por supuesto. Solo eran cosas materiales. Todo lo que he dejado allí es reemplazable.

Asentí.

A mediodía no teníamos noticia alguna de la brigada turística. Llamé al inspector Nelson y me aseguró que las investigaciones iban por buen camino, no había nada de qué preocuparse —insistió—, ya me lo había dicho. Por supuesto, yo era consciente del carácter tranquilo y apacible de los caribeños, pero me parecía excesivo que ese tipo tratase con tanta pasividad un asunto tan importante como la vida de mi mujer.

Le ofrecí a Asher comer algo. Declinó mi propuesta. Las garras del abatimiento nos habían propinado a ambos buenos zarpazos.

—Voy a salir —me dijo—. Necesito hacer una cosa.

No le presté atención, tal vez debí hacerlo, porque lo que hizo fuera me cambiaría la vida más tarde, de una forma que jamás hubiese imaginado.

El caso es que se largó y me dejó a solas.

Me dediqué entonces a curiosear el arcón. Lo abrí, tomé más fotos del interior, hice un inventario y luego repasé las marcas del exterior, incluido el escudo. Lamenté no tener a Valentina cerca para celebrar el hallazgo. Con oro o sin él, aquello era un gran descubrimiento.

Finis Origine Pendet.

***

Me quedé dormido. Fue un sueño reparador, no había descansado nada desde que Valentina me comunicó que era ella quien iba por ahí haciendo volar estatuas colombinas.

Tan pronto como desperté me di cuenta de que ya había anochecido.

Me sentí avergonzado, mi mujer podía estar sufriendo y yo no tenía otra idea más que dormir. Tras unos minutos de sombría introspección, el tormento fue cediendo poco a poco.

Fui a ver si Asher había regresado.

Lo encontré en la habitación, tendido de lado sobre la cama, ovillado, con las manos entre las piernas, como un niño pequeño. Imaginé que una cama siempre es más confortable que el suelo de una furgoneta.

—No crea que estoy dormido —me dijo—. Extraño mi hábitat.

Se levantó y vino hacia mí.

—La espera me está matando.

—Pues imagínese cómo estoy yo.

Sonó entonces un golpe. Alguien aporreaba la puerta de la calle. Acudí corriendo.

Era Nelson.

Entró sin preguntar. Esta vez venía solo.

Penetró hasta el salón.

Vio el arcón.

Nos lanzó una extraña mirada.

Luego extrajo la pistola de su funda y nos encañonó.

—Siéntense, por favor. Y no se les ocurra moverse.

—¿Puede saberse qué ocurre? Mi mujer puede estar muerta. ¿Ha investigado usted?

—Por supuesto. He hecho mi trabajo.

Anunció que en unos minutos llegaría alguien, la persona que resolvería el caso. Yo solo debía permanecer en mi sitio, no moverme y respetar sus instrucciones.

No le quitaba ojo al arcón. Se plantó delante de él. Me pareció evidente que estaba allí para protegerlo.

¿De qué? ¿Para quién?

—Dígame solo una cosa. ¿Ha comprobado si mi mujer se encuentra bien?

—Su esposa está en perfectas condiciones. La tendrá aquí pronto. ¿Tiene usted ron por algún sitio? Me muero por un trago.

El tiempo transcurría a paso de tortuga.

Nelson se bebió media botella de aquel líquido ambarino. Se servía un vaso tras otro, sin hielo, sin interrupciones, parecía que algo le preocupaba, que no las tenía todas consigo.

Por fin optó por sentarse. Colocó una silla delante del arcón y continuó apuntándonos con una pistola en una mano y un vaso de ron en la otra.

Asher y yo nos mirábamos, no comprendíamos nada.

Pensé en lanzarme sobre ese policía embriagado.

Con un poco de cuidado, tal vez podría quitarle la pistola e interrogarlo.

Pero no hice nada de eso.

Porque la puerta de la calle se abrió.

La primera persona que vimos fue el mismo hombre que nos había estado siguiendo días atrás.

Cuando pronunció la primera palabra me eché a temblar.

Era mexicano.

Ese tipo había comprado a la policía dominicana. A Nelson le soltaron en nuestra presencia un buen fajo de billetes. La cara se le cambió. Mostró un gesto de agradecimiento. Luego le dijeron algo al oído y se marchó.

—¿Puede usted decirme dónde está mi mujer?

—Ahorita llega.

Vio la botella de ron y se sirvió sin preguntar.

Tampoco perdía de vista el arcón.

Depositó la pistola encima, una Beretta de nueve milímetros.

Al poco tiempo sonó la puerta y oímos entrar más gente.

Un hombre de poblado bigote empujaba una silla de ruedas.

En ella iba sentada otra persona.

Me costó mucho reconocerle.

Entre las vendas, los tubos y la penumbra apenas pude adivinarlo.

Pero sí, al final supe quién era.

El mismo hombre empeñado en destrozar mi vida.

Fidelio Pardo.

***

Tras él venían más personas. Pude comprobar que otro guardaespaldas le blindaba. Y, a continuación, le seguían otras dos personas a las que conocía bien.

Valentina y su padre.

Federico la protegía con un brazo sobre los hombros.

Me levanté y fui a su encuentro.

El tipo del bigote me pegó una patada en la entrepierna. Caí retorcido. Ella acudió a socorrerme, lloraba y me pedía perdón.

Decía una y otra vez, entre gritos y llantos, que lamentaba lo sucedido, que jamás hubiese esperado que las cosas se torcieran de aquella manera.

Me levanté y observé a Fidelio Pardo, al único ojo que aún le quedaba. Lo tenía perdido, extraviado, en realidad miraba hacia el techo.

Recordé lo que me habían dicho en el hospital.

Las consecuencias causadas por la bala que le disparó su hijo bastardo habían sido desastrosas: perdió un ojo y casi toda la visión del otro, y apenas podía comunicarse. Estaría obligado el resto de su existencia a permanecer atado a una máquina de la que dependía para vivir. Y lo que era peor: su aspecto. Al operarlo tuvieron que prescindir de algunos de los huesos que todos tenemos en la cabeza, esos que sostienen el cerebro y otros órganos sensoriales.

En resumen, presentaba un aspecto sencillamente espantoso.

Levantó una mano y les indicó a sus matones que nos sentaran.

Yo me dirigí a Federico. Necesitaba sus explicaciones. Con un dedo sobre sus labios, me indicó que permaneciese en silencio.

Pardo se disponía a tomar la palabra, algo que le llevó unos segundos.

Incluso eso era una ardua tarea para él.

—¡Abrid la caja! —ordenó a los suyos.

El tipo del bigote le obedeció.

—Jefe, aquí solo hay huesos, plumas y cosas de indios. Y un disquito, que parece de oro, pero no es muy grande.

Fidelio guardó silencio.

Estaba asumiendo aquellas palabras.

—¿Dónde han puesto mis pertenencias?

—No había nada —saltó Asher—. Solo ese contenido. Le prometo que es exactamente lo que encontramos enterrado en La Isabela.

—¿Quién es este pendejo?

—Mi nombre es Asher, y he estado junto a Álvaro Deza en esta búsqueda.

—¿Y qué chingada le atañe esto?

No contestó.

—Tal vez es usted quien debería decirme qué mierda le importa lo que yo encuentre —dije.

Giró la cabeza hacia mí.

Cada vez que se movía, una nebulosa de tubos le seguían.

—Debí matarlo la primera vez que le vi. Siempre me arrepentiré de eso.

Tosió. Algo le salió por la boca. Una de las personas que le acompañaba le atendió. Tal vez se trataba de un médico. Pudo continuar hablando.

—Su mujer y su suegro me deben una gran fortuna. Ya debería saberlo. Eso que usted tenía que encontrar, que espero que lo haya hecho, me pertenece. Porque Federico me pertenece, su hija me pertenece y, por tanto, usted me pertenece. Y sabe por qué, pues es bien sencillo, porque este estúpido perdedor me ha asegurado que había una gran fortuna escondida desde hace siglos, tan grande, tan inmensa, que cubriría no solo su deuda conmigo, sino que me haría el hombre más rico del mundo. Y la verdad, no es eso lo que necesito realmente, lo que necesito es algo distinto, necesito venganza, necesito espantar mis fantasmas, necesito un rayito de felicidad. Y por eso voy a matarlos esta noche. A todos ustedes, a todos juntos. Fíjese, solo eso le pido a la vida.

—¡Prometiste que con el arcón las deudas quedarían saldadas! —gritó Federico.

—Y tú me prometiste que estaría lleno de oro, de perlas tan grandes como nunca había visto, de piedras preciosas, de joyas que me harían inmensamente feliz. Me engañaste una vez más. La última.

Federico se dirigió entonces a mí.

Su voz sonaba lastimera, había perdido todo atisbo de aplomo.

—Álvaro, perdóname. Creía que todo estaba resuelto, que todo había acabado. En México la opinión pública cree que este monstruo ha muerto. Nadie sabe que está vivo. No sé por qué, pero le interesa proyectar la idea de que ya no está en este mundo. Y cuando yo estaba rehaciendo mi vida junto a Teresa, una noche este energúmeno se presentó en la hacienda. Vino solo para exigirme las deudas. ¡Como si no tuviese bastante con lo que tiene encima! Me presionó con matar a mis hijos, a mi mujer, con acabar con la finca y prenderle fuego. Ya sabes que no dispongo de los recursos de antaño. Ni trabajando mil años en las granjas conseguiría devolverle lo que le debo. Y como yo estaba en contacto con mi hija, ella me aseguró que estabais muy cerca de un tesoro inmenso. Cometí el error de contárselo a Fidelio, porque necesitaba ganar tiempo. Te ruego me perdones.

—Pues esto es lo que hemos encontrado —le dije a Pardo—. No tiene sentido que continúe con esa actitud, no va a conseguir nada, esto es todo lo que hay. Quédese con esta reliquia si quiere.

—¿Un indio muerto? ¡Vaya pendejada! Siempre me ha parecido usted un inútil, pero ahora lo que me parece es un imbécil.

Se hizo un silencio insoportable.

Hasta que yo tomé la palabra.

—Con el dinero que tiene, con la fortuna que atesora, que jamás logrará gastar, no entiendo qué le trae hasta aquí. La avaricia no tiene límites, eso es evidente. Permítame que le diga que, viendo su aspecto, su lamentable situación, produce náuseas.

Se dirigió hacia mí.

—Vaya. Al parecer tiene huevos este señorito fracasado. Mire, he venido hasta aquí por varios motivos. La lana, pues sí, claro que me interesaba, porque un tesoro como el que me anunciaron me interesaba. Tal vez soy un iluso, pero me sedujo la idea de presentar al mundo ese descubrimiento cuando fuese mío. Porque debe saber que voy a ponerme bien. Mi situación es solo transitoria. Van a reconstruirme la cara, sé que va a ser duro, me dicen que llevará más de diez intervenciones quirúrgicas. Ya está preparado un conjunto de los mejores especialistas yanquis. Cuando salga de ese proceso, tengo grandes planes para mi vida. Cobrarme esta deuda, hacer mío ese tesoro, hubiera sido una buena manera de poner mi nombre, mis apellidos, mis antepasados, en la escala que corresponde.

Volvió a toser.

El esputo presentaba un aspecto horroroso.

—Y hay otro motivo para estar aquí. Como usted no me ha facilitado el gusto de traerme esas inmensas riquezas históricas, yo voy a darle un gran disgusto. Ya verá que a mí me gusta devolver la pelota a lo grande.

Ese hombre se disponía a seguir malhiriendo.

—Fidelio, te ruego por Dios que te calles —dijo Federico.

Le miró con desprecio.

—Le voy a decir algo que usted tendría que conocer desde hace años. Tenía la intención de hacerlo la última vez que le vi. Antes de que ese bastardo disparase su arma sobre mí, me disponía a relatárselo, porque es un asunto que seguro le interesa.

Mostré mi extrañeza.

—¿Sabe usted cómo murieron sus padres?

La sangre comenzó a hervir en mis venas.

—Siempre ha tenido cerca la verdad. Pero se la han escondido. Ha estado arropado por una persona que le ha ocultado la verdad. ¿Se lo cuentas tú, Federico, o lo hago yo?

Federico dio un salto enorme, una sorpresa para todos nosotros.

Se abalanzó sobre la silla de ruedas.

Casi la llega a derribar si no hubiera sido porque el hombre del bigote lo placó.

Se echó sobre él y le derribó.

Ambos cayeron rodando y temí por un momento que acabaran dentro de la alberca.

El tipo lo inmovilizó y le pegó un par de puñetazos en el estómago.

—La próxima vez que lo intente —ordenó Fidelio—, dispárenle a la cabeza.

Valentina quiso acudir a socorrer a su padre, pero yo la retuve.

—¿Por dónde íbamos? Ah, sí, ya recuerdo. Sus padres. Usted era pequeñito, ¿cuántos años tenía?

—Once años.

33

LEGADO

«...

—Álvaro, quiero darle una gran noticia. Vamos a concederle una jugosa beca para que realice usted su doctorado en la universidad que desee de los Estados Unidos.

—Federico, yo no la merezco. Solo soy un pobre estudiante sevillano. ¿Por qué hace usted eso? Estoy convencido de que hay por ahí gente mucho más cualificada que yo como para merecer este premio.

—Lo hago porque confío en sus investigaciones.

—Pero usted no me debe nada.

—Sé que usted encontrará algo para mí. Ahora mismo usted no lo sabe, pero yo sí. Algún día usted hará realidad el sueño más grande de mi familia. Aunque ahora no lo sepa.

...»

Jamás los olvidé, nunca, en ningún momento de mi existencia. Yo era hijo único, y ellos me querían con locura. Siempre he guardado muchos recuerdos de mi infancia, pensamientos tempranos que pude recuperar por fotografías antiguas, que veía una y otra vez hasta grabarlas en mi cerebro. Con ellos todo cobraba vida, dos personas de corazones palpitantes. Eran almas gemelas, les apasionaban los mismos asuntos, viajaban continuamente, pero hubo una vez que nunca regresaron de un largo viaje.

Tras ese golpe brutal, tuve la suerte de contar con unos padres adoptivos que jamás me dejaron de hablar de mis verdaderos padres, que siempre me alentaron a comprender cómo eran, la razón por la que perdieron la vida.

¿Por qué he tenido siempre este empecinamiento por el pasado colombino?

Por la labor inacabada de mis padres, por supuesto, siempre impelido a intentar rematar lo que ellos no pudieron.

—¿Nunca se ha preguntado qué ocurrió realmente? —continuó Fidelio—. ¿Se tragó el cuento que le contaron? ¿Se ha preguntado por qué Federico siempre ha cuidado de usted?

No respondí.

—¿Sabe qué día murieron sus padres?

Cómo olvidarlo.

El día más trágico de mi vida, el día que todo cambió, el día que se abrieron las puertas del infierno y yo caí dentro.

—Tres de septiembre —pronuncié.

Mis padres murieron un día impar, sí, y a mí me lo dijeron una semana después, también en un día impar.

Yo podría haber desarrollado cualquier otra clase de trauma, uno normal, el propio de un niño que se queda huérfano.

Pero no, mi fobia terminó siendo distinta.

—¿Y nunca se ha preguntado qué hacían sus padres en un cenote en Yucatán en esa fecha?

—Eran arqueólogos, buscaban algo importante.

—Buscaban esta misma mierda —señaló el baúl.

No entendía nada.

—Federico y sus antepasados han tratado de hallar esto. Tenían información, una pista muy clara con relación a los tesoros que Colón escondió. Y apostaron por ello. Créame, los Sforza siempre han utilizado a otros, a mucha gente, y también a sus padres.

—Dígame cómo.

—Mes de septiembre, temporada de lluvias, ¿a quién se le ocurre investigar en una cueva bajo el agua? Murieron ahogados, los dos.

—¿Qué está insinuando?

—La expedición estaba financiada por los Sforza. Hubo presiones, muchas, nunca debieron entrar allí, pero, según este viejo —señaló a Federico—, se agotaba el tiempo. Si querían contar con más fondos, era necesario entrar allí, conseguir el premio.

—No es verdad.

—Sí que lo es. Mil veces me ha confesado que se siente culpable, que jamás debió presionar de esa manera, que se arrepintió en lo más profundo.

Todo casaba.

Las suculentas becas, el apoyo incondicional, el continuo aliento para que terminase mi formación.

Más que un mentor, fue un padre en la sombra.

Le miré.

Federico no fue capaz de sostenerme la mirada y prefirió fijarla en el suelo.

—Pues listo —dijo Fidelio—. Ahora es usted más infeliz que antes. Objetivo cumplido.

Hizo un ademán con las manos.

—¿Hemos pagado al policía dominicano? —preguntaba a los sicarios.

Su gente asintió.

—Pues maten a los cuatro aquí mismo y luego entierren los cuerpos bien lejos. Que jamás los encuentren. No quiero ningún rastro. Cuando terminen, maten también al policía. Y métanle fuego a la casa.

Dio una orden para que el médico le diera la vuelta para marcharse.

Apenas había salido del salón cuando miré a Valentina.

Lloraba.

Pensar que llevaba a mi hijo en sus entrañas me descomponía.

Escuchamos cerrar la puerta de fuera.

Y luego vimos a tres hombres plantados frente a nosotros.

Nos apuntaban con sus pistolas.

***

Mi amigo el sefardí parecía el más tranquilo de todos nosotros. Valentina continuaba envuelta en llantos y Federico estaba hundido. Por supuesto, yo mismo me encontraba agarrotado, paralizado por el miedo y la desesperación.

En cualquier momento esa gente comenzaría a lanzar plomo sobre nuestros cuerpos. En esos momentos de pavor, en lo único en que pensaba era en el vientre de mi mujer.

—Esto no tiene por qué acabar así —pronuncié sin que se notase mi miedo.

Me observaron con sorpresa.

—Su patrón se ha marchado. Y aquí hay dinero, mucho dinero. Como dicen ustedes, lana, mucha lana. Pueden ser ricos, millonarios. Si nos respetan la vida, serán las personas más ricas del mundo.

Al menos conseguí atraer su atención.

Uno de ellos bajó la pistola.

—¿Dónde está esa lana?

Obviamente, yo sabía que esa gente estaba pensando llevarse el dinero y luego matarnos.

Pero Asher tomó la iniciativa.

Se dirigió al arcón.

Cuando estuvo a la altura de uno de los mexicanos, le intentó quitar la pistola.

Yo me lancé hacia el segundo, aprovechando el desconcierto.

Federico apenas se movió de su sillón. Tal vez estaba tan viejo como le decían.

Escuché un disparo.

Sonó atronador.

Un terrible estruendo retumbó entre aquellos muros centenarios.

Luego me percaté de que Asher se llevaba las manos al pecho.

Le habían dado de lleno.

No tuve más remedio que retroceder y levantar las manos.

—¿Dónde está la lana? Último intento.

Me agaché para ayudar a mi amigo.

Me miró con una carita realmente dulce.

La bala le había impactado cerca del corazón.

—Prométame una cosa.

Asentí.

—Demuestre que Colón era judío. Solo usted puede hacerlo.

Murió en mis brazos.

Le levanté y dejé su cadáver sobre el sofá.

A través del patio, divisé el cielo abierto.

Si no llegaba un rayo de luz divina, la tragedia sería irremediable.

—Nos vemos en la otra vida —dijo uno de ellos.

Los tres levantaron las pistolas.

Había llegado el momento.

***

Un nuevo estallido. Esta vez mucho más intenso, mucho más rotundo, distinto.

Y luego un segundo.

Incluso un tercero.

Los tímpanos me vibraban.

Había humo por todos lados.

Valentina se había ovillado en el suelo.

Federico tenía los brazos sobre la cabeza.

¿Qué había ocurrido?

Laureano.

El propietario de la vivienda había disparado con enorme destreza una vieja escopeta.

La sorpresa pilló desprevenidos a esos sicarios.

Fueron incapaces de adivinar que alguien los atacaba por detrás.

¿Incompetencia? No habían oído entrar a nadie.

Días más tarde me enteré de que esos tipos estaban realmente borrachos.

—Nos ha salvado usted la vida —le dije a mi casero.

—Solo cuido de mis clientes.

***

Federico pareció despertar del letargo.

Ni tan siquiera se preocupó por su hija.

Agarró una de las Berettas y salió disparado hacia la calle.

Escuchamos entonces dos disparos.

Cuando comprobé que Valentina se encontraba bien, tomé otra pistola y me lancé al exterior.

Lo que vi no me sorprendió, era tal vez lo esperado.

Delante de la ambulancia que transportaba a Fidelio Pardo, mi mentor había realizado dos disparos.

En esta ocasión no le habían impactado en la cabeza.

Le había lanzado dos balas directas al corazón.

Y como apretó el gatillo a escasos veinte centímetros del millonario, ninguna de ellas falló.

***

Las horas siguientes transcurrieron con absoluta ferocidad.

Cinco muertos en una balacera sin precedentes en la ciudad colonial de Santo Domingo, primada de América.

Todos extranjeros.

El mismísimo presidente de la República Dominicana apareció aquella noche en la televisión con gesto serio.

Aseguró que nunca más volvería a ocurrir algo así, porque iba a duplicar los recursos en materia de seguridad nacional.

Habló durante largo rato, un discurso interminable.

Y luego, antes de dar por finalizada la rueda de prensa, a pregunta de los periodistas, aumentó esa cifra.

Negó que hubiese dicho que duplicaría los efectivos.

Afirmó que había dicho triplicar la dotación de policía turística.

Se comprometió a hacer de esa ciudad el lugar más seguro del mundo.

A partir de ahora, nadie podría venir de otros países y exhibir sus pistolas con esa libertad.

La República Dominicana era un lugar a salvo de forajidos —proclamó—, y la violencia de otros jamás contagiaría a ese bello país.

Eso, sencillamente, se había acabado para siempre.

Tras un largo aplauso, terminó su comparecencia.

Saludó entonces al pueblo dominicano, no sin antes llevarse su mano derecha al corazón y escuchar el himno nacional.

Y luego, en cuestión de segundos, la gente volvió a bailar y a beber ron.

Las calles eran pura jarana y diversión.

Porque aquello es Latinoamérica.

El legado de un señor llamado Cristóbal Colón.

EPÍLOGO

Hace meses que ya no aparecen noticias acerca de lo sucedido. Ignoro lo que la gente piensa de mí, desconozco si aún sigo siendo para la prensa rosa el despechado señorito andaluz que tiempo atrás fue expulsado a patadas de la aristocracia.

Quiero ser sincero en esta historia y reconocer que esa etapa está enterrada para siempre. No me arrepiento, porque todos necesitamos caminar, tomar decisiones, acertar o equivocarnos. Andando es como suceden las cosas, y si de algo estoy convencido, es de que las experiencias solo se presentan a quienes están dispuestos a vivirlas. Y en mi caso, mi vida experimentó una transformación sin precedentes. Nunca nada volverá a ser lo mismo, pero si he de destacar algo, es que ahora soy más feliz, mucho más que cuando asistía a las corridas de toros viéndolas desde la barrera.

Después de esa larga noche en Santo Domingo, aún habrían de suceder más cosas.

Antes de abandonar la ciudad para regresar a Nueva York, justo el día antes, recibí la visita de un abogado dominicano. Yo estaba haciendo las maletas, tratando de meter en ellas las mil prendas de ropa de Valentina.

Llámenme sentimental, pero debo reconocer que me apenaba

dejar el caserón. Cierto es que dentro vivimos momentos intensos, pero también fue allí donde recibí la noticia de que iba a ser padre, y fue el lugar donde trabé amistad con Asher, a quien acabé teniendo cariño.

Un día se presentó sin avisar un hombre que vestía traje oscuro, camisa blanca almidonada —algo excesivo para los rigores del trópico— y corbata negra.

Casi llego a preguntarle que quién se le había muerto, pero no hizo falta, me lo dijo él.

Apreciaba a Asher, se conocían desde que ambos eran jóvenes. Me aseguró que había estado en varias ocasiones en su casa de Jerusalén, y que habían discutido seriamente cuando al llegar a la República Dominicana se negó a alojarse en su vivienda y optó por permanecer en el interior de ese vehículo rojo.

Afirmó que acudía a mí en calidad de fedatario público. De acuerdo con la legislación dominicana, estaba habilitado para anunciarme que el señor Asher me dejaba toda su fortuna.

En una carta manuscrita, mi amigo sefardita me rogaba que continuase mis investigaciones, pues era su deseo. Con ese dinero, yo debía descubrir el origen judío de Colón, asunto que, basado en sus meditaciones en el interior de la furgoneta, él daba por cierto.

Y luego añadía algo más. Me invitaba a estudiar el enigmático caso de un cacique indio enterrado en un cofre propiedad de Cristóbal Colón, a los pies de su árbol favorito. Estaba convencido de que ese hecho iba a desencadenar un análisis en profundidad de las relaciones entre indios y conquistadores en aquella primera etapa, y que eso acabaría con el estéril debate actual. Si alguien podía hacer algo así, ese era yo.

Todas esas ideas me parecían interesantes, en realidad no era necesario que me hubiese declarado heredero de su patrimonio.

Cuando vi la cifra, entendí que mi vida acababa de cambiar. A partir de ese momento no iba a ser necesario arrastrarme de nuevo por los programas de televisión ni nada parecido.

Allí mismo, en ese mismo instante, le prometí al notario que haría lo que nuestro común amigo Asher plasmó en su última voluntad.

Y con respecto a Federico Sforza, aún me duele pensar en él, jamás me recuperaré del mazazo que supuso conocer los detalles de su relación con mis padres.

Las cosas se le complicaron en los días siguientes, sucedieron de forma tortuosa. Eso sí, consiguió eludir la cárcel. Pudo demostrar —tal vez con algún soborno— que los disparos a Fidelio Pardo fueron realizados en legítima defensa. Las circunstancias obraron en su favor. No en vano el millonario mexicano había intentado matarle antes, encomendando a tres pistoleros a sueldo darle muerte. El proceso le llevó un tiempo, pero como tiene nacionalidad estadounidense, todo le resultó más fácil. Incluso en el asunto de las explosiones de las efigies, he de reconocer que manipuló con maestría los resortes del caso para derivar las sospechas hacia el malvado mexicano, que, tras las investigaciones pertinentes, ha quedado señalado como el único culpable. Aunque su muerte ha impedido aclarar algunos extremos relacionados con el *modus operandi*, ni tan siquiera la prensa norteamericana arrojó dudas sobre este asunto.

Desde entonces, no he vuelto a ver a mi mentor. En este tiempo me ha escrito decenas de cartas, insiste en que las acusaciones eran infundadas, que él no tuvo nada que ver con el asunto de mis padres.

No le creo. Nunca más le creeré, y eso no cambiará mientras viva.

Siempre reconoceré que me impulsó, me animó a ser mejor en mi profesión, pero los turbios objetivos que ahora sé que pretendía le dejan fuera de la órbita de las personas a quienes quiero tener cerca. Por eso, he decidido que quede relegado a una de esas figuras simbólicas que habitan en la zona recóndita de mi memoria.

Solo le debo una cosa.

Federico me animó hace muchos años a dejar de estudiar la sangre de Colón, los asuntos relativos a su lugar de nacimiento. A cambio me animó a investigar la sangre derramada.

En eso le he hecho caso. Tal y como me pidió Asher, en estos últimos meses he publicado el increíble hallazgo que juntos hicimos en La Isabela.

Desde entonces me han llovido los elogios.

Respecto a Valentina, apenas regresamos a Nueva York, ambos comenzamos a levantar un muro de permanente animosidad entre nosotros. Pronto comencé a preguntarme si ella podría ser de otra manera, si los motivos que la habían impulsado a hacer lo que hizo gozarían alguna vez de indulgencia por mi parte. Había demasiadas lagunas en su historia, demasiadas puntadas perdidas que no podía explicar, tantas, que llegué a pensar que ella jamás podría tejer una historia coherente.

Continuó durante meses perdida dentro de un bosque tenebroso de lamentaciones, pero no cejaba en su empeño, me pedía disculpas continuamente, quería obtener mi perdón para rehacer nuestras vidas.

Fue tanta su insistencia, tanta la ternura y dedicación que volcó en nuestra relación, que acabó por convencerme de que tal vez ella no merecía el cielo, pero tampoco el infierno.

Me desgarraba la idea de dejarla abandonada en esa ciudad inmensa, mientras mi hijo crecía en su interior.

Y así pasábamos las semanas, postergando cualquier tipo de decisión, con la apatía corriendo por nuestras venas.

Un frío día de principios de marzo la observé tendida en el sofá. La tripa comenzaba a notársele. En aquella postura, dormida como un angelito, emanaba un aura de irresistible encanto.

Fue en ese momento cuando tomé una determinación.

La desperté y le hice una propuesta, porque era absurdo seguir así.

—Estoy convencido de que esta ciudad te confunde —le dije—. Si quieres que volvamos a intentar una relación seria, vente conmigo a Sevilla, empecemos de nuevo allí.

Ella se irguió, alzó la vista y asomó a sus labios una mueca burlona.

—¿Para estar cerca de la marquesa?

—Para retomar mi carrera y poder olvidar.

La mueca se convirtió entonces en una sonrisa sincera.

—De acuerdo.

En ese momento, me sentí como un surfista cabalgando sobre una ola de perdón y amor.

De eso han pasado dos meses. Hicimos el traslado casi sin pensarlo. Primero dejamos atados los asuntos prácticos y luego compramos dos billetes de avión.

En esos días de locura puse a Valentina al corriente del estado del palacete. Nada de lujos ni comodidades. Si le gustaba, ya nos detendríamos en decorarlo de la mejor manera posible. Si no, venderlo y comprar otra propiedad.

El día que llegamos a Sevilla y nos plantamos delante del caserón, lo primero que pensó era que íbamos a vivir en un castillo medieval.

Aporreé la puerta.

—¿No tienes llaves de tu casa?

—No me caben en los bolsillos.

Salió a recibirnos Candela. Se echó en mis brazos, sin dejar de lanzar palabras atropelladas que no entendía.

Una vez dentro, comprendí lo grises que habían sido mis días en aquel lugar. Recordé esa etapa aciaga, cuando lo veía todo negro. Pero finalmente había logrado escapar de las garras de ese necio de Pardo.

Y ahora todo volvía a cambiar de nuevo.

Mi vida, también mi carrera, y, sobre todo, mi relación con Valentina, aún no habían hecho más que comenzar.

***

Con respecto a Cristóbal Colón, quiero acabar diciendo esto. He combatido contra él toda mi vida. Y ha llegado la hora de admitir mi derrota.

¿Dónde nació Cristóbal Colón? Después de años de investigación, por fin puedo asegurar que me da lo mismo. Ese hombre que ensanchó el mundo tuvo una visión superlativa. Es evidente que tenía parientes genoveses, y tal vez sus abuelos fuesen catalanes, o de cualquier otro lugar del Mediterráneo. Mientras no se demuestre lo contrario, hay algo seguro: Colón era genovés, pero, sobre todo, fue un europeo global, el fruto de un incipiente renacimiento, un genio con visión cosmopolita.

Hoy día, en la mayor parte del mundo, la cuestión de quién eres, de dónde procedes, es un misterio que la mayoría de la gente deja de preguntarse, que nadie alberga esperanzas de que algún día se resuelva.

Sin embargo, América en su conjunto aún tiene que enfrentarse a un nutrido censo de fantasmas.

Algunos norteamericanos aseguran que los indios autóctonos fueron aplastados tras la llegada de Colón. Retiran símbolos históricos, echan la culpa a otros, pero olvidan que su pasado está lleno de errores en la gestión de las razas.

Los centroamericanos andan perdidos en guerras de drogas y en continuos éxodos hacia el norte. La violencia no permite el progreso y, lejos de reflexionar, existe una absurda negación de los orígenes.

Y los sudamericanos, sumidos en una corrupción sin fin, marcan récords de vértigo: los últimos tres presidentes de Brasil en prisión, y los cinco últimos de Perú investigados por robos y sobornos cometidos durante el ejercicio de su mandato. En Argentina, los dirigentes ordenan retirar estatuas de Colón como si fuese un enemigo público, cuando son ellos los que deberían estar apartados, porque son el verdadero peligro.

La realidad es que existen miles de obstáculos para que la democracia funcione en América Latina, porque los altos funcionarios se llenan los bolsillos saqueando las arcas públicas, mientras desvían la atención de la gente con asuntos como este.

Así es Latinoamérica, simultánea ilusión y desaliento, pero, al mismo tiempo, veneno y antídoto.

¿De verdad tuvo Colón la culpa?

Por encima de juicios e interpretaciones extraviadas, su protagonismo no puede ponerse en entredicho. Se ha cuestionado que deba ser enaltecido. Con alegatos absurdos, se le intenta estigmatizar como antihéroe de la conquista. Pero fue sencillamente un hombre que se movió entre luces y sombras, descollante en ocasiones, no tanto en otras.

Nunca más voy a seguir mis antiguas líneas de investigación.

Ahora le hago caso a Asher.

La mezcla de culturas fue difícil, se cometieron errores irreparables, pero nada de eso puede juzgarse con la óptica actual. Y, desde luego, no debe culparse de todo lo ocurrido al genovés.

Colón pidió ser enterrado en la isla de la que quedó prendado, hay signos más que evidentes para constatar su amor por esas tierras. Y lo que encontramos Asher y yo va a ayudar de una forma decidida a demostrarlo.

Ocultó un retrato suyo con señas entreveradas. Insertó indicaciones para que alguna vez alguien encontrase el enterramiento bajo su árbol preferido, el lugar desde el que contemplaba esos mares que lo enamoraron sin remedio, a los que regresó para navegarlos una y otra vez.

Decidió enterrar a un cacique con honores, y lejos de expoliar el oro que portaba —un disco con extraños signos grabados—, le cedió un arcón de su propiedad a modo de tributo.

Esos hechos en sí mismos constituyen una línea de trabajo muy prometedora.

Los restos encontrados han quedado expuestos en el Faro de Colón, esa monumental tumba que los descendientes de esos primeros españoles, mezcla de taínos autóctonos, africanos y europeos, hoy habitan la República Dominicana.

Y con respecto al cuadro, mi deseo ha sido exponerlo en el museo del Prado, en Madrid. Va camino de ser una atracción mundial tan importante como la mismísima Gioconda. No en vano la obra es antigua y misteriosa, como la que se exhibe en París. Las colas para ver ese retrato son interminables, nadie hubiera esperado un éxito de esas características.

Hace unos días me ha ocurrido algo más.

Vinieron a verme unos aborígenes.

Había visto a esas personas en Nueva York el día de la primera explosión. Luego volví a ver a otros indios en Ciudad de México. Entre ellos hay un acuerdo, quieren trabajar juntos, de una forma organizada.

Dudé de ellos en su día, como dudé de tantas cosas.

El caso es que me han propuesto actuar conjuntamente, iniciar una investigación en profundidad sobre el origen de esta última etapa de América.

Se refieren a los últimos quinientos años.

El asunto me parece tan interesante, tan prometedor, que he decidido dedicar la fortuna de Asher a este propósito.

Creo que Valentina y yo tenemos que vivir de nuestro esfuerzo. Cada uno a su manera, yo como exseñorito andaluz y ella como hija de un exmillonario, ambos debemos reajustar nuestras expectativas. Somos jóvenes, tenemos que labrarnos un futuro.

Con ese dinero hemos creado una nueva fundación que estará localizada en Sevilla. Como detalle curioso, he de decir que encontramos unas instalaciones muy apropiadas cerca de la Casa de la Contratación de Indias, ese lugar por donde entró todo el oro y la plata de América.

Allí vamos a trabajar juntos, allí veremos crecer a nuestro hijo.

Es nuestro deseo educarlo y formarlo para que continúe nuestra obra.

***

Hoy es 2 de mayo, un día tan bueno como cualquier otro para terminar esta historia. Sí, un día par, ustedes ya lo han pensado. Eso no podré remediarlo jamás, pero al menos ya no lucho contra las sombras de mi pasado.

No he vuelto a ver a Sonsoles, ignoro si ella sabe que resido en Sevilla y, la verdad, tampoco me interesa. Como antiguo miembro de la nobleza estoy inmerso en un proceso de cambio, estoy seguro de que no siempre seré objeto de desprecio público, quizá mis nuevas ocupaciones se encarguen de ello.

En este tiempo de primavera, todo nos va bien. Valentina se ha adaptado a la ciudad. Residimos en el palacete, que cada vez se parece más a un hogar. Candela se ha trasladado, vive con nosotros y, junto a sus primos, no cejan en su empeño por hacer obras de remodelación por aquí y por allá. A este ritmo, entre todos, vamos a poder demostrar que las cosas con quinientos años, ya sean palacios, ya sean formas de organización social, pueden llegar a funcionar, entendibles en la óptica actual.

Soy de los que piensan que en este mundo no existe mayor logro que merecer amor, y estoy convencido de que ella siempre me ha querido. Fui yo quien le falló años atrás, eso es innegable, pero eso nunca volverá a suceder, porque es una mujer por la que merece la pena luchar.

Hace tiempo que ambos comprendimos que los sueños tienen poder sobre la mente, que por mucho que lo intentes, no puedes sacudir la cabeza y librarte de ellos.

Por eso ambos nos hemos perdonado.

Mirando hacia delante, lo único que deseamos es que nuestros corazones sigan latiendo juntos, luchando por forjar este futuro en común.

Ahora pasamos las noches tapeando, tomando copitas de vino en las calles empedradas de esta antigua ciudad, mientras lidiamos con los misterios del universo.

AGRADECIMIENTOS

Siempre es complejo precisar de dónde surgen las ideas para fabricar una novela. En mi caso, debo reconocer que los viajes son mi fuente de inspiración. Sí, lo reconozco, soy un escritor que necesita viajar, pasar un tiempo en los escenarios que luego voy a describir, ver por mí mismo cómo suceden las cosas y observar a las personas que habitan esos lugares.

En toda obra hay una inquietud principal, un motivo que mueve al autor a querer explorar los asuntos que trata, y que compone el hilo argumental de la obra.

En *La sangre de Colón* he querido reflejar esa especial relación que existe entre pueblos hermanos, españoles y latinoamericanos, misma sangre, mismos apellidos y misma historia. Tal vez se podían haber hecho las cosas de otra manera, pero quinientos años después no es momento para ese tipo de contemplaciones, aunque muchos se empeñen en ello. Debemos quedarnos con lo bueno: la llegada de los españoles llevó a América la cultura occidental, incluso los derechos humanos y la libertad.

Esta novela habla de varios países, además de España y los Estados Unidos. Han sido México y República Dominicana los lugares que he elegido para elaborar la trama, aunque podían haber sido otras muchas naciones, con relación a lo que quería contar.

En Santo Domingo, quiero agradecer a mi querido amigo, hermano, César Pérez Núñez, que siga alimentando esta amistad que nos une por más de veinte años. Fue él quien me contagió su amor por esa isla mágica, la Quisqueya de los taínos, la Hispaniola de Colón, la República Dominicana de hoy día, un territorio que he explorado mil veces, que me inspira para crear como ninguna otra ciudad en el mundo. Allí he pergeñado y escrito la mayor parte de este libro, un lugar donde se respira ambiente colonial en cualquier esquina. La Universidad Autónoma de Santo Domingo, la más antigua de América, con casi cinco siglos de existencia, conserva unos archivos y una biblioteca extraordinarios. Gracias a su rectora, Emma Polanco, y al director de la Escuela de Ciencias Jurídicas y Políticas, Adonis Martin, que me han facilitado el camino, he podido encontrar mucha de la documentación que me ha servido para poder elaborar esta novela. Allí, en esa misma ciudad, habita hoy día el colombiano Iván Jubiz, que está desarrollando un proyecto de racionalización urbana muy oportuno para el país. Él me facilitó algunos libros y recomendaciones sobre lugares que han acabado apareciendo en esta obra. Gracias por ello.

A mis compañeros del Instituto de Cooperación para el Desarrollo Sostenible, ICODES, una ONG que fundamos hace ya más de veinte años, quiero expresar mi agradecimiento, por su apoyo continuo a mi labor literaria.

Especialmente, quiero agradecer a Juan Manuel Ruiz Galdón, compañero inseparable de viajes a esas tierras fantásticas, que haya estado siempre junto a mí, investigando en La Isabela en el norte del país, buscando recónditas iglesias en callecitas perdidas, palacios colombinos y ruinas varias. Gracias por animarme y estar ahí, a pesar de otras muchas ocupaciones, siempre dispuesto a encontrar una pista más para la narración de su amigo el escritor.

En México, no puedo dejar de reconocer mi gratitud a la empresa ADO, un excelente modelo de movilidad para toda Centroamérica. Me gustaría nombrar aquí a todos los magníficos profesionales altamente cualificados que he tenido la oportunidad de conocer. Pero la lista sería inabordable, así que quiero expresar mis sinceras felicitaciones a José Antonio López y Aurelio López, por el sólido proyecto que están construyendo, darles la enhorabuena por la buena gestión que realizan y, por supuesto, por la calurosa bienvenida y atenciones recibidas.

Nada de eso hubiese sido posible sin Valentín Alonso, artífice del encuentro, gran profesional y amigo. Nuestro viaje a Ciudad de México me ha servido para volver a visitar tierras entrañables.

Cuernavaca, Querétaro, mil sitios, un país increíble, apasionante, maravilloso, lleno de gente creativa, inteligente, y que está llamado a ser un gran referente mundial. Siempre he tenido un sueño: ojalá, algún día, México consiga levantar bien alta la bandera de la Hispanidad (con mayúscula) para reivindicar y liderar un idioma, una cultura, que nada tiene que envidiar a otras.

A un mexicano ilustre, Luis Fernando Lozano, también del equipo ADO, quiero agradecer que leyera el manuscrito de esta novela y me hiciera tan valiosas aportaciones. Las personas que leen frecuentemente, que aman la cultura, son los mejores filtros que puede tener cualquier escritor para solventar la soledad que supone crear.

Y ya en España, gracias también a Laura y Marcos, siempre apoyándome en estas aventuras literarias, dándome sinceros consejos. No ha pasado semana o mes en que no me hayan impulsado a seguir contando historias.

A María Eugenia Rivera, directora editorial de HarperCollins Ibérica, y a todo el equipo, les quiero agradecer su apuesta por esta obra y, sobre todo, que hayan hecho tan confortable el camino hasta publicarla.

Con mi agente, Antonia Kerrigan, siempre estoy en deuda, por lo fácil que hace algo tan complicado como vender una novela, especialmente en otros países, en otras lenguas, asunto que maneja como nadie. Gracias por hacerme tan feliz cada vez que me anuncia que el producto de tantas horas de trabajo se lee en idiomas que apenas alcanzo a entender. Cuando veo mi nombre escrito en chino, coreano o ruso, por decir algunos idiomas, me alegro de los años que he pasado escribiendo.

La lista de personas que me han animado a seguir publicando, y que se han entusiasmado al leer esta novela, es muy larga. A todas ellas, gracias.

Pero, sobre todo, quiero agradecer a mi familia, a mi mujer, Toñi, y a mis hijos, Beatriz y Álvaro, el apoyo que siempre me ofrecen, comprendiendo que esta actividad conlleva muchas horas de trabajo. Sin ellos nada de esto sería posible.

Por último, quiero expresar mi deseo de que algún día se consigan desvelar todos los enigmas que sobrevuelan a Cristóbal Colón. Aunque, para ser sincero, estoy convencido de que este fascinante personaje va a seguir dando muchas sorpresas en los próximos años.

Porque aún no se ha encontrado la última pista que le desenmascare.

***

A todas las personas que habéis leído esta obra, gracias.

Si te ha gustado, si lo has pasado bien, escríbeme, cuéntamelo, estaré encantado de ver tu comentario y responderte:

Instagram: @miguelruizmontanez
Facebook: @MontanezBooks
Twitter: @miguelruizmonta

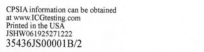
CPSIA information can be obtained
at www.ICGtesting.com
Printed in the USA
JSHW061925271222
35436JS00001B/2

9 788491 394808